半《はん》暮《くれ》刻《とき》

Tsukimura Ryoue HANKUREDOKI

月村了衛

双葉社

半暮刻

目次

この手記の作者も、『手記』そのものも、むろん虚構である。にもかかわらず、こうした手記の作者のような人物は、そもそも我々の社会が形成された事情を考慮すれば、我々の社会に存在する可能性は大いにある。いや、それどころか、むしろ必ずや存在するに違いない。

――フョードル・ドストエフスキー『地下室の手記』安岡治子訳

半暮刻

カバー写真　Nature Peaceful / shutterstock
YongJun Qin / getty images
見返しイラスト協力　舛田 晃／坂本曜平
ブックデザイン　鈴木成一デザイン室

第一部

翔太の罪

1

固く閉ざされたドアの内側に広がるそこは別世界だった。少なくとも翔太《しょうた》がこれまでの二十一年に及ぶ人生で見てきたものとはまるでかけ離れている。

『カタラ』。それが新宿にある別世界の名だ。ギリシャ語で「呪い」の意味だと聞いた。

――「宝」にも通じるからちょうどいいじゃん。

グループ創立者の城有《しろあり》さんはそう言って命名したという。呪いと宝とではかなり違っているのではと思わぬでもなかったが、どうでもいい。自分如き末端が少しでも異を唱えたりしたら大変なことになる。それこそが掟なのだと理解していた。

カタラは表向き会員制クラブということになっていて、実際に会員か関係者でなければ入れない。重厚なカウンターにゆとりのあるテーブル席。ダークブラウンの木材を全体の基調としながら、椅子やテーブルは言うに及ばず、随所にモダンなデザインが施され、間接照明の淡い光の中でことさらに落ち着いたムードを演出している。

しかしあちこちから聞こえる歓声は、社会的な落ち着きとはほど遠い、若く華やいだものだった。着飾った女達。美しい女もいれば、そうでない女もいる。派手で目立つ女もいれば、そうでない女もいる。だが彼女達の相手をしている男達は、全員が若く、見栄えがよかった。スーツ姿も決まっている。

自分もまたその一人だ。正直に言うとそんなスタイルにまだ慣れていないのだが、そうと悟られない程度には練習した。

そして、カタラは決してホストクラブなどではない。

「山科《やましな》さんて、大人なんですね」

カウンターに腰掛けた翔太の隣で、愛実《まなみ》が感心したように言う。恵比寿の路上で引っ掛けた女である。これまでに何度かデートを重ね、相手の話を聞くことに徹した。仕事や趣味の話から始まって、悩みや愚痴を引き出すまでそう時間はかからなかった。

それから自分の〈職場〉へと、優しくスムーズに引っ張り込んだのだ。

「やめてくれよ、名字で呼ぶの。約束したじゃん、この前」

「あ、ごめんごめん」

愛実はごまかすようにグラスを口へ運ぶ。高い酒だ。女は自分でその酒を選んだと思っている。

「でもさ、俺なんかが大人だなんて、ちょっと買いかぶりすぎじゃない？」

「そんなことないって。すごく大人、翔太君って」

「自分なんか、ここの先輩方に比べるとまだまだ修行中みたいなもんだから」

「おっ、よく分かってんじゃん、翔太」

通りすがりに口を挟んだのはマネージャーの道後《どうご》だ。肩幅が広く筋肉質。見るからに頼もしそうなルックスをしている。マネージャーを任されるだけあって、実際に頼りがいがある兄貴分だ。

「こいつはね、新人だけどマジ素直で謙虚。そこがこいつのいいとこなんですよ」

愛実に向かってフォローする。そういう〈プログラム〉になっているのだ。

「もう、やめて下さいよ、道後さん」

「だってホントのことだし。保証しますけど、こいつ、絶対オレらよりビッグになりますから。愛実さんも協力してやって下さいね」

「はい」

愛実は嬉しそうに頷いている。

感じのいい笑みを残して道後が去ってから、翔太はこれまた〈プログラム〉に則った会話に入る。

「まったく、道後さんは調子いいんだから」

「なんでー？　すっごくいい人じゃない」

想定された反応を示す愛実に、道後を真似た笑顔を示し、

「いつもはえらい厳しいんだぜ、あの人。特に俺はメチャクチャ言われる。お客様には真心が大切だとか」

「それだけ評価してるのよ、翔太君のこと。それに翔太君、言われたことがちゃんとできてるし……分かった、だから翔太君は大人なのよ」

女はすっかり打ち解け、寛いでいる。罠に掛かったとも知らず。

何もかも〈マニュアル〉の通りだ。

ここのスタッフであることを明かし、店に連れ込むまで、それなりの手間はかかっている。最初に愛実のような女が引っ掛かったのはツイていた。地元の先輩に誘われたのはいいが、自分にこんな仕事ができるとは考えたこともなかったからだ。

——簡単なもんだよ、マニュアル通りにやってさえいればな。

今は六本木の支店に勤めている先輩はそう言っていた。実際にその通りだった。

――オメーならゼッテーやれるって。はっきり言うとさ、まず顔がよくねえとダメ。でなきゃ紹介もできねえ。あと、いくらツラがよくったってバカじゃダメだ。そこそこでもダメ。大事なのはアタマなんだよ、アタマ。その点オメーなら大丈夫だ、翔太。ヘタなの紹介したりしたら、評価下げられんのオレだからな。

マニュアルを覚えるまでは大変だった。なにしろ勉強などろくにしたこともなかったし、定時制高校も中退の身だ。だがマニュアルはそんな人間にとっても分かりやすく書かれていた。

「内容が理解できているか、不安なときは、声に出して何度も読め」

翔太はその通りに実行した。

「ただし誰にも聞かれるな。マニュアルを部外者に見せてはならない」

その注意書きも忠実に守った。

「必ずできる。意識を高め、自分を高める。人間力を磨く。それは必ず相手に伝わる」

マニュアルを信じること。そして実行すること。翔太には他に道はないように思えた。やるだけやってダメだったらまたバックレればいい。そう考えていた。

「大人なのは愛実ちゃんの方だよ。そんなに酷い職場なのに、毎日そこまでがんばって。普通の人には絶対我慢できないよ。なんて言ったっけ、その上司」

「高木」

「そう、そいつ。信じらんねーよ、今どきそんな奴がいるなんて」

「ホント、嫌なオヤジ」

少し水を向けてやるだけで、愛実は決壊したダムのように溜まった鬱憤を吐き出した。際限なく続く汚泥の洪水を、うわべの誠実さで受け止める。たまに流れてくる大事な情報は逃《のが》さない。家族の話。友人の噂。心の傷。それらを残らず頭の中に記録する。用が済めばまとめて削除すればいいだけだから、ここでメモリの容量は気にしない。

　自分が勝手に話しているだけなのに、こっちを「優しい人」だと思い込んでいる。愛実はそれほど「聞いてくれる相手」を欲していたのだ。そんな女を見分けるのが、〈メンバー〉の力でもある。

　二時間も経つと、勘定は結構な額になった。愛実と次の約束を取り付け、クレジットカードで支払わせる。総額の三十八パーセントが翔太の収入となるシステムだ。

「待っててね、仕事が終わったらゼッタイ電話するから」

　別れ際に囁くことも忘れない。

　愛実を見送り、戻ってきた翔太に道後が言った。

「この分じゃ、あと二、三回てカンジかな、あの女」

「はい。次の〈ステップ〉に移ったら、Ｆの紹介に入ります」

　Ｆとは「風俗」を意味するグループ独自の隠語である。

「スゲーじゃん、おまえ。最初からあんなチョロい女引っ掛けられて」

「ツイてただけっすよ」

「バーカ、オレらにはそのツキが大事なんだよ」

　道後は親しげに翔太の肩を叩く。

「その調子でがんばれよ。そのうち城有さんにも紹介してやっから」

「はい、がんばります」

　真に誇らしい気分となって、翔太は胸を張って応えていた。

カタラの入居している新宿西口のビルを出て、歩きながらスマホを見る。各種ＳＮＳやメールは店を出る前にチェック済みだ。なんとなくいじっていると、ニュースサイトが目に入った。

ニュースなどそれまで興味もなかったが、「社会性があると女に思わせるためにもニュースは見ておけ」とマニュアルにもあった。五年後の二〇二〇年東京オリンピックを巡るゴタゴタの記事が今日も目立つ。会場の建設費やらエンブレムの盗作やら。知ったことかと翔太は思う。そんな金があるなら俺にくれ。施設でいつも腹を減らしていた記憶が甦る。園長は何かと理由をつけて飯の量を減らしたがった。国の予算が、とか、誰に言っているのかもよく分からない言いわけを独り言のように呟いて、そのくせ取り巻きの職員達と毎日のように高いメシを食っていた。

オリンピックなど知ったことか。所詮《しょせん》は食うに困らない連中のお遊びだ。

それにしてもやけに蒸す——

「山科君」

背後から不意に声をかけられた。

振り返ると、同僚の男が小走りに近寄ってくるのが見えた。自分とほぼ同じ頃に入店した新人の学生だ。

名前は確か、辻《つじ》井《い》海《かい》斗《と》。

「僕も今上がったんだ。ねえ君、ちょっと時間ある？」

「なんだよ、俺をナンパかよ」

そう応じると、辻井は明るい声で軽く笑い、

「君と話したいことがあるんだ。ちょっとだけ付き合ってくれないかな」

翔太は相手の全身を改めて眺める。どこからどう見ても清潔で感じのいい男だ。

「別にいいけど。ちょっとだけなら」

「じゃあそこのスタバで。メンバーの人達は近くのスタバなんて入らないからね」

辻井は先に立って歩き出した。今の言い方からすると、他の同僚には聞かれたくない話のようだ。翔太は同意したことをわずかに後悔しつつもその後に従った。

店は閑散として空いていた。それぞれコーヒーのカップを載せたトレイを持ち、外から見えない奥の席に陣取った。

「自己紹介のときは学校名まで言わなかったけど、僕、Ｇ大なんだ」

育ちのいいお坊ちゃまか——

「君は」

「高校中退」

「そっか。でも凄いよね山科君」

気まずさを微塵も感じさせず、辻井はすかさず話題を変えた。

「僕、同期の人達をずっと見てたんだけど、やっぱ君がダントツだよ」

「それはおまえの方だろ」

現に辻井は、すでに女を一人Ｆに落とし、皆の前で道後から褒められている。

「マニュアルの通りにやっただけだよ。でも、その通りにできない奴の方が多いじゃない。なんでだろうね」

その点は翔太も不思議に思っていた。簡単なのに。ただ実行するだけなのに。

「そこが道後さんの言う、できる奴とできない奴の違いなんだろうね。とにかく、山科君は間違いなくできる方だ」

「おまえ、一体何が言いたいんだ」

コーヒーを一口啜り、辻井は真剣な目で翔太を見つめる。

「道後さんは僕らを互いに競わせて店の成績を上げようとしてる。気づいてた?」

「ああ。でもそれは――」

「そう、別に悪いことじゃない。有効な手法だし、よくあると言ってもいいくらい。だったら、僕らも徹底的にそれに乗ったらどうかと思って」

辻井の口調が熱を帯びる。

「山科君は単にできる奴ってだけじゃない。君がイケてるのはカタラに採用された時点で保証付きだけど、性格もルックスも僕とは正反対のタイプだ。僕は見た通りのお坊ちゃん風、君は、そうだな、ワイルド系?」

いささか自信過剰と言えなくもないが、辻井は自分のことを客観的に把握しているようだった。

「なんとなく読めてきたぞ」

すると辻井は満足そうな笑みを浮かべ、

「そうだ、カタラで評価されるポイントは、いかに大勢の女の子を落とすか。数なんだよ、女の子の。だからみんな毎日東京中でコールをやらされてる」

〈コール〉とは、路上で女を引っ掛けること。つまりナンパである。カタラの新人メンバーは毎日最低五時間のコールが義務づけられていた。

「要はこのコールの効率をどう上げるか。一人で声をかけると、警戒する女の子も多い。だけど、二人連れの女の子なら、友達と一緒ということで警戒心も緩みやすいと思うんだ」

「分かった。ダブルデートに見せかけて引っ掛けるんだな」

「その通り。君と僕ならタイプが違うから、悪くてもどっちかは成功する確率が高まる」

「そして互いに相手を褒める。あいつはホントいい奴だって。女の方は友達同士だからそういう話はすぐ伝える。つまり俺達の好感度が同時に上がる。次の段階として、女の子同士を競わせる。君の友達はこれだけあいつに尽くしてるのに、君は俺に何をしてくれるのかなって。結果的に二人の女がFに行くってわけだ」

　辻井が大仰に瞠目する。

「そこまでは考えてなかった」

「全部マニュアルの応用じゃないか」

「即座に応用できるのはあのマニュアルを本当に理解できているからこそだよ。やっぱり君は頭がいいんだ」

「言っただろ、高校中退だって」

「どうでもいいよ、そんなの。ともかく、今の僕達は他の連中より評価されなきゃならない。そうでなきゃ、カタラに参加した意味はないよ」

　辻井は「入店」ではなく「参加」と言った。

「そうだな」

「じゃ、一緒にやってくれるね？　早速明日から――」

「待ってくれ。一つだけ条件がある」

　翔太はそこでようやく砂糖の紙袋を破り、冷めかけたコーヒーに半分だけ投入した。

「山科君はやめてくれ。俺のことは翔太でいい」

「じゃあ、僕は海斗だ」

プラスティックのマドラーでコーヒーをかき混ぜながら、ゆっくりと答える。

「分かった、海斗」

2

翌日のコールから、翔太は海斗と組んで都内の主だった繁華街に出た。

平日は午後三時から最短でも午後八時まで。収穫がなければあるまで無制限に延長。土日祝日は午前十一時から。平日でも自発的に昼前からコールに出る者も少なくなかった。ランチに出た女子学生を狙ってのことである。端的に言えばナンパなのだが、カタラのメンバーは全員が真剣だった。女を引っ掛ければ引っ掛けるほど金になり、成績が上がり、グループ内での評価につながるからだ。逆に言うと、引っ掛けられなければ一日が無駄になるばかりか、皆の侮蔑と嘲笑の対象となる。お互いに競争意識があるからそれだけは耐えられない。嫌でも真剣にならざるを得なかった。

その日は渋谷に出たのだが、海斗と組んだのは正解だった。何もかも目論み通りで、面白いように引っ掛かった。特に友達同士で遊びに来ている女は、こちらから声をかけるまでもなく、互いに肘をつつき合うようにして自分達を眺めていた。

モデルの人かな――芸能人じゃないの――

そんな囁きが聞こえてきたりもした。カモが自分の居場所を教えてくれている。こっちを狙えと鳴いている。銃口を向けない手はなかった。

注意すべきなのは、女の子の好みが被ったときだ。二人組の女なら、どういうわけかまず大抵は自分と海斗とに趣味がきれいに分かれてくれるのだが、それでも一方に好みが偏るときがある。

そういう場合は、選ばれなかった方が理由をつけて女の一人を引き離す。残された二人がカップルとなるようにだ。一人でも成果はあった方がいいに決まっている。

標的として選ばれるのは、見た目がよい方。どちらも甲乙付け難い場合は、より素直そうな女。その選別を瞬時に行なうのがコツだ。排除すると決めた女には、友人に自分達への疑念や悪口を吹き込まないよう、丁寧に、且つ誠実そうにフォローする。「おまえは邪魔だからあっちへ行ってろ」とは間違っても言わない。

もちろん事前に打ち合わせはしてあるのだが、海斗とは一瞬のアイコンタクトで通じ合った。そのあたり、海斗の勘のよさ、頭のよさは抜群だった。翔太は心底感嘆した。

初めて会ったときは、正直、単なる苦労知らずの学生だろうと見くびっていた。それでも人一倍熱心に〈課題〉に取り組み、成績を上げている事実は認めていた。

だが辻井海斗という男は、見かけ以上に〈デキる〉男だったのだ。

温厚な外見だけではない。相手が何を求めているかを迅速に見抜き、先回りするように与えてみせる。滲み出る育ちのよさに加え、それほどの心配りをやってのける。女でなくても惚れようというものだ。

うらやましく思わなかったと言えば嘘になる。さまざまな意味において、翔太にはないすべてを、海斗という男は生まれながらに手にしているのだ。

しかも、自分とは最もそりが合わなそうなタイプであるにもかかわらず、どういうわけかウマが合った。それこそ理屈を超えた相性というものであったのかもしれない。

海斗の方でも自分のことをそう思っているらしく、瞬く間に昔からの友達であるかのように親しくなった。

それは翔太にとって、極めて珍しい体験でもあった。なぜなら、これまでの生い立ちのゆえか、翔太に近寄ろうとする者は少なく、また翔太の方でも無意識のうちに他人と距離を取るきらいがあったためである。そのことは翔太自身が痛切に自覚する性向であった。

海斗だけはその例外だった。「女を落とし、成績を上げる」という共通の目的があったせいかもしれない。しかし生来の性格なのか、海斗は気さくで人懐こく、自分のことを無邪気に慕ってくれた。そうした人間の存在が、翔太にはこの上なく心地よかった。

もちろん、笑顔の下で女を嵌める算段をしている男がただ無邪気なだけであるはずがない。そこには精緻な計算と純粋な打算とがある。それでも二人で釣果《ちょうか》を数えているとき、ふと顔を見合わせ、込み上げてくる笑いを互いに隠すことなく存分に表わしたりする。そんなとき、翔太は疑いようのない連帯感を抱くのであった。

獲物を捕らえると時間をかけて調教する。たまに懐きにくいのもいるが、大抵は数回のデートで済む。海斗とその獲物とのダブルデートならなお効率がいい。頃合いを見計らい、女達をカタラに誘う。「素敵なお店ねー」「ほんと、すっごーい」。女達はまず感嘆する。それから大事なのは会話だ。基本的には相手に合わせるが、低俗な話はまずしない。

「意識を高める」「自分を磨く」「自分が変われば世界が変わる」「そのためには資金が必要」「時間を無駄にしてはならない」「金を貯めるのに時間をかけていては駄目」「時間は金で買える」「すばやく効率的に稼ぐことが大事」「金を稼げない者は馬鹿と同じ」「人生で勝てるかどうかは今の価値観で決まる」「今やらない者は一生やらない」……

そんな話を甘い言葉にくるんで囁き続ける。要するに洗脳だ。「意識の高さ」「自分磨き」「価値観」「向上心」「人生は勝ち負け」。同じワードを繰り返す。相手はこちらを「意識の高い勝者」であると錯覚し尊敬しているから、次第にそうした考えに染まっていく。

「でも短期間でお金を手に入れるなんて、そんなこと、できるんですか」

女の方からそう尋ねてきたらこちらの「勝ち」だ。

「実は、すごく条件のいい仕事があるんだけど」

結論は決まっている。Ｆだ。

「それって、風俗なんじゃないですか」

決まって女はためらいを示す。まるでそれが自分の価値を担保する証明手続きであるかのように。

次に言うべき言葉もマニュアルに書かれている。

「頭のいい子はみんなやってるんだよ」「だから必要額だけ稼いで短期間でやめるんだよ」「今やれるかどうかで今後の人生が決まるんだよ」「このまま奨学金の返済を続けてたらお金なんて一生貯まらないよ」「僕がフォローするから安全だよ」……

従来通りのプログラムでしかないのだが、それぞれの獲物に対し、海斗と交互にフォローを入れるから相乗効果が期待できる。加えて女達を個別に競わせるため落ちるのはさらに早い。

その時点で、女はカタラで相当な金を使っている。選択肢はない。本当はいくらでもあるのだが、「他に道はない」と思い込ませればいいだけなのだ。

そこでも海斗と抜群のコンビネーションを発揮した。ぐずぐずと躊躇している女には、「翔太は君のこと、真剣に考えてるんだよ。そうじゃなきゃ、普通はそこまで言えないよ」ともっともらしい顔でフォローを入れる。何もかもが絶妙のタイミングだ。

海斗とのタッグは、正真正銘の大成功だった。

閉店後のカタラで、集まったメンバーに道後が恒例の講評を行なう。

「今月のランキングを発表する」

「トップは翔太と海斗。ダントツの成績だ」

全員が拍手する。そういう決まりだからであって、中には義務的にやっているだけの者もいれば、悔しそうにいやいや手を動かしている者もいる。もちろん心からの敬意と羨望とを以て讃えている者も少なくないし、そうでなければカタラのシステムは成り立たない。「意識を高く持ち」「最大限の努力をした」者を称揚するのが、カタラという選ばれた者の世界なのだ。

「二人にバックされるマージンはそれぞれ二百万を超えている。新人としては破格の収入だが、努力した者には当然の報酬だ。しかも二人にはＦの各店舗から今後も毎月マージンが入り続ける。総額いくらになるのか、俺はめんどくさくて計算してない。誰かヒマな奴がいたらやっといてくれ」

ほんの少しの笑い声が上がった。

「でも道後さん、ウチでも一番若いヤツ同士が組むなんて、なんかズルくないっすか、評価方法として」

手を挙げて疑義を挟んだのは翔太よりも半年ばかり早く参加した先輩だ。冗談めかした口調であるが、その顔に浮かぶやっかみの色はまるで隠せていなかった。

「悔しかったらおまえもいい手を考えてみるんだな。世の中は数字、つまり結果がすべてだ。いい結果を出すためにはどんな手を使ったっていい。いいか、それは悪いことなんかじゃない。悪いのは結果を出すための努力を怠ることだ」

質問した男は所在なげに俯いてしまった。代わって別の男が剽軽《ひょうきん》に口を挟む。

「それって、城有さんの受け売りじゃないっすか」

「バレたか」

道後が一転しておどけてみせる。店内は今度こそ和やかな笑いに包まれた。

「翔太と海斗には城有さんも注目してるって話だ。次世代のリーダー候補だってな。みんなも二人を見習って自分磨きに励んでくれ。その気になれば、学ぶことはいくらでもある。それこそ城有さんが教えてくれた最も大事なことだ。いいな」

「はいっ」

若者達の潑剌《はつらつ》とした返事が店内に響き渡った。純粋な野心に満ちた生臭い声だ。翔太にはその声が痺れるほどに誇らしかった。

翌日も普段通りに出勤したが、成績優秀者の特権として早めに切り上げ、翔太は海斗と近くのバーで祝杯を挙げた。やはりカタラのメンバーが来ることのない、カウンターだけの小さな店だ。

「まずは大成功だな」

そう言うと、海斗は嬉しそうに微笑みながらも、真剣な面持ちで応じた。

「僕の思った以上に翔太がデキる奴だったからだよ」

「それはおまえだって」

「いや、僕はいつも翔太に勉強させてもらってる。感謝してるんだよ、翔太には」

「おまえまで城有さんの受け売りか」

二人して声を上げて笑った。酒がうまい。自腹だがカタラと違って適正価格ということもあり、今夜は何杯でもいけそうだった。

「でもね、翔太もそうだけど、僕は本当に凄いと思ってるんだ、あの人」

「城有さんか」

「ああ。まだ会ったことはないけどね。あのマニュアルは心理学の理論に適ってる。いや、大学で使われてる教科書や参考書なんか目じゃないね。理論だけの教科書と違って、あれほど実践的に書かれてるテキストなんて他にないよ。自分を高め、人の心をつかむ。それこそ社会に出て役に立つ真の学びじゃないか」

　真の学び。もちろん同意見ではあるが、翔太はごくわずかな違和感を抱いた。しかし、そこが自分と金に困ったことのない海斗との違いだろうと、微細な棘《とげ》のような引っ掛かりをジントニックとともに飲み下す。

「大学のサークルで無意味に遊び回ってる連中とは違う。こうして考えてみると、あいつらは貴重な時間を無駄にしているだけだったんだ。卒業して就職できたとしても、上になんていけやしない。リーダーになるためのノウハウをなんにも学んでないからだ。僕は本当にラッキーだった。カタラグループに入ることができて」

　海斗はそこでグラスを呷《あお》り、翔太の目を覗き込むようにして言った。

「僕は大学のイベントサークルにいたときにカタラと出会ったんだ。イベントに来てた人の紹介でね。『人生を無駄にしちゃ駄目だ、もっと意識を高めるんだ』とか言われて。最初は『なに言ってんだこの人は』って思ったけど、体験するだけでもいいからって話で、面白半分でミーティングに参加したんだ」

「それで人生変わったってわけか」

「ああ。やっと目が覚めたって感じ？　何もかもその通りだと思った。僕らってさ、生まれたときからナントカ世代だとか言われてるじゃない。そんなの知ったことかって。不況とか氷河期とか、責任は全部上の世代の老害どもにあるわけだし。僕らは僕らで生きていかなきゃならないのにさ。バブルとか小さいときからよく耳にしたけど、現代史でもやんなかったし、知らねえっつーの。単なる過去の歴史。明治維新とか関ヶ原の戦いとかとおんなじレベル。ま、経済の授業ではやったけどね」

嫌な予感がする。強い酒には慣れているはずの海斗が、今夜はやけに饒舌《じょうぜつ》だった。翔太は密かに身構えた。

「でさ、君はどうしてカタラに入ったの？」

やはり、来た――

「俺か。俺は……」

普段なら曖昧にごまかすところだが、今夜はその気になれなかった。

一つには、単なる気分だ。

もう一つ。海斗には打ち明けたかった。自分を、ありのままに。

「言ったよな、俺は高校中退だって」

「うん、聞いた」

「それも昼間の高校じゃない。定時制だ」

カタラのメンバーは大半が普通の学生だ。無職の遊び人も何人かいるが、彼らも大卒でそれなりの家庭の出だ。自分だけが違っている。認めたくはないが、劣等感というやつだ。

「俺はガキの頃から施設で育った。知ってるだろ、児童養護施設。酷《ひで》え親でさ。飲んだくれのシングルマザー。その挙句に育児放棄だ。もっとも本人はちゃんと面倒見てたって主張してたそうだけどな。家裁の判断で俺は強制的に施設行き。そこは実家に輪をかけて酷いとこだった。生き残るには力が必要だったんだ。力と、それに頭だ」

　海斗が目を見開いた。

「力と頭か。城有さんの教えの通りだ」

「気がついたら俺は不良になっていた。ヤンキーって呼び方は好きじゃない」

「君の美学ってとこか」

　ときどき海斗は翔太にとって理解不能な文言を口にしたが、自分をいらつかせるばかりであるはずのそれらが、彼の口から出るとなぜかまるで気にならない。

「なんでもいいさ。あの世界は上下関係がすべてなんだ。先輩の命令にはどんな無茶でも絶対に服従。ワルいことは大概やった。だからそれなりの顔にもなった。そんなときだ、俺は地元でも有名だった先輩に呼び出されてこう言われたわけさ、『おまえもカタラに来い』って」

　そこで海斗は他の者達とは明確に違う反応を示した。すなわち、より敬意と親密さにあふれた眼差しを投げかけてきたのだ。

「つまり、君は最初から社会の縮図の中にいたってわけだ。道理でカタラの優等生なわけだ」

　そして最後に、あの穏やかな笑みを浮かべて言った。

「おかげで僕は君に出会えた。これからも上を目指して一緒にがんばろうよ」

　その言葉は、翔太の口中に残っていたアルコールの糖分を一瞬で倍増させたようだった。

3

――早く起きなっ。

誰かが叫んでいる。喚《わめ》いている。怒鳴っている。だが起きたくない。昨夜も遅くまで寝られなかったからだ。意地でも起きてやるものか。

――このクソガキが、聞こえてんだろっ。

いきなり枕を蹴っ飛ばされた。施設のババアか。違う。そこは実家のアパートだった。まだ施設に入る前。狂ったように喚いているのはお袋だ。昨夜《ゆうべ》一緒にいた男の姿はどこにもない。とっくに帰るか死ぬかでもしたのだろう。

しぶしぶ起き上がってお袋を見上げる。顔が真っ黒な影になっているのは逆光のせいではない。記憶からきれいに拭き消したせいだ。他に誰かいたような気もするが、それすらも定かでない。生ゴミの臭い。積み上げられたポリ袋。コンビニ弁当の容器。空のペットボトル。スナック菓子の袋。

すべてが懐かしく、厭《いと》わしい。ゴミ溜めのような狭い部屋こそが自分の故郷だ。とっくの昔に更地になって、駐車場になって、小ぎれいなマンションになって、もうどこにも存在しないというのに、今でも夢の中に建ち続ける。心の一部で占有権を主張している。

そして自分は立ち上がるのだ。何かに抗おうという気力もない。戦うための知恵はもっとない。それでも急かされるままに立ち上がるしかないのだ。

耳許で喚いていたのは目覚まし時計のアラームだった。成長した腕を伸ばし、アラームを止める。午後一時過ぎだった。

ベタつく膜のような悪夢の端を引き裂いて、現実へと起き上がった。現実だが、夢の中とさほど変わらぬ狭い部屋だ。違っているのは、夢より多少は片づいていることと、「アパート」ではなく「マンション」と呼ばれていることくらいだ。

もっと広くてきれいな部屋へ引っ越せよ、と海斗は言う。仕事のためにもその方が好都合だとも。分かってはいるのだが、育ちのせいだろうか、この程度の部屋が自分には似合いだと思われた。またそれは翔太なりの戦略でもある。室内を見て顔をしかめた女にはこう囁くのだ、「おまえと一緒にもっといいマンションで暮らしたくて金を貯めているところだ」と。

海斗は世田谷に豪勢な実家があるが、仕事用のマンションを何部屋も借りている。それが海斗の戦略だ。ターゲットの女同士がかち合うリスクを避ける意味もある。そうした方法論も対照的で、それくらい差異があった方がかえっていいと、自分も海斗も納得していた。

手早く支度を済ませて新宿の店へ向かった。カタラグループは新宿以外にも渋谷と六本木に出店している。どの店も大きな利益を上げていると聞いた。ただし店名は全部違っていて、表向きチェーン店とは分からないようになっている。グループ名を店名に冠するのは新宿店だけであり、それこそが旗艦店の証しであった。

いつもは海斗とコールに出るのだが、その日は先に店に寄れと道後から言われていた。

固く閉ざされたドアを見習いのウエイターに開けてもらい、店内に入る。

道後は奥のテーブルで誰かと熱心に話し込んでいた。その横には、海斗が直立不動の姿勢で立っている。

こちらから挨拶しようとしたとき、道後と話していた男がゆっくりと振り返った。

病的なまでに白い顔。それだけに剃り残しの髭がうっすらと目立つ。唇がいやに朱《あか》い。丸刈りと言っていいほど、髪はごく短く刈っていた。派手なシャツの上に白いブルゾンをぞんざいに羽織っている。何もかもSNSで見慣れたものだった。公称では年齢は二十八。

「あ、こいつが山科ですよ、城有さん」

道後の紹介に、翔太は反射的に最敬礼する。

「山科翔太っす。はじめまして、城有さん」

「ふうん、キミが山科君か」

視線を上げると、城有がこちらを値踏みするように眺めていた。

「キミさあ、スッゲーいいよ。ま、そこ座れよ」

道後がすばやく立ち上がって席を空ける。翔太は海斗と並んで城有の向かいに座った。

「オレ、ちょっとこの子らとハナシすっから、おめーはあっちで帳簿でもつけてろ」

「ウスッ」

道後が言われるままに席を離れる。店内では兄貴分的なリーダーである道後も、グループ全体を支配するオーナーには絶対服従であるらしい。

「聞いてるよ、キミ達、すっごくがんばってるんだって？」

「いえ、自分らなんかまだまだっす」

翔太が答える。緊張しているのか、海斗は黙りこくっていた。

「ほんと？　ほんとにそう思ってる？」

城有はわざとらしく身を乗り出してこちらの顔を覗き込んできた。

「もうオレら無敵だとか思ってない？」

「まさか。先輩方には勉強させてもらうばっかりっす」

「へええ、道後の言ってた通りだな。辻井君はどう？」

話をいきなり海斗に振った。おそらくこれは〈面接〉であり〈テスト〉なのだ。

「翔太とおんなじです。カタラに参加して以来、毎日学んでいます」

「学ぶって、何を」

「社会のルールと、そこで勝ち残るための方法論です」

「どんな方法論」

「常に努力できるよう、自分の意識を変えていくことです。人より抜きん出た価値を身につけられれば、自然と人の上に立てます」

畳みかけるような城有の質問に、海斗は淀みなく答えている。

城有は大いに満足したようだった。

「マニュアルをちゃんと読み込んでるじゃない。こりゃあ成績も上がるはずだ」

そして自らボトルを取り上げた城有に、翔太と海斗は慌てて手を差し伸べた。

「あっ、俺らがお注ぎします」

「いいって、いいって」

鷹揚に遮って、城有は自分のグラスにウイスキーを注ぐ。そんな仕草にも、一種異様な艶めかしさがあった。単なる色気とはまた違う、人を惹きつける妖しい何かだ。

実を言うと、同様の磁場を、翔太は海斗にも感じていた。自分と海斗が異なる如く、海斗と城有もまったく異なるタイプであるのに、匂い立つ官能がどこか似ている。決して露わにされることなく、いつの間にか忍び寄って、気がつけば相手をからめ捕っているような力。

海斗は一見するとおとなしく無害な学生でしかないのに、ふとした折にそんな性的魅力を垣間見せることがある。そうした点もまた、翔太が海斗をパートナーと見込んだ理由の一つであった。

それと同じものを、いや、何十倍、何百倍にも濃縮されたような原液を、城有はその体内に含有している。翔太にとって、そのことは不可解でありながら、また奇妙なまでに腑に落ちた。

突然着信音が鳴った。城有のポケットからだった。スマホを取り出した城有は、発信者を確認してからためらわずに応答した。

「おう、どうした……うん……うん……そっかあ、しょうがねえなあ……分かった、じゃあ青山で……そう、『ロックオン・ワン』……いいからいいから、気にすんなって……じゃ」

スマホをしまいながら城有が立ち上がる。

「悪いけど、ちょっと用ができたから、オレもう行くわ」

「お疲れ様っす」

立ち上がった翔太と海斗が低頭する。

そのまま出口へと向かいかけた城有が、ふと思いついたように足を止める。

「そうだ、キミ達も一緒に来ねえ？」

翔太達が答えるより早く、城有は離れた席にいた道後に声をかけていた。

「こいつら借りるから。いいだろ、道後」

「もちろんっす」

「よし、じゃあ来い」

否も応もない。翔太は海斗とともに城有の後に従った。店を出る瞬間、なにげなく振り返ると、うらやましげな道後の視線が目に入った。

ビルを出ると、レクサスＨＳが停まっていた。運転手はやたらと体の大きい男だった。ボディガードを兼ねているのかもしれない。海斗がすばやく後部座席のドアを開ける。城有は何も言わずに乗り込んだ。翔太は海斗に後ろへ乗れと目で促し、自らは助手席に座った。

「青山のロックオン・ワン」

城有は運転手にそれだけを告げると、翔太と海斗を交互に見ながら言った。

「ちょっと顔出してくれってツレに言われてさ。ファンサービス？　あるんだよ、たまに。まあ、こういうのはまめにやっといた方がいいからさ」

要するにファンが会いたがっているということだろう。

城有はＳＮＳの使い方に長けていた。若い世代の興味を惹きつけ、自らの思う通りの方向へと誘導する。今ではヘタな芸能人以上と言っていいくらいの有名人だった。

「それで、キミ達にもっと学んでもらういい機会かなと思って」

「ありがとうございます。ご一緒できて光栄です」

海斗が間髪を容れずに応じる。

「キミ達なら、すぐにトップテンに入れると思うよ」

「マジっすか」

『トップテン』とは、グループ内でのみ共有されている成績優秀者ランキングの上位十名を指す。彼らは文字通り最高の男として羨望と憧憬の対象となるのだ。名誉だけではなく、莫大な収入も付随している。新宿店では三名がトップテンに名を連ねていた。

「ああ。新宿店はなんと言ってもグループの旗だろ。そこにトップテンが三人しかいないってのはマズいんじゃないかと思ってたとこなんだ。いやあ、キミ達が参加してくれてマジ安心したよ」

「いえ、そんな」

「いやいやいや、今だけは謙遜はいらねえから。キミ達にはもっともっと〈成長〉してもらわねえと困るから。グループの将来的にもさ」

城有はこちらを持ち上げつつさりげない口調で試すように言った。

「分かる？　オレの言ってること」

「女を嵌めるテクニックをもっと磨けってことですか」

翔太が答えると、城有は手を打って笑った。

「そう、その通り。でも気をつけろよ、翔太」

「えっ？」

「その言い方だよ、言い方」

「あ、はい、すんません」

「オレらは法に触れることは何もやってないわけ。ここ大事。分かる？」

「はい」

「オレらの目的はあくまで自分磨き。女の子にもそう言ってるよね？　お互い高め合おうって。その結果、女の子の方が気づくわけ。今のままじゃダメだって。そのためにはもっと効率よく稼ぐことが必要だって。オレらは善意でその相談に乗ってあげてるだけ。あくまで女の子が自分で判断したこと。そこまで相手の意識を高められるってことはマジ素晴らしいよ。そもそも自分の意識が高くなきゃ誰もついてこない。そうだろ」

「はい」

「だからこそもっとがんばろうって気にもなれるわけ。もっとがんばってより大勢の女の子を目覚めさせてあげようってね。それでお金も儲かるし、お互いに高め合って、それで社会がよくなっていく。まさに正のスパイラルってとこ。こんな意義のある仕事はないよ。今の世の中、ただぼんやりしてるだけじゃ取り残されるどころか、いつホームレスになるか分かんないんだから。重要なのは自分を高め、人より上に出ること。高みに立つんだ。高いとこに立ってみなきゃ見えないことがいっぱいあるからな。逆にそれをやんなかった者が落ちこぼれて何も見えなくなる。で、将来小汚いホームレスになったりする。それが負のスパイラル。オレらは絶対そうならない。だってもう目覚めてるもんな」

　目的地に着くまで城有は熱弁を振るった。海斗は熱心に耳を傾けている。それどころか、手帳を取り出してメモを取ったりしていた。その様子に、城有がいよいよ上機嫌で目を細める。

　青山のロックオン・ワンは、立地にふさわしい洒落た店だった。

　城有が入ってくるなり、若い女の歓声が沸き起こった。城有のファン達だ。

「城有さん、お忙しいとこすんません」

　日に焼けた男が立ち上がって挨拶する。どう見ても城有より年上だ。

「こいつらがどうしてもお目にかかりたいって」

「いいからいいから。オレ、別に芸能人でもなんでもねえし、せっかく会いたいって来てくれてるのに、冷たいマネなんてできねえよ」

　口調が微妙に男らしいものへと変わっている。女性客達がさらに沸いた。尋常ではない興奮ぶりだった。

　これが城有さんの人気か――

城有のカリスマは、ＳＮＳを通してより広く、より強烈に伝播する性質を帯びているような気さえした。

「あのー、お写真撮ってもいいですか」「あたしも一緒に写っていいですか」「インスタにアップしていいですか」

「おお、いいよ。インスタでもなんでも好きにアップして構わねえよ」

女達の要求に対し余裕に満ちた態度で応じている。実に堂に入ったものだった。

城有の周囲にはたちまち十代とおぼしき女の子達が集まった。翔太と海斗は少し離れた席に座ろうとしたが、

「おい、何やってんだ、おめーらもこっち来いよ」

城有に呼ばれて同じテーブルへと移動する。

「こいつらは翔太に海斗。二人ともオレの弟分みたいなモン。みんなも仲よくしてやってくれよ」

無遠慮な熱い視線が翔太の全身に浴びせられる。

二人ともイケメンじゃん――ほんと、カッコいい――さすが城有さんの弟分――あたしは右側の人がいいな――あたしはゼッタイ左側――

あからさまな品定めの声が聞こえてくる。それは決して不快ではなかった。

城有がこちらに向かって頷きかける。だが甘く優しい視線ではない。その意味を翔太はすぐに理解した。

ここにいる女達は全員が〈ターゲット〉だ。言い換えれば宝の山だ。そしてここから、さらに〈学べ〉と言っているのだ。

その夜は最高だった。何よりも最高なのは城有だった。

女達を笑わせ、男達を愉しませ、いつでも場の中心にいながら、隅々にまで抜かりなく気を配る。若者達の流行を先取りする感覚。それに基づく気の利いたジョーク。気取らず、親しみやすい雰囲気を演出しつつ、時折危険な横顔をほんのわずかに覗かせてみせたりもする。まさに完璧な〈みんなの兄貴分〉だ。

なるほど、この人があのマニュアルを書いたのだとひたすら感心するばかりである。人を惹きつける技術を余すところなく身につけている。海斗に至っては女の子よりも熱い視線で城有を見つめていた。よほど感激したのだろう。

高価な酒が次々と開けられ、グラスを掲げた城有と女の子達の笑顔にスマホのカメラが向けられる。それらの写真は今夜のうちに拡散され、城有の信奉者が幾何級数的に増えていくというわけだ。

午前一時を過ぎた頃、女性達は三派に分かれてロックオン・ワンを後にした。城有に付いていくグループ、そして翔太、海斗に付いていくグループだ。当然ながら城有に付いていく女が一番多い。全部で六人。ちょうど全体の半数だ。そして翔太が三人、海斗が三人を別の店に案内することになった。

「キミ達もうサイコー」

店を出るとき、城有は翔太と海斗を両手で抱き寄せ、耳許で囁いた。

「今度またゆっくり飲《や》ろう。キミ達のこと、もっと知りたいから。今夜は二人ともじっくり学んでくれよな」

「はいっ、ありがとうございましたっ」

「お疲れ様でしたっ」

最敬礼で城有を見送る。翔太は海斗と目を見交わして、それぞれタクシーを止めて女達と乗り込んだ。

三人か――城有さんがいたというのに悪くない成績だ――

この三人の中で、カタラに引きずり込めそうなのは誰か。助手席に座った翔太は、如才なく女達に話しかけながら、冷徹な観察を心がけた。

それこそが城有の言う〈学び〉なのだから。


翌日、コールに行く前に池袋駅東口のカフェで海斗と落ち合った翔太は、互いに昨夜の首尾について報告し合った。

それぞれが〈捕獲〉した獲物のランク、特性、資産価値等について検討する。自分達への好感度も検討要素に入っている。こうして真剣に話していると、単なるナンパ自慢などではあり得ない、まるで学生の勉強会のようだと翔太は思った。もっとも、自分には友人と勉強会をした思い出など一度もないのだが。

女の査定が終わった頃、海斗が「それにしても」と嘆声を漏らした。

「城有さんて、最高だよな」

「ああ。トップテンのメンバーとかじゃないとなかなか会えないって聞いてたのに、俺達はラッキーだった」

「そうだよ。僕達はもっともっとあの人から学ばなきゃね」

そう言って、海斗は小さな手帳を取り出した。

「なんだ、それ」

「昨日、城有さんが言ったこととか、決めゼリフとか、咄嗟のリアクションとか、凄いと思ったふるまいとか、そういうのをトイレに入ったときにメモしといた。こうして書いとかないと忘れちゃうからね」

「スゲーな、おまえ。ちゃんと勉強してるじゃん」

「だから勉強なんだよ、これは」

海斗は大真面目に言った。

「せっかくの学びの機会を無駄にしたら、それこそ城有さんのくれたチャンスを無駄にすることになる」

「そうだな。悪ィ」

「いいよ。僕の見たところ、君は城有さんの行動を片端からコピーし、再現してた」

「嘘だろ。そんなこと、ゼッテーねえって」

「いや本当。単に真似してるってわけじゃなくて、城有さんの発想や考え方、それに洗練された動きをどんどん採り入れてたっていうか」

「ねえって、ねえって。おまえ、なに言ってんの」

本当にそんな自覚はまったくなかった。

「それがやってたんだよ、翔太は。ごく自然な感じでさ。本質を即座に理解してないと、とてもあそこまで動けない。つまり翔太は、すごく優秀な生徒だったってわけだ。僕みたいにメモを取る必要なんかないほどにね」

「やめてくれよ」

照れくさいが、海斗に褒められると悪い気はしなかった。また海斗の言葉には、冗談めかした多少のやっかみも感じられた。

「それより、コールの前にＬＩＮＥを返しとこうぜ。ターゲットは初期対応が重要だ」

強引に話題を変える。

「あっ、そうだね」

海斗も思い出したようにポケットに手を入れた。二人同時にスマホを取り出し、着信をチェックしてから、無言で入力し始めた。

それぞれ昨夜相手をした女に連絡する。翔太も海斗も、三人の中からターゲットを一人に絞った。いずれも高い〈市場価値〉を有していたし、二人くらいまでなら同時にうまく対応することも可能だが、ここは慎重に行くべきだと判断したのだ。女同士もそれぞれアドレスやＬＩＮＥを交換していたので、嫉妬心からの疑念を招いては元も子もないからだ。

「より大きな成果を目指しつつも、リスクの排除に努めること」

それもまたマニュアルの教えであった。


翔太も海斗も、ロックオン・ワンで引っ掛けた女をＦに送り込むことに成功した。もともとが城有のファンで自ら網に飛び込んできたカモ達である。大した手間はかからなかった。

二人の成績はますます上がり、トップテン入りは間近であろうと半ば公然と囁かれるようにまでなった。

さらに嬉しいのは、城有が二人を呼び出してあちこち連れ回してくれる機会が増えたことだった。それは取りも直さず、城有が二人に寄せている期待の大きさを意味していた。

翔太と海斗は、喜んで城有の誘いに食らいついていった。この人からどこまでも学び、どこまでも成長する。何より、この人にどこまでも付いていく。

そんな覚悟を感じ取ってか、城有も一層二人をかわいがってくれるようになった。

何もかもがうまい流れに乗っていた。二人はそれを疑わなかった。

同時に思った。他のメンバーに比べ、自分達はなんと恵まれているのだろうかと。

その日も二人は、城有に連れられて青山のクラブ『ルーチェ』にいた。

広いテーブル席を三人だけで独占する。どの店に行っても城有はＶＩＰ待遇で、間違っても嫌な顔をする店員などいなかった。

開店直後で、他に客は少なかった。城有は上機嫌で〈恋愛〉について語っていた。

〈恋愛〉とはターゲットとした女性に恋愛感情を抱かせ、罠に嵌める手口のことで、これもまたカタラグループ独特の用語である。

城有はマニュアルにも書かれていないノウハウについて、得意げに話してくれた。

これまで受験勉強一筋で恋愛――これは普通の意味の恋愛だ――を経験していない、特に地方出身の女子学生が狙い目であること。

そんなターゲットを見つけたときは、どこまでも〈別の世界〉を見せつけること。

〈別の世界〉に一度魅せられた者は、もう決して後戻りできないこと。

そのためには、自分自身が徹底して〈世界観〉を作り込む必要があること。

海斗はもう夢中でノートを取っていた。

城有は自分達をそこまで評価してくれている、だからここまで惜しげもなく指導してくれるのだ――そんな誇らしささえあった。

「おう、城有じゃねえか」

ドアの方から不意に野太い声がした。

反射的に振り向くと、高そうだが流行遅れのスーツを着た中年男が近寄ってくるのが見えた。背後に二人の若い男を従えている。

翔太には一目で分かった。ヤクザだ。

「これはどうも、原崎《はらざき》さん」

城有が立ち上がって挨拶している。そんなところは初めて見た。

「おめえ、近頃やたらに羽振りがいいそうじゃねえか」

男は城有の隣に無遠慮に座り込んだ。二人の手下はテーブルの横に立ってこちらを威嚇している。

「それほどでもないですけど、まあ、真面目に仕事がんばってますから」

「真面目に仕事ねえ」

鼻で笑った男は、対面の翔太と海斗を一瞥し、

「こいつらはおめえの若い衆か」

「やめて下さいよ。若い衆だなんて、ヤクザじゃないんですから」

「言ってくれるじゃねえか」

城有はどこまでも軽い口調で矛先をかわすように、

「こいつらは翔太に海斗で、うちのホープです。どっちもマジ見込みありますよ」

「へえ」

原崎と呼ばれたヤクザは、その筋の人間に特有の視線でこちらを眺め、

「なるほどな。こっちの奴、翔太とか言ったな、なかなか根性ありそうなツラしてるじゃねえか」

「でしょう?」

「そんなことより城有よう」

本題に入ろうというのか、原崎は城有の肩に手を回し、

「おめえが月々ウチに入れてる上納金な、来月から三割増しで頼むわ」

「冗談でしょ」

「それが冗談でもねえんだよ。ウチも締め付けが苦しくてな。上がうるさく言ってきてるんだよ。分かるだろ」

「分かりませんね」

冷笑を浮かべて城有は言い切った。

「なんだと」

原崎の声が低く変化した。暴力の前兆だ。

「おめえらのケツを誰が持ってやってると思ってるんだ」

「誰にも頼んでませんよ。オレは陣能《じんのう》さんに個人的に出資してるだけですから。ヤクザじゃないんで」

「そんな理屈はどうでもいい。出すのか出さねえのか。はっきりしろ」

「さあねえ」

城有の冷笑が寒気《かんき》を増した。そこには憐れみさえ感じられる。

「てめえ、舐めてんのか」

「とんでもない。まあまあ、落ち着いて下さいよ原崎さん。こんな世の中なんで、お互い損になるようなこと、オレがやるわけないでしょ」

「だったら――」

「金の件なら、もうとっくに陣能さんと話はついてます。なんなら、今この場で電話してもらって

もいいですよ」

「陣能の兄貴と？」

　翔太は息を詰めて見守るしかない。隣の海斗は硬直しているようだった。

「みかじめとか上納金とか、もう時代遅れもいいとこですよ。名目なんかどうだっていい。金は金です。陣能さんも、自分のとこに直接現金で入るんならその方がいいって言ってましたよ。組には陣能さんがまとめて入れるって」

　口座での金の流れを追われるとヤクザは弱い。必然的に現金の方が足は付きにくくなる。

　だが翔太は直感した。一見筋が通っているようで、これは陣能とかいうヤクザが金を抜くためのシステムに他ならない。おそらく原崎は、陣能とは違う幹部の手下なのだ。

「そちらの組内で情報が共有されてなかったみたいですけど、ま、そーゆーことで。原崎さんも組のためとは言えわざわざこんなとこまで足を運んで下さって、マジ感謝っす」

　そして新しいグラスを取って酒を注ぎ、原崎に差し出す。

「ご心配なく。原崎さんの顔を潰すようなマネなんてしませんよ。今日のお車代は後でちゃんと届けさせますから。現金でね」

　原崎は自分の前に置かれたグラスを干して、

「分かった。今日んとこは引き上げてやる。だがな城有、あんまりチョーシ乗ってんじゃねえぞ。遊び半分のてめえらと違って、俺らは肚ァくくってやってんだ」

「ご忠告ありがとうございます。どうか今後ともよろしくお願いします」

「おう、帰るぞ」

　原崎は二人の子分を連れ、大股で店を出ていった。

「ご苦労様したっ」

直立不動でそれを見送った城有は、おかしそうに笑いながら言う。

「聞いたか、あの捨てゼリフ。今どきコントでもやってねえぞ」

「大丈夫でしょうか。あの人、ヤクザじゃないんですか」

心配そうに言う海斗に対し、城有は呆れたように、

「ヤクザに決まってんだろ。もうコテコテじゃない」

「だったら……」

「今どきヤクザなんかやってるって時点でもうダメなんだって。何が『肚ァくくって』だ。バカバカしい。遊びであろうとなかろうと、金を稼いだ方が偉いに決まってんだろ。あんな下っ端でも、使いようによっては使えるから下手《したで》に出てるけどな。付き合うならできるだけ上と付き合え、だ。キミ達もよく覚えとくといいよ」

「はいっ」

返事をしながら、翔太は心の中でメモを取っていた。

城有とカタラグループのケツ持ちは陣能というヤクザ。

そして気づいた。城有も原崎も、組の名前は口にしなかったということに。

4

翌日、翔太は海斗を恵比寿《えびす》にあるカフェに呼び出した。その日は恵比寿でコールの予定であった

が、一時間ほど早く来てくれるように頼んだのだ。

「いやあ、昨日の城有さん、マジかっこよかったよな。ヤクザを相手にあれだけの余裕。並の人にはできないよ。『金を稼いだ方が偉い』って、ホント真理だよね」

城有に心酔している海斗はつくづく感じ入ったというように褒めそやした。

「ところで、今日はなんだよ。一時間早く起きるだけでも、こっちは大変なんだぜ」

それは翔太も同じである。並の女以上に肌の手入れや身支度には時間を使う。

「俺も城有さんはマジ尊敬してるけど、おまえ、分かってる?」

「何を」

「カタラグループのケツ持ちは陣能ってヤクザだ。道理で他のグループも手を出してこないはずだ。そうなるといくらなんでもカタギじゃ通らない。城有さんは〈半グレ〉だ」

「それがどうしたの」

「分からないのか。カタラグループは半グレ集団ってことになる。たぶん警察も把握してると思う。あれだけ派手にやってるんだからな」

「だからそれがどうしたっていうの」

海斗が訊き返してきた。ふざけているのではない。本当に意味が分からないという顔だ。

「城有さんがいつも言っている通り、僕達は法に触れることは何もしてない。法に触れてないってことは、犯罪じゃないってこと。つまり僕達はヤクザのような犯罪者じゃないんだよ。つまり城有さんはヤクザを防波堤に使ってこっち側をクリーンに保ってるってわけだろ」

「そりゃそうだけどさ……」

翔太は口ごもった。自分は半グレがどういう人種かよく知っている。正直に言うと、カタラグループが半グレ集団であることも薄々は察していた。しかし今日まで海斗と同じく、「それがどうした」と思っていた。

なぜなら、施設出身の翔太にとって、今まで身近にいたのはそういう者ばかりであったからだ。未成年のうちは不良としてやりたいようにやり、やがて〈進路〉を選択する。進路と言っても、ヤクザの盃を受けるか受けないか、違いはそれだけでしかない。ヤクザになることによってビジネスに支障が出るなら、ならない方がいいに決まっている。ヤクザ社会の掟など、自分達にとっては煩わしいだけだ。そんなものに好んで縛られようとする方がどうかしている。

またヤクザの方でも、若者を無理に組へ入れようとはせず、カタギとして好きにさせ上納金を取る道を選んだ。すべては時代の必然であったのだ。

「もしかして翔太はさ、何年か前に六本木であった事件、ああいうのをイメージしてるんじゃないの」

三年前、六本木のクラブで半グレ集団による凄惨な殺人事件が起こった。多くの有名芸能人も関わっていたその事件により、半グレという名称が一般に知られるようになったのである。

翔太や海斗らが生まれる以前に成立した暴力団対策法や、その後の暴力団排除条例施行により、急速に増加した〈グレーゾーン〉の住人達。彼らは決して暴力団に籍を置かず、一般人の立場で脱法行為に従事する。必然的に暴対法や暴排条例の適用範囲外となるため、警察でもその実態を把握できずにいるのが現状だ。

金と女を恣《ほしいまま》にする半グレ達に、多くのベンチャー起業家や芸能人、さらには政治家までもが群がった。それは異様でもなんでもない、陳腐でありきたりな、単なる日本の一風景である。

「カタグループはああいうのとは違う。六本木のあいつらはね、ただのバカだよ、バカ」

「それくらいは分かってるさ」

「なら問題ないじゃない」

海斗は平然と言う。むしろ翔太の正気を疑うかのように、

「どうしたんだよ、いきなり。そんなことを言うために呼び出したのかい」

「そういうわけじゃないんだけど……」

何か言おうとすればするほど、本来言いたかったことが遠のいていく。一つには目の前の海斗が、あまりにも確信に満ちていたせいかもしれない。今や自分が何を言おうとしていたのか、それさえも定かでなくなりつつあった。

「しっかりしてくれよ。いいか、城有さんの発想や行動力は翔太もよく知ってる通りじゃないか。僕達が今やるべきことは、一人でも多くの獲物をFに送り込むこと。それだって犯罪なんかじゃない。僕達は女の子の意識を変える手助けをしてあげてるだけさ。その経験から何を学ぶか、それは彼女達次第だけどね。そこまでは知ったことじゃない。すべては自己責任なんだ」

海斗の言葉に熱がこもる。

「僕達が他の奴らと違っているのは、何を学ぶべきかをちゃんと自覚してるってことだ。昨日も城有さんが言ってただろ。このまま行けば僕達はもうじきトップテン入り間違いなしだって。グループでも最短記録だそうだ。なあ翔太、今日も力を合わせてがんばろうぜ。僕、すっごく充実してるんだ。今やってることが全部未来につながっていく。そういう実感って、なかなかできるもんじゃないよ。それに気づけない奴は生涯下積みになるだけだ。君はそんなクズになりたいって言うの」

「まさか」

そこで海斗は腕時計に目を遣《や》った。ブランドはオーソドックスなロレックス。値段は確か百万以

上と聞いた。

「おい、そろそろ行かないと。こんなところでのんびりしてる場合じゃない。「時間を無駄にしてはならない」ってマニュアルにもあっただろ。下手《へた》したら上物を他の奴らにかっさらわれるかもしれないぞ」

「そいつはまずいな。よし、急ごう」

翔太は伝票をつかんで立ち上がった。海斗に伝えたいと思っていた事柄も、すでに思い出すことさえできなかった。

カタラの店内で笑いさざめく声。男達は誰もが若く、美しい。女達はピンキリだ。しかしピンにもキリにも差別はしない。全員の意識を高める手助けをする。そして全員まとめてFへと送る。

その月の終わりに、翔太と海斗は揃ってトップテン入りを果たした。

「カタラグループの旗艦店たるこの店から、歴代最短でトップテンを出せたのは、マネージャーとして光栄に思う。翔太、海斗、これからもがんばってくれよ」

閉店後、道後のスピーチとともに歓声が巻き起こった。

誇らしかった。途方もなく誇らしかった。翔太のこれまでの人生で、人に褒め讃えられることなどなかったからだ。

「見ろよ、後ろで固まってる奴ら」

歓声と拍手の中、海斗が耳許で囁いた。

目の前に集合したメンバー達の後方にいる何人かは、面白くなさそうにこちらを睨んでいた。

「負け犬って、この段階でもはっきり分かるものなんだね」

同感だった。

だが翔太は、不意に得体の知れない既視感に襲われた。

あの目。連中の目。どこかで見たことがある——

すぐに分かった。これまでの人生で、常に周辺でたむろしていた不良達の目だ。

そして毎日鏡の中に見ていた己の目だ。

常に餓え、他人をうらやみ、世間を憎む。そんなすべてが詰まった目だ。

「おい、翔太」

海斗に肘でつつかれ、我に返る。目の前に道後の広い胸が迫っていた。

「おめでとう、翔太」

「あざっす。これも道後さんやみんなのおかげっす」

翔太は大声で挨拶し、道後と暑苦しいハグを交わした。


カタラグループのトップテン。その肩書は、店の内外で翔太と海斗にさまざまな恩恵をもたらした。

繁華街のどのクラブに行っても待遇が違う。まるでＶＩＰにでもなったかのような扱いだった。オーナーやマネージャーがやってきて挨拶してくれる。サービスのシャンパンがふるまわれる。連れてきた女の子達は、一層熱い視線を二人に投げかける。仲間内の嫉妬もあったが、そんなものはもう気にならない。

こうなると何もかもがうまく回っていく。二人の成績はいよいよ上がった。何人ものターゲットが我先にＦへと落ちていった。

「いやあ、オレの見込んだ通りだったよ」

二人を赤坂の高級中華料理店に招待した城有は、上機嫌で言った。

「新宿店もこれで安心だ。これからもしっかり頼むぜ」

「はいっ」

翔太と海斗は同時に答えていた。こんな名誉があるだろうかと。

四川料理を賞味しながら、しばらくはたわいない世間話に時を過ごす。人の話、金の話、そして女の話。城有は座談の名手と言っていいほど話がうまかった。翔太も海斗も、大いに笑いながら楽しんだ。

やがて白い顔を紹興酒で赤くした城有が、声を潜めて切り出した。

「キミ達だから打ち明けるけどさ、オレはカタラグループ以外にもビジネスを展開してるんだ」

「へえ、どういうビジネスなんですか」

海斗がなにげない口調で尋ねる。話の流れからして当然の質問だ。

「うん。人を雇って、いろんな人に営業の電話をかけさせるんだ。振り込めなんかじゃないよ。立派な投資勧誘さ」

棒棒鶏《バンバンジー》を摘んでいた翔太は思わず箸を止めた。

「投資ですか。凄いですね」

海斗は無条件に感心している。

「それで、どんな案件を扱ってるんですか」

「金融商品も不動産もやってる。とにかくいろいろだよ」

「でも、この不況ですから、今はそう簡単に売れるもんじゃないでしょう」

「それが売れるんだよ。秘訣があってね。あらかじめ買いそうな奴が分かってるのさ」

「えっ、どうしてですか」

「それは企業秘密だよ。たとえ相手がキミ達でも簡単に教えられるもんじゃない」

翔太は酔いが一気に醒めていくのを感じていた。

間違いない、詐欺だ——

名簿屋から非合法に入手した名簿を使い、主に一人住まいの高齢者を狙って電話をかける。振り込め詐欺をはじめとするいわゆる特殊詐欺は、半グレの代表的なシノギの一つである。翔太の知人にも特殊詐欺に関わっている者——厳密にはその下請けに使われている者——は数多くいた。

「山科君、キミ、疑ってるね」

驚いて顔を上げる。城有がじっとこちらを見据えていた。普段は日本人離れした色白であるだけに、赤く染まった顔には相手を捕らえて逃さぬ迫力、いや妖気にも似たものが感じられた。

「詐欺じゃないかと思ってるだろ、オレの仕事」

「まさか、そんな」

「いいよいいよ、別に隠さなくっても。疑われて当然だもんね。でもさ、詐欺ってのはね、法に触れるから犯罪なの。法に触れなきゃ犯罪じゃないし、従って詐欺じゃない。この仕事のおかげで大勢の人間が食えてるわけだし、客はいろんな体験ができる。例えば土地を買う、家を買う、株を買う、それってつまり、夢を買ってるわけじゃない。分かるよね、カタラグループの理念とおんなじこと」

「そうですよね。仕事を通してみんなが利益を得る。ビジネスの本質は社会貢献ですもんね」

「おっ、辻井君、キミはなかなか分かってるじゃない」

調子のよい合いの手を入れた海斗に、城有が相好を崩す。

海斗はどこまで自覚して言っているのか――

「実はね、キミ達にこの話をしたのは、ゆくゆくはオレの仕事を手伝ってもらいたいと考えてるからなんだ」

「えっ、ほんとですか」

身を乗り出した海斗に、城有は大きく頷いて、

「店でも外でも、オレはいろんな奴らを見てきたけどさ、イマイチ信用できないっていうか、アタマ悪いヤツばっかでさ。その点、キミ達なら大丈夫かなって」

「光栄です。城有さんにそこまで言って頂けるなんて」

完全に酔っているのか、城有と同じく顔を真っ赤にした海斗が威勢よく応じた。

「でも、道後さんとか、優秀な先輩方が――」

翔太が口を挟むと、城有は片手を左右に振ってそれを遮り、

「ダメダメ、道後はせいぜいマネージャーが関の山。それがアイツの器だよ。オレが求めてるのは、もっとでっかい仕事を任せられるヤツ」

城有の両眼が異様な光を帯び始めた。

「オレはね、スマトラ島のリゾート開発に目をつけてんだ。リゾートだけじゃない。スマトラの山にも海にも膨大な地下資源が眠ってる。こいつをただ眠らせとく手はないぜ」

「だったらもう誰かがとっくに手をつけてるんじゃないですか」

海斗が理性的な質問を発した。

「と思うだろ？　だけどスマトラは地形が複雑でさ、開発には莫大な資金がいる。それに発展途上

国にはよくある話で、役人や政治家に賄賂を握らせなきゃ話が進まない。だから未だ手つかずの資源もまだ残ってるってわけ。カタラグループの仕事は、そのための資金稼ぎ。投資の仕事だって、将来的にスマトラにつなげられれば正真正銘、立派なビジネスってことになる。どう思うよ、この話」

「城有さん、凄いです。感動しました」

海斗と違い、翔太はすぐには答えられなかった。

女をＦに落とすカタラグループと、スマトラ島の開発事業。

この落差は一体なんだ――

しかし今になって紹興酒が回ってきたせいか、それとも海斗の前のめりの勢いに感化されたか、翔太も思わず口走っていた。

「最高っす、城有さん」

5

二日酔いというのは何度体験しても嫌なものだ。布団の中から手を伸ばしてペットボトルをつかみ取り、わずかに残っていた水を飲み干した。頭痛をこらえて仰向けになると、翔太はじっと天井を見つめた。

城有は詐欺をやっている。海斗もそれを理解している。そして自分も。

どこが悪い――

悪党は常に周囲にいた。いや、自分の周囲には悪党しかいなかったとさえ言える。ただ捕まる奴と捕まらない奴がいるだけだった。捕まった奴だけが犯罪者と呼ばれる。捕まらなければ犯罪者ではない。

自分だけは捕まらないよう、城有は巧妙に立ち回っている。ならば城有の側に付いている限り、自分達も捕まらず、従って犯罪者にもならない。だから自分達のやっていることは犯罪ではない。

そうだ、何も間違ってはいない——

回らぬ頭でそこまで考えたとき、ドアのチャイムが鳴った。スマホはさっき確認したばかりだ。今日は夜まで誰とも会う予定はないし、ＬＩＮＥにも特に来訪を告げるメッセージはなかった。チャイムは一向に鳴り止まない。痛む頭に激しく響いた。落としにかかっている女の誰かだろうか。

「ドアは開いてるから入ってくれ」

女であった場合を想定して極力優しい声で言った。

「なんだ、寝てたんすか」

ドアの隙間から突き出されたのは、堤《つつみ》大地《だいち》のニキビ面だった。優しく言ったことを後悔する。

大地は施設の後輩で、確か一月ほど前に工業高校を退学になったと聞いた。典型的、あるいは凡庸とも言えるほどありふれた不良である。このマンションの住所を教えたことはないが、不良仲間から聞き出して以前にも二、三度来たことがある。いずれにせよ、歓迎したい気分でも相手でもなかった。

「聞きましたよ、カタラのトップテンになったんですって？　スゲーなあ」

中に入り、勝手にソファに座り込んだ大地は、持参のコンビニ袋から菓子パンを取り出して頬張り始めた。

「相変わらずぱっとしない部屋っすねえ。ここで夜通しヤルわけでしょう、引っ掛けた女と。ラブホの方がマシなんじゃないすか。女はムードに弱いからさ。こんなとこでヤルとなると、せっかく引っ掛けた女がドン引きしちゃったりしませんか。オレだってやだなあ。どうせヤルんなら、もっときれいなとこの方が思いっきりヤリまくれるな。トップテンになったんだから金はあるっしょ。早いとこもっとマシなマンションに引っ越したらどうっすか」

むかつくようなことを際限なく吐き散らかす。環境に恵まれなかった不良であることを割り引いても無神経な男だ。

「それとも、トップテンになるほどのイケメンなら、女はどんな場所でもオーケーなのかな。あ、翔太さんのテクがそれだけスゴいってこともあるかも。最後には離れられなくなるほどイカせればいいわけだし。そうだよな、そうなるとやっぱ場所なんてどうでもよくなるのかも。そうやって女をつなぎとめるの、カタラじゃ〈恋愛〉って言うんでしょ。いいなあ、恋愛。オレ、そういうの得意なんすよね」

「用はなんだ」

横になったまま言うと、大地は芝居じみた口調で、

「オレがせっかくお祝いに来たってのに、そんな言い方しなくったっていいでしょう」

「用はなんだ」

「だからトップテンになったお祝いを――」

「それはもう聞いた。なら用は済んだな。とっとと帰れ」

「ひどいなあ、もっと優しくしてくれたっていいじゃないすか」

「帰れ」

一秒も聞いていたくない声だった。横になったまま背中を向けると、大地は枕元まで来てしゃがみ込んだ。

「実は、翔太さんにお願いがあってきたんです」

無視することにしたが、大地は一人で喋り始めた。

「オレもカタラグループに入りたいんすよ。カタラに入って、オレも翔太さんみたいなトップテンになりたいっす。なんで翔太さんに紹介してもらおうと思って」

「紹介しろだと」

あまりの図々しさに思わず訊き返してしまった。

「はい。カタラって、誰かの紹介がないと入れないって言うじゃないすか。そこへ行くと翔太さんの紹介なら入った後もデカい顔ができるなって」

「おまえ、そもそも誰にトップテンやグループのシステムについて聞いたんだ」

「誰って、知ってる人は知ってますよ。だって、カタラのメンバーならたとえトップテンじゃなくったって、どこへ行っても一目置かれるじゃないすか。もうサイコーっす。オレらの憧れっすよ。オレも翔太さんみたいになりてえなって……あ、もちろん翔太さんに取って代わろうなんて大それたことは考えてませんよ。だから、ねえ、この通り、お願いしますよ」

お願いしますよと言いながら、別に頭を下げるわけでもない。そのニキビ面にあるのは、虫のいいエゴだけだ。

「おまえには無理だ」

「無理って?」

大地は心底からの疑問を浮かべている。本物の馬鹿だ。

「おまえにはカタラは務まらねえってことさ。それに、滅多な奴を紹介したりするとこっちの評価まで下がっちまう」

「そんなことないすよ。オレ、こう見えても結構うまいんすよ、ナンパ。会ったその日にハメる主義だし。オレ、カタラに向いてると思うんすよ、ゼッタイ」

向いている要素が一つもない。ある意味、マニュアルの精神から最も離れた男だ。こういう奴を加入させることはグループにとって有害であるとしか思えない。

「ねえ、頼んますよ。翔太さん、トップテンなんでしょう。だったらそれくらいしてくれたっていいじゃないすか」

甘えたように言いながら、その目にはあからさまな傲慢が覗いている。

「うるせえ。とっとと帰れ。でないとぶっ殺すぞ」

「ああ、そうですか。分かりました、帰りますよ。トップテンのくせに、翔太さんて案外ケツの穴が小さいんすね」

「なんだと」

怒りが殺気に変わるのを自覚する。

「冗談ですよ、冗談。じゃあオレ、帰りますんで」

大地は慌てて飛び出していった。

遣り場のない不愉快さを抱え、翔太は起き上がってドアに向かう。鍵を閉めるためだ。

ソファの周囲には菓子パンの食べかすが散乱し、ゴミの詰まったレジ袋が残されていた。

十日後。店にメンバーを集めた道後は、皆に新人を紹介した。

全部で三人。中の一人を見て、翔太は怒りが表に出るのを隠せなかった。

あいつ——

「新しく入った蓮《れん》、朝陽《あさひ》、それに大地だ。みんな、遠慮せず厳しく指導してやってくれ」

「よろしくお願いしまーすっ」

三人の新人が一斉に頭を下げる。大地が上目遣いにこちらを見た。明らかに嗤っている。ざまあみろと言わんばかりの顔だった。

「どうした、翔太」

隣に立つ海斗が不審そうに訊いてきた。

「知ってる奴か」

「まあな」

曖昧に答える。大地についてなど説明したくもなかった。

ミーティングが解散となってから、翔太は道後を追いかけた。

「道後さん、なんであんな奴を入れたんですか」

「誰のことだ」

「大地ですよ」

「ああ、おまえの後輩なんだってな。先輩なら面倒みてやらなくちゃなあ」

「誰の紹介なんすか」

「誰って、葵《あおい》だよ」

翔太と海斗に対する反感を隠そうともしない年上のメンバーだった。

「心配すんなって。俺もちゃんと面接した。大地はさあ、顔はそこそこレベルだけど、なんか憎めないとこがあっから、まあいいかなと思って。おまえらクラスからするとだいぶ頼りないかもしれないけど、俺もハッパかけといてやっから」

「あの、道後さん、聞いて下さい」

「それともおまえ、葵の推薦に文句をつけようってのか」

「そんなつもりじゃないんすけど、大地って奴は――」

「おい翔太、おまえ、近頃なんか勘違いしてんじゃねえの」

「えっ」

道後が冷ややかな態度で向き直る。

「トップテンになった途端、店の方針に口出しかよ」

「いえ、俺はただグループのためを思って……」

「誰をグループに入れるか、おまえが決めることじゃねえ。第一、おまえがトップテンになれたのも海斗と組んだおかげじゃねえか。いい気になってんじゃねえよ」

初めて悟った。道後もまた、自分達を妬み悪意を募らせている一人だったのだ。

「すんません。心を入れ替えてやり直します」

一切の弁解をせず謝罪する。カタラではそれ以外に選択肢はなかった。

何も言わずに道後は去った。背後で大地の嘲笑が聞こえたような気がした。

その日、翔太は海斗と一緒にいつものように繁華街でのコールに立っていた。表参道でちょうど二人組の女の子をキャッチしたとき、二人のスマホにＬＩＮＥの着信があった。城有からのメッセージだ。

「すぐに大久保の春天に来い。コールは中断。最優先な」

　城有の命令には逆らえない。海斗が女の子達に向かっていかにもすまなそうに詫びる。

「ごめんね。僕達、急用が入っちゃった。大事な仕事で、社会人として外せない用事なんだ。この埋め合わせをしたいから、よかったら今度また会おうよ、ね」

　それぞれコール専用に作成した名刺を渡す。女の子は二人とも「あ、そう」という顔と様子で受け取った。初対面でこれではおそらくもう望みはないだろう。

　その場で車を拾い、大久保に向かう。『春天』は個室だけの中華料理店で、料理はそれなりだが密談には最適の店だった。

「城有さんからこんな急な呼び出しなんて、珍しいな。一体なんの用だろう」

　車内で海斗が不安そうに言う。

「さあな。ともかく、せっかく引っ掛けた二人を逃したのは痛いな」

「うん、釣り落とした魚は大きいってやつかな、二人ともかわいかったのに」

「でも城有さんからの呼び出しならしょうがないさ」

　どうでもいい話をしながら時間を潰す。

　やがて大久保に着いた。適当なところで車を降り、路地に入って突き当たりの階段を上がる。雑居ビルの二階に春天はあった。

　店員の案内で奥まった一室に入る。

「失礼します。遅くなりまして申しわけありません」

　二人同時に大声で挨拶する。中で城有ともう一人の男が待っていた。

「おお、こっち座れ」

下座にいた城有が手を挙げ、自分の隣を示す。

「失礼します」

指示された席に並んで座る。上座にいるスーツの男は初めて見る顔だった。

三十代半ばといったところだろうか。まだ若いが尋常でない目付きをしている。

ヤクザだ。末端でもチンピラでもない。幹部クラスだ。

「紹介するよ。陣能さんだ」

この人が陣能さんか――

「陣能さん、こいつらが前に話した翔太と海斗です」

「はじめまして、辻井海斗です」

「山科翔太っす。よろしくお願いします」

立ち上がって挨拶した自分達に対し、陣能は鷹揚《おうよう》に頷いただけだった。頬のこけたその顔は、喜怒哀楽のうち、喜と楽とを表示できないようデフォルトで設定されているかに見えた。

「海斗はＧ大の学生で、学校に行ってもいないのに要領よく単位を集めてます。優ばっかだそうですよ。人を利用するってことを知ってて、なかなか抜け目のない奴です。翔太の方は学歴こそアレですけど、肚が据わってるっていうか、度胸は人並み以上にある男です。こいつは使えますよ」

「使えるって、何に」

陣能が無造作に発した。

「俺らが探してるのは鉄砲玉じゃねえんだぜ。アタマがよくねえとこの先邪魔になるばっかりだ」

「心配要りませんよ」

　にやにやと笑いながら城有が答える。

「翔太はね、その辺のヘタな大学生よりよっぽど頭がいい。いくら学歴があったって、土壇場でものを言うのは本来のキレですよ。その点こいつなら文句なしっすね」

　陣能は何も言わずじっとこちらを凝視しているというより、レントゲンで撮影しているような視線だった。

「ふうん。ま、いいんじゃないの」

　さして関心なさそうに言い、陣能は杯を取り上げ口に運んだ。

「オレはこの陣能さんとビジネスやってんだ。前に話したよね、スマトラの開発。アレさ、いよいよ本格的に始めようかってことになって。それでさ、キミ達にもこれからいろいろ手伝ってもらおうと思って呼んだんだ」

「おい城有」

　陣能が大儀そうに、そして用心深そうに制止する。

「分かってますって」

　城有はいつもの調子で薄く笑い、

「今日は単なる顔つなぎなんで。肝心なことはまだなんにも話してません。こいつらだってそれくらい分かってますよ。じゃなきゃ、いきなり陣能さんに引き合わせたりしませんて……なあ、そうだろ」

　同意を求められ、翔太も海斗も反射的に肯定する。

「はい、大丈夫っす」

「僕達、何も聞いてませんし、よけいなことを言うつもりもありません」

「ほら、ね」

自信ありげに言い、城有は陣能に向き直る。

「こいつらを呼んだのは、陣能さんに確認しといてもらおうって意味もあるんですよ。陣能さんから見て、こいつらがイマイチ信用できないってんなら別のを用意します。ビジネスがスタートしてからじゃ替えも利かないでしょ？　今ならまだ余裕ありますから」

「つまりお試し期間てわけかい」

「そ。さすが陣能さん」

「城有、おまえさあ、自分のことサイコーにアタマいいと思ってんだろ」

「そりゃ思ってますよ、実際そうですから。オレが月々入れてる金額、思い出してみて下さいよ」

「その金額が下がったときにどうなるか、そっち心配した方がいいんじゃね？」

「コワいこと言わないで下さいよ」

言葉とは裏腹に、城有は快活な態度を崩さない。

「何があったって、陣能さんには最優先で回しますよ。オレ、デキる人は何よりも大事にする主義なんで」

「ふうん」

陣能の表情からは、城有の言葉に納得しているのかどうかさえ分からなかった。

「じゃあ、こいつらのことは様子見て決めるってことで、ひとまず帰らせろ。今日はカネの話をしに来たんだ。こいつらにはまだ聞かせるわけにはいかねえからな」

「翔太、海斗」

「はいっ」

二人同時に立ち上がり、陣能と城有に向かって一礼する。

「失礼します」

迅速に退室する。ドアを閉める際にちらりと室内を見ると、城有が満足そうに頷くのが目に入った。

来たときと同じ階段を早足で下り、翔太は海斗と大きく息をついた。今まで空気のない深海か宇宙空間にでもいたかのように、肺の中へ酸素が勢いよく流れ込んでくる。

恐ろしい場所だった。だがそれを上回る栄誉に気分が高揚する。

「マジ凄い人だね、城有さんも、陣能さんも」

海斗も上気した顔で言う。

「僕達って、つくづくラッキーだよね。あんな人達のビジネスを手伝えるなんて」

「でも、さっきの話からすると、『オメーら、やっぱ使えねえわ』って言われる可能性だってあるぜ」

「そうならないようにがんばらなきゃな。その点、翔太ならドジ踏むこともないから安心だよ。これが他の奴だったら、僕、心配で夜も眠れなくなりそうだ」

「それは俺だっておんなじだよ」

二人して笑いながら歩き出す。

「……あれ？」

翔太は自分の足が震えていることに気がついた。

「どうしたの」

「いや、なんでもねえよ」

軽く答えて歩き続ける。だが翔太は、己の足の震えによって、陣能というヤクザの秘めていた何かを今さらながらに実感していた。

陣能とは、これまで翔太が出会ったヤクザ達とはまったく異なる種であるとしか言いようはなかった。

高揚が急速に霧散して、不安に取って代わっていくのを感じる。

あんなヤクザと一緒にビジネスだって――？

「おい、翔太っ」

海斗に腕を取られ、我に返った。

クラクションが鳴らされ、すぐ目の前をトラックが横切っていく。横断歩道の信号は赤だった。

「なにぼんやりしてんだよ。嬉しいのは分かるけど、交通事故で死んだりしたら困るのは僕なんだから」

「すまない。これからは気をつける。おまえに迷惑はかけない」

「なに本気にしてるんだよ。冗談だって。でも本当に気をつけろよ」

「分かった分かった」

何かを感知した思考が混沌へと形を変え、再び狂騒的な高揚となって溶明する。海斗の興奮が瞬く間に伝播してきて、もう何も気にならなくなった。

6

それから二、三日おきに、翔太は城有に呼び出されるようになった。もちろん海斗も一緒である。指定された店へ行き城有と一緒に飲んでいると、大抵ボディガードを連れた陣能が後からやってきた。そして一時間ほど飲んで帰っていく。支払いはすべて城有持ち。言うまでもなく、陣能は翔太と海斗の器量を測っているのである。こちらもそれが分かっているから、気楽に飲むどころではない。

陣能の目は、半分眠っているようでありながら、常にこちらの隙を窺っている。ほんのちょっとした挙動も見逃さない。その態度はときに冷淡で、またときに挑発的で、そうしたすべてがこちらを試すリトマス試験紙なのだった。

ある木曜日、翔太はカタラの店内で海斗の来るのを待っていた。その日は店で落ち合い、新宿東口でのコールに行く予定になっていたからだ。

スマホを確認するとＬＩＮＥの着信があった。例によって城有からの呼び出しだった。「海斗が着き次第すぐに行きます」と返信してから、翔太は道後に声をかけた。

「道後さん、すんません、城有さんからの呼び出しなんで、今日はコール中止です」

すると道後は嫌な視線をよこし、

「またかよ。おまえら、今月はほとんどコールやってねえだろ」

「でも、城有さんから――」

「分かってるよ。そうじゃなきゃこんなにサボらせるもんか」

サボってるわけじゃねえよ――そう言いかけたが、かろうじてこらえる。

だが道後はこちらの開きかけた口を見て、その後に続くはずだった言葉を正確に読み取っていた。

「なんだ、何か言いたいことでもあんのかよ」

「いえ、ありません」

「だろうな。いくらトップテン様でも、店じゃマネージャーの方が偉いもんな」

カタラグループにおいて上下関係は絶対である。それが分かっているから、道後も強気に出られるのだ。

「城有さんもなんでこんな奴ばっかヒイキすんのかなあ。ちょっとは俺の苦労も考えてほしいもんだ。他の奴らを抑えるのも限界だぜ。これで売り上げが落ちたのを俺のせいにされちゃたまんねえよ」

メッキが剝がれつつあるのか、道後は日に日に性根の卑しさを露わにしつつあった。施設育ちの不良である自分から見ても、道後のゲスぶりは明らかだ。

翔太は何も言わずに沈黙を貫いた。ここで面倒を起こすのはまずい。こうしたトラブルは評価を下げる最大の要因となるからだ。

「中卒のクセしやがってよ。海斗をうまいこと丸め込みやがって」

それはグループの理念に反するんじゃないですか――

またしても声には出さず胸に呑み込む。

道後は翔太にばかり絡んで海斗には何も言わない。海斗と同じＧ大のＯＢだからだ。

「悪い、遅くなった」

そこへ海斗が駆け込んできた。城有のメッセージは彼にも届いているはずだ。

「じゃ道後さん、お先失礼しまっす」

海斗の腕を取るようにして店を出る。

「何かあったの？」

さすがに海斗は勘がいい。

「なんでもない。城有さんを待たせちゃまずいだろ。万一陣能さんが先に来てたりしたら……」

「そりゃまずいよ」

海斗は大仰な仕草で笑う。なんとかごまかせたようだ。

タクシーを拾い、指定された店に向かう。

「あのさ、翔太」

車内で海斗が口を開く。数秒前とはまるで違う、深刻そうな顔になっていた。

「なんだ」

道後とのやり取りで頭が一杯だった翔太はぞんざいに応じる。

「君は陣能さんて人、どう思う？」

意外なことを話し出した。

「どう思うって……おまえ、前はヤクザでも構わないって言ってなかったか」

「うん、言った。だけどあの陣能って人は違うと思う」

「違うってどういうことだよ。ヤクザはヤクザじゃないか」

忘れかけていた先日の直感が甦る。陣能と初めて会ったときに抱いた感覚だ。

海斗は慎重に言葉を選んでいる様子で、

「あれから冷静になって考えてみたんだけどさ、スマトラ島のリゾート開発は確かに合法的なビジネスかもしれない。それに参加すること自体はいいと思う。カタラの理念通り、他では絶対できない社会経験だ。だけど、陣能さんはなんだか恐い気がするんだ。あの人とは距離を置いた方がいいんじゃないか。仕事以外で何か変なことに巻き込まれるのだけは困るよ」

内心で舌を巻く。素人の学生である海斗の推測は正鵠《せいこく》を射ていた。

「正直、俺もおまえの言う通りだと思う。けどさ、今さらどうやって距離を取るんだよ。城有さんに誘われたら断れねえぞ」

「そうなんだよなあ」

ため息をつきながら海斗が頭を抱えるように、

「城有さんからはもっと学びたいことがたくさんある。だけどカタラの仕事を続けながら、この件についてだけ城有さんに逆らうのは……」

「まあ無理だな」

「じゃあ君はどうすればいいと思う?」

「分からない」

混乱したまま翔太は答える。城有の待つ店はもう目の前だ。

「お互いしばらく考えてみることにしよう。そしたら何かいい手が浮かぶかもしれないし」

そんなやくたいもない提案が精一杯だった。

「そうだよな……」

海斗も弱々しく同意した。

深夜に、というより夜明けに近かったが、帰宅した後も翔太はあれこれと考えを巡らせた。考えれば考えるほど、カタラグループとは翔太にとって居心地のいい場所だった。

道後の態度は気にかかるが、問題はない。間もなく名実ともに自分と海斗が道後の上に立つだろう。そうなれば道後や一部の嫉妬深い連中も自分に最敬礼するしかなくなるはずだ。

上等なスーツ。一流レストランのうまい料理。高価なワイン。不良ではない、育ちのいい仲間達。こんな経験は今までしたことがなかった。自分を施設出身だと蔑む者もいない。

グループを離れたくない。それが本音に近かった。

一方で、海斗の指摘にも同意する。このままでは危険だ。だがこの局面を回避する方策は見当たらない。

城有に忠告することも考えたが、リスクが高すぎる。城有から陣能の耳に入ったらどうなるか知れたものではない。第一、あの城有が陣能という男の危険性を知らないはずがなかった。何もかも承知の上で、ビジネスパートナーとして付き合っているのだ。

一睡もできないままコールに出た。

待ち合わせの約束をしていた池袋に海斗は姿を見せなかった。こんなことは初めてだ。

スマホの振動に気づき画面を見る。海斗からのＬＩＮＥだった。

［カゼらしい。悪いけどしばらく休む。店にはもう連絡した］とあった。

あれだけの緊張の後だ。海斗が体調を崩したとしてもおかしくはない。翔太は一人でコールを続け、中の上といったレベルの女を釣り上げた。

数軒の店に案内してから女と別れ、午後十時過ぎにカタラに入った。メンバー全員と引っ掛けた女の情報を共有する必要がある。そして互いにフォローし合い、一人でも多くの女をＦに送る。それがカタラグループの結束の力だ。

　華やいだ席の仲間達にフォローを入れつつ奥へ進み、道後に挨拶する。

「お疲れ様っす。今入りました」

「おう」

　道後は振り向きもせず無愛想に応じる。予想していたことなので気にもならない。

「翔太先輩、お疲れっす」

　背後から突然声をかけられた。

　振り返ると、洒落たスーツに身を包んだ大地が立っていた。人の顔色を窺い、すり寄ることの得意な大地は、翔太に反感を抱く店の古参メンバー達にかわいがられている。

　翔太が口を開きかけたとき、道後が満面の笑みで大地に言った。

「おう、大地か。おまえ、最近成績いいじゃないか。この調子でがんばれよ」

「あざっす」

　大地は道後に向かい頭を下げる。こちらに嘲りの視線をくれながら。


　翌日も海斗は休みであった。ＬＩＮＥを見ると、風邪が長引いているらしい。心配になってＬＩＮＥを送ろうと思ったが、引っ掛けた女達からのＤＭや電話が次々と入り、その日は海斗に連絡できなかった。

　翌々日は翔太自身が体調不良で休みを取った。連日の疲れが溜まっていて、コンビニへ買物に出る気力さえ残っていなかった。こんなふうに海斗も疲れていたのだろうと、妙な納得感さえあった。

　ゴミの散らばるマンションで横になり、ただ放心して日を過ごす。それはそれで悪くなかった。

そうだ、と思い立って海斗に電話してみた。

〈翔太か、僕だ〉

海斗が出た。いかにも具合の悪そうな鼻声だった。

「風邪だって？　大丈夫かよ」

〈悪い、僕一人休んじゃって。連絡しようと思ったんだけど、女の子達のフォローで手一杯でさ。もう寝てる間もないくらい〉

「分かるよ」

嫌というほど分かる。頻繁に入るＬＩＮＥやＤＭの相手だけでも大変な手間だ。うっかり風邪などと言おうものなら、どの女も「見舞いに行く」とか言い出すだろう。海斗が複数借りているマンションのうちのどれにいるのか分からなかったが、万一女同士が出くわすようなことにでもなったら厄介だ。そうならないように、細心の注意を払って巧妙に嘘をつく必要があった。もしかしたら世田谷の実家にいるのかもしれない。海斗は女に実家の住所までは教えていないはずだった。

「実はオレも、今日は調子悪くて休んでんだ」

〈なんだ、そっちもか〉

スマホの向こうで海斗は拍子抜けしたように、

〈君に迷惑かけてるなあって気にしてたんだ。一日休めばそれだけ成績が下がるからね〉

「気にすんなって、そんなこと。俺達、今日までメチャクチャがんばってきたからな」

〈ああ、そうだよね。それに……〉

「それに、なんだ？」

珍しく言い淀んでいた海斗が、言葉を選ぶように、

〈いろいろ考えをまとめるいい機会かも、なんて思ったんだ〉

「考えって、なんの」

〈だからいろいろさ……これまで学んだいろんなこと〉

カタラでの学びに対して海斗は人一倍熱心に取り組んでいたから、その話には得心がいった。ことに陣能の件については、お互い消耗することが多かった。だが、それでも微かな歯切れの悪さを感じなかったと言えば嘘になる。

〈とにかく、今はお互い体が第一だから、この際ゆっくり骨休めといこうよ。女の対処は手間だけどさ〉

そこで海斗は大きく咳き込んだ。

「おい、ほんとに大丈夫かよ」

〈大丈夫だって。君もこじらせないように気をつけろよ〉

「ああ、分かった。お大事に」

相手の体調を慮って、翔太は早々に電話を切った。自分自身の頭がぼんやりしてきたということもある。

海斗は何を考えているのだろう――

漠然とそんなことを思った。海斗が嘘を言っていたとは思わないが、重い空気のような不安がまとわりついて、全身を緩やかに締め上げているようだった。

体調のせいだ――体が弱っているから、こんな気分になるんだ――

立ち上がって全身の汗を拭う。それから洗面所に行き、コップで水道の水を飲んだ。立て続けに三杯飲むと、だいぶ気分が楽になった。

寝室に戻って再び布団の上に身を投げ出す。テレビのリモコンをつかみ上げ、スイッチを入れた。どの番組も面白くはなかったが、それでも気晴らしにはなった。

やがてニュース番組が目に入った。しばらく何も考えずに眺めていると、よくある振り込め詐欺のニュースが始まった。

またかよ——

お定まりの内容である。押収された携帯電話やパソコンの映像。逮捕され、送致される末端の被疑者達。イラストを使用した組織の図解。

翔太はよく知っている。振り込め詐欺をはじめとする特殊詐欺を仕切っている組織の多くは半グレだ。その〈上〉までは知る由もないが。

半グレはカタギの世界に身を置きながら、アタマの悪い連中を操って詐欺をやらせる。翔太と同じ施設出身で、振り込めに加担してパクられた奴は大勢いる。普段は仲間に虚勢を張って自分を大きく見せたがる、いっぱしの不良気取りが多かった。パクられて当然と思えるような間抜けばかりだった。

暴力沙汰も日常の一部で、シメたのシメられたのという話は朝昼晩の挨拶と同じ数だけ聞いていた。

ヤクザになった奴もいる。城有も言っていたが、それこそ最大のバカだ。好きこのんで施設よりも厳しい規則の世界へ飛び込んでいく。理解できない。こちらから上納金を払ってキツい仕事をやらされる。相手がバカと分かっていても、兄貴分には絶対服従。どうかしているとしか言いようはない。

その点、半グレは自由だ。ヤクザのように法律などには縛られない。法の隙間で好き勝手ができる。だがそれだけに、ヤクザ以上に抑えの利かないバカも多い。六本木で事件を起こした連中のように。

そういうグループは無数にある。芸能人をはべらせ、寄ってきた若いアイドル志望の女の子を政治家や実業家に提供し、夜通し騒ぎまくる。

くだらない。

醜く、おぞましく、汚らしい豚の世界だ。

カタラは違う——間抜けじゃない——使われる側なんかじゃない、俺は使う側なんだ——

そんなことを呟きながらニュースに見入る。

その呟きは誰に対してのものなのか。逮捕された間抜けにか。他人事だと思って呑気に見ている世間にか。自分自身に対してか。それとも海斗に対してか。

だがそのうち見知った顔が画面に現われ、翔太は思わず身を起こした。

［暴力団員　原崎健一《けんいち》（42）］

パトカーに乗せられる組員の映像に被って、そんなテロップが表示される。

原崎。青山のクラブで城有に上納金の値上げを迫った男だ。

あいつ、パクられちまったのかよ——

一般に、特殊詐欺の世界は下っ端の実行犯のみが逮捕され、捜査の手は決して上層部に及ばない構造になっている。組の名は出なかった。原崎が組内でどういうポジションにあり、詐欺グループとどういう関係にあったのか分からなかったが、今回はそれだけ警察が本腰を入れていたのだろう。また原崎はこうした非常時に切り捨てられる程度の男でしかなかったということでもある。

城有さんの見立ては正しかった——

パトカーに押し込められる原崎の情けないストップモーションでニュースは終わった。


次の日、翔太は早めに店に入った。

「昨日は休んですんませんしたっ」

開店の準備をしていた道後は、頭を下げる翔太に対し、不機嫌そうに応じる。

「急に休んだりしてよ、あんまり勝手なことすんなよな。下のもんに示しがつかねえだろ」

「はい、すんません」

「おまえもさあ、トップテンの一人なんだろ。だったらそれくらい言われなくても分かりそうなもんじゃねえの。そうそう、新人の大地さ、あいつの方がよっぽど礼儀をわきまえてるよ。おまえ、あいつの先輩だろ。情けねえとは思わねえのかよ」

海斗はその日も休みであったが、道後はひたすら翔太にだけ嫌みを言い続けた。

「おっ、今日は早いね」

そこへ珍しく城有が顔を出した。

「ご苦労様っす」

道後が態度を一変させて城有に挨拶する。もちろん翔太も即座に頭を下げている。

「お、翔太もいるじゃん。ちょうどいいや、そこで待ってて」

「はい」

城有は道後と店の売り上げについて小声で話し始めた。どうやらその件で来たようである。話はすぐに終わり、城有は翔太を振り返った。

「待たせて悪かったな、さ、行こうか」

「行くって、どこへですか」

「そういうことはさ、いちいち目上に訊かないもんだよ」

「はい、すんません」

先に立って歩く城有に従い、店を出る。振り向きはしなかったが、背中に道後の視線をはっきりと感じた。

城有は店の外で待っていたレクサスに乗り込んだ。そしていつもの運転手に「新宿東口」とだけ告げる。

「あの、ご存じですか」

車内で思い切って話しかけた。

「え、なに」

「昨日、ニュース見てたら、原崎ってヤクザが捕まったって」

城有は「ああ」と頷いて、

「聞いた聞いた。あいつ、こういうときの切り捨て要員だったみたいだな。下っ端のクセしてオレに偉そうに説教たれやがって、ざまあねえよ」

鼻で笑って吐き捨てた。

「あの、ウチのグループに影響とかないんでしょうか」

「そんなもん、あるわけねえだろ。だってオレ、振り込めなんてやってねえし」

城有の横顔からは、それが真実かどうかは読み取れなかった。

「でも、原崎ってヤクザも陣能さんと同じ組なんでしょう」

「だからさ、奴は切られたの。分かる？　それに陣能さんとは組内でライバル関係にある人の手下だったから、陣能さんにとっちゃかえってラッキーなんじゃねえの」

やはり〈上〉にはなんの影響もないシステムなのだ。損をするのはいつも〈下〉だけ。それがカタラグループで学んだことではなかったか。

「勉強させて頂きました」

礼を言うと、城有は楽しげに笑った。傍目には邪念のかけらもない晴れやかな笑みである。

新宿東口で下車した城有は、中央通りに並ぶ商業ビルの一つに入った。その六階にあるクラブで、陣能が待っていた。

「遅くなっちゃってすんません。ちょっと店に寄ってたもんですから」

そう詫びながら城有がテーブル席に着く。翔太も言われるままに腰を下ろした。

城有も陣能も、原崎の逮捕については触れようともしない。あえて話さないのではなく、まるで念頭にないようだった。

「で、どうです、陣能さん」

グラスに酒が注がれてから、城有の方から切り出した。

「今日は海斗はいませんけど、こいつらが使えるってこと、そろそろ分かってきたんじゃないすか」

それを聞いて翔太は身を固くした。城有は陣能に自分達の評価を迫っているのだ。

「そうだなあ」

陣能は間を持たせるように、指の間でグラスを回す。

矛盾する思いに翔太はどうしていいか分からなかった。

ここで陣能に拒否されれば、それは自分の能力や存在価値の否定を意味する。一方で、受け入れられれば陣能と城有の「ビジネス」に引きずり込まれる羽目になるだろう。いずれにしても、それはカタラでの居場所を失う結果につながりかねない。

こんなときに限って海斗がいないなんて——

相棒の不在までが翔太の不安をかき立てた。

「こいつはさあ、カタラには向いてないんじゃないの」

ややあって、陣能は予想外のことを言い出した。

やはり自分は不適格ということか——

息を呑む翔太を嗜虐的に眺めながら、

「どっちかって言うとさ、組に引っ張りたいんだよね。その方が役に立つっていうかさ」

「ダメですよ陣能さん。ウチはスカウト禁止ですから」

城有が笑いながら応じている。

「こいつはこっちで見つけた人材ですんで。オレの役に立ってもらわないと。独り占めなんてナシですよ」

「分かってるって。じゃあ、ビジネスの件は一から勉強させるんだな。次に会うときまでちゃんと仕上げとけよ」

「はい、オレが責任もって仕込んどきますよ。海斗の方もね」

「あの……」

遠慮がちに口を挟む。

「なんだ」

城有と陣能がこちらを見る。

「カタラでの仕事はどうなるんでしょう」

「もちろん続けてもらうさ。今トップテンが二人も抜けたら、ダメージ大きいもんな」

城有の答えに、翔太はどこか安堵を覚えていた。

不在である海斗の運命まで決まってしまったが、たとえこの場にいたとしても、海斗には抗するすべはなかっただろう。今の自分と同様に。

7

海斗の風邪は予想以上に長引いていた。ビジネスの件はＬＩＮＥで伝えてある。既読は付いたが返信はなかった。

陣能やスマトラ島のビジネスについて一刻も早く海斗と相談したかった。直接電話しようかとも思ったが、ＬＩＮＥの返信もできないほどこじらせているのなら、どのみち集中して頭を使うことなど無理だろうと思い遠慮した。今はとにかく海斗の一日も早い回復を祈るばかりである。

海斗という相棒のいない翔太に対し、道後の主導するカタラ店内の風は予想以上に冷たかった。

いつものように賑わっているカタラの店内を歩いていると、「でもあたし、もうお金がないんです……」という消え入るような声が耳に入った。見ると、大地が相手の若い女に対し執拗に言い聞かせている。

「だからさあ、朋代《ともよ》ちゃんならいくらでも稼げるって」

「でもそれって、風俗なんじゃ」

「いいじゃん風俗で。でなきゃここの支払い、どうすんだよ」

「それは……なんとか仕事で……」

「仕事って、あのパソコン屋のバイト？　あんなの、もういくらやっても返せる額じゃねえんだよ。おまえさあ、オレに恥かかせる気？」

「そんなつもりは……」

「だったらさ、オレのためにがんばってよ。朋代ちゃんに値が付くのって、今だけだよ。売れるのは若い間だけ。いい店紹介してやっからさ」

　翔太は愕然として足を止めた。

　こいつはマニュアルを読んでいないのか――

　敏速に、しかし決して慌てているようには見せず、穏やかな笑みを浮かべてフォローに入る。

「どうした大地、こんなかわいい子を困らせちゃダメじゃないか」

　朋代と呼ばれた女は助けを求めるように翔太を見上げた。一方の大地は聞こえよがしに舌打ちして横を向く。

「すみません、あたし、もうこれ以上このお店には来られません。お金は必ずお支払いします。だからもう……」

「朋代ちゃん、だっけ？　君はなんか勘違いしてるみたいだけど、大地は別に無理強いしているわけじゃないんだよ」

「だって――」

「大地はね、朋代ちゃんに本当に惚れてるんだろうな、きっと。でなきゃ、あんなわがままな言い方なんてしたりしない。こいつ、朋代ちゃんに甘えてるんだよ。それだけ朋代ちゃんを信じてるってこと。なあ、大地？」

話を振ってやったにもかかわらず、大地はふて腐れたまま笑顔の一つも見せなかった。朋代も横目で大地の様子を窺っている。

「ごめんね、朋代ちゃん。こいつ、いつもはもっと素直なんだけど、今日はスネてるみたい。俺達にとってもそういうとこがかわいいんだけどね。でもさ、こいつの言ってたことも一理あると思うんだ。時間てさ、誰にとっても限られてるじゃない。その時間をどう使うかによって、今後の人生が全然違ってくるわけ。だから――」

「大地君、そんなこと言ってませんでした」

失望のため息とともに、朋代は意を決したように言った。

「あたしが悪かったんです。大地君、あたしのこと気にしてくれてるのかな、なんてちょっとでも思ったりして。そうじゃなかった。最初からお金だけが目的だったんですね」

「違うって。大地はほんとに朋代ちゃんのこと――」

「やめて下さい。それくらい、大地君を見たら分かります」

女の視線の先で、大地は子供のようにそっぽを向いていた。自らの失態をごまかそうとしているのか、にやにや笑ってさえいる。

翔太は絶句するしかなかった。まるで他人事のような顔だ。マニュアルに従えば、一緒になって説得しなければならない局面であるはずなのに。

こいつは一体何を考えているんだ――

朋代は今や嗚咽しながらきれぎれに呟いている。

「お酒なんて別に好きでもないのに……こんなとこで言われるままにあんな大金を使ったりして

「……自分の責任は自分で取ります……今日はこれだけしかありませんけど、お金は必ず返しますから。ごめんなさい」

「待って、お金はいいから」

財布からカードではなく現金をつかみ出した朋代の手を押さえようとしたが、間に合わなかった。

「カードの限度額はとっくに超えてるし、第一、口座にはもうお金なんて残ってません。現金でお願いします」

「だからいいって。ここは俺が」

「失礼します」

立ち上がった朋代は、はっきり分かるほどに泣きながら店を出て行った。

他の客達もいつの間にかこちらを注視している。薄暗い中にも、メンバーの何人かが顔をしかめるのがはっきりと分かった。

最悪だった。各メンバーが女をＦに送り込もうとしている最中に、とんだ冷や水をぶっかけた恰好だ。非難の視線が自分達に集中する。

「大地、翔太、ちょっと来い」

歩み寄ってきた道後が小声で囁き、奥へと向かった。翔太はやむなく道後の後に従った。不服そうにしていた大地も、少し遅れて立ち上がった。

控え室に入った道後は、いきなり翔太を叱りつけた。

「翔太、おまえ、えらいことやってくれたな」

「待って下さい、俺はプログラムの通りフォローに入っただけですよ。なんで俺が文句言われなきゃなんないんですか。もともと大地が女と揉めてたんで」

「本当か、大地」

「揉めてなんていませんよ」

大地は平然と言い放った。

そのふてぶてしい顔を、翔太は呆れて凝視する。

「オレ、あの女とはうまくいってたんすよ。夕べなんて、ラブホで何回もイカせてやりましたからね。もうくたくたになるまでサービスしてやりましたよ。おねだりだけはしつこい女ですから。なのに店のツケは払いたくないとか、勝手なこと言い出したもんだから、マニュアル通りに説得しようと思って。それで普通に会話してただけなのに、いきなり翔太さんが割り込んできたんすよ。あわよくばオレの獲物をかっさらおうとでも思ったんじゃないすかね。こんなのルール違反じゃないんすか、マネージャー」

「てめえ、ふざけるなっ」

思わず大地を怒鳴りつけた。

「なんて大声出してやがんだ、バカ野郎」

道後に頬を叩かれた。

「店の客に聞こえちまうだろうが。どうしてくれんだよ、え、おい」

「すんませんした」

大声を出してしまったことは謝るしかなかった。

「ですが道後さん、俺は本当に――」

「見苦しいぞ、翔太。トップテンのくせしやがって、後輩の女をかすめようなんてセコいマネ、よくできたもんだよな。そこまでして成績上げたいのかよ」

「聞いて下さいっ」

「なにがトップテンだ。おめえなんかにトップテンを名乗る資格はねえっ」

取り付く島もなかった。もしかしたら、道後は何もかも承知の上でこちらを罵っているのかもしれない。

気がつけば、背後にメンバーが何人か立っていた。一様に恨みがましい目で自分を睨んでいる。

「なんだ、おまえら」

「道後さん、オレらにも言わせて下さいよ」

中の一人がたまりかねたように口を開いた。

「おい翔太、なんだよさっきのアレ。女達、みんなビビってたぞ。おかげでこっちの努力が吹っ飛んじまったじゃねえか。一人連れ込むまで何日かかったと思ってんだ。成績下がったらどうしてくれるんだよ」

「文句があんなら大地に言えよ。俺の知ったことか」

「翔太、おまえ、まだそんなこと言ってんのか。いいかげんにしとけよな」

道後は一貫して大地を擁護する。やはり確信犯だ。

当の大地は、しおらしく俯いたふりをしながら嗤っていた。

この野郎——

殴りつけたくなる衝動を必死にこらえる。こんなことで騒ぎを起こせば「マニュアルの精神を理解していない」と吊るし上げられ、孤立を深めるのは目に見えている。

「すんませんした。みんなに迷惑をかけるつもりはありません。勘弁して下さい」

屈辱に耐え頭を下げる翔太に対し、日頃から不満を募らせていたとおぼしいメンバー達が一斉に詰め寄ってきた。

「それで謝ったつもりかよ」「トップテンになって天下を取ったつもりにでもなってたんだろう」

「マニュアルちゃんと読んでんのかよ」

おめえらよりは読んでるよ——喉元まで出かかったそんな言葉を、無理やり押し戻すようにして呑み込んだ。

仲間であったはずなのに。

ここは自分の居場所であったはずなのに。

自分は誰からも一目置かれるトップテンになったはずなのに。

居心地のいい店が、オセロゲームのように一瞬で反転した。

一体どうして——

その夜自宅マンションに戻った翔太は、怒りを叩きつける思いでひたすらスマホを打ち続けた。

現在〈交際〉中の女達に対する〈営業ＬＩＮＥ〉だ。

「元気？」「がんばってる？」「俺にできることない？」「すぐにでも君の力になりたいな」「二人で一緒に夢をつかもう」「大事なのは向上心だよ」「君ならきっと成長できる」

使い慣れた言葉の数々が、どういうわけか空虚に白々しく見えた。

目をこすりながら思う——疲れているせいだ、だから目がかすむんだ。

「学び」「努力」「成長」「自己実現」「金」「金」「金だ」「とっとと金を払え」「いい思いさせてやっただろ」「いいから黙って風俗行けよ」「おめえらは一生俺に金を払ってりゃいいんだよ」「その程度のモノなんだよ、おめえらは」

とっくにバッテリーの切れたスマホに向かい、口に出して喚いていた。

「おめえらのせいで俺が成長できなかったらどうしてくれんだよっ」

早く戻ってきてくれ、海斗——

心の中で呻いていた。

海斗さえ復帰すれば、あの輝かしい日々もまた戻ってくるに違いない。

城有と陣能のビジネスに対する躊躇や葛藤は跡形もなく消えていた。むしろ城有によるビジネスと自分達二人の抜擢が、一刻も早く公表されることを望んでさえいた。

そうなれば、状況が一変するはずだと信じられたからだ。

そうなれば、きっと。


翌日も一人でコールに出た翔太は、ほどなく地方出身の女を引っ掛けた。再会の約束を取り付け、場所を変えてコールを再開する。

午後七時、以前から約束していた女と表参道のフレンチ・レストランで食事。それから西新宿のカタラへと案内した。

「ここは完全会員制でね。社会的に身許のしっかりした人間でないと入れないんだ」

いつもの決まり文句を囁きながらエレベーターのボタンを押そうとする。

その瞬間、周囲を見知らぬ男達に囲まれた。

「警察です。山科翔太さんですね」

正面に立った男が言った。

「山科翔太さんですね」

男が強い口調で繰り返す。

「そうですけど」

「職業安定法違反の容疑であなたに逮捕状が出ています」

右側にいた男が令状を示す。同時に別の男が動揺している女をどこかへと誘導する。

正面の男が腕時計を示し、

「はい時計見て。午後九時五十一分。確認しましたね。ちゃんとよく見て。令状も確認しましたね。いいですね、あなたの名前ですね。はい午後九時五十一分、被疑者確保」

同時に左右から両腕をつかまれた。

「待てよ、おい、俺は法的には何も――」

手を振り払おうとした途端、正面の男が一転してドスの利いた唸りを発した。

「抵抗すっと公妨（公務執行妨害罪）もつけんぞコラ」

なんだ――何がどうなってる――

「道後さんっ」

そのときエレベーターのドアが開き、翔太と同じく警官に囲まれた道後達が下りてきた。

大声で呼びかけると、道後は一瞬、醒めた目でこちらを見たが、そのまま何も言わずに連行されていった。

「さあ、おまえも来いっ」

抵抗など思いもよらない。翔太は左右の腕を捜査員につかまれ、道後とは別のパトカーに乗せられた。

運転席の制服警官がすぐに発進させる。

背後に遠ざかる夜の風景を振り返り、今度カタラに出勤できるのはいつだろうかとぼんやり思った。

8

新宿署に連行された翔太は、そこで初めて自分を直接逮捕した刑事達が警視庁生活安全部の生活安全特別捜査隊であることを知った。

取調室で捜査員が机の上に簡易製本された冊子の束を広げた。〈マニュアル〉だ。

「これ、知ってるよな」

もう手に入れていたのか――

「知りません」

「そんなはずないだろ。知らないどころか、読んでるはずだぞ」

「読んでません」

「あれえ、おかしいなあ。これ隅から隅まで熟読するのがおまえらの決まりなんだろ」

捜査員はマニュアルの一冊を手に取ってパラパラとめくりながら、

「凄いこと書いてあるよな。『女がこう言ったらこう言い返せ』とか、『困らせる役と慰める役とに分かれてチームプレイで女を落とせ』とかさ。『風俗に対する抵抗感を徐々に下げさせる方法』まであるぜ。この通りにやったら俺でも女の子を風俗に送り込めそうだ……ああ、風俗じゃなくってFって言うんだっけ？」

「知りません」

「いいかげんにしろよ」

捜査員の声に怒気が籠もる。

「大崎《おおさき》愛実さん、知ってるよな」

知らない、と反射的に言いかけて、翔太はやにわに思い出した。

愛実。カタラのメンバーとなって最初に引っ掛け、Fに送り込んだ女。たった今まで忘れていた。カタラでは一旦Fに送った女にもその後のフォローを続けることになっている。最後まで絞り尽くすためだ。だが中には目が覚めて自分からフェードアウトしていく女もいる。愛実もその一人だったのだろう。

「被害届、出してくれたんだよ。あれだけつらい目に遭ったってのに、勇気を振り絞ってさ。あんないい子に、おまえ、何をやった？　忘れるはずないよな。え、ちょっとくらいは覚えてるだろ」

「覚えてません」

「否認の一手か。いいよ、別に。こっちはな、おまえらみたいなクズを一掃するために今日まで粘りに粘って証拠を集めたんだよ」

証拠？　どういうことだ？　俺達のやってることは違法じゃないって城有さんが――

「何がカタラグループだ。半グレが好き放題やりやがって。他の学生連中はともかく、おまえはちゃんと分かってたはずだよな、城有が半グレでマルBともつながってたってこと」

マルBとは暴力団のことである。

「城有のケツ持ちは東坊《とうぼう》会だった。おまえみたいな不良上がりが知らないはずはないよな」

不良上がり。こちらの経歴も何もかも把握しているとでも言いたいのか。

そう言えば陣能がどこの組なのか、ずっと知らないままだった。

　そうか、東坊会だったのか――

「知ってるよな、城有。この薄汚いマニュアルを書いた男だ。本人は実業家を気取っているが、振り込めやら何やら、あくどいことは一通りやってやがる。あいつもきっちりパクったから、おまえがいくらシラを切ったところで心証が悪くなるだけだぞ」

　城有さんも逮捕された――

　鼓動が急激に速まった。胸が苦しい。

　海斗は――海斗はどうなった――

「どうした、顔色が悪いぞ。深呼吸でもしてみるか」

　うわべだけは心配そうに、しかし唇の端に笑みを浮かべて捜査員がこちらの顔を覗き込んでくる。

「隠し事をしてるとな、どんな奴でも、こう、良心てものが痛んでくるんだ。素直に協力したら楽になるぞ」

　うるせえ――俺に仲間を売らせようってのか――

「おまえ、年少（少年院）上がりなんだろ。今のうちにいいとこ見せとかないと執行猶予も付かなくなるぞ」

　短い期間であったが、翔太は十五歳のときに少年院に入所した経験がある。中学校で喧嘩し、相手に怪我を負わせたためだ。

　忘れていたわけではないが、思い出しもしなかった過去である。

「逮捕執行時に令状は確認したな」

「はい」

「だったら逮捕事由は分かってるな。職業安定法違反だ」

職業安定法。その第六三条にはこうあるという。

「次の各号のいずれかに該当するときは、その違反行為をした者は、これを一年以上十年以下の懲役又は二十万円以上三百万円以下の罰金に処する。」

翔太達の場合は二号に該当した。

「公衆衛生又は公衆道徳上有害な業務に就かせる目的で、職業紹介、労働者の募集、募集情報等提供若しくは労働者の供給を行い、又はこれらに従事したとき。」

つまりＦ、いや風俗に売るつもりで女を引っ掛けたことが罪になるというわけだ。

「このマニュアルには『女が自分で選択したことになるから違法ではない』と書かれてるが、そんな言いわけが通ると本気で思ったのか」

何も言い返せなかった。

「おまえにはな、それを意図して女と付き合っていた証拠があるんだ。大崎愛実さんはおまえとのＬＩＮＥのやり取りを保存しててそれを提出してくれた。言い逃れはできんぞ」

あの女、未練たらしくそんなものを残してやがったのか――

そこへ入ってきた別の捜査員が、担当の捜査員に数枚のメモを渡す。

それらに視線を走らせた捜査員が、すばやくメモを畳んで言った。

「おまえの後輩の堤大地な、あいつが全部ゲロッたそうだ」

「大地が？」

「カタラグループのシステムもマニュアルのことも、何もかもおまえに教えられたってよ。おまえにしつこく誘われて仕方なくグループに入ったんだと。大地って奴はおまえと違ってずいぶんと殊勝じゃないか。少なくとも利口だよな」

「嘘だっ」

立ち上がろうとして、背後から取調補助者に押し戻された。

「嘘なもんか。この通り、こっちが訊いてないことまで洗いざらい喋ってくれたそうだ」

捜査員は手にしたメモを、中身が見えないように一瞬だけ開いてみせる。

「そんなことじゃねえっ。大地みたいな最低のゲスを俺が誘うもんか」

「するとカタラグループのメンバーだったことは認めるんだな」

しまった——

「じゃあ、その調子で続けてもらおうか。まず〈コール〉の詳細について。ほら、マニュアルにも書いてあるやつだよ」

「……知りません」

「また否認かよ。言っとくけどな、ここにある堤大地の供述は本物だ。奴はおまえがカタラの有力メンバーだったと証言してるんだよ。具体的にああいうことをした、こういうことをしたって。そもそも大地が引っ掛けた朋代って子の証言があるんだ。それで大地もパクられたんだが、その子はカタラで大地と一緒に自分を嵌めようとした男を覚えててな、おまえだってはっきり証言してくれてる。いくら否認したって無駄だからな。覚悟しとけよ」

大地のフォローに入ったときか——いくらプログラム通りとは言え、あんな奴のためによけいな真似をするんじゃなかった——

小ずるい笑みを浮かべている大地の顔が頭の中に大きく広がる。

怒りのあまり、閉じた瞼の内側が闇の黒から血の赤へと変わっていった。

逮捕から四十八時間が経過し、翔太は東京地検へ送致された。そこで検察官は勾留請求を行なうことを決定し、裁判所に請求した。翔太の身柄と一緒に警察から提出された供述調書と証拠物により、検察は容疑事実に間違いなどないと決めつけているようだった。供述調書といっても翔太は否認と黙秘を貫いたため、そこには何も書かれていないはずなのだが、検察にとっては何もかも予定通りということなのだろう。

翔太は再び新宿署へ戻され、そこで勾留された。

気がつくと、国選弁護人と名乗る男が目の前にいた。そう言えば誰かに弁護士をどうするか訊かれたような気もするが、はっきりしない。何もかもが煩わしくて、勝手にしろと適当に答えたのだと思う。

ともかくその弁護士は、徹底して事務的な態度を崩さなかった。警察や検察と同じく、翔太の容疑を疑っていないことは明らかだった。自分のやったことは事実なのだから、翔太には異論も不満もない。

弁護士は区役所の窓口係のような口調で、必要最低限の情報について教えてくれた。

彼の話によると、翔太の起訴はほぼ確実であるとのことだった。今後の大まかな流れと手順についても一通りの説明をしてくれたが、翔太にとってはそれ以外の話の方が衝撃だった。

延べ三百人以上もの女性が被害に遭ったカタラグループの事件については、世間で大きな話題になっていること。

城有、道後らをはじめ逮捕者は九人で、多くのメンバーが逮捕には至らなかったこと。

逮捕された者も大半は拘束されない在宅事件の扱いで、勾留されたのは翔太一人であること。

そして何より、辻井海斗の名は逮捕者の中に含まれていないこと。

「どういうことですか。なんで俺だけがこんな目に」

翔太の質問に対する弁護士の答えは概ね以下のようなものだった。

逮捕されたのは被害女性が告訴に踏み切り、また明確な証拠が揃っている者だけである、しかし身許の確かな者は逃亡や証拠隠滅のおそれがないため拘束されなかった、中には多額の金を支払ってすでに被害者と和解した者も少なくない、辻井海斗なる学生がどれに該当するかは自分には知りようがない、翔太のみが勾留されたのは数々の証言がある上に身許を保証する者の不在が大きいのではないか――

それが施設出身者に対する差別であるとは、弁護士は決して口にしなかった。だが言っていることはそういう意味である。恵まれた家庭の息子は逮捕されないどころか親が金を払って被害者の口をふさぐ。一方で自分は真っ先に逮捕され、同じ施設出身である大地の悪意に満ちた証言によって容疑を固められた。

弁護士が帰った後、新宿署の留置場で翔太は一人考え込んだ。

トップテンをはじめとして、あれだけメンバーがいたにもかかわらず逮捕されたのは自分や城有を含めたった九人。弁護士の言っていた通り、Ｆに送られた女の大半が被害届を拒んだせいだ。あるいは女の訴えを裏付けられるだけの証拠を警察が集められなかったか。そこは純粋な運だろう。ツイてた奴はうまく逃げ切り、ツイてなかった奴はパクられた。

海斗が逮捕されなかったというのは正直嬉しい。なんといっても海斗はただ一人の友人だ。

この不当な差別には憤りを覚えるが、だからと言って、今さら他の者達の罪を喚き立てる気にはなれなかった。差別されるのに慣れているということもある。かつては仲間だった者達の足を引っ張るような真似もしたくない。

いや――すでにあらゆる気力が失せ果てていたのだ。

十日の勾留期間を終え、大方の予想通り起訴された翔太は、新宿署から東京拘置所へと移送された。

その一ヶ月後から公判が始まった。

スーツに身を包んだ被告人の学生達は、反省の弁とともに、「社会勉強であると信じていた」旨を口々に述べ立てた。同じく一流大学の出身である道後もまた、彼らと同様の主張を繰り返した。マネージャーまで務めた彼が、卒業前の学生と同じように「社会勉強」「自己研鑽」と繰り返し、起業への夢を本気で語るさまは、冷静になって眺めると滑稽な道化以外の何者でもなかった。

翔太も彼らに交じって出廷したが、法廷で城有を見かけることはなかった。主犯であるため審理は別に行なわれていると聞いた。

やがてすべての審理が終わり、裁判長が判決を言い渡した。

刑法六〇条、職業安定法六三条二号違反により有罪。懲役三年。ただし、学生達にはいずれも執行猶予が付いた。

「……以上、本件の犯情は極めて悪質であり、被告人の刑事責任は重いと言わざるを得ない。しかしながら被告人は事実関係を認め反省の態度を示していること、前科前歴がないこと、保護者が出廷して被告人に対する指導監督を約していることなどから、自力更生の機会を与える意味においても、主文の通り量刑した」

大地にも「捜査に協力的であった」として執行猶予が付いた。

ただ一人、翔太にだけは執行猶予の付かない実刑判決が下された。「反省の色もなく、社会に対して反抗的であり、また少年院入所の経験を無為にし市民生活に活かせなかったことからも自力更生の期待はできない」という理由であった。

翔太は控訴しなかった。刑はただちに執行された。

半グレ集団のメンバーであり少年院入所歴のある翔太は、収容分類級B級である前橋刑務所に収監された。そして所内で半月遅れの週刊誌を読み、カタラグループの事件がどのように報道されているかを知った。

そこには、城有もまた有罪ながら執行猶予が付いたと記されていた。

執行猶予だと——主犯なのにどうして——

記事によると、城有はマニュアルを執筆したのは自分ではないと主張したらしい。実際に似たような手引き書は関西の半グレの間でも流通していて、カタラグループが使用していたマニュアルはそれに独自のアレンジを加えたものであったという。

ではアレンジを加筆した者は一体誰か。マネージャーだった道後も、城有が執筆している現場は見ていない。加筆者が城有だという証拠はなかった。

さらに、記事のどこを見ても城有の余罪については書かれていない。つまり、振り込めや他の特殊詐欺については立証されなかったということだ。暴力団の関与を匂わせてはいるが、陣能や東坊会といった具体的な名称は載っていない。

城有は記者に対し、「自分は正業のつもりで飲食店チェーンであるカタラグループを運営していたが、一部の者が功を焦って違法行為に手を出してしまったことはまことに残念であり、グループのオーナーとして被害者に謝罪したい。今後は海外での投資事業に専念し社会貢献に邁進《まいしん》する所存である」と語っていた。

カタラは別世界であり、蜃気楼であり、そしてまごうことなき「呪い」であったのだ——

翔太は両手に貼り付いていた雑誌を慌てて振り払う。掌が汗でじっとりと濡れていた。全身が小刻みに震えている。いやに静かだ。ここには大勢の罪人が囚われているはずなのに。

じわじわと染み通る刑務所の冷気に、翔太は悪寒にも似たわななきを押しとどめることができなかった。

9

ベッドの中で目覚めた海斗は、枕元のスマホに手を伸ばす気力もなく、ぼんやりと天井を見上げた。

仕事用に借りたマンションのどれでもない。世田谷にある実家の自室であった。

繰り返し同じことを考える。城有と陣能、そして二人のビジネスについてだ。

城有は尊敬している。憧れてもいる。誰がどこから見ても格好いい。だが陣能は違う。彼はヤクザだ。反社と関わっていることがバレたら就職どころではなくなってしまう。ましてや彼らのビジネスに参画するなど以ての外だ。

自分は大学では得られない〈学び〉を得るためにカタラグループに入ったのだ。カタラからはすでに充分学ばせてもらった。今後の人生設計に必要なスキルを入手できたのなら、もはやカタラに在籍する意味はないに等しい。それに正直言って、これ以上女達の管理を続けるのは苦痛だった。

そもそも「何より貴重なのは時間である」というのがカタラの教えだったではないか。ＳＮＳを通じ、大して資産価値のない女達の相手をし、ご機嫌を取り、時には突き放してから甘えてみせる。

そんなことに時間とエネルギーを浪費し続けるのはもう飽きた。

　そろそろ潮時なんじゃないか――

　スマホから短い着信音が聞こえた。いつまでも放置するわけにはいかない。やむなくスマホを取り上げてＬＩＮＥを見る。翔太からだった。

　しばし考えた末、返信しないことにした。

　翔太には申しわけないと思う。しかし今の気持ちを言語化するだけの気力がなかった。またどう書いても翔太を納得させるだけの自信が持てなかったということもある。

　翔太はいい奴だが、将来の保証となるようなバックボーンを何も持っていないせいか、カタラグループの事業に前のめりになっている気がしてならなかった。

　もしかしたら翔太は、こちらの方が前のめりだと思っているかもしれない。だとすれば、それはひとえに自分がカタラでの〈学び〉を強調しすぎたせいだが、大学で無為に時間を潰している学生達を目の当たりにしている自分の危機感など、翔太には想像もできないだろう。ましてや、カタラとは将来に対する布石の一つであり、通過点にすぎないという自分の考え方に至っては、理解の範疇を超えているに違いない。

　翔太と組んだおかげで素晴らしい人生経験ができた。彼には本当に感謝している。しかし授業時間は必ず終わる。翔太もまた、カタラグループという学校で机を並べた級友の一人にすぎない。在学中はどれほど親密であったとしても、卒業して月日が経てば自ずと疎遠になっていくものだ。

　それにしても――

　改めて自らの今後について考える。そろそろ就職活動の準備を始めるべき時期が近づいていた。

　道後に連絡してカタラグループからの脱退を正式に伝えておくべきか。トップテンの座に就いている以上、慰留されるのは目に見えている。しばらくは体調不良を口実に様子を見るのが得策だろう。

　ノックの音がして、母親の啓子《けいこ》が顔を出した。

「具合はどう、カイくん」

「うん、だいぶいいみたいだよ」

　母はほっとしたように、

「よかった、ママ、本当に心配したんだから」

「ただの風邪だって言ってるのに、いつも大げさなんだから」

「はいはい、ママはいつも大げさですよ」

「で、なに」

「お昼ごはん、どうするのかと思って」

「食べる。ちょうど食欲が出てきたところなんだ」

「そう、よかったわ。すぐに作るわね。オムレツとサラダでいい？　今朝焼いたスコーンもあるわ」

「いいけど、その前にシャワー浴びてくる」

　寝汗でパジャマが体に張り付いていた。

「それがいいわ。じゃあその間に支度しておくわね」

　母は嬉しそうに階段を下りていく。

　ベッドから飛び起きた海斗は、汗に濡れたパジャマを脱ぎ捨てながら二階にある浴室へと向かった。

カタラグループの事件が初めて報道されたのは、それから間もなくのことだった。

あれは女の自己責任だから法に触れないはずじゃなかったのか――

愕然となって海斗はテレビのニュース番組を見つめた。六十インチの大型液晶画面の中に、警察官に囲まれて連行されていく翔太の姿が映っていた。

翔太が捕まった――

恐怖を覚えなかったと言えば嘘になる。実際に数日を震えて過ごした。

聖書よりも尊いと思えたマニュアルをはじめ、証拠になりそうな物は手当たり次第に処分した。ＳＮＳのアカウントはすべて削除し、スマホ自体を解約して粉々に破壊した。

結局、海斗のもとへ警察は訪ねて来なかった。

新聞その他の報道によると、逮捕者は城有を含めて九人だという。

翔太は相棒の自分について話さなかったのか。

他のトップテンの連中はどうなったのか。

貪るように記事を読む。どうやら女達の多くが証言を拒否したらしい。自分の選択した行為が衆目に晒《さら》されるのを恐れたようだ。済んだことをいちいち後悔せず、せっかくの学びを前向きに役立てる。実に賢明な判断だ。

示談に応じた女も多かったそうだ。金をもらってさっさと次のステップへと進む。これまた賢明な選択と言うよりない。

海斗はようやく安堵を覚えた。仮に捜査されたとしても、相手の女に金を渡して済むのなら話は早い。

キャリア官僚の父は経産省で要職を務めている。いざというときはきっと助けてくれるはずだ。相当叱られることになるだろうが、息子が刑事被告人になれば自分の出世にも響くからだ。

次いで海斗は、ネットで法制度についても調べてみた。

仮に被疑者として犯罪捜査の対象となった場合でも、不起訴になれば前科はつかない。しかし前歴というものがつく。判例上、前科は履歴書の賞罰欄に必ず記入しなければならないが、前歴はその限りではないという。

海斗は肩にのしかかっていた重圧がするりと滑り落ちていくように感じた。要するに、自分から「前歴がある」と言いさえしなければいいだけだ。わざわざそんなことを言う馬鹿はいない。つまり、就職活動にはなんの影響もないということだ。

だがこのまま逮捕されずに済むとは限らない。

たとえば翔太が口を割ったら。城有や道後達が「あいつもメンバーでした」と証言したら。そして相手の女がどうしようもなく愚昧で示談を拒んだりしたら。

考え出すときりがない。最悪のパターンが何通りも想像できる。

思いつく限りのパターンに対する弁解の論理をあれこれと構築しながら、海斗は並行して就職活動の準備に入った。

必要な書類を用意するため、久々に大学に行く。同じ授業を選択している学生達と会うのも久しぶりだ。学内の空気は以前と少しも変わらなかった。なんの向上心もなく、ぬるま湯に浸かっているような日々を送る意識の低い学生達。自分は彼らとは決定的に違う。何もかもがだ。そんな誇りと自信とが全身に渦巻く。昂然と胸を張って歩きつつも、心に燻る逮捕の不安が海斗をほんの少し卑屈にもしていた。

大半の学生は腑抜けた表情で行き交っているだけだが、学内を歩いていると否応なしに見知った顔とすれ違う。

大抵は「よう、しばらく」とか「今度飲み行かね？」とか、たわいない声をかけてくるばかりで、海斗はそのつど隙のない笑顔で当たり障りのない言葉を返せばよかった。

中には足を止めて怪訝そうに振り返る者もいたが、あえて無視する。彼らが自分に何かすることは決してない。もしあればとっくにしているだろうから。

カタラの一員だと疑っている者、いや、確信を持っている者も少なくはあるまい。だが気にする必要はない。そいつらは単なる負け犬なのだ――

「あれ、海斗じゃないか」

そう呼びかけてきたのは以前在籍していたイベントサークルの学生だった。

「いいのかよ、大学なんかに来てて。おまえ、やべえんじゃねえの」

「やべえって、何が」

とぼけて訊き返すと、相手は心持ち声を潜め、

「例の事件、ほら、カタラグループが女の子を騙して風俗に売ってたっていう」

「ああ、あれか。知ってるけど、あれがどうかしたの」

「おまえ、カタラに入ったって聞いたもんだから」

「やめてくれよ、冗談でもそんなこと」

「おまえが麻布《あざぶ》でナンパしてるのを見たって奴もいるぜ」

「ああ、それでか」

海斗は腑に落ちたという顔を作り、

「実は僕、西麻布のクラブでバイトやってたんだ。そしたら客引きみたいなこともやらされてさ。嫌になってすぐに辞めたよ」

「それって、カタラじゃねえの？」

「違うって。だったら今頃こんな所にいないって。今日だって就職活動のために出てきたんだから」

「なんだ、そうだったのか。世の中には無責任な噂を流す奴もいるもんだな」

「無責任すぎるよ、いくらなんでも」

「すまんすまん」

　相手はすっかり信用して、こちらのために憤慨さえしてくれた。

　これだから〈社会経験〉のない奴は——

　心の中で嘲笑う。

「ところでさ、君、前に輪公《わこう》証券を狙ってるって言ってなかった？」

「ああ、今でも第一志望だよ」

「ちょっと話聞かせてくれない？　僕、バイトやイベントにかまけてたせいですっかり出遅れちゃってさあ」

「いいぜ、なんでも訊いてくれよ。就活は情報が命だからな」

　そんな調子で、海斗はなんの苦もなく再び学内に溶け込むことに成功した。まるで故郷の海に還ったイルカのように。


　やがて『カタラグループ事件』裁判の結審が報道された。

オーナーの城有をはじめ、有名大学の学生達は全員が執行猶予付きの有罪となった。ただ一人、山科翔太のみが懲役三年の実刑判決だった。

そのニュースを、海斗は授業中にスマホで見た。

そうか、あいつは三年間も刑務所か——

かわいそうだとは思う。しかしそれが世の中のルールというものである。生まれたときから決まっていた運命なのだ。誰にも責任はないし、誰がどうすることもできはしない。

第一、少年院に入っていた前科者と社会的にまともな家庭に育った者とを同一に扱われてはたまらない。

スマホのニュースサイトを閉じた瞬間、海斗は翔太のことを忘れた。

重要なのは、これでもう自分に司法の手が及ぶ可能性はまずないだろうということだ。

運がよかった——それだけは素直に認めよう。

久々に晴れやかな気持ちで海斗は教科書をバッグにしまう。単位取得に必要な出席の返事は行なった。こんな退屈な授業は時間の無駄でしかない。板書のために講師が背を向けた隙を見て、海斗は教室から抜け出した。

「辻井海斗さん……君はG大か」

面接官の社員がファイルを捲りながら言った。海斗からは見えないが、そこには強力なコネ枠を意味する符牒が記されているはずだ。

「実は私もG大なんだ。商学部の吉峰《よしみね》先生はお元気ですか」

背筋を伸ばして海斗は答える。

「現代経営理論の吉峰寛寿《かんじゅ》先生でしたら、来年退官と伺っておりますが、とてもお元気でいらっしゃいます。私もご指導を賜りまして、学ぶところ大でした」

「学ぶところとは、例えばどんな」

「はい、まず新世代に向けたマーケティングにおける発想の転換について。言葉にすると仰々しいばかりですが、要するに、いかに人を集め、振り向かせ、そして失望させないか。スマホの普及もあり、新しい世代は自分の意志で自由に使える『可処分時間』に対する満足度をできるだけ大きくしたいと考える傾向にあります。従来はコストパフォーマンスが重視されていましたが、これからは、言わばタイムパフォーマンスが重要になってくるものと思われます」

もっともらしい顔で滔々と述べ立てたが、それは吉峰なる顔も知らないジジイから教わったものではない。自分が努力してカタラから得た〈学び〉である。

その話は、面接官の興味を大いに惹いたようだった。

「君の言う、そのタイムパフォーマンスだがね、弊社での仕事でどのように活かせると思いますか」

「はい、タイムパフォーマンスに対する意識は、コンテンツを消費する領域について顕著に表われるものと推測されます。すなわち、エンタテインメント産業の需要に関して将来的に大きく影響するだろうと私は考えております」

海斗の返答は、パターン通りの模範解答を繰り返す他の就活生とは一線を画していた。面接のあらゆる局面で、カタラで得た学びが活かされたのだ。

こうして海斗は、広告代理店最大手『アドルーラー』の内定を勝ち取った。

帰る場所のない者や身元引受人のない者に仮釈放は認められない。翔太は刑期をひたすら獄中で過ごした。

10

そして二〇一九年、満期釈放となった。二十三歳からの三年間は、体感的には十年以上にも相当した。しかし過ぎ去った時間への無念、後悔、喪失感といったものは一切なかった。感情とは生きる者のみが持つ特権だ。生きているという感覚さえ曖昧な翔太には、ぼんやりとして実体のない空虚さだけがすべてであった。

名称すら覚えていない団体が一時的な宿泊所を用意してくれたが、いずれは退去せねばならないし、職も探さなければならない。こういうときは公的機関やらＮＰＯやらの助けを借りれば、前科者でもなんとかなるものだと教えられた。とは言え、それは社会復帰の意志を明確に示している者の話である。翔太がそうでないことは誰の目にも明らかであったろう。

服役中は、何かにつけカタラのことを思い出した。いや、四六時中その妄念に囚われていたと言った方が正しい。

ひたすらに苦しかった。そしてどこまでも呪わしかった。

あの頃の自分は、高級スーツに身を包み、女を抱き放題だった。その女の金で、日ごと夜ごとにシャンパンを開けた。誰もが自分を褒めそやし、誰もが自分に憧れた。

なにしろ俺達はトップテンだったのだ。

俺達？

そうだ、海斗だ。俺と海斗だ。

収監中、海斗は一度も面会に来なかった。裁判の傍聴に来なかったのは理解できるが、相棒だった自分をなんだと思っているのだろう。

それも虚しい問いかけだ。理由は最初から分かっている。

海斗は〈学んだ〉のだ。他ならぬカタラグループで。自分の成功を妨げる者、金にならない者は切り捨てる。それが自己実現の秘訣であると教わった。海斗はそれを忠実に実行しているにすぎない。カタラが壊滅した今もだ。

あいつはきっと成功したんだ――

自分は運が悪かった。それだけのことだ。

海斗を恨む気にはどうしてもなれなかった。それは警察での取調べのときから変わっていない。

仲間は売らない。ましてや相棒を売ることなど考えられないからだ。

おまえはおまえの道を往け。俺も勝手に歩いて行くさ――

海斗と自分との決定的な違いはもう一つあった。カタラの唱えていた偽りの理想は、三年の間に自分の中からすっかり抜け落ちていた。グループのメンバー達があれほど蔑んでいた負け犬の群れに交じって過ごすうち、自分はやはりこいつらと同種の生き物であると気がついたのだ。

社会の底辺で生まれ育ち、どこの誰とも知らない奴らが作った法とやらを犯してその日その日の命をつなぐ。まったく自分そのものだ。高い服で着飾ってみても、中身は結局変わらなかった。

何が自己実現だ。何が社会的成功だ。上に行ける者と下に落ちる者は最初から決まっている。

違う、「行ける」とか「落ちる」とかではない。それぞれが生まれた場所から動けない。つまり、上に生まれた者は上、下に生まれた者は下で生きる。死ぬまでその棲み分けは変わらない。分かっていたはずなのに。最初から知っていたはずなのに。なまじカタラと出会ったせいで、うっかり甘い夢を見てしまった。

その挙句がこのざまだ——

刑務所では受刑者のための職業訓練を行なっていた。自分も勧められるままに——正確には勝手に決められるままに——印刷技術を学んだ。

出所後に印刷工場へ就職しようと熱心に励む者も何人かいた。無論彼らのような殊勝な気は翔太にはない。ただ言われた通りにやって漫然と時間を潰すだけだった。そんな態度で資格など取れるはずがない。教官には筋がいいと言われたが、結局ものにならぬうちに釈放となった。

「筋がいい」だと？　それこそカタラでも言われた言葉だ。言っていたのは道後だったか。もうそんな言葉には騙されない。道後も城有も、刑務所も国も、中身のない見せかけの張りぼてだ。それこそが最大の〈学び〉であるとさえ思った。カタラでの日々と服役した年月とを合わせた中で得た学び。思えば高くついたものだ。

出所の前日、「このまま勉強を続け、がんばって印刷技能士を目指せ」と教官に肩を叩かれた。

はい、ありがとうございました——機械の如く自動的にそう答えた。自分の発したその言葉が、がらんどうの頭の中で反響した。

出所して一ヶ月は何をする気力もなく無為に過ごした。宿泊所から一駅か二駅離れたところにある公園のベンチで、自販機で買った缶ビールをだらだら飲む。他人の目など気にもならない。子供を遊ばせている近所の主婦達が、時折不快そうな視線をよこしてくるが、睨み返すことなどせずに河岸を変える。そこで威嚇的とも取れる態度に出ると、五分後に警官がやってきて職質されるのは目に見えているからだ。前科者だと分かると何を言っても通用しない。相手の気分次第で場合によっては連行される。そんな面倒は想像しただけでもうんざりだ。

その日も小さな児童公園で飲んでいた。日差しの暖かな昼下がり。爽やかな風さえ吹いている。金があるわけではないからビール一缶で何時間も過ごす。時間潰し以外の何ものでもない。

何より貴重なのは時間である、か――

マニュアルの教えを思い出し、冷笑的な気分になる。

あの頃は教えられた通り、時間を有意義に使っていると信じていた。それがどうだ。カタラの教えは、人生最大の無駄遣いに直結していた。皮肉であり、喜劇であり、罰である。また真実というやつでもある。

そんなことを考えながら、ぬるくなった缶ビールを一口啜る。宿泊所からは、真面目に求職活動に取り組むようしつこく言われていた。そうでなければ出ていってもらわねばならなくなるとも。誰かが告げ口でもしたのか、自分が公園で一日中飲んでいることを把握しているようだった。

実際に、いつまでもこうしているわけにもいかないのは確かであった。

自殺する気はない。勇気がないからではなく、ただそんな気になれないだけだった。だったら働かねばならないのは分かっている。問題は、職探しが面倒で……

翔太はそこで手にした缶を眼前にあった水飲み場の台座に叩きつけた。離れたところにいたスウェット姿の老人が振り返ったが、何も見なかったような顔をしてそそくさと立ち去った。子供連れの主婦がいなかったのは幸いだった。

面倒なのではない。

恐いのだ。

施設出身で、前科者で、これといった技能資格もない自分が、どうやって職を見つければいいのだろう。どうやって生きていけばいいのだろう。

おまえには生きていく資格も能力もない——そう宣告されるのが恐いのだ。

それこそ支援団体か何かに相談すればいいのだろうが、そんな勇気があれば苦労はしない。

トップテンだったこの俺が——

自嘲の悪態にさえカタラ時代の記憶が真っ先に飛び出してくる。自分の情けなさ、愚かしさにはもう嗤うしかなかった。

「おう、こんなところにいやがったのか」

陽光を遮る影が差すと同時に、どこかで聞いたことのある声がした。

「この辺の公園で翔太らしい奴が飲んでるって話を耳にしてな、近くまで来たついでにちょいとぶらついてみたんだ。そしたら案の定だ」

逆光になっているので顔がよく分からない。目を細めて見てようやく思い出した。

地元の先輩だった。カタラグループに誘ってくれた先輩のタメだったか。武闘派の上に強面すぎたのでカタラには入れず、不良からヤクザという古典的な〈就職コース〉を辿った人だ。名前は確か、仙貝《せんがい》だったたか。

「ご無沙汰っす」

頭を下げると、仙貝はベンチの隣に腰を下ろし、

「出所祝いに昼酒か」

答えようもなく黙っていると、

「悪ィ、気にすんな。オレも一度臭いメシを食ったことがあるんだ。一年ちょいだけどな」

「そうだったんすか」

我ながらどうでもいい相槌しか打てなかった。

「だからおめえの気持ちは分かるつもりだ。ムショから出たての頃は、世間の風がやたらと冷たく感じられるもんな」

「はい」

「おめえもツイてなかったな。カタラじゃ相当いいとこまで行ったそうじゃねえか。だけどその分、妬まれたんだ。いいとこの坊ちゃん連中は軒並み逃げきったか、挙げられた奴も全員執行猶予が付いたってのに、おめえだけがワリを食った。ひでえ話じゃねえか」

そんな言葉が嬉しかった。同時に驚いてもいた。自分はそこまで寂しく打ちのめされていたのかと。

「ところで翔太、おめえ、仕事は決まってるのか」

「いえ……」

「すまねえ。こんな所で飲んでるんだ、訊くまでもなかったな」

仙貝は地面に転がったビールの空き缶を一瞥する。

「仙貝さん」

「なんだ」

「用があるんなら言って下さい。なんかあるから自分を探してたんでしょう？」

「おい、オレはおめえを心配して……」

そう言いかけた仙貝が、急にヤクザの素顔を覗かせて、

「まあいい、おめえは昔からそういう奴だったな。キレすぎるんだよ、アタマがな」

「冗談でしょう」

　意味が分からず首を傾げて仙貝を見る。

「そうじゃねえ。それがおめえを探してた理由さ」

「おめえも知ってるとは思うが、昔と違ってヤクザは厳しい。ヤクザなんて、今の若いもんには最初から就職先の候補にも入ってねえし。ま、オレだって若いんだけどな。要するに慢性の人手不足だ。就職予備軍だった地元の不良は、みんな半グレになっちまってヤクザなんて眼中にもねえ。そこでオレがオヤジから言いつかったってわけ。その、なんてえの、スカウト？　リクルート？　まあどっちでもいいや、とにかく若くて活きのいいのを引っ張ってこいってさ。そうでもしなきゃ高齢化で組が潰れるって。それはマジその通りだから、オレも走り回ってるんだ。でもよ、根性ねえの入れてもしょうがねえだろ。頭数が揃ってればいいってもんでもねえんだし。そんなとき、おめえが出所したって耳にしてさ」

　なるほど、そういうことだったのか――

「おめえなら頭もいい。度胸もある。あのカタラで出世もした。ヤクザだけだぜ、おまえの経歴が売りになるのは」

　そんなものかもしれないと翔太は思った。少なくとも間違ってはいない。

「だからよ、おめえさえよかったらウチ来ねえ？　新和《しんわ》連合の枝で仰木《おおぎ》組ってとこだけど、おめえならすぐに幹部昇格間違いなしだ。なにしろ人がいなくって、上は引退寸前のジジイばっかだしな」

　それが魅力的な条件になり得るとは思えなかったが、今の翔太にとってはどうでもよかった。

「分かりました。よろしくお願いします」

立ち上がって頭を下げた。

仙貝は一瞬驚いたような表情を見せ、次いであからさまに相好を崩した。

「そうだよ、それそれ。おめえみてえに礼儀ができてる奴って、ホント珍しいもんな。オレも組で大いばりできるってもんだ」

あれほど悩んでいた就職問題が、至極あっさりと片づいてしまった。

そのことに対する感慨もさしてないまま、翌日翔太は仙貝に伴われ組の事務所に赴いた。スーツその他の必要品は仙貝の物を借り、身支度だけはなんとか整えている。

板橋にある古い民家が組長の自宅兼事務所ということだった。

昨今ではヤクザの事務所をテナントとしてビルに入居させてくれるオーナーはいない。組長が地元の人間で家と土地を何十年も前に相続しているから事務所としての使用が可能なのだ。警察でも当然把握はしているだろうが、小規模な組なので張り番の警察官もいない。

組長の名は仰木であった。先代の実子であり、若い頃に組を継いだのだという。どういう経緯で新和連合の傘下に入ったのかは知る由もないが、格式のある古い組であるのは確かなようだった。

「おめえさんかい、仙貝の後輩ってのは」

翔太が挨拶すると、老衰死寸前の駝鳥《だちょう》に似た和服の組長は、ソファに座したまま言った。

「はい。よろしくお願い申し上げます」

「待てよ。まだ盃やるって決めたわけじゃねえぞコラ」

いきなり叱責を食らってしまった。

盃か。ヤクザにはそういう面倒なしきたりがあることを忘れていた。

今どき誰もヤクザになりたがらないはずだ——

「おめえ、若い女を騙して売る、昔で言やあ、女衒《ぜげん》みてえなことをやってたんだって？」

「はい、それで三年務めました」

「最低の仕事だな。勲章にもなりゃしねえ」

「オヤジ、ウチだって今は……」

助け船を出そうとした代貸《だいがし》の尾倉《おぐら》が一喝される。

「オグ、てめえは黙ってろ」

「へい、すいやせん」

組長は翔太に向き直り、

「おめえのやってきた仕事は聞いている。正直言って気に入らねえ。だが、仲間を売らなかった根性だけは大したもんだ。おい、なんで売らなかった。売れば裁判でも執行猶予が付いたかもしんねえのによ」

「なんでと言われましても……ただ売る気になれなかったとしか言えません」

ありのままに答えると、仰木組長はにこりともせず言った。

「分かった。盃をやる。オグ、すぐに支度しろ」

翔太が灰色の半グレから真っ黒なヤクザへと変じた瞬間だった。

11

駐まっている車の屋根を豪雨が貫かんばかりの勢いで叩いていた。まだ午後四時を回ったばかりなのに、車外の光景は灰色に閉ざされよくは見えない。

中古で買ったステップワゴンの運転席に座り、翔太はひたすらに待ち続ける。待機中は何をしていようと自由だし、呼び出しに応じてすぐに戻れる程度の距離ならば車から離れてもいいと言われていた。だがこの雨だ。車から出る気にはなれなかった。もっとも、雨が降っていなくても、翔太は運転席でじっとしているのが常だった。

やるべきことが何も見出せないからだ。食事時ならば、コンビニに弁当を買いに行って車内で食べ、少しは時間を潰すことができる。だが今は最も半端な時間帯で、食事どころか飴一粒舐める気にさえなれなかった。

ラジオを聞く、音楽を聴く、スマホを眺める、ゲームに興じる。どれもまったく興味がなかった。以前はそうでもなかったのが、この仕事に就いて運転席に座った途端、ハンドルを握って操作すること以外、何もやる気が起きなくなってしまったのだ。

それだけ職務に集中しているということではまったくない。むしろ正反対だった。

こんな仕事。こんな屑みたいな仕事。屑しかやりたがらないような仕事。

それをやらされているのが現状だ。感情は意識せずとも死んでくれている。ただじっとしているだけでいい。それが一番楽だった。

いや、楽であるかどうかではない。翔太はごく自然にそうしていただけだった。

運転席でじっと待つ。耳を聾する雨の音を聞きながら。雨の向こうで曖昧に溶け崩れる空間を見つめながら。

視線の先に立つラブホテルから、赤い色が出てくるのがぼんやり見えた。翔太は車から飛び出してビニール傘を開き、後部座席のドアを開ける。同時に赤い傘を差した女が飛び込んできた。翔太は急いで運転席に戻る。

「ご苦労様です、百花《もも か》さん」

エンジンをかけながら女に話しかける。

「イヤな客だったわ。臭いもキツいし、ヤるだけヤってサービス料値切ろうとしやがんの。信じらんねー」

傘を畳んで横に置いた女が、嫌悪に顔を歪めて吐き捨てるように言う。

「それは災難でしたね」

水を跳ね上げないよう静かに車を出し、前後左右を確認してハンドルを切る。

「あのオヤジ、結局は払ったんだけどさ、あれ以上粘りやがったら翔太君に来てもらってたとこ」

「そういうときは遠慮なんかしてたらヤバいですから、すぐに呼んで下さいよ」

派遣したデリヘル嬢に不慮の事態が起こった場合、ただちに駆けつけて対処するのもデリヘルドライバーの仕事である。

「でもさー、こんな雨の中、翔太君呼びつけるのも悪いじゃん」

「悪くなんかないっすよ。百花さんになんかあったら、その方がよっぽど困りますから」

「えー、あたしのこと心配してくれてるのー。ウレしー」

喜んでみせてはいるが、百花の言葉が心底からのものでないことは分かっている。こちらが心配しているのは百花という他人ではなく、店に叱られ自分がクビになることだと彼女自身も承知しているのだ。

すべては車内での形式的な会話であり、儀礼的な時間潰しでしかない。それがデリヘル嬢とデリヘルドライバーの関係だ。

女の待機部屋がある大塚の雑居ビルに百花を送り届け、入れ替わりに華音《かのん》を乗せた。本来ならば車内の清掃と消臭を行なってから次の女を乗せる決まりである。女は他の女の気配、ことに臭いを嫌うからだが、大雨にもかかわらずその日はなぜか客が立て込んでいた。デリヘル『プッチンベル』に在籍する女達も今日ばかりはゴネても仕方がないとあきらめている。

「大山二丁目のマンションでしたね」

黄信号を視界に捉えてブレーキを踏み込み、何度も確認済みの目的地をあえて口にする。

「うん、急いでね。だいぶ焦《じ》れてるみたいだから」

億劫そうに華音が答える。

「ねえ、翔太君」

「なんでしょう」

「男ってさあ、雨の日にしたくなるもんなの」

「さあ、どうでしょう。人によるんじゃないすかね」

「おかげでこっちは稼がせてもらってんだけど、わざわざこんな雨の日に女なんか呼ばなくってもさあ。そう思わない？」

「ですよねえ」

　翔太はわざとらしく視線を上げる。

「ほんと、酷い雨ですからねえ、今日は」

　本当に酷い雨だ。一向にやむ気配はない。明日も、明後日も、ずっと降り続けるだろう。少なくとも自分が死ぬまでは。


　暴対法下では反社会的勢力に賃貸物件を斡旋した業者も処罰されるから、まともな業者はヤクザにアパートなど貸してくれない。しかし世の中には〈まともでない〉業者もいる。仰木組の構成員となった翔太は、組長の伝手で古いアパートを借りることができた。

　昔は組の部屋住みとして、掃除洗濯に始まって雑用一切をこなす行儀見習いからヤクザとしてのキャリアをスタートさせるのが一般的であったという。仰木も比較的最近まで若い者を自宅に住まわせていたらしいが、家族の反対やシノギの激減からさすがに部屋住みの慣行はなくなった。その代わりに曰くありげな老朽物件を紹介されたのだ。

　部屋住みならば朝から家事にこき使われるが、家賃や食費も不要だし適当に小遣いが支給される。要するに仰木はその出費を惜しんだわけである。古風なヤクザに見せかけてはいても、仰木もセコい現代人であったということだ。

　アパートの家賃はもちろん自分持ちなので、金のない翔太は当初大いに困惑した。しかも組員になった途端、「組に金を入れろ」と来た。それがバカバカしいので以前はヤクザになる気などまったくなかったはずなのに、追いつめられてやむなく目の前に垂らされた釣り糸にすがったのがいけなかった。

　そこへ仙貝が親切めかして紹介してくれたのが、デリヘル嬢の送迎ドライバーという仕事であった。

　風俗業者も反社との関係が知れると営業許可が即座に停止されるので、現在ではヤクザ自ら経営するどころか、みかじめ料を徴収することさえできないし、店員となることも不可能である。しかしこれもまた抜け道はあるもので、あれこれと身分を偽ったりして風俗業にいそしんでいる末端ヤクザも多いと聞く。

　――てめえのシノギはてめえで見つけてくるのが常識ってもんだが、おめえを引っ張ったのはオレだからさ、ちゃんと責任は取らねえとな。

　そう言って仙貝はプッチンベルの面接の段取りをつけてくれた。もっとも、翔太に支払われるギャラの上前は当然の如くにハネている。それが分かっていて、翔太には黙って従うしか道はなかった。ここで仙貝に抗議する方がヤクザとしてどうかしているのは明らかだからだ。

　面接を担当したのは坂下《さかした》という店長だった。店長と言っても単なる雇われである。何かあったときに末端を切り捨てるシステムは、ヤクザであろうと半グレであろうと、そしてカタギであろうと同じらしい。

　坂下は頭部にあからさまなヅラを乗せた四十男で、翔太の顔と体格を見て「採用」とごく短く言った。

　デリヘルドライバーは過去を問わない仕事である。ただ免許証だけがあればいい。

　人間関係の煩雑なヤクザは、カタギより過去の経歴を重視する。その点デリヘルドライバーは、時間に正確で、且つ送り迎えするデリヘル嬢と適切な距離感のあるコミュニケーションが取れればいい。この場合の適切な距離感とは、端的に言って「決して店の女に手を出さない」ということである。女性に嫌悪されたり、ましてや言い寄ったりしようものなら即刻クビになるだけでなく、最初に書かされる誓約書の通り、数十万単位の罰金を払わされる。ある意味、最も気楽で最も過酷な仕事であり、社会的にすべてを失った者が最後に辿り着く職場なのだ。

なってみて分かったのだが、翔太のような経緯でデリヘルドライバーになった若いヤクザは思いのほか多かった。気の利かない若いヤクザが、組に金を入れられるほど稼げる仕事などないに等しいからだ。覚醒剤をはじめとする薬物は幹部連中が独占しているし、組同士の調整もあって参入するのは容易ではない。第一、最初に仕入ができるほどの資金があれば、誰も好きこのんでヤクザになったりなどしない。

女を送り、女を迎え、狭い車内で日を暮らす。他には何も考えない。今の自分には最適の仕事だと翔太は思った。少なくとも、半グレにすり寄って上納金をせしめる算段に頭を使っている幹部達よりはよほどいい。同時にそれが、みじめったらしい自分の現状に対する弁解であるとも意識している。

原則オールタイムで仕事しているが、呼び出しが多いのはやはり夜だ。

その夜も雪菜《ゆきな》という女を鶯谷《うぐいすだに》のラブホまで送っていた。雪菜はプッチンベルで一番の売れっ子だ。

共通の話題はどの女ともないに等しいが、それでも最低限の会話はする。皮肉にもカタラグループでの経験が役に立った。中にはデリヘルドライバーをあからさまに見下した態度を取る女もいないではないが、ほとんどの女はごく普通に接してくれる。お互いにこれが〈仕事〉であると理解しているのだ。ある意味、翔太には居心地のいい職場であった。

そんな中でも、雪菜はことに感じがよかった。傑出した美人というわけではないが、誰に対しても分け隔てなく優しく接する。一言二言の会話であっても、相手を心地よくさせるすべを心得ていた。ナンバーワンになるのも当然だ。

「翔太君て、すごく真面目ね」

「え、そうすか」

「ええ、みんな言ってるわ。今度のドライバーさん、すごく感じがいいって」

「買い被りっすよ。自分は」

自分は真面目じゃないからこんな仕事をやっている——そう言いかけ、慌てて言葉を呑み込んだ。それを口にすれば、自分だけでなく、店に勤める女達すべてを見下すことになる。

誰もがわけありであるからこそ、この仕事をやっているのだ。それは雪菜も例外ではないはずだ。

「自分は運転が好きなんで、たまたま向いてたってカンジっすかね」

「そう。ウチのお店に来てくれてよかったわ」

バックミラーに視線を走らせる。細長い鏡の中で、雪菜はふわりと微笑んでいた。自分が呑み込んだ言葉を察しているのは間違いない。それでいながら、追及せずに受け流してくれている。

鷺谷に着いた。指定されたラブホテルの近くで雪菜を下ろし、通行の邪魔にならない路肩に車を寄せて中で待つ。

スマホは常にシャツの胸ポケットに入れている。何かあったとき、すぐに対応する必要があるからだ。

女を気に入った客が延長を希望する場合もあれば、一旦戻って別の女を運んでくれと指示されることもある。いずれの場合も店経由で連絡が来る。それらは常に迅速な応答が要求されるのだ。

今夜の雪菜は指名が詰まっている。基本的に延長はできないから、規定の時間が終わればすぐに出てくる。

いつものように、翔太は身じろぎもせず運転席で待った。ただ闇に浮かぶ光の波を見つめ続ける。色とりどりの人工の光だ。毒の花園にも見えて、楽園の灯火にも見える。どちらでもないし、どちらでもある。確かなのは、自分がそのどちらにも入れないということだ。

突然スマホの着信音が鳴った。瞬時に取り出して表示を見る。店からではない。雪菜からだった。

「山科です」

〈すぐ来て翔太君、お客が無理やり――〉

通話は唐突に切れた。緊急事態だ。間髪を容れず飛び出した翔太は、ホテルへと駆け込む。客がチェックインしたと店に連絡してきた部屋は「サクランボ」だ。

「おい、ＢＴだ」

入ってすぐの所にある従業員室の窓口に、走りながら怒鳴る。スモークガラスなので向こうの顔は見えない。「ＢＴ」とは重大なトラブルを示す符牒である。

サクランボと表示された部屋は廊下の突き当たりにあった。ドアチャイムのボタンを押しつつ片手でドアを乱打する。

「雪菜さん、山科です、開けて下さい」

中から雪菜の悲鳴が短く聞こえた。ドアが開けられる気配はない。少し遅れてやってきた従業員がマスターキーで解錠する。日頃からこういう場合の対処法を教えられているのだ。

土足で中に踏み込むと、床に押し倒された雪菜の上に全裸の男がのしかかっていた。興奮のあまり自分の世界に没入しているのか、こちらを振り向こうともしない。

無言で歩み寄った翔太は、男の脇腹に蹴りを入れた。豚か猪のような呻きを漏らした男は、ようやくこちらの存在に気づいたようだった。意味不明の叫びを上げて立ち上がり、猛然とつかみかかってくる。意外なほど筋肉質だ。そのボディと顔面にパンチを叩き込む。男は呆気なく倒れて嘔吐し始めた。

「もう大丈夫です。怪我はありませんか」

雪菜に毛布を掛けてやりながら尋ねると、蒼白になった雪菜が気丈に応じた。

「怪我はないけど、今夜はもう……」

「了解です。店には自分が連絡しておきます」

そこへ従業員が訊いてきた。

「あの、警察に通報しますか」

「いや、いい。後は任せてくれ」

従業員は心得ているといった顔で同僚を呼び、何事もなかったかのように部屋の清掃に取りかかった。

翔太の連絡で間もなく店の事務所から数人の男達が駆けつけてきた。プッチンベルでは、すべての客に「いかなる形であってもキャストの女性に危害を加えた場合、罰金百万円を申し受けます」との誓約を了承させている。

本当に百万円を請求するのか、そしてそれを受領できるのかどうかは知らないが、全裸で嘔吐していた客は、体に付着した吐物の上から服を着せられ事務所へと連れて行かれた。

翔太は雪菜をそのまま自宅まで送ることになった。

そうしたすべてが、最低限の言葉のやり取りで行なわれた。関係者は皆こうしたトラブルに慣れている。

「怪我がなくて何よりです、雪菜さん」

夜の高速道を走りながら、後部に座った雪菜に声をかける。

顔色こそ蒼さを残しているものの、雪菜は平静を装うような様子で静かに言った。

「ありがとう、翔太君。あなたが来てくれて本当によかった」


雪菜の一件以来、店の女達からの翔太への信頼は格段に上がった。女の子によっては、数人いる送迎ドライバーのうち、必ず翔太を〈指名〉するほどであった。そうでなければ安心して仕事に行けないと言うのだ。

だが店での待遇にこれといった変化はなかった。最初にあった従業員達との距離が、ほんの少し縮まった程度である。客に本番を強要されたりしたキャストを迅速に保護することは、ドライバーならできて当然の職務でしかないからだ。

そもそもこの業界において、おかしな客とのトラブルは日常茶飯事ということもあった。

「おめえ、大活躍だったんだってなあ。ヤクい客を一発でノシたんだって？」

組の事務所に顔を出したとき、ソファに座っていた仙貝がわざとらしい笑みを浮かべて言った。

「ええ、まあ」

曖昧に頷くと、仙貝は急に興味を失ったように視線を手にしたスマホに落とし、

「二昔前ならケンカが強けりゃそれだけでよかったんだろうが、今は大して使い途もねえ。ま、クビにならねえようにせいぜい気張れや」

その無責任な言いように引っ掛かったが、反論など許されるはずもなく、感情を殺して一礼するのがせいぜいだった。

店からの給料は相変わらず仙貝にピンハネされている上に、それとは別に月々の金を組に入れな

ければならない。アパートの家賃に、ステップワゴンを買ったときの借金もある。なんとか生きているといった程度の生活が続いていた。

「おう、翔太か」

そこへ代貸の尾倉が入ってきた。

「ご苦労さまっす。これ、今月の分です」

尾倉に紙幣の入った封筒を渡す。ヤクザは銀行口座を開設できないので上納金は直接現金で渡すしかない。今日もそのために来たのであった。

無言で封筒を受け取った尾倉は、それを団扇のように顔の横でぺらぺらと振ってみせ、

「おめえよう、もうちょっとなんとかなんねえのかよ。次から値上げしたっていいんだぜ」

「すんません、甲斐性なくて」

「いつまでも甘えてんじゃねえぞ。こんなはした金、子供の小遣いにもなりゃしねえ」

子供の小遣いを月々取り上げているのはどこの誰だと言いたくなる。

「すんません」

「まあ、ウチは人情がウリだからよ。早えとこうめえシノギ見つけるんだな」

「はい、がんばります」

尾倉は勝手なことを言うだけ言って去っていく。その後ろ姿に向かってじっと頭を下げる翔太は、妙な既視感を覚えていた。

これじゃカタラとおんなじだ――

〈学び〉や〈自己実現〉の代わりに、〈義理〉と〈人情〉がある。どれもこれも空疎なフレーズでしかない。金を最大限まで吸い上げるためのシステムだ。

「どうした、翔太」

気がつくと、スマホから顔を上げた仙貝がこっちを見ていた。

「え、何がです」

「笑ってたぞ、おめえ、今」

「え、俺がですか」

「うん」

「兄貴の見間違いじゃないですか」

「そんなんじゃねえよ、おめえ、確かに……」

むきになるほどのことでもないと思ったのか、仙貝は視線をスマホに戻す。

「薄気味の悪い野郎だな」

釈然としないような面持ちでそんなことを漏らしていた。


風俗業界は人の入れ替わりが恐ろしく早い。

ナンバーワンと言われた雪菜も、あれから間もなく退店して姿を消した。他店への移籍ではない。貯金が目標額に達したので業界から上がるということだった。

そして別の女がナンバーワンの座に就いた。その女も奨学金を完済したと言って去った。次のナンバーワンはオフの日に同棲していた自称ホストに刺され、引退した。

季節は移ろい、女の顔ぶれも変わっていく。すべてが翔太に関わりなく過ぎていく。

もちろん組員としての務めもある。月に一度は組に顔を出し、代貸に金を渡す。それ以外にも、時折親分の運転手兼ボディガードとして呼びつけられることもあった。駄賃としてささやかな小遣いをもらえるときもあれば、もらえないときもある。水一杯飲ませてもらえず車内でひたすら待機するだけのときもある。義理事の催しがあれば真っ先に駆り出される。組の雑用は言うまでもなかった。

公務員やサラリーマンと変わりはしねえ——自虐的に呟いてみる。かつてはそういった職業の勤め人をあれほどバカにしていたのにと。

カタラでの派手な日々はすでに遠い過去となり、翔太自身も単調な日々に埋没し、記憶さえもが風化したかに思われた。

そんな頃だった。

ある晩、店から乗せた女が運転席を覗き込むようにして言った。

「山科翔太君……だよね？」

別の店から移ってきたばかりの新人で、真由《まゆ》という女だった。

「はい、そうですけど」

怪訝に思いつつも答えた。挨拶と自己紹介は真由が入店したときに済ませている。

女の声は震えていた。

「もしかして、新宿のカタラにいた人？」

翔太はハンドル操作を誤らないように運転するのが精一杯だった。噴き出た汗で手が滑りそうになる。

「カタラの人……だよね？」

繰り返し尋ねてくる。その声は今や悲鳴に近かった。

「ねえ、カタラにいた人だよねっ」

「……はい」

やむを得ず答えた途端、真由は絶叫して暴れ出した。

「いやああーっ」

慌てて車を路肩に停め、後部座席を振り返った。

「真由さん、落ち着いて下さいっ」

「降ろして、早くっ、助けて、誰か、誰かっ」

真由はロックされたドアレバーをメチャクチャに開けようとしている。

「どうしたんですか真由さん、落ち着いて下さい、俺は何もしませんからっ」

「いやっ、来ないで、早く降ろしてっ」

いくらなだめても効果はない。完全にパニックを起こしている。押さえつけようとしたが、叩かれたり引っかかれたり、激しく抵抗されるばかりで手の付けようもなかった。

通行人が不審そうにこちらを見ている。限界だった。

前に向き直った翔太は車を急発進させる。方向転換して店へと引き返しながらスマホを取り出し、店長の坂下に状況を説明する。

坂下はスマホの向こうでため息をつき、最低限の言葉で了承を示した。

その間にも真由は意味不明の叫びを上げながらドアを開け外へ飛び出そうとしている。自動ロック機能がなければ大変なことになっていた。

プッチンベルは大塚の雑居ビル二階に店の受付と事務所、四階に女達の待機部屋を構えている。

翔太は正面側ではなく、従業員出入口のある裏側にステップワゴンを付けた。

待ち構えていた男達が泣き喚く真由をビル内へと連れ込んだ。中には翔太が会ったこともない太った中年女もいた。女は真由を抱き締めるようにして何事かを言い聞かせている。

「山科、ちょっと」

坂下に呼ばれ、翔太は一緒に事務所に入った。ごく小さい受付とつながっている事務所は六畳ばかりの広さで、さらにその奥に三畳の〈応接室〉がある。

応接室に翔太を招じ入れた店長は、内側から鍵を掛け、安物のソファに腰を下ろして言った。

「おまえも座れよ」

「はい」

言われた通りに腰を下ろす。

「真由はウチに移ってきたときからメンタルに問題があったんだ。そのことは前の店からも申し送りがあって、承知の上で引き受けたんだが、やっぱりダメだったなあ」

「メンタル、ですか」

「カタラグループの事件、知ってるか。半グレの学生どもがやらかした酷《ひで》え事件だ」

坂下は腹立たしくてならないといった口調で、

「真由はな、あの事件の被害者なんだ。半グレどもに騙されて借金を背負わされ、売り飛ばされた。もとは普通の子だったのが、今じゃあんなふうになっちまって……ウチでも面倒見きれねえよなあ」

その話に、頭がすぐにはついて行かなかった。

カタラの被害者――

真由とカタラの店舗ですれ違ったことはあるかもしれないが、覚えていない。少なくとも、自分が嵌めた女ではない。他の誰かだ。新宿店ではなく渋谷店か六本木店かもしれない。

いずれにしても、グループの看板たるトップテンであった自分を、真由が知っていたとしてもおかしくはなかった。

　無言でいる翔太に対し、坂下はもっさりとした外見に似ず鋭い視線を向けてきた。

「山科、おまえ、カタラにいたのか」

「はい」

　正直に答えるしかなかった。

「そうか……」

　ぐったりとソファにもたれかかり、坂下は続けた。

「仙貝さんの紹介だって時点で、なんかあるんだろうなとは思ってたけど、カタラとはなあ」

　事務所で呼び出しチャイムの音がした。若い店員の応対する声が聞こえてくる。客のようだ。

　坂下はちらりとドアの方を一瞥しただけで視線を戻し、

「この仕事はさ、過去は不問というのが建て前だ。たとえ前科があったとしても、仕事さえちゃんとこなしてくれればいい。半グレでもオッケーだ。ただし、ヤクザだけは困る。条例に引っ掛かっちまうからな。ウチも即営業停止だ。分かるよな」

「はい」

「行ったのか、懲役」

「はい」

「おまえはヤクザなのか」

「違います」

　その時点で嘘をつく決意は固めていた。だから動揺を示すことなく答えられた。本当のことを言えば今の仕事を失ってしまう。

「仙貝さんとはどういう関係なんだ」

「地元の先輩です。出所して行き場のない俺に声をかけてくれました」

「組員になれと言われなかったか」

「言われました。けど、ヤクザは嫌だって言ったら納得してくれました」

「ふうん」

　信じたのかどうか、坂下の顔からは読み取れなかった。

「そしたら、ここを紹介してくれて……その分〈手数料〉を取られてるのは店長も知ってる通りです」

「あんまり大きな声で言うなよ、そこんとこはさ」

「すんません、気をつけます」

「確認するぞ。おまえは半グレで前科者だ。しかもカタラの一員だった」

「はい」

「しかしヤクザではないし、過去にヤクザだったこともない」

「はい」

「分かった。おまえはウチの子の間で評判もいいし、実際よくやってくれている。明日からも仕事は続けてくれ」

「ありがとうございます」

「ただし、今日ウチが被った損害はおまえが持て。真由を指名した客にはお詫びとして別の子に半額でフルコースのサービスをさせた。それと、ウチの人間を使った人件費だ。全部おまえの給料から引かせてもらう。もとはと言えばおまえがカタラだったことを黙っていたせいだからな」

それでなくても金のない身には結構な痛手となるだろうが、仕方なかった。

「今後はウチの方でも気をつけるようにするが、半グレに騙されてこの業界に入った子は多い。今日みたいなことがまた起きないって保証はないんだ。そのときは分かってるな」

「はい」

「じゃ、そういうことで」

両膝をパンと叩いて立ち上がった坂下を呼び止める。

「待って下さい」

「なんだ」

「真由さんはどうなるんでしょう」

坂下は憐憫とも無関心とも取れる色を微かに浮かべ、

「あの子にはもうこの仕事は無理だ。家族に連絡して引き取ってもらう。もっとも、連絡がつけばの話だけどな」

「連絡がつかなかったらどうすんですか」

「さあな。とにかく店はクビだ。ウチの知ったこっちゃない」

「ＮＰＯとか行政とか、なんかあるんじゃないですか」

自分が散々言われたことを、自分自身が発していた。

「だったらおまえがなんとかしてやれよ。非番の日にな」

翔太はまたも黙るしかなかった。

「ウチは営業申請も出してる真っ当な店だけどさ、そこまで面倒見る店なんてこの業界じゃ聞いたこともない。全部自己責任なんだよ」
そう言って、坂下は応接室から出ていった。
残された翔太は、呆然と心の中で繰り返す。
自己責任――
それもまたカタラで散々口にした言葉だ。
静かに込み上げてくる嗤いを、どうしても抑えられない。
何もかもが我身に返ってきた。まさに自己責任ではないか。

12

デリヘル店の女達は日々刻々と入れ替わっていく。店長を除き、スタッフの店員や送迎ドライバーもまた同様で、いつの間にか、翔太はプッチンベルの最古参メンバーとしてステップワゴンのハンドルを握っていた。

変わった点ももちろんある。女達の翔太に対する接し方が、以前と比べ距離があるように感じられることだった。

表面的には特に変化はない。しかし雪菜を間一髪で救って以来、翔太を無条件で信頼するようになっていた女達の態度が、今ではすっかりよそよそしいものになっていた。

女達とは最初から距離を置くように心がけていたし、受け答えも最低限にとどめている。それは変わらないのだが、バックミラーに映る女達の横顔は、自分に対する嫌悪と侮蔑にはっきりと縁取られていた。

――今日はずいぶんと指名が入ってますね。最近調子いいじゃないですか。

試しにそんなことを話しかけても、「ええ」とか「まあね」とか、あからさまにうわべだけの反応しか返ってこなくなった。

きっかけはやはり、真由の件だろう。女性の顔ぶれはすっかり替わっているのだが、自分がかつてカタラのメンバーであったという話だけが伝わっているものと思われた。

新人の中には翔太の過去について知らず、無邪気に話しかけてくる女もいる。そうした女も、入店してしばらく経つと、態度が一変するのが常だった。

翔太の方では変わらず――むしろ誰よりも堅実に――仕事をこなしているので、表立っては文句を言われることもない。ゆえに問題は何もないと言えるのだが、翔太は己の心を吹き抜ける隙間風のようなうそ寒さを感じずにはいられなかった。

以前には想像もしなかった心境である。この仕事に対して知らず知らずのうちに、憩い、あるいは癒しといったものを見出していたのか。そうではあるまい。

やはり過去だ。過去なのだ。

真由の件は、女達だけでなく、翔太の心をも決定的に変えてしまった。それまで女達とは良好な関係を築けていたと、少なくとも自分では信じ込んでいたからこそなおさらだ。

この女達の中に、カタラグループの誰かによって風俗に落とされた者がいるかもしれない。その誰かとは、他ならぬ自分かもしれない。そしていつまた真由のように、自分を見てパニックに陥る女が現われるか分からない。自分を指差し、「こいつはカタラのゲス野郎だ」と罵る女が現われるか分からない。

そう考えただけで、翔太自身が恐慌の深淵へと引きずり込まれそうになる。ただの虚ろな空間でしかなかったステップワゴンの車内が、今や忌避すべき牢獄へと変じていた。車内で化粧を整える女の臭いが鼻から入り、女の漏らした疲労の呻きが耳から入り、たちまち毒の如くに全身を駆け巡って翔太の肉体と精神を苛《さいな》んだ。

それでも翔太は、ひたすらに運転を続けるしかなかった。組への上納金を稼ぐために。

風俗店スタッフやキャストの給料は基本的に現金払いであるため、この仕事は翔太にとって都合がよかった。経歴不問という点もありがたい。ヤクザの組員であることを隠さねばならないのは他の仕事と同様だが、仙貝と微妙なつながりのあるらしい店長は、薄々察しつつもリスクを承知で目を瞑《つむ》ってくれている。何があろうと、この仕事だけは失うわけにはいかなかった。

午後から仕事に入った翔太がその日最初に乗せたのは、沙季《さき》という女だった。ひと月ほど前に入店した女で、容姿も服装も他の女達とそう変わりはないが、どこか違った空気をまとっていた。孤高とでもいうのだろうか、同僚に対する愛想は決して悪くないのだが、なんとなく超然とした態度を保っているように感じられた。

実際に他の女と最も違っている特徴は、車内で必ず本を読むということだった。車内で化粧を直したり、人前ではできないようなことを平然とやるデリヘル嬢は珍しくない。だが〈送迎の車内で本を読む〉デリヘル嬢は、翔太の知る限り皆無であった。

往きも帰りも、乗車した瞬間、沙季は本を開いている。真っ茶色に変色した文庫本のときもあれば、辞書のように分厚い単行本のときもある。そうしたさまざまな本を、イソジン、ローション、タイマー、ヘアゴム、爪切り、ボディクリームといった仕事に必要な道具とともに持ち歩いているのだった。

その日も沙季は、後部座席に座るなり表紙カバーを取って剝き出しにした文庫本を読み始めた。

「何を読んでるんですか」

そう声をかけたのは、天気の話と変わらぬほんの挨拶代わりのつもりであった。

「『脂肪の塊』」

無視されるかとも思ったが、本から少しも目を離すことなく沙季がそっけなく応じた。

え、と一瞬考え込んだのは、それが書名であるとすぐには分からなかったためである。

シボウが脂肪であると悟り、他意なく言った。

「ああ、料理の本ですか」

返答はなかった。

「脂肪の塊って、鉄板焼きとかに使うやつじゃないんですか」

やはり沙季は答えない。無言で本を読んでいる。

「料理の脂肪じゃないとすると、あ、そうか、病気の本だ。俺の知り合いにもいましたよ、背中に脂肪の塊ができて手術したって人」

すると沙季は初めて本から顔を上げ、

「あんた、真面目に言ってんの」

「え、真面目ですけど、俺、なんか変なこと言いました？」

沙季はしばらく黙っていたが、「そうよね」とため息をつくように言い、視線を再び本に落とした。

「え、なんなんですか」

「いいよ、もう。こういう言い方すると差別的だけど、デリヘルのドライバーなんてやってる人はあんまり本とか読まないだろうし」

自分で言ってから自分でおかしそうに笑い、沙季はぱたんと音を立てて本を閉じた。

「ごめん、それ言うならデリヘル嬢はもっと読まないよね。前にいた店じゃ、作家志望のドライバーさんもいたし」

「ウチにもいましたよ、そういう人。普通の本を書く人じゃなくて、テレビの台本？　そうだ、放送作家志望とか言ってました。結構いい歳のおっさんでしたが、そういう学校に行きながらドライバーをやってて。もっとも、すぐに辞めちゃいましたけど」

目的地である要町《かなめちょう》はもう近い。沙季は本をバッグにしまいながら、

「考えてみるとさ、『脂肪の塊』って聞いて、よく料理の本とか医学書とか思いついたよね」

「すんません、ものを知らなくて」

「謝らなくていいよ。頭がいいって褒めてんだから」

「全然褒めてるように聞こえませんでしたけど」

「だから推理する力って言うか、発想が面白いなって思って」

「やっぱりよく分かりません」

「『脂肪の塊』はモーパッサンの短編で、名作と言われてる古典」

「面白いんですか、それ」

束の間、沙季は自虐と自嘲とが入り混じったような、複雑な表情を見せた。

バックミラー越しに見るその表情は、どういうわけか翔太の心に強く残った。

「面白いよ」

ややあって沙季はそう答えた。その声にも、やはり微妙な感情が込められているように思った。皮肉と厭世観、それにうまくは言えないが、強い力のような何か。

「ごめんね、変なこと言って」

「いいえ、全然」

指定されたマンションの前に着いた。すぐに飛び出て後部ドアを開ける。

「ありがと」

すでに感情の失われた声で言い、沙季はエントランスへと向かう。その後ろ姿を眺めていると、沙季が不意に振り返った。

「あんた、山科さんて名前だったよね」

「はい」

「カタラの人って、偏差値の高い大学生が多かったって聞いてたけど、あんたはそうじゃないみたいね」

それだけを言い残し、沙季はマンションの中へと消えた。

カタラの人――

沙季もまた、自分の過去を知っていたのだ。しかも学歴がないことまで見抜かれた。

我ながら力のない足取りで運転席に戻った翔太は、路上駐車できる広い道に向かって車を出した。

沙季はそれなりの売れっ子で、ナンバーワンになれるほどではないが、店が優遇する程度には客が付いていた。

指名が入るたび、翔太は沙季をステップワゴンに乗せて送迎した。

車内では相変わらずさまざまな本を読み耽っていたが、翔太に話しかけてくることはなかった。翔太の方でも必要最低限の事柄以外は話さなかった。

何もかもが以前のままである。沙季は翔太を避けようともしていないし、逆に近づこうともしていない。

そんな沙季の態度に対して、翔太は安堵にも似た感情を覚えたくらいであった。

これでいいんだ――どうせ俺はカタラの人で、前科者でヤクザなんだ――

デリヘル嬢を乗せてステップワゴンを運転する。ときにはタチの悪い客を叩きのめす。毎日が変わらず過ぎていく。

ドライバーの仕事がオフの日に上納金を持って板橋の組事務所を訪れると、例によって幹部達から罵声を浴びせかけられた。

早くてめえの才覚でシノギを見つけろ、組にもっと金を入れろ。

ひたすら平身低頭し、兄貴分達に一通り挨拶し、渡世に関わる無数の雑用を承って事務所を出る。

昔はヤクザが大企業とつるんで日本中で地上げを手掛け、政治家と酒色に耽り、メガバンクの頭取や証券会社の役員らと組んで大儲けしていたという。全部翔太が生まれる前の話だ。ヤクザに限らず、日本にそんな時代があったとは信じられない。翔太の知る日本とは、貧乏人が互いに罵り合うセコい国だ。生まれてこの方、日本はずっとそうだった。

選挙のたびに、政治家は朝から駅前で「美しいなんとか」ときれい事を言っている。当選してしばらくすると、その政治家が国会で追及され、「しっかりと説明する」とだけ答えて説明しない。すべてがそれで通ってしまう。だからそういう国なのだと自然に思う。カタラ時代、マニュアル通りにニュースには目を通すようにしていたから間違いない。もっとも、そのニュースを報じる新聞やテレビでさえ、政治家の不正を追及しようとはしなかった。しつこく追及するのは芸能人のスキャンダルだけである。

何もかもがバカバカしく、何もかもがくだらない――

そのまま帰宅する気にもなれず、かと言って特に出かける先もなく、足の赴くままぶらぶらと板橋の町を歩いた。

ありふれた町並が続く中、一軒の古本屋が店を開けていた。店先にワゴンやカラーボックスが置かれ、文庫本が並べられている。ワゴンの貼紙を見ると、そこにある本はどれも一冊百円らしい。なんとはなしにそれらの背表紙を眺めていると、「モーパッサン」という活字が目に留まった。

モーパッサン。確か沙季が読んでいた本の作者だ。

気がつくと、翔太は書名を端から追っていた。しかし沙季の口にしていた題名の本はなかった。俄然気になって、翔太は駅の方に向かって早足で歩き出した。そこに別の古本屋があったはずだ。

その店に飛び込んで文庫の棚を端から調べる。

あった――

レジに持っていくと、分厚い眼鏡をかけた店主が言った。

「百五十円に消費税で百六十五円です」

百円じゃねえのかよ、と思ったが何も言わずに硬貨を渡した。

これが一冊百六十五円か――

高いのか安いのかも分からない。考えてみれば、自主的に本を買ったのは初めての経験であった。それどころか、本屋と古本屋との別を問わず、書店の中に入ったのはいくら記憶を探っても生まれてから数回程度しかなかった。

そんな自分が本を買った――

沙季が読んでいたのは一体どんな本なのだろう。唐突に湧いてきた気まぐれな好奇心ゆえであったと言っていい。

夕飯時にはだいぶ早い時刻であったが、それなりに腹は減っている。翔太は近くの蕎麦屋に入り、親子丼を注文して買ったばかりの『脂肪の塊』を読み始めた。

沙季は短編だと言っていた。その言葉の通り、『脂肪の塊』はそう長い小説ではない。本自体の薄さもあって、すぐに読めるだろうと思っていた。

だが予想したようにはいかなかった。漫画や雑誌と違って、読み進めるのは簡単にはいかなかった。決して難しい文章ではないにもかかわらず、である。

やがて注文した親子丼が来た。割り箸で口に運びながら、翔太はゆっくりと本を読んだ。どういうわけか、活字から目が離せなくなっていた。

親子丼を食べ終わり、箸を置いて茶を啜る。その間も活字を一心不乱に追い続けた。店員が茶を二回も入れ替えてくれた。それに対して礼の一言も言えなかった。それだけ夢中になっていた。

心はすでに蕎麦屋にはない。十九世紀のフランスで馬車の中に在る。いや、十九世紀でもなければフランスでもない。そこはまさしく〈世間〉であり〈人間社会〉であった。

沙季はこんな話を読んでいたのか――

それはもちろん驚きであったが、何より戦慄した。ただひたすらに恐ろしかった。

読み終えたとき、翔太は呆然として大きな息を吐いた。

そしてようやく理解した。

あのとき沙季が見せた複雑な表情のその意味を。

翔太は勘定を済ませ、蕎麦屋を出て帰宅の途に就いた。その間もずっと読んだばかりの本について考えていた。

『脂肪の塊』とは、作品の題名であり、同時に主人公である娼婦の渾名《あだな》でもある。

解説まで余さず読んだが、自分が本の内容を完全に理解しているとはとても言えない。

娼婦とは売春婦であり、要するに風俗嬢のことだというのはすぐに分かった。しかもナンバーワンクラスの有名な売れっ子だ。作中の描写からすると主人公は、現代の風俗業界で言う「ぽっちゃり系」とか「むっちり系」とかにカテゴライズされる体型をしている。だから「脂肪の塊」と呼ばれるのだろう。

プロイセン軍というのはどうやらドイツ軍のことらしいというのも分かったが、普仏戦争というのがよく分からない。当時のフランスの建物がどんな大きさでどんな造作になっているのか、描写はあってもまったく思い描くことができなかった。細かい地名などさっぱりだし、そもそもそれらが地球のどこに位置しているのか見当もつかない。

とにかく昔フランスで戦争があり、主人公の娼婦を含む何人かが戦火を恐れ馬車で逃げ出した。主人公は当初、娼婦であるがゆえに他の客達から蔑まれている。しかし空腹に苦しむ客達に持参した食料を進呈すると、客達は打って変わって主人公を賞賛する。

先を急いでいた馬車は、不運にも敵軍の占領地域で足止めされることとなった。敵軍の仕官が主人公を抱かせろ、抱かせないとここは通さないと言い張ったからだ。国を愛する主人公は断固拒否する。だが早く逃れたい他の客達は、あれこれと策を弄して主人公に仕官と寝るよう仕向ける。追いつめられた主人公はやむなく敵の仕官と寝る。その結果、馬車は無事通行を許された。しかし乗客達は自分達だけで弁当を食べ、主人公を無視する。主人公から食料をもらったことなど忘れ果てたかのように。馬車の中で、主人公はとうとう耐えきれなくなって啜り泣く――

翔太はアパートの冷蔵庫を開け、発泡酒を取り出した。部屋は無性に暑かった。ずっと冷やしてあったはずなのに、発泡酒はどうにも生ぬるく、炭酸が棘のように喉に絡んだ。

デリヘル嬢の沙季はどういう気持ちでこんな本を読んでいたのか。

脂肪の塊に感情移入していたのか。彼女と同じく、自分を利用し、嘲る世間を呪っているのか。

そうじゃない、と翔太は缶を置いて考える。脂肪の塊は単に世間を呪って泣いたのではない。そこにはもっともっと複雑で、そう、愛国心とか、自尊心とか、社会とか、人生とか、そういったものがないまぜになった想いがあったのではないか。

あるいは、とも思う。あるいは沙季は、そんな脂肪の塊をどこかで嗤っていたのではないか。こんな仕事だと割り切れない、後生大事に理想を掲げる馬鹿女だと。

沙季は強い。冷たい皮膜で全身を覆いながら、自分は違うとうそぶいているのかもしれなかった。

それこそが妄想だ――悪い酔いだ――

翔太は湿った布団に倒れ込む。何かを決めつけられるほど、自分は沙季について何も知らない。どうやら柄にもなく本など読んだせいで、発泡酒が一気に回ったようだ。

うとうととまどろみつつも、翔太は沙季について勃然と興味が湧き起こるのを感じていた。

13

翌日、ステップワゴンで出勤先の大塚に向かう途中、書店らしき看板が目に入った。気がついたときには、翔太は車を近くにあったコインパーキングに入れ、さっきの看板の方へと歩いていた。

そこは古本屋ではなかった。新しい本を売っている普通の書店だった。狭い店内には雑誌やマンガばかりが並べられている。翔太は意味不明の焦燥感に駆られて店内の棚を手前から順番に見ていった。自分が何を探しているかも分からないというのに。

一番隅にそれらしい棚があったが、やはり違う。何冊か手に取ってみて、ようやく分かった。大きさが違う。表紙が固い。また値段も違う。

どうしよう――

そこへ、エプロンを掛けた年輩の女性店員が通りかかった。

「あの」

咄嗟に声をかけていた。

「はい？」

「こういう本はありませんか」

ジャンパーのポケットに入れてあった『脂肪の塊』を取り出した。

店員はそれを一瞥し、

「同じ本をお捜しなんですか」

「あっ、いえ、違います」

我ながら不審なくらい動揺し、慌てて説明する。

「こんな形の、薄い小さな本です」

「ああ、文庫ですね」

「はい」

「文庫の棚でしたらあちらですが」

店員は翔太の背後を指し示した。

「えっ、あっ」

自分のすぐ後ろに、小さな判型の本が並んでいた。

そこでまたも狼狽する。どれを読めばいいのか見当もつかない。

困惑している翔太の内心を察したように、店員はさらに声をかけてきた。

「何かお捜しの本がおありですか」

「こんな本を読みたいんです」

情けないことに、持っていた『脂肪の塊』を再び差し出すことしかできなかった。

「海外の名作とか、古典とかですか」

「えっと……そうです」

「うちはあんまり置いてないんですよねえ、外文《がいぶん》（外国文学）は売れないものですから」

そう言いながら、店員は棚から一冊の本を抜き出した。

「文庫で今うちにあるのはこれくらいですね」

「はあ」

〈ガイブン〉が何を意味するのか分からないながらにそれを受け取る。

「でもこれ、面白いですよ」

題名は『オリヴァー・ツイスト』。作者名はチャールズ・ディケンズ。

裏返して値段を見る。古本よりはだいぶ高い。

だが翔太は躊躇なく言った。

「これを下さい」

その本は目が覚めるほど面白かった。翔太は夢中で読み耽り、瞬く間に読み切った。

本を読むのがこんなにも心弾む行為であるとは思いもしなかった。主人公であるオリヴァーが孤児院の出身であるという点に、いつしか自分自身を投影していたせいかもしれない。オリヴァー少年が「お粥のお代わりを下さい」というシーンでは我知らず涙がこぼれた。

作者の批判は、明らかに社会制度とそれを悪用する者達に向けられている。それもまた過去ではない。現代そのものではないかと翔太は感じた。

大昔に書かれた作品が、いつの時代でも通用する。そしてその時代と人間とを批判する。

こんな小さな本なのに――

翔太は己の手の中にある文庫本を、しげしげと見直さずにはいられなかった。

それ以来、翔太はさまざまな本を片端から読み漁った。何を読んでいいのかは依然分からぬままであったが、直感の命ずるところに従って読むことにした。手持ちの小遣いには限りがあるから、自ずと古本、しかも文庫が中心となった。

今やステップワゴンでの待機時間は無意味なものではなくなった。本を読むための貴重な時間である。大塚から乗せてきたデリヘル嬢を目的地へ送り出すと、翔太はすぐさま本を取り出して続きを読んだ。

中には難解にすぎる本もあった。通俗にすぎる本もあった。しかし必ず得るものがあった。

何も知らない自分には、どんな本を読んでも損をするということがない――

そんな感覚を抱いたほどである。

そしてふと思った――〈マニュアル〉とは大違いだ。

あれを読んでいるときも高揚はあった。今ならば分かる。あれは本物を知らぬがゆえの幼稚な興奮であったのだと。マニュアルとは、女達を騙すと同時に、読む者を騙すための詐術であったのだ。未熟で幼稚な者をたぶらかし、舞い上がらせる。その結果、自分はいいように操られ、女達を不幸にしてしまった。風俗に落とされ心を病んだ真由はいい例だ。

過去を悔やみながらページを繰る。こうして本を読んでいても、過去の罪が贖われるわけでは決してないが、少なくとも罪の罪たる所以が鮮明に見えてくる。否応なしに見せつけられる。それこそが〈本物〉の価値なのだ――

不意に運転席の窓が叩かれた。

驚いて外を見ると、沙季が指先で窓を叩いていた。本に没頭するあまり、沙季の戻る時間を忘れてしまっていたのだ。

「あっ、すみません」

急いで外に出た翔太は、後部座席のドアを開けて沙季を乗せた。運転席に戻り、車を発進させる。

「ホントすいませんした。ついうっかりして」

平身低頭する翔太に対し、沙季はそっけなく言った。

「なに読んでたの」

「え、何って」

「とぼけないで。あんた最近、待ち時間にいつも本読んでるじゃない」

「確かに読んでますけど、ドライバーの待ち時間は――」

「何をしてたって自由だって言いたいんでしょ。知ってるわよ、それくらい。実際、スマホで電子書籍やマンガ読んでるドライバーだっているわ。でもあんた、前はそうじゃなかった」

「俺だって本くらい読みますよ。待機中はすることないし」

「見せて」

「沙季さん」

「いいから見せて」

翔太はやむなくグローブボックスに突っ込んだ本を取り出し、前を向いたまま沙季に渡した。

「へえ、スタンダールじゃない」

表紙カバーの外された文庫本の『赤と黒』を手にした沙季が、意外そうに言う。それが無性に恥ずかしかった。

「たまたまなんすよ」

いかにも言いわけじみた口調になった。

「たまたま『赤と黒』が手近にあったってわけ？　もしかして、それがカタラの教材だったとでも言うの」

翔太は黙った。

「……ごめん」

沙季がすまなそうに言う。

「いいんすよ。俺がカタラだったのは事実ですから」

沙季は何も答えなかった。気まずい沈黙が車内に充ちる。

「沙季さん、前に読んでたでしょう、『脂肪の塊』」

「えっ？」

何かを言わねば、という焦りからか、翔太は自分でも思いがけないことを口走っていた。

「俺も読んでみたんですよ、その本。そしたら――」

「そしたらなんだって言うの」

沙季の口調が急に冷ややかなものとなった。

「かわいそうな娼婦の本だったからデリヘル嬢に同情したって言いたいの」

「そんな、やめて下さい。俺はただ……」

「手に取るように分かるわよ、あんたの感想くらい。そう、小学生の読書感想文ね。性産業に従事させられている女はみんな被害者なんですぅ」

「やめて下さい」

「社会の仕組みが悪いんですぅ、情弱を騙して風俗に売る半グレどもや、それを利用してる金持ち連中が悪いんですぅ、この作品は現代社会を見事に反映してますぅ」

「やめろって言ってんだよ」

押し殺した声が出た。こんな殺気立った声を出したのは久々だ。ヤクザになってからも出したことはない。

しかし沙季は臆さなかった。

「デリヘル嬢が、いいえ、すべてのセックスワーカーがみんなワケありの被害者だなんて決めつけないでくれる？　それってさ、結局蔑んでんのよ、あんたは、女を。それだけじゃない。あんたは単に自分を憐れんでるだけなんだよ」

翔太は車を路肩に止め、ハンドルの上に突っ伏した。

「なにやってんの。早く店に戻らなきゃ――」

「沙季さんの言う通りです」

ハンドルを涙で濡らしながら翔太は呻いた。

「俺は馬鹿だ、憐れむ価値もない大馬鹿だ、だから、だから……」

「だから、なに？」

沙季はどこまでも容赦なかった。

「甘えるのはやめてよね。いい大人がさ。少しは思い出したら？」

「思い出すって、何を」

「読んだんでしょう、『脂肪の塊』。あの主人公にだって信念はあった。純粋な愛国心よ。それが正しかったかどうかは別にしてね。でもあんたにはなんにもない」

一言もないとはこのことだった。沙季の言葉はことごとく正鵠を射ており、翔太の胸をあやまたずに貫いた。

運転席に突っ伏したまま、翔太は己の嗚咽を聞いていた。

やがて沙季が一転して静かに言った。

「いいわ、教えてあげる。散々偉そうに言っといてなんだけど、あたしも騙されたクチ。でもカタラにじゃないわ。あいつらとおんなじことやってた連中は日本中にいくらでもいる。その一人に騙されたのよ」

翔太はハンドルから半身を起こし、後部座席を振り返った。

しかし発すべき言葉が見つからない。言葉の代わりに涙が出た。どうしてだかは分からない。ただ涙があふれて止まらなかった。

沙季はこちらをどこまでも穏やかに見つめている。そのまっすぐな視線には同情も侮蔑も含まれない。もしかしたら、わずかな嫌悪と憐憫くらいはあったかもしれない。

「地方の無知な会社員。両親は早くに死んで、施設で育った。それがあたし。ちっぽけな会社が採ってくれて、普通に地味に働いてた。そのままおとなしく仕事やってりゃよかったんだけど、悪いのに引っ掛かってね。そう、カタラみたいな連中。だから今ここにいるってわけ」

「沙季さん、施設の出身だったんですか」

「食いつくのソコ？」

「いえ、俺も施設で――」

「それがどうしたっての」

沙季の声が再び冷ややかなものへと転じた。

「早く出して。次の予約が入ってんだから」

「はい」

翔太はステップワゴンを車線へと戻した。バックミラーで車外の様子を確認したが、後部座席は意識して視界に入れなかった。沙季がどんな表情をしているのか、知ってしまうのが恐かったからだ。

14

それからも翔太の日々は何も変わることなく流れていった。

女の子は何人か入れ替わったが、沙季はプッチンベルに在籍し続けた。送迎ドライバーを指定することは特にないので、翔太の車に当たるときも当然ある。そんなときも、以前と変わらず本を開いて読んでいる。

何を読んでいるのか、何を考えているのか、作者は、内容は、面白いのか、楽しいのか、悲しいのか、それとも——単なる時間潰しなのか。

だが翔太はそうした一切を訊けなかった。

——結局蔑んでんのよ、あんたは、女を。それだけじゃない。あんたは単に自分を憐れんでるだけなんだよ。

沙季の言葉は、無数の棘を持つ矢のように、翔太の胸に刺さったまま抜け落ちる気配を見せなかった。棘がいつまでも強固に引っ掛かり、熱を持ち、膿を孕んで痛み続ける。

自分自身を憐れんで、何もかも失って、ただの惰性で生きている。気がつくと沙季と目を合わせることさえ避けていた。

それでも待ち時間には、どうしても本を読まずにはいられなかった。

何もない自分自身を、小説でなんとか補填したい、失われた時間を取り戻したい——そんな甘い希望がなかったと言えば嘘になる。しかし何より、餓えた心が本を求めた。最初に読んだ『脂肪の塊』が強烈だったせいか、読むのは自然とガイブン、すなわち外国文学が中心となった。日本の作品も時折読んだが、外国の古い物語の方が、自分の心を震わせ、波立たせ、落ちつかせてくれることが多かった。

正直に言って、内容の半分も理解できない本もあった。全然理解できない本も少なくなかった。

それでもよかった。分からない言葉。分からない物語。分からない思想。それらが空虚な心を満たしてくれた。分からないものは分からないなりに吸収され、消化され、栄養となっていく。そんな感覚が心地よかった。

　本に耽溺する自分の習慣を、沙季も気づいていないはずはなかったが、特に触れようとはしなかった。デリヘルの送迎ドライバーと無用な会話をすることなど、サービス料には含まれていないと言わんばかりに。

　沙季もまた自分と同じ施設育ちだという。そのことだけでも彼女と話したいという気持ちは高まる一方だ。だがそれこそ「自分を憐れんでいる」ことの証しではないか。

　そう考えるといよいよ話せなくなっていく。

　施設出身で、半グレに騙され、デリヘル嬢をやっている沙季は自らを蔑むことなく、黙々と本を読みながら仕事に向かう。その強さが不思議でならなかった。

　沙季は送迎時の移動する車内で本を読み、翔太は待機中の停止した車内で本を読む。

　互いに干渉はしない。むしろあえて知らぬふりをする。そんなすれ違いとも言えぬ関係は、ある日唐突に終わりを告げた。

「おい山科、おまえ明日から来なくていいから」

　店長の坂下に突然言われた。

「どういうことでしょう」

　間抜けにも訊き返した翔太に向かい、坂下はいまいましげに告げた。

「だからもう来なくていいって」

「はい？」

「クビってことだよ」

「クビ、ですか」

「おまえ、ヤクザなんだろ、仰木組の」

全身が凍りつく。唇の周辺は特に硬く凝固した。

「どうなんだよ、えっ、違うのかよ」

何も答えられなかった。答えようにも、凍てついた口が動かなかった。

坂下は怒りを多分に含んだ口吻で、

「従業員の飯島《いいじま》は知ってるな。あいつの実家、板橋なんだよ。その飯島がさ、仰木ってヤクザの家の前で車が停まるのを見たってよ。運転手が出てきて和服の爺さんを下ろした。その運転手がおまえだったって。出迎えた中には仙貝さんもいて、爺さんはオヤジと呼ばれてたって。それってさ、疑いようもなくヤクザってことだろ」

仰木組長の運転手をさせられたときだ——

「言いわけはいいよ。知らないでたまたま運転手をやっただけとかなんとか、いくらでも言えそうだもんな。でも俺は何を言われても信じるわけにはいかないんだ。ヤクザを雇ってたってなると潰されちまうもんな、ウチの店。いいか、おまえはな、俺達全員の生活をぶち壊そうとしてるんだぞ。分かってんのかよ、おい」

何も言い返せなかった。そもそも反論の余地などかけらもない。

それに——

自分のシノギばかり頭にあって、他の従業員の生活など考えたこともなかった。

「本当はすぐにでも出ていってもらいたいとこなんだけど、沙季の予約が入ってるってのに他のドライバーはみんな出払ってる。勝手な言い草に聞こえるかもしれんが、ウチを危険に晒したペナルティってことで、今夜だけはやってくれ。最後の仕事だ。いいな」

はい、と呟くように答えるのが精一杯だった。

駐車スペースに向かい、ステップワゴンに乗り込んで沙季を待つ。やがて仕事用のバッグを抱えた沙季がビルから出てきた。すぐに外へ出て後部のドアを開ける。

「ご苦労様っす」

「よろしく」

儀礼的にすぎるいつもの短い挨拶を交わし、運転席に戻って車を出す。その夜の目的地は大久保のビジネスホテルだった。

走り出してすぐ、沙季が珍しく声をかけてきた。

「どうしたの」

「何がですか」

感情をできる限り抑えて対応する。

「何がじゃないでしょ。なんなの、その顔」

バックミラーを動かして己を映す。死人のような自分がそこにいた。

「俺、今日で最後なんです」

「辞めるってこと？」

「クビなんです、俺」

「あんた、真面目にやってるじゃない。なんでクビなの」

束の間躊躇した後、思い切って翔太は答えた。

「俺がヤクザだからです」

さすがの沙季も、驚いたように訊き返してきた。

「ヤクザだったの」

「はい」

「なんでヤクザなんかになったのよ。こんな時代に、バカじゃないの」

「仕方なかったんです。俺には他になんにもなかった。だから仕方なかったんです」

情けなさのあまり鼻声になった。そんな醜態も、沙季の前では不思議と気にならない。

「そう。じゃ仕方ないわね」

いつものようにバッグから本を取り出した沙季に、

「沙季さん。最後に一つだけ訊かせてくれませんか」

「いいけど、なに」

「沙季さんはいつも本を読んでますよね」

「それがどうかしたの」

「本を読んで人生、どうにかなりましたか」

「どうにかって」

「よくなったとか、幸せになったとか……その、救われたとか」

言い終える瞬間、バックミラーに視線を遣った。細長い鏡の中で、沙季の顔に怒りが走った。

「いいかげんにしてくんない」

ただの怒りではない。触れてはいけない何かに自分は触れてしまったのか。

「要するに、あんたは救われたいと思って本を読んでたわけね。それであわよくば幸せになりたいとか思ってたと」

その通りだった。自分でも意識していなかった願望を、沙季が代わって言語化してくれているような気さえした。

「あたしは確かにデリヘル嬢よ。半グレに騙されたバカな女よ。でもね、あたしが読んでるのは実用書でも宗教書でもないの。小説なの。エッセイなの。戯曲なの。今までの損を取り返そうと思って読んでるわけじゃない。あたしの人生の失敗とは関係ないの。人をナメるのもいいかげんにしてくれる？」

　沙季の激昂は止まらなかった。

「あんた、性根は全然変わってないよね、カタラの頃と。自分の罪と向き合わないで、その代わりに本を開いて、なんとかならないかなァなんて虫のいいこと考えてた。本や小説をバカにするのにもほどがあるって思わない？」

「そんな、バカになんて」

「してるっての、無意識的に。そんな態度で本を読んでたって時間の無駄。パチンコでも打ってた方がマシなんじゃない」

「そうですね。俺なんかが本を読んだって――」

「その言い方がすでに間違ってるって言ってんのっ」

「分かりませんっ」

　恥も外聞もなく泣きながら翔太は怒鳴った。あふれる涙が視界全体に広がって、フロントガラスに叩きつけられる雨のようにさえ見えた。今夜は雨など少しも降っていないというのに。

「沙季さんの言ってること、俺には全然理解できませんっ。俺の頭が悪いからです」

　見えない雨の中を運転しながら翔太は吠えた。

「自分のしでかした罪と向き合ってないことは認めます。俺は大勢の人生を滅茶苦茶にしてしまいました。真由さんのようにメンタルをやられた人だっています。あの傷はとんでもなく深い。そんなことにさえ気づかなかった。想像力がなかったんです。なのでカタラの頃と性根が変わっていないと言われればそうかもしれません。けど、本当に分からないんです。自分なんかがどうして本を読んでいるのか。沙季さんの影響、いえ、形だけの真似かもしれません。それでも、本を読んでいると楽しいんです。本当に楽しいんです。これまで行ったこともないような、新しい世界が覗けるようで……今までの人生で経験したことがないくらい嬉しくて……どうしてだか分かりません。だから、だから沙季さんに訊くしかなかったんです」

目的地の大久保に着いた。ホテルの近くに車を停め、涙を垂れ流しにしたまま翔太は外に出ようとした。

「待って」

どこか切迫した声で沙季が呼び止めた。

「こっちからもちょっとだけ訊くわ。あんた、ヤクザやめる気ある？」

「そのつもりです。正直、この仕事クビになって、組に金を入れるアタマもないんで」

「当てはあるの」

「ありません。でも、もう嫌なんです。ヤクザも半グレもカタラも、何もかも」

「あのさ、あたしもそろそろ足を洗おうかと思ってんの。もうじき借金も返し終わるし、潮時かなと思って。体もしんどいし、第一この仕事は年取るにつれて先細りだしね」

そこで沙季はスマホを取り出し、翔太を見た。

「なにやってんの、早く出して」

「出すって、何を」

「スマホに決まってるでしょう。連絡先を交換するの。さあ早くして。お客が焦れ始めてる頃よ」

言われるままに翔太は自分のスマホを出して相手に向けた。すぐに着信があった。

「これでいいわ」

満足そうに言い、沙季は自分でドアを開け外に出た。

「ショートメールで連絡して。本の話は長くなりそうだから今は無理。言っとくけど、連絡する条件はヤクザをやめてること。もちろん半グレとかも全部ＮＧ。完全にカタギになってること。いい？」

「はい」

よく分からないまま返答した。

「じゃあ、行ってくる」

ビジネスホテルに向かって駆け出していく沙季の後ろ姿を、翔太は呆然と見送った。

彼女はこれから仕事をする。デリヘル嬢という名のセックスワーカーだ。客に性的サービスを提供し対価を得る。その女が、なぜ自分に連絡先を教えたのだろう。

ヤクザをやめるのなら、本の話をしていいと沙季は言った。

それは望外の喜びではあったが、彼女が本気でこの仕事から足を洗うつもりでいるのなら、個人情報を教えるようなことなど絶対にしないはずだ。ましてや自分は、現役のヤクザなのだ。

頭が混乱してどうにも考えがまとまらない。しかし翔太は、何かが変わり始めたような兆候を感じていた。

それがいい方向に変わるものとは限らないとも思いつつ。

翌日、翔太は自宅アパートで終日ネットを調べまくった。

「ヤクザのやめ方」

検索サイトにそう入力するだけで、無数の記事が表示される。服役中に聞き知った事柄が大半だったが、それなりに役立った。

絶対にやめる。その決意に揺らぎはなかった。これまでの人生を悔やんでいても始まらない。それこそ沙季に指摘された通り、「自分を憐れんでいる」だけだからだ。

部屋の隅に積まれた本に視線を向ける。ほとんどは色褪せた文庫本だ。作者については巻末にある解説に書かれていることしか知識を持たない。なのにどういうわけか、顔も知らない昔の作家がこの上なく懐かしく、慕わしかった。

そして次の日、翔太は板橋の組事務所に出かけた。組長の仰木、代貸の尾倉、それに兄貴分の仙貝が顔を揃えていることは確かめてある。

他の組員達にもいつものように挨拶してから、三人に向かって頭を下げ、単刀直入に切り出した。

「義理を欠くのは承知でお願いします。今日限り足を洗わせて下さい」

予想と違い、三人はいずれも気まずそうな表情で互いに顔を見合わせただけだった。居合わせた二人ばかりの組員も似たような反応を示している。

「またかよ」

と仰木が漏らせば、尾倉は何も言わずに煙草を取り出す。

立ち上がった仙貝は、おもむろに翔太を張り飛ばした。

「おめえ、俺に一言の相談もしねえで何寝ぼけたこと言ってやがんだ」

そして倒れた翔太に蹴りを入れる。

「分かってんのかコラ、おめえは俺の顔を潰したんだぞ。義理を欠くとかなんとかほざいてたが、それどころの話じゃねえぞコラ」

「やめとけって」

仙貝を制止した尾倉が、ライターでセブンスターに火を点けながら倒れた翔太を見下ろして、

「おめえよう、いくら昨日今日の新参だからって、やめさせて下さいの一言でヤクザやめられるわけねえだろうが。コンビニのバイトじゃねえんだぞ。そんくらい、おめえだって分かってんだろ。何をトチ狂ったのか知んねえけどよ、兄貴分の顔まで潰して、タダじゃあすまねえぞ」

唇の端から血を流して立ち上がった翔太は、ひたすら「すんません」と詫び続けた。

仰木は籐椅子に座したまま、うんざりしたように言う。

「モノを知らねえにもほどってもんがあるぜ。おめえ、盃をなんだと思ってやがんだ。タダ酒飲ませてもらったくらいにでも思ってたのか、え、おい」

「そんなこと、あるわけないです」

直立したまま頭を下げる。

「きいた風なクチ叩きやがって。親子の盃はてめえの命よりも重いんだ。調子乗ってんじゃねえぞ」

「デリヘルドライバー、クビになりました。ヤクザだからです。もう組に入れる金は作れません。俺、なんのシノギも見つけられませんでした。もう無理です」

「またかよ」

仰木は再度同じ嘆息を漏らした。

「近頃の若いのはいつもこれだもんなあ」

「すんません、こいつ、根性だけはあると思ったんですが」

詫びる仙貝に、尾倉が煙草の煙を吹きつける。

「もちろんおめえにも落とし前はつけてもらう。分かってんな、仙貝」

「はい、もちろんっす」

そう応じた仙貝が、振り返って翔太を殴りつける。さっきよりも強烈な一撃だった。

翔太はすぐさま飛び起き、直立の姿勢を保つ。

「確かに根性はまあまあだな」

仰木が呟く。本音なのか皮肉なのかは分からない。

「おめえ、前に……なんつったかな、半グレの……そうだ、カタラだ、そこで女を転がす仕事やってたんだろ。そいつをやってみちゃどうだい」

「オヤジ、そりゃ無理ですって。金塀《きんぺい》会との取り決めでウチはスカウト業には手が出せねえんで。それに今はサツがそういうのにやたらと目を光らせてますから、ウチのもんが女を扱った途端に間違いなくアウトです」

尾倉の言葉に、仰木がため息をつく。

「そうだったなあ」

「ホストもスカウトもできねえ、せっかく紹介してやったシノギはクビ。この役立たずが」

仙貝のパンチがまたもヒットした。

鼻からも血を噴きつつ、翔太は全力で跳ね起きる。

二人の組員は、部屋の隅からこちらの様子を眺めているだけだった。

「どうします、オヤジ」

尾倉の問いに、仰木は顔の前で片手を振った。こんな茶番はもう飽きたと言わんばかりの仕草だった。

「いつものこった。使えねえのを養ってる余裕なんざあるわけねえだろ」

「へい」

　尾倉は翔太に向き直り、

「昔と違って、今はエンコ詰めなんて意味はねえ。そんなことされたりしたら、こっちがパクられる世の中だもんな。俺の言ってる意味が分かるか」

「やめるには指じゃなく金がいるってことですね」

「そうだ。話が早えじゃねえか。そういうことは知ってやがんだな」

「いくらですか」

「普通なら三、四百万てとこだが、おめえには無理だろう。まあ、百万で勘弁してやる」

「二百万払います」

「なに」

「二百万払います。その代わり、分割にして下さい」

　激昂した仙貝がつかみかかってきた。

「どこまでナメてやがんだよテメエはよっ」

　腹に蹴りを食らって床に倒れる。

　仰木は呆れたように尾倉に向かい、

「聞いたかオグ。分割だとよ、分割。世の中、つくづく変わっちまったもんだよなあ」

「いやあ、今の若いのは何考えてることやら。マジで酷い時代ですわ」

そう嘆いて翔太の横にしゃがみ込んだ尾倉は、くわえていた煙草を手に取って、

「あのなあ、ヤクザに詫び料はローンでお願いしますって、頭が悪いにもほどがあるぜ」

そして懸命に立ち上がろうとしていた翔太のうなじに、煙草の火を押し付けた。

鋭い熱が皮膚を焦がし、肉を焼く。強烈な痛みが脳を貫いた。

しかし翔太は悲鳴をこらえ、そのまま立ち上がって元の姿勢に戻る。

室内にいた全員が息を呑んでこちらを見つめていた。

「仙貝よ、確かにこいつの根性はモノホンだぜ」

呆れたように言って立ち上がった尾倉は、改めて仰木を振り返り、

「オヤジ、俺はなんだかコイツを手放すのが惜しくなってきましたよ」

「そうだなあ」

何事か考え込むようにしていた仰木が仙貝に尋ねる。

「仙貝、おめえ、前にこいつはカタラでトップにいたとか言ってたな」

「はい。トップテンの一人でした」

「そうか、トップテンか。どんな世界でも頭が悪くちゃ上には立てねえ。つまりこいつは、相当頭がいいってことだ」

小さい組でも、ヤクザを束ねているだけのことはある。仰木は力のこもった眼光で翔太を見据えた。

「おい、翔太」

「はい」

「分割でとかふざけたことぬかしてやがったが、おめえ、本気でそれが通ると思ってたのか」

正念場であった。翔太は腹に気力を込めて答える。

「いいえ」

「俺達をからかったのか」

「まさか」

「じゃあなんであんなことを言った」

「筋を違えるわけですから、払うつもりでいるのは本当です。でも、今の俺には百万だって用意できません。だから分割にして頂ければ、利子も含めて二百万、必ず払う覚悟です」

「オグがさっき言ってたよな、ヤクザにローンは利かねえって」

「はい」

「じゃあどうするつもりだ」

「警察から脱会届けを出してもらいます」

組員達の顔色が変わった。

各都道府県には暴力追放運動推進センター、通称暴追センターが設けられている。ここに相談し、一定の条件を満たせば、警察と連繋し組に対して脱退交渉をしてくれる。交渉と言っても、それは事実上の命令である。ヤクザ側に選択肢はない。

「このガキ、調子コキやがって」

仙貝が翔太の胸倉をつかむ。

「てめえ、サツに駆け込めるとかマジ思ってんのかよ。この場で殺してやってもいいんだぞ、ああ?」

「覚悟はできてます。気の済むようにして下さって結構です」

「おお、やったらあっ」

仙貝はもともと武闘派でならした不良である。容赦ない乱打が繰り出された。

またも倒れ込んだ翔太は、さすがにもう起き上がることができなかった。

「やめとけっつってんだろ、仙貝」

大儀そうに尾倉が言う。

「こんなガキをバラしたところで、どう考えてもワリに合わねえだろうが。俺ら全員パクられたらどうすんだよ。組潰す気かてめえは」

「はい、すんません」

不承不承に仙貝が下がる。

「おい、生きてるか」

仰木の声に、かろうじて返答する。

「はい……」

「今の時代、ヤクザはどうしたって生きていけねえようになってんだよ。昔だったら当たり前のこともできやしねえ。何かと言やあサツが因縁つけてくる。これじゃどっちがヤクザか分かりゃしねえ。だからみんなやめていく。特に若い奴は続かねえ。おめえは珍しく見所があるようだが、やっぱりこの稼業には向いてねえようだ。盃はやったが、もともと縁がなかったんだなあ、俺達とは」

それは神主か僧侶による託宣のようだった。慨嘆と諦念とが混じり合い、それでいて慈愛にも似た精神性すら感じられる。

強欲な小物だと思っていた老ヤクザが、そんな述懐めいた言葉を吐いている。

人間は誰であっても侮るものではない――口中に溜まった血を吐き出しながら、翔太は己の幼稚さを思い知った。

「五年ルールは知ってるな」

「はい」

「おめえ、前科《マエ》があるんだったな。その上に五年ルールとなると、こいつはキツいぞ」

「覚悟してます」

五年ルール。それはたとえヤクザをやめたとしても、向こう五年間は社会的にヤクザと同様に扱われるという、暴排条例や暴対法施行以後の慣習である。

その間は銀行口座を開設できず、従って保険にも入れないし普通の企業にも就職できない。人間が生きていく上で必要な手続きに対し、厳しい制約が科せられるのだ。

五年という期間は厳密ではなく、自治体や組織によって違ってくる。五年を過ぎても、「元ヤクザだから」という主観的理由でさまざまな契約を断られても抗議すらできない。「今の日本ではヤクザに人権はない」と言われる所以である。

「じゃあもう言うことはねえ。たった今から俺達は他人だ。ただし二百万は必ず払え。分割で勘弁してやる。もしバックレやがったり、サツに泣きついたりしたら、組を潰してでもてめえをバラす。いいな」

「はい……ありがとうございます……」

なんとか立ち上がり、皆に一礼して事務所を出た。

暴排条例以前であれば、決して許されることではなかったろう。今日も場合によってはかなり〈マズい〉ことになっていた可能性は大いにある。

それでも翔太自身が考え、選択した行動であった。

若い組員の離脱が増えており、組の方でもあきらめているという実情が幸いした。

いずれにせよ、全身の痛みに加え、二百万の借金と引き換えに翔太は自由を得た。

自由だって？

考えるまでもなく、単に振り出しに戻っただけとも言える。出所したとき、忠告された通りに行政等の支援を受け、真面目に社会復帰を目指せばよかったのだ。

何もかも自業自得だ――

失ったもの、背負い込んだものはあまりに大きい。女達の人生を破壊した罪は、何をしようと決して贖えるものではない。

しかし。

得たものもあるんだ――俺は、確かに――

どうやってアパートに帰り着いたのかは覚えていない。仙貝に殴打された傷が癒えるまで、黴臭い布団の上で翔太は独り痛みに耐えた。

動かぬ足を引きずって近くのドラッグストアに出かけ、処方箋なしで買える医薬品や用具を購入し、自分で手当した。レジの店員は蒼くなって病院に行くことを勧めてきたが、曖昧に笑ってごまかした。口の中が腫れていたので固形物は喉を通らず、経口補水液や栄養剤、ゼリー飲料などで空腹をまぎらわせた。

思えばこのアパートも組の紹介だった。いずれ退去しなければならないだろうが、当分はどうしようもない。そんなあれこれを考えつつ、朦朧と布団に横たわる。

昼となく夜となく、悪夢と幻影に襲われた。

カタラのドア。その向こうに広がっていた砂の世界。グラスにあふれる腐った酒。女に作らせたクレジットカード。城有の朱い唇。感情を欠いた陣能の目。そして、海斗。

海斗、俺はこんなざまだが、おまえは元気にやっているか教えてくれよ、海斗、海斗、海斗――

一週間あまりが過ぎた頃、ようやく傷が癒えてきた。

スマホを取り出した翔太は、教えられた番号にごく短いメールを送った。

［翔太です。ヤクザやめました］

尾竹橋通りに面した荒川区のファミレスで沙季と待ち合わせた。

最後に会ったのはほんの数週間前だというのに、もう何年も会っていないような気がしてならなかった。

翔太の前に現われた沙季は、当然ながら仕事の際とは違う、淡い水色のカーディガンにデニムというカジュアルなスタイルだった。

「どうしたの、その顔」

会うなり、沙季はこちらを見つめて言った。

「え、まだ分かりますか」

傷は癒えたと思っていたが、痕のことまでは頭になかった。

「ヤクザにやられたのね。そうなんでしょ」

「いいえ……はい」

沙季は小さくため息をついて、

「ごめん。私がヤクザをやめたらなんて言ったばっかりに」

「そんな、沙季さんのせいじゃありませんよ。おかげで足を洗えたんですから」

そこへフロアスタッフがやってきた。

「ご注文はそちらのタッチパネルでお願いします」

「あ、はい」

沙季が答え、翔太に尋ねる。

「あたしはドリンクバーにするけど、あんたは」

「俺もそれでお願いします」

「じゃあ二人分入力するね」

だが二人ともドリンクを取りに立とうとせず、そのまま話を続ける。

「でも、本当にやめられるとは思わなかったわ」

「はあ、なんとか」

曖昧にごまかす。二百万の詫び料については沙季に話さない方がいいと思った。

「もしかして、警察に言えばすんなりやめられたんじゃないの。近頃はそうだって聞いたことある。そしたら、そんなリンチみたいなこともされずに済んだんじゃ……」

「組に入れてくれって頼んだのは自分ですから」

「筋を通したって言うの？　バカバカしい」

「それに、警察を通すと少なくとも東京にはいられなくなるみたいで……どっか地方に行けって言われるらしいです」

「別にいいじゃない。やり直すんなら地方の方がいいかもよ」

「はあ……」

「東京にいなきゃならない理由とかあるの」

沙季が知っているはずはない――だが、もしや――

血液が凍っているにもかかわらず、心臓が激しく暴れ回る。

もしや、沙季は知っていてそんな話を――

「そこからはあんたもよく知ってるコースを一直線。あたし達、それぞれの相手を『推し』とか言って、ありったけ貢いじゃった。嫌な言葉よね、推しって。宗教とおんなじ。金を吸い取られることを正当化するの、自分自身に対して。現実から目を背けさせるための単なる言い換え。今でも『ナントカ推し』って言う人よくいるけど、ほんとバカ。そんな言葉、迂闊に使ってほしくない。言葉に対する感覚が鈍いのよ、つまるところ」

沙季は身じろぎ一つできずにいる翔太をまっすぐに見つめた。

「あたしの友達、『推しが、推しが』とかブツブツ言いながら借金しまくって、その推しの男から風俗行けって命令されて、風俗じゃなくあの世に行っちゃった。自分で首を吊ってね。それであたしも目が覚めたってわけ。借金はおんなじくらい抱えてたから、結局風俗に行くしかなかったけどね」

そこで沙季は翔太の目でなく、その深奥を覗き込もうとするかのように、

「あたしがなんでこんな話してるか、分かる？」

噴き出た汗がシャツを濡らす。どう答えればいいのだろう。言葉を「迂闊に」使うと何がどう返ってくることか。想像さえしたくなかった。

「どうしたの」

沙季が平然と尋ねてくる。

「気分、悪くなった？　そうよね、あんたは元カタラだもんね。言葉とかロジックの悪用法はよく

知ってるはずよ」

「俺は……」

「俺は、なに？　あんたはカタラだったんでしょう？　別に今さら責めようってわけじゃない。自分達のやったことは忘れてほしくないけどね。あたしが言いたいのは言葉の話。想像力の話。あんた、本の話がしたいとか言ってなかった？」

　翔太は心の中で息を吐く。どうやら自分達の手口の話ではなかったらしい。

「言葉の力について知ろうと思ったら、やっぱり本。勘違いしないでほしいんだけど、あたしが本を読んでるのはもともと好きだったってのもある。だって、施設じゃ友達もいないし、本読むしかすることないじゃない。だけど風俗やる羽目になって、自分は本からなんにも学んでなかったんだなって思い知ったわけ。言葉とか、特に想像力とかについてもっと深く考えてたら、少なくともあんな奴らには引っ掛からなかったなって。ちょっと想像力を働かせれば、奴らの薄っぺらい嘘なんてすぐに見抜けたはずだから。でしょ？」

　否定はできない。翔太は無言で何度も頷く。

「それでね、改めて意識して読み始めた。そしたら、なんだか面白くて。そうよ。面白いから読んでるの。がっかりした？　こんな単純な理由で」

「がっかりなんてしない。その面白さを俺が本当に分かってるかっていうと、たぶん、いや、きっと分かってないと思うけど、面白いんだ。なんて言うか、本当に面白いんだ」

　沙季は初めてにっこり笑い、

「それでいいの。面白いから読む。それ以上の理由なんて必要ない」

　次いで彼女はスマホを取り出し、

「あたしね、これでも読書サークルやってるの、ＳＮＳで。よくある読書アカウントってやつ。読書垢とか言ったりもするけど、そういう言い方はしたくない。アカウントを垢って略すネット感覚は分かるけど、それこそ言葉に対する無神経さの第一歩だって思うから……ちょっと、何してるの」

「えっ」

「早くスマホを出して」

言われるままにスマホを出す。沙季とは以前にも同じようなやり取りをしたことを思い出した。翔太がデリヘルドライバーをクビになった日だ。

着信があった。

「ツイッターのアカウントを送ったわ。見てみて」

確認すると、［有紀《ゆき》＠本を読みたい］なるハンドルネームが目に入った。プロフィール欄には［＃読書好きと繋がりたい］といったハッシュタグが並んでいるが、性別や年齢等、個人情報は一切記されておらず、代わりに［読書垢という言い方は嫌いです］という、今聞いたばかりの文言がある。

「有紀ってのはあたしの本名。入口は広い方がいいと思ってありふれた感じにしたけど、誰でもいいってわけじゃないから、プロフにはあえて偏屈そうな文章も入れてある」

リプライをざっと見てみると、少し硬めの読書談義が盛んに交わされているようだ。

「でもこれ、俺なんかにはだいぶハードルが高いな。とてもついていけない」

「よく読んでもらえば分かると思うけど、あたし達が求めてるのは知識量でも読書量でもないの。読書に対する切実さなの」

もうすでによく分からなくなっている。

「翔太君……翔太って本名よね？　翔太君も読んだ本から感じたことを書いてみてよ。通りすがりで嗤ったり茶化したりする人がいるかもしれないけど、感じた通りに書くのが大事。全否定されたって大丈夫。ちゃんと見てくれてる人は必ずいるから。本の話をしたかったら、まずあたしのツイートにリプしてみて。あたし、必ずチェックするから」

「うん、そうする」

スマホの画面を眺めながら、翔太はうっすらと感得していた。これこそが沙季、いや有紀による「チェック」なのではないかと。

すなわち有紀は、自分が本当に更生したのか、性根が直ったのか、このアカウントへの書き込みによって判定しようというのだろう。彼女らしい、賢明で用心深い方法だと翔太は思った。元ヤクザとこうして直接コンタクトするだけでもリスクを伴う。だがこの方法だと、距離を保ちつつ本心を見抜くことも不可能ではない。

「俺、やってみるよ」

スマホを置き、翔太は同じ返事を繰り返した。

その日帰宅して、昨日読み終えたばかりであるコンラッドの『闇の奥』について感想を綴り始めた。着手する前から、厄介な対象であることは分かっていた。なぜなら『闇の奥』は、これまで読んできたどの本よりも翔太を打ちのめしていたからである。

この感覚はなんだろう。不穏な兆候。暴力の気配。途切れることのない悪夢の連続。恐怖だ！

恐怖だ！

得体の知れない真っ黒な影に、抗いようもなく呑み込まれていくような読書体験だった。その体験に、偽りなく正面から立ち向かわなくてはならない。ネットで検索すればいくらでも出てくる解説を引き写したようなものでは、きっと有紀を落胆させてしまう。あるいはこの程度かと鼻で笑われてしまう。

少年院に入る直前、ボクシングを習っていたという不良とケンカしたとき以上の勇気が要った。敵《かな》いそうもない相手に立ち向かう、蛮勇と恐怖心。そして陶酔にも似た高揚。

『闇の奥』とは、十九世紀末に象牙交易で権力を振るっていた人物を救出するため、アフリカ奥地へと河を遡行する青年の体験を描いた物語である。後の文学へ大きく影響したとも言われる古典とのことだった。その評価には心底同意する。

何度も推敲を繰り返し、真夜中を過ぎて翔太はようやく納得できる文章を書き上げた。稚拙であるのは分かっている。語彙も極端に乏しい。それでも自分が本当に感じたことを書けたという実感があった。これなら何を言われたとしても胸を張っていられる。

少し考えてから、ハンドルネームは「オリヴァー」に決めた。出典は言うまでもなく『オリヴァー・ツイスト』である。

初めての投稿にもかかわらず長めの連投になったが、思い切って有紀の読書アカウントに引用リツイートした。

心地よい疲労感と満足感とに包まれて布団に入る。滅多にないくらい健やかに寝入った。

その夜だった。

漆黒の塊が異様なまでの重さで以て布団の上にのしかかった。翔太の体を押し潰さんばかりに刻々とその圧力を増していく。

夢であることは分かっている。だがその正体が分からない。

どこまでもおぞましく、同時に果てしなく懐かしい。

自分は〈そいつ〉の正体を知っている。だが記憶の中の〈それ〉は、白い靄が掛かったようにぼんやりとして、容易に全貌を現わさない。

自分は確かに〈それ〉を見た——いつ、どこで——忘れてはならないはずの大事な〈何か〉——なのにどうして思い出せないのか——

一晩中うなされたのだろう、疲労困憊し、最悪の気分で目が覚めた。悪夢の感触は鮮明に残っている。

かつて自分が知っていたはずのもの。そして今は決して思い出せないもの。

朝日とともに掌から消え去ったそれは、たまらないもどかしさと哀しみとを翔太の心に深く刻み込んでいた。だが同時に本能が告げている。

決して〈それ〉を知ってはならないと。

汗に濡れながらも寒気を感じ、翔太は布団の上で震えていた。

恐怖だ。

15

『闇の奥』について書かれた翔太の投稿は、有紀がリツイートしてくれたこともあって、それなりの好評を以て迎えられた。

「この作品のテーマが、とても切実に、それでいて直観的に捉えられているように感じました。すごいです」

「分かりやすく書かれていて、うんうんと頷きながら読めました。自分が本を読み出した頃もこんな感じだったなあ」

「読み手の感情が伝わってきて、まるで自分が読んでいるかのような臨場感（と言っていいのかな）がありました」

「語彙力があんまりない人なのかな（失礼！）と思いましたが、その分、気取った感じが全然なくて、とても好感を持ちました」

　気になるリプライもある。

「穿ちすぎかもしれませんが、オリヴァーさんは作品の中に入り込みすぎているように思いました。それこそ『闇の奥』に呑み込まれた主人公やクルツのように」

　そうかもしれない、と改めて自身を顧みる。そして思う。こういう形で指摘され、初めて知る自分もあるのだと。

　あんなたどたどしい感想文でそこまで分かるものなのか――感嘆するというより、驚くほかなかった。

　有紀の読書アカウントだけあって、レベルの高い読み手が集まっているのだろうと素直に思った。否定的なコメントがなかったのは、異論があったり不快に思ったりしても、マナーとしてスルーしてくれているからか。いずれにしても、翔太には過分なものであったし、有紀のアカウントに対する信頼感のようなものを抱かずにはいられなかった。

　電話の着信があった。有紀からだった。すぐに応答する。

「翔太です」

〈本当に書いてくれたのね。評判いいじゃない。素朴で分かりやすいって。リプ欄はもう読んだ？〉

「今読んでたとこ。みんな真面目にリプしてくれてて、騙されてるんじゃないかって気がしてる」

〈なんでわざわざ騙したりするのよ〉

有紀は明るく笑い、

〈あたしも大体みんなと同意見。あえてリプはしなかったけどね。本人や事情を知ってると、どうしてもバイアスがかかるから〉

そういうものかと思った。正直に言うと、有紀の意見が一番読みたかったのだが。

〈とにかく、真剣に作品と向き合ってることが伝わってきたからこそ、みんな反応してくれたんだと思う。気が向いたらまたいつでも気楽に書き込んで。そうそう、もちろん翔太君の方でも気になる書き込みがあったらリプしてね。それがコミュニティ、コミュニケーションてもんだから〉

「分かった」

〈じゃ、楽しみにしてるから〉

短い通話を終え、翔太はもう一度ツイッターのリプライを読み返す。自分の拙い感想文に対し、見知らぬ他人が意見を寄せてくれる。初めての感覚だ。

悪くない。それどころか嬉しかった。嬉しくて楽しかった。

ポジティブな気分を意識して維持したまま、翔太は神田にある東京都産業労働局神田庁舎へと赴いた。その六階に暴力団追放運動推進都民センターがある。先週にも一度訪れており、大まかな相談を行なっていた。

暴力団離脱者のための窓口に向かい、新たに渡された用紙に必要事項を記入する。先週もいろいろ書かされたが、この程度の手間を苦にしていては更生などおぼつかないと思い、懸命に書き込む。担当の係員は、無表情ながら見かけより丁寧に対応してくれた。

書類にも書いたが、印刷工として働き、将来的には印刷技能士の資格を取りたいという希望を口頭で伝える。また現在居住しているアパートから早急に転居する必要のあることも。

適宜質問を挟みつつそれらを聞き取った係員は、協力企業の中から印刷会社を紹介してくれた上、一時金の申請手続き等について説明してくれた。転居先については、センターから会社の寮に入れるよう連絡しておくとのことだった。

二日後、墨田区千歳《ちとせ》の『光来《こうらい》印刷』に向かう。紹介された協力企業だ。現地に着いてみると、古い映画に出てくるような、昭和を思わせるごく小さな町工場であった。

応対してくれたのは人事係を兼ねるという工場長で、いかにも叩き上げといった風貌の近藤《こんどう》という男だった。

痣の残る翔太の顔を一瞥した近藤は、不機嫌そうに事務室に招じ入れた。

「そっち座って」

クッション性の消失したソファに腰を下ろし、近藤はあらかじめ暴追センターから郵送されていた書類と、翔太の持参した書類とを交互に読む。その間、対面に座った翔太は身を固くして待った。ドアが閉じられていても、規則的で大きな機械音が絶えず響いてくる。

「前科があるんだって？　聞いてないぞ。ウチは確かに協力企業だけど、前科者はちょっとなあ」

書類を突っ返そうとした近藤に、

「それは最初に申告してます。暴追センターからの書類にも書いてあるはずですが」

「え、そんなのあったっけ」

翔太は身を乗り出して指し示す。騒音のため、大声で話さなければならなかった。

「はい、あの、そこです、そこにちゃんと」

「ああ……」

近藤は気のない様子で書類を再点検し始める。

「職業安定法違反で執行猶予なし、仮釈なしで三年も食らってんのかよ……ああ、思い出した、あれか、女の子を騙して風俗に売ってたやつか」

書類から視線を上げ、近藤がこちらを見る。

「ヤクザがパクられたわけじゃなくて、出所後にヤクザになったのか」

「はい」

「うーん、こりゃいくらなんでも筋が悪いわ。真面目に更生しようって人なら力を貸そうって気にもなるけど……」

「自分はそのつもりで暴追センターへ行き、こちらを紹介されたんです。ムショでは印刷技術の職業訓練をやってました。ほんの真似事でしたけど、自分には他に何もありません。だから本気でやってみたいんです」

ここで断られるわけにはいかない。翔太は必死になって熱弁を振るった。

「それ、なに」

翔太の話を遮るように、出し抜けに近藤が言った。

「え?」

「そのポケットに入ってるの」

彼が指差しているのは、上着のポケットから覗いていた文庫本であった。もう一度最初から読もうと出がけに『闇の奥』を突っ込んできたのである。

「これですか」

「ちょっと見せて」

「え、なんでですか」

「気になる質《たち》なんだよ、人の読んでる本が。特にこうして面接なんてやってるとさ、相手の人物像を知る手掛かりになるっていうかね」

「はあ」

言われるままに文庫本を渡す。

近藤は書名を見るや否や、驚いたように、

「コンラッドじゃないか。どうしてこんなの持ってるの」

「もう一度読もうと思いまして」

「もう一度？　じゃあもう読んだっての、あんたが、これを？」

「はい」

「嘘だろ」

「嘘なんかじゃありません……そうだ」

翔太はスマホを取り出し、ツイッター上の自分の感想文を見せた。

「これ、俺の感想文です。昨夜アップしたばっかりですけど」

「このオリヴァーってのがあんたなの」

「はい。いいのが思いつかなくて、ディケンズの『オリヴァー・ツイスト』から採りました」

「ふうん」

連投ツイートとそれに続くリプライに目を走らせた近藤は、呆れたように声を上げた。

「変わった人だね。元ヤクザでコンラッドを読むなんて」

翔太にはなんとも応じようがない。

「あんたが本好きなのは本当らしいな……分かりました、お引き受けしましょう」

「本当ですか」

「ただし非正規社員だから。でも、勤務態度と成績次第では正規に推薦してもいい。言っとくけど、非正規社員の仕事は印刷機の操作じゃないよ。それ以外の仕事を補助する役だ。具体的には、印刷機への紙の補充、刷り上がった紙をまとめる作業及び運搬、ラベル貼りといったところかな。作業自体は簡単だが、印刷物はえらく重い。とんでもない重労働だよ。締切の厳しい仕事もあるから夜勤や残業も多い。それでもいいんなら」

「構いません。よろしくお願いします」

立ち上がって深々と頭を下げた。


アパートに戻った翔太は、早速身の回りの品をまとめにかかった。近藤が会社に近い寮への入居を認めてくれたからだ。来週にも入居可能であるという。

荷物といっても布団を除くとごくわずかな日用品しかない。それと、本だ。積んであった本は紙袋一つに充分収まった。その一番上に『闇の奥』を載せる。

『闇の奥』を持っていたおかげで、また昨夜感想を投稿していたおかげで、何もかもうまくいった。少しでも違っていたら、就職は叶わなかっただろう。コンラッドと有紀には感謝しかなかった。

早々に布団に入る。明日は不動産屋に行き解約の手続きをしよう。早いに越したことはない。なにしろここは組の口利きで借りた部屋だからだ。

今後についてあれこれ考えているうち、眠りに落ちた。

そして夢を見た。

乱雑に散らかった生ゴミの臭い。埃だらけの床。染みの広がった天井。黒ずんだ壁。今はもう存在しないはずの実家だ。生まれ育った浦和のアパートだ。

狭い部屋の中に何かがいる。それが恐ろしくてたまらない。

髪を振り乱した黒い影が、徘徊しながら喚いている。

――このクソガキ、そんな目でこっちを睨みやがって。

アルコールに濁った息を吐き、獣のように吠えている。母だ。育児を忘れた畜生だ。だからあれは恐くない。近寄ってくる前に逃げればいい。

恐いものは他にいる。この部屋のどこかに。しかし〈それ〉が見えない。自分には捉えることがなぜかできない。

来るな、来るんじゃない――

叫ぼうとしても声が出ない。目に見えない〈それ〉は、自分を捉えようと常に隙を窺っている。

逃げようとしてもドアが開かない。鍵が掛かっているのかどうかさえ定かでない。分かっているのは、そのドアは決して開かないということだけだ。

部屋中に立ち籠めた、むせ返るような瘴気。ここが〈闇の奥〉だと言わんばかりの。

もはや立っていられない。

部屋の隅にへたり込んだ翔太の肩に、どこからか伸びてきた〈それ〉の手が触れた――

汗だくになって跳ね起きる。

なんだ、今のは――

全身を伝う汗を拭う気にもなれず、一心に思い出そうとする。

あれは一体なんだったんだ――

だがどうしても思い出せない。なんと言っても夢なのだ。実在しないのは当たり前だ。なのに自分がそれを知っているような気がして仕方がない。

そもそも、どうして同じ悪夢を見るのだろう。

悪夢なんかじゃない――

不意に思った。その途端、激しい悪寒に襲われた。枕元の時計を見る。午前三時二十一分。完全に覚醒してもう眠れない。再び布団を引っ被った翔太は、子供のように両膝を抱え、夜明けまで震え続けた。

光来印刷での仕事が始まった。近藤に言われた通り、雑用、それも力仕事からのスタートだった。先輩や同僚達の態度はお世辞にも親しげなものとは言い難い。皆が距離を置いている。元ヤクザだと周知されているから仕方がない。さすがに元カタラとまでは知られていないようだった。暴追センターから会社に届けられた資料には厳重な守秘義務がある。もっとも、それが万全に守られているかどうかまでは翔太には知る由もない。近藤が安易に口を滑らせるような人物ではないこと、書類が規則通りに保管されていることを祈るしかなかった。

それでも初めて経験するカタギの仕事だ。ここで踏ん張らねば年齢的にも精神的にも後がない。そう心に決めて真剣に取り組んだ。

仕事が終わると、会社に設けられているシャワーと風呂で汗を流し、寮に戻る。北向き、風呂なし、トイレ共同の六畳間。以前に住んでいた老朽アパートとそう変わりはないが、それでも真っ当な仕事を持って暮らしているという事実は、大いに気を楽にしてくれた。少なくとも前向きに前進しているという実感がある。ひたすらに閉塞していたデリヘルドライバーの頃とは大違いだった。

最初の休日、翔太は東京駅近くの大型書店に出かけた。印刷技能士の資格を取るのに必要な参考書や問題集を買うためだ。目的の本を数冊購入し、文芸書のフロアを覗く。組への詫び料を返済し終えるまでは、よけいな出費はできるだけ避けたい。新刊で買えるとすれば文庫くらいだ。

アンナ・カヴァン『氷』。その本がどうにも翔太の目を惹いた。アンナ・カヴァンは有紀のお気に入りの作家であると聞いたことがあったからだ。少し迷った末、思い切って買うことにした。

寮の自室に戻り、参考書をぱらぱらと眺めてから、『氷』の方を読み始める。有紀に新しい感想を投稿するようＬＩＮＥでせっつかれていたということもある。

だが、四、五ページばかり読んだところで止まってしまった。面白くないせいでも、内容が難しいせいでもない。どうしても読めないのだ。わけが分からず混乱した。疲労のせいか、神経のせいか。もしかしたら脳か精神の異常かもしれない。

ともかくその日は寝ることにした。

またあの悪夢を見た。

〈どうしたの、みんなオリヴァーさんの書評第二弾を待ってるよ〉

電話の有紀は、以前と少しも変わらぬ口調で言った。

「書けないんだ」

そう応じるのがやっとであった。

〈ひょっとしたら『失われた時を求めて』なんかに手を出したとか？〉

「違うんだ」

〈じゃあなんだって言うの〉

「本が、読めない」

〈どういうこと？　仕事がそんなに忙しいの？　だったらむしろ――〉

「だから違うんだよ」

我知らず喚いていた。

「いくら読もうとしても、もう一行だって読めないんだ」

〈だからどういうことなの？　わけが分からない〉

「俺だって分からない……夢を……夢を見るんだ……」

さらに意味不明なことを口走っていた。

有紀もさすがに普通ではないと感じ取ったのか、

〈今どこにいるの〉

「会社の寮」

〈これから行く〉

「でももう遅いし」

〈そんなのはいいから。近くに落ち着いて話のできるお店とかない？〉

「両国橋の東側……道路沿いにファミレスがあったと思う……」

〈じゃあ一時間後にそこで〉

断る間もなく電話は切れた。

有紀の厚意と行動力はありがたかったが、彼女を巻き込んでいいのかという疑問もあった。しかしこうなった以上、行くしかない。翔太はのろのろと立ち上がって最低限の身支度を整え、徒歩でファミレスに向かった。印刷業の特殊性ゆえ、寮に門限等が一切ないのはこういうときに都合がよかった。

道路側に面したテーブル席でぼんやりと有紀を待つ。彼女の到着まで一時間もかからなかった。厳密には四十分と少しだ。

有紀はこちらの顔を見て驚いたようだった。無理もない。はっきりと隈ができている。鏡を覗くたび青黒い隈の色が濃くなっていて、自分でも恐いくらいだ。

「最初から聞かせてちょうだい」

例によっていきなり切り出した有紀に、翔太はとまどう。

「こっちは構わないけど、電話で言ったことくらいしか、俺にも……」

「いいから早く」

観念した翔太は、できるだけ詳細に伝わるよう順を追って話し始めた。

「このところ、毎日変な夢を見るんだ。それがすげえ苦しくて……いつも決まって同じ夢で、場所はガキの頃に住んでたアパートだ。六畳に三畳の二間で、形ばかりの台所、一応は風呂付きだ。そこに何かがいる。鬼みてえに吼えながらうろついてる黒い影はお袋だ。だがそれだけじゃない。他に何かがいるんだ。そいつが俺を捕まえようとしてる。しかも段々近づいてきてて、逃げようとしても逃げられない。今では完全に見つかって、腕をつかまれかけてるんだ」

普通の女なら「なにそれ怪談？」とか言いそうなものだが、有紀は真面目に訊いてきた。

「その夢を最初に見たのはいつ」

「『闇の奥』の感想文を投稿した夜だ……いや、もっと前……カタラにいた頃にも見たような気がするが、はっきりしない……少なくとも、ムショに入ってた頃やドライバーをやってた頃には見なかった」

「お母さんは今どちらに？」

「とっくに死んだよ」

「ごめん」

「いいって。死んだのは俺が施設に入ってすぐの頃かな。酔っ払ってどっかの階段から落ちたんだ。父親はいない。少なくともどこの誰だか、俺は知らない。お袋はシングルマザーだった。けどいつも男がいたよ。あの狭いアパートで同居してた。どいつも長続きしなかったがな。そいつらに共通してたのは、みんなガキが嫌いで、すぐに殴ってきたことかな。だからこっちもお袋が男とおっぱじめたりする前に、さっさと外に出ていくようになった」

　同情めいた相槌を打ったりしないところも有紀らしい。彼女もまた似たような境遇であったと想像できる。

「親戚とかは」

「聞いたこともない。もちろん会ったことも」

「そのアパート、どこだったか覚えてる？」

「覚えてるよ。浦和だ、埼玉の。でもとっくに取り壊されて、今じゃ別のマンションかなんかが建ってたはずだ」

「そこにいつぐらいまで住んでたの」

「小学校の三年か四年くらいまでだと思う。卒業する頃には施設から別の小学校に通ってたから」

大体は話し終えた。やはりわざわざ会ってまで話すほどのことでもなかったと思ったが、こうして聞いてくれる相手がいるというのは、こんなにも心が安まるものなのかと意外な感慨を覚えていた。

目を伏せて考え込んでいた有紀は、「怒らないでね」と前置きし、

「普通に考えれば、神経科の受診を勧めるケースよね」

「それは最初に考えた。だけど気が進まない。元ヤクザでメンヘラってなると、ヤクをやってたのかと疑われかねない。俺らの場合、事実かどうかは問題じゃないんだ。そう噂されるだけでアウトなんだ」

「『普通に考えれば』って言ったでしょ。あんたの場合、ちょっと違うなって思ったの」

「違うって、どういうこと」

「メンタルに問題を抱えた子は何人も知ってる。多いから、あの業界には」

「ああ……」

自分もよく知っている。有紀は意図していなかっただろうが、カタラの被害者だった真由もその一人だ。

「でも、あんたはちょっと違うような気がする。具体的にどこがとまでは言えないけど、そんな感じがするの」

そこで有紀は身を乗り出し、真剣な表情で尋ねてきた。

「次の休みはいつ」

「明後日だけど」

「じゃあ、その日に行ってみない？」

「どこへ」

「浦和に決まってるじゃない。建物は残ってなくても、その場所に行ってみると何か分かるかもしれないから」

それは考えてもみなかった。

「どうする？　もしかしたらつらい気持ちになるかもしれないけど。素人考えでごめん。気が進まなかったら忘れて」

「いや、いいかもしれない」

あの夢の手掛かりをつかみたい。その欲求が他のすべての感情を抑え込んだ。

「じゃあ、明後日」

きっぱりと念を押すように有紀が言う。

彼女がいてくれるなら安心だ――翔太も大きく頷いた。何に対しての〈安心〉なのかも分からずに。

帰宅した翔太は、明日も早いというのにすぐには布団へ入る気になれなかった。一つには有紀との約束による興奮。もう一つは、依然としてあの夢への恐れが拭い難くあったことだ。

いずれにしても目は冴えている。こんなときに本が読めればいいのだが、よりによってそれができないときている。仕方なくスマホを取り出し、普段は見ないような動画サイトにアクセスした。でたらめにあちこちを覗いていると、ある動画に目が留まった。厳密には、その動画に出演している男の顔に。

見間違えようもない。施設の、そしてカタラの後輩――堤大地であった。

あの卑しい笑みを満面に浮かべ、何事かを得意げに喋りまくっている。どうやら『ナンパの秘訣』『モテるテクニック』といった類の話であるようだった。

驚くべきことに、プロフィールとして［元カタラグループのトップメンバー。しかし捜査に全面協力し不起訴処分。今は更生して恋愛コミュニケーションアドバイザー、マルチパフォーマンスプレイヤーとして活躍中］とある。

その厚顔ぶりには驚くよりない。元カタラという経歴を逆手にとって、「自分が女にモテる」ことの保証としているのだ。しかも「トップメンバー」という、トップテンとは微妙に異なるポジションを自称している。大地がトップテンであった事実はないから、あらかじめ指摘されるのを警戒しての対策だろう。大地らしい姑息さだった。「恋愛コミュニケーションアドバイザー」以下の意味不明な職業も、実体のない空疎なハッタリだ。

すでに相当な再生数が記録されている。どうやらそれなりの人気であるらしかった。

大地が人気ユーチューバーとは――

この男には恥という概念はないのだろうか。翔太には到底理解できなかった。

粘つくような大地のトーク。聞いているだけで不愉快だった。

好意的に考えれば、大地もまた施設出身というハンデをこういう形で克服しているのだと言えなくもない。それでも十代の頃から大地という人間が持っていた浅薄さが、今もはっきりと透けて見えた。

〈だからね、女の子を落とそうと思ったら、周りのダチにフォローしてもらうの。『こいつはイイ奴でオレらの前ではキミの話ばっかりしてるんだ』とかさ。これゼッタイ有効だから〉

よくよく聴いてみると、大地の話はマニュアルの受け売りばかりであった。小さな画面の中で熱弁を振るう大地の姿が、さながら邪悪の伝道師に思えてくる。末端の小物が、それぞれ小さな怪物となって、ネットという巨大な蔓を伝い、未来永劫社会に悪の種を蒔き続けるのだ。

スマホを投げ出し、翔太は布団に潜り込んだ。

その夜の夢は、いつもより輪をかけて鮮明だった。


翌々日、有紀とともに翔太はＪＲ浦和駅に降り立った。東口から徒歩で約二十分。記憶を頼りに、幼少期に過ごした町の路地を辿る。

「ここだ……」

見覚えのある民家の角を曲がる。そのすぐ先に、かつては昭和の遺物というしかない古びたアパートが建っていた。今そこにあるのは、六階建てのマンションだった。時期的に平成の終わり頃に建設されたはずだが、どことなく昭和の匂いと野暮ったさを残しているのはどういうわけか。

足を止めた翔太は、無言でマンションを見上げた。何も思うところはない。それどころか、夢で感じる痛みさえ伝わってはこない。初めて見るのだから当然と言えば当然なのだが。

同じ場所というだけでは駄目なのか――

次いで周辺を見回す。真新しい建売住宅と、古びた建売住宅とが並んでいた。どれもこれも同じ外見で区別がつかない。他にはコンビニとコインパーキング。景色が完全に一変していた。変わっていないのは、角にある民家だけだった。確か老人夫婦が住んでいて、玄関脇に並べられた植木鉢によく水を遣ったりしていたものだ。今は空家となっているのか、雨戸はすべて閉ざされて、植木鉢も一つ残らずなくなっていた。

「どう？」

有紀が心配そうに尋ねてくる。

なんとも返答のしようがなく黙っていると、有紀が一人で代弁してくれた。

「そっか……そもそもダメモトだったもんね」

「すまない。無駄足踏ませちまって」

「なに言ってんの。言い出したのはこっちなんだから」

そしてふっと思いついたように、

「ねえ、ちょっとこの辺歩いてみない？　記憶にある景色かなんかが見つかるかもしれないよ」

「そうだな」

同意して踵を返す。マンションにも周囲の風景にも感じるものはなかったが、一刻も早くここから立ち去りたいという気分だけは募っていた。

有紀と二人、足の向くままに路地を歩く。記憶に残る建造物も決して少なくはなかったが、大半は建売住宅へと変貌していた。陰鬱な翳を見せるマンションと建売住宅とが入り混じるコントラストは、白い墓石の合間に卒塔婆《そとば》が聳《そび》える墓地の寂寞《せきばく》を思わせた。

その風景は、どこまで歩いても変わらなかった。

「そろそろ帰ろうか」

歩き疲れたような有紀を慮って提案する。

「そうね」

有紀はスマホで地図を調べ、

「駅にはこっちから行くのが近いみたい」

彼女の指示に従って方向を変える。

「でもさ、たまにはこういう散歩も悪くないね」

逆にこちらを気遣ってくれているのか、有紀が明るい声で言う。

「そうだね」

頷いたのは半ば本心でもあった。収穫がなかったのは残念だが、有紀と一緒に歩いた時間が楽しくなかったと言えば嘘になる。

狭い路地を抜けると、不意に視界が開けた。公園だった。

「ここは……」

見覚えがある。それも、ことさらに不穏な記憶と結びついているような。

「どうしたの」

有紀の声を背後に聞きながら、公園の中に駆け込んだ。

手入れの行き届かぬ樹木の枝葉に遮られ、広いわりに外から見るほど明るくはない。むしろ陰気なまでに暗かった。その分、隠れる場所は無数にある。遊ぶ者のいない遊具。朽ちたテーブルとベンチ。あえて残されたのであろう古い祠《ほこら》。何に使われているのかさえ分からぬ小屋。

一歩進むごとに、忌まわしく濃密な気配が押し寄せてくる。狂暴なまでに自分を阻もうとする。まるで『闇の奥』へと暗黒の大河を遡行しているかのようだった。自分は今、人の叡智など及びもつかぬ、原初の密林へと分け入っている。ここはコンゴの奥地ではなく、浦和の公園ではなかったのか。十九世紀末ではなく、二十一世紀ではなかったのか。

何かが心を蝕んでいく。記憶の底へと侵食していく。それはほとんど物理的とさえ言えるようなはっきりとした感覚だった。

自分はここを知っている――

ここへよく遊びに来た。違う、違う。遊びに来たんじゃない。逃げてきたのだ。乳繰り合うお袋と男に、あるいは喧嘩して怒鳴り合うお袋と男に耐えられなくなったとき、自分はここへ逃げ込んだのだ。コンクリート製のトンネルの中で、あるいは祠の後ろで膝を抱えてうずくまり、刻が過ぎるのを待ったのだ。

周囲の光景が一変する。そこはもう公園ではなかった。

六畳に三畳の二間。散らばるゴミ。血の跡よりも黒い壁。墓標のようなペットボトルの列。

あの夢の中――失われたアパートだ。

突然の恐怖に駆られ、周囲を見回す。〈それ〉はもう間近にいた。今こそ翔太はその正体をはっきりと見た。自分の腕を強く握り、〈それ〉は言った。

――にいちゃん。

「翔太君、どうしたの翔太君っ」

有紀の声が遠くで聞こえる。

翔太はいつの間にか地面にうずくまって絶叫している自分に気づいた。

「何があったの、翔太君、しっかりしてっ」

だがどうしても悲鳴を止められない。

自分は見た――闇の奥――人の本性、人の罪――恐怖だ！　恐怖だ！

「翔太君っ」

叫び続ける翔太を、有紀が包み込むように抱き締めた。

「大丈夫、あたしがいる。ね、だから心配しないで。落ち着いて」

有紀の言葉を聞いているうち、わずかながら体温が戻ってきたように思った。

「あの夢を……見たのね？」

「ああ……」

彼女の抱擁に身を任せ、翔太は子供のように嗚咽する。ここがひとけのない公園で幸いだった。そうでなければとっくに通報されていてもおかしくはないし、少なくとも人目を引いていたに違いない。

「俺には弟がいたんだ」

「弟？」

「部屋にいた白い靄は、弟だった……名前は、瑛二《えいじ》……たった今まで忘れていた……そんなことってあるか……弟なのに、忘れてたなんて……名前さえ思い出すこともなかったなんて……」

未踏の奥地で熱病にでも罹ったように全身が震え出す。抱き締めてくれている有紀の手に力がこもった。

「あの日お袋は、いつものように男と怒鳴り合っていた……俺は一人で逃げ出した……弟をあの部屋に残して、ここへ、この公園へだ……瑛二は泣きながら叫んでいた、にいちゃん、ぼくも連れてって、ぼくを置いて行かないでって……泣いて俺の腕にすがりついた……だけど俺は連れて行かなかった、その腕を振り払って……瑛二は生まれつき足が悪かった……邪魔だったんだ、俺は一刻も早く逃げたかった……瑛二はいつも足手まといだ……俺はそう思ってた……だけどあの日、腹が減って帰ってみると、瑛二は冷たくなってて、もう二度と動かなかった……」

有紀の息を吸い込む音が聞こえた。だが一度語り始めた唇は、それ自体が生ある如くに止まらなかった。

「死んだ瑛二は、いつまでも目を開けたままで、じっと俺を見つめていた……なんで連れてってくれなかったのって、じっと俺を責めていた……お袋は警察に、瑛二が風呂場で足を滑らせたと言っていた……絶対に嘘だ……瑛二も俺も、いつも殴られてた、男にも、お袋にも……みんなが知ってた、みんながだ……だけど男もお袋も捕まらなかった……瑛二は足が悪かったし、証拠がないって……ああ、俺が一緒に連れてってやってれば、瑛二は、瑛二は……そんな大事なこと、今日までずっと忘れてたなんて……思い出しもしなかったなんて……」

「あんたは、自分で自分の心に鍵を掛けてたのよ……つらすぎて、そうしないと耐えられなかったから……」

有紀の声も鼻声に変わっていた。

「なんで今になって……忘れたんなら、忘れたままでいた方が楽だったのに……」

「本当にそう思うの」

涙交じりに有紀が叱る。翔太は激しくかぶりを振った。

「瑛二、ごめんよ、ごめんよ……兄ちゃんのせいだ……兄ちゃんが悪かった……おまえを見捨てて逃げた兄ちゃんが……」

際限なく続く繰り言を、自力で止めることは不可能だった。

「さあ立って。もう行きましょう。誰か来たら変に思われるわ」

有紀に促され、翔太はよろよろと立ち上がった。差し出されたハンカチを受け取り、涙を拭う。一枚では足りないくらいに顔中が濡れていた。

浦和駅近くのカフェに入り、奥のテーブル席に着いてともにコーヒーを注文する。店員に気づかれない程度には泣きやんでいたが、それでも時折小刻みな震えが体を走った。

「どうして……」

砂糖を多めに投入したコーヒーをかき混ぜながら、翔太はまたも呟かずにはいられなかった。

「どうして今になって……」

「あたしは医者でも心理学者でもないけど、これはいい兆候だと思う」

有紀の言葉に、スプーンが止まった。

「冗談だろう」

「本気よ」

「他人事だからそんなふうに言えるのか」

「つらいのは分かってる」

「だったら――」

「聞いて」

有紀はまっすぐに翔太を見つめ、

「あんたは立ち直ろうとしているの。だから鍵が外れたのよ。本当に立ち直るためには、何もかも受け入れることが必要なんだと思う。過去を記憶の底に追いやって、鍵を掛けて、一生目を背け続けるんじゃなく」

「やっぱり他人事なんじゃないか。弟は死んだんだぞ。そんな簡単に言えるのは、やっぱり他人事だと――」

「他人事なわけないじゃない。言ったはずでしょ、あたしはカタラみたいな連中に騙されたって」

意表を衝かれ、翔太は言いかけた言葉を失う。

有紀は一体何を言おうとしているんだ――

「あたしがこんなに早く借金を返せたのはどうしてだと思う？　示談に応じて慰謝料を受け取ったからよ。あたしを騙した男の家族から。謝罪なんて口先だけ。みんなあたしのこと、〈大事な息子をたぶらかした性悪《しょうわる》〉だと思ってるのがバレバレだった」

　対面に座す有紀の顔が、どこまでも白く透き通って見えた。

「あたしみたいな子はいっぱいいる。ほとんどの子がそうだったと言ってもいいわ。嫌だったし、悔しかった。でも裁判をやるとなると、待っているのはセカンドレイプ。晒し者になって、無責任な野次馬から中傷されるだけ。担当の刑事にも弁護士にもそう言われたのよ。信じられる？　そんなの、いくらあたしだって耐えられない。だからお金を受け取った。カタラや他の事件の犯人はいっぱいいるのに、証拠もいっぱいあったのに、実際に起訴されたのはほんの少し。それはみんな示談に応じて告訴しなかったからよ。知ってるでしょ。だってあんたは当の犯人なんだから」

　頷くことさえできなかった。自分は当の犯人だから。

「お金を受け取らなかった子だっている。あたしなんかより、よっぽど勇気のある子。カタラみたいな連中が摘発されたのはみんなそういう子達のおかげ。警察やマスコミなんて、結局はなんにもしてくれない。戦った子は、今でも風俗でがんばってる。勘違いはしないでね。セックスワーカーの仕事に誇りを持ってる子もいれば、そうじゃない子もいる。どっちが正しいってわけじゃない。どっちもあるってこと。みんながんばってるってこと。もう一つ、騙した連中はみんな最低のクズ野郎で、もっと酷い罰を受けるべきだってこと。いい？　山科翔太君。あんたはたくさんの女の子達を騙してきた。服役したから社会的償いは終わったかもしれないけど、他でもない、あんた自身の魂がそれを認めていないのよ。だから夢を見るようになったんだわ」

　真摯にすぎる彼女の視線に耐えられなくなり、翔太はコーヒーカップへと目を落とす。

漆黒の丸い小さな水面に、弟の面影が浮かんでいた。夢ではない。はっきりと思い出せる。悪い方の足を引きずりながら、懸命に自分の後を追ってきていた。きゃあきゃあと笑いながら、あるいは激しく泣きながら。にいちゃん、にいちゃんと呼びながら。弟だった。かけがえのない自分の弟だったのだ。

瑛二——

理屈ではない。有紀の仮説は、何もかもが腑に落ちる。その通りだと内なる何かが告げている。今はもう失われたアパートの部屋で、眠っていた弟が立ち上がる。そしてはにかむように呟くのだ、「ぼくを見て、にいちゃん」と。あの日振り払われた腕を伸ばし、「二度と忘れないでね」と。

「その通りだと思う。俺の罪は重い。だけど、それでも俺は生きていかなきゃならない。そのためには、自分のしてきたことを最初から見つめ直さなきゃならないんだ」

裁判で有罪を宣告されても、刑務所に収監されても、さらには刑期満了で釈放されても、決して気づくことのなかった罪の意味。それにようやく気づいたのだ。

強張っていた有紀の表情が綻んだ。掌をテーブルの上で滑らせるようにして、右手をゆっくりと差し出してくる。

その上に、自分の掌をおずおずと重ねる。その温かな感触を確かめ、翔太は尋ねた。

「できるかな、俺に」

「できると思う。じゃなかったら、あんな話、わざわざしない」

有紀は静かに微笑んだ。翔太が初めて見る、彼女の心を映した笑顔であった。

カフェを出た二人は湘南新宿ラインでまっすぐ池袋まで戻り、その日は別れた。

夜が更けてから布団に入った翔太が見た夢は、弟と二人、無心に遊んだ頃の夢だった。

瑛二——俺はもう、おまえのことを忘れはしない——

翌朝からはいつも通りに出勤した。命じられた仕事をこなし、昼休みにコンビニで買ったパンを囓りながら本を読む。夜には時間を決めて印刷技能士資格を取るための勉強をする。

先輩の印刷工が、気まぐれに印刷機の操作について教えてくれることもある。そんなときは食いつくようにして熱心に学んだ。

本を読み終えると、有紀のアカウントに引用リプで感想を投稿する。好意的なリプライの数は日を追うごとに増えていった。中には批判的な意見もあるが、そんな読み手と互いに敬意を払いつつ議論するのもまた大いに楽しかった。時には有紀がリプをくれることもある。彼女はどちらかというと翔太に対して辛口だったが、真剣に、且つ虚心坦懐に読もうとしている翔太の態度を常に評価してくれていた。

月末になると、翔太は大山《おおやま》のラーメン屋に行く。午後一時、カウンターに座りラーメンを注文する。さりげなく隣に座ってくるのは仙貝だ。

「これ、今月の分です」

封筒に入れた現金をすばやく渡す。中身を確かめずに仙貝は懐に入れる。金額が不足していたらどうなるか、翔太がよく知っていることを仙貝もまた承知しているからだ。

「相変わらず少ねえなあ」

ワンタン麺を注文してから仙貝がこぼす。

「すみません。でも俺の給料じゃそれで精一杯なんです」

「分かってるよ。いちいちシケたこと言うんじゃねえ。せっかくのラーメンが食う前からまずくなる」

「すみません」

「で、どうだい、仕事の方は」

「なんとかやってます。これも皆さんのおかげです」

「いやに楽しそうじゃねえか」

「え、そうですか」

「オヤジやカシラの言う通り、おまえはやっぱりカタギに向いてたんだなあ。うらやましいよ。今はヤクザが生きていけねえ世の中だからな」

やがて二人の前にラーメンの丼が置かれる。

「いいか、給料が上がったらそのつど俺に知らせるんだ」

銀行ローンと同じで、適宜返済計画を見直すというわけだ。翔太の方でもできるだけ早く完済してしまいたいから異論はない。

「そうします」

小声で応じつつ、翔太は胡椒の小瓶に手を伸ばす。

「なあ翔太、ぜってーに気ィ抜くんじゃねえぞ」

箸を割りながら、仙貝がぽつりと言った。

「世間にとっちゃ、ヤクザをやめても元ヤクザになるだけだ。カタギになったとは見てくれねえ。つれえぞ、その分」

丸められた仙貝の背中に重い諦念が滲んでいる。

翔太は無言で頭を下げ、ラーメンを啜った。

仕事の合間に、あるいは寮で本を読みながら、翔太は真剣に考えた。
思案に思案を重ねた末、ついに決意を固めたのである。

「ごめん、遅れて」

両国のファミレスで、有紀は明るい声で言った。

「いいよ、俺も今来たとこだから」

「仕事の方、がんばってるみたいね」

「うん、まあね」

「そうそう、この前の『ピアノ・レッスン』評、面白かったわ。アリス・マンローは私のアカウントでも人気なの」

「ありがとう。たまたま古本屋で見つけたもんだから」

注文を済ませてから、有紀が心持ち姿勢を改めるようにして訊いてきた。

「それで、話って？」

「この前、浦和でした話……俺が立ち直るって話だ」

「え、翔太君、今のとこ、ちゃんとやれてるように見えるけど」

「やっぱり駄目なんだ」

「駄目って、どういうこと」

不安そうに訊き返す有紀に、

「一人じゃ無理だ。力を貸してほしい」

「本ならいくらでも貸すけど、力って、どんな」

「そばにいてほしい。できれば、ずっと」

「ずっとって、いつまで？　もしかして、死ぬまで？」

「ああ、死ぬまで」

「それが力？」

「ああ、ものすごい力だ」

「あたしのこと、なんか過大評価してない？」

「そんなことない。俺にきっかけを与えてくれただけでなく、駄目押しに背中まで押してくれた。そこまでしてもらわないと、俺はなんにも変わらないままだったろう。本当に感謝してる」

「ふうん……」

　有紀は悪戯っぽい目でこちらを眺め、

「いいわ。貸したげる。あたしのスゴい力」

「本当か」

　嬉しさのあまり、翔太は身を乗り出した。

　馴染みのある悪寒。窓の外が不意に翳った。そこは両国ではなかった。深遠な闇に包まれた原初の世界で、自分は今、暗黒の河を遡行している——

　気がつくと、有紀が華やいだ表情で何事かを喋っていた。

　陽光の差し込む明るい店内に、暗黒を宿すものはどこにもない。

　ペーパーナプキンでそっと手の汗を拭い、翔太は彼女の話に耳を傾ける。

　腕を、小さな手がつかむ。その手は不安そうに震えていた。

——にいちゃん。

第二部

海斗の罰

1

歓送迎会の乾杯は、営業企画部長の斎胡《さいこ》が音頭を取った。

「……こうして新たな戦力となる若人を迎え、栄転される吉本《よしもと》君、戸島《とじま》君も、心置きなく新天地でこれまでの経験を活かした手腕を振るってくれるものと信じております。それでは、新人諸君並びに吉本、戸島両君を祝して、乾杯」

決しておざなりではない心からの唱和とともに、各人のグラスが掲げられた。

乾杯。アドルーラーに。そして自分自身に。他の誰のためでもなく。

祝宴が始まるや否や、あちこちで歓談が繰り広げられる。それは熱い情報交換であり、冷たい密談でもあった。どちらでもいい。こうした場は何よりも貴重な機会である。乗り遅れ、聞き漏らした一言が命取りとなりかねない。そのことを辻井海斗は熟知していた。

広告代理店最大手である株式会社アドルーラー総合イベント局営業企画部。それは伝統あるアドルーラーでも、広告事業本部第一営業部と並ぶ花形部署と見なされている。

その営業企画部に属する戦略企画室が海斗の職場である。今宵の宴席は、異動となる吉本、戸島を慰労し激励するとともに、新たに配属された新人五名を歓迎するための催しであった。

高級レストランを借りきった会場は、社内の歓送迎会には似つかわしくない豪勢なものだが、それでもアドルーラーの営業企画部としてはごく標準的なレベルであった。部長の斎胡は「栄転」と表したが、吉本と戸島の異動先は鹿児島営業所とフィリピン支社だ。これが左遷でなくてなんだと言うのか。海斗はもちろん、参集した誰もがそのことを知っている。二人はアドルーラーのコンプライアンスに関し意見表明を行なった。一般社会からすればごく常識的な範疇の提言だったが、アドルーラーでは反逆に等しい大罪である。当然の結果として二人は罰を受けた。それだけのことだ。

同僚達と談笑しながら、海斗は二人の様子を遠目に眺める。それぞれ上機嫌の斎胡や主だった先輩達に囲まれ、神妙にへりくだった笑みを浮かべているが、その両眼は髑髏《されこうべ》よりも虚ろであった。ことに戸島は新居をローンで購入し、娘の有名私立小学校への入学が決まったところであったらしい。夫人から激しく罵られ、家庭は崩壊状態にあるという。吉本も似たようなものだと聞く。いずれにせよ、二人が東京本社に帰ってくることは二度とない。

自業自得だ——密やかな嘲笑を浮かべて海斗は手にしたグラスのワインを味わう。アドルーラー本体でもエリートコースと言える営業企画部にいながら、自ら出世の道を閉ざしたばかりか、島流しの長い余生を選んだのだ。愚かと呼ぶことさえ生ぬるい。

これまでの人生で、奴らは一体何を学んできたのか。要するに〈学び〉を怠ったのだ。〈気づき〉を得ようとしなかったのだ。その報いがあのざまだ。

自分は違う。改めて思う。カタラグループでの〈学び〉は実に貴重なものであったと。

「辻井君」

不意に名を呼ばれて視線を向ける。戦略企画室室長代理の砂塚《すなづか》だった。

「後輩が一度に四人も増えたんだ。君も先輩として手本になるよう、いよいよがんばってもらわんとなー」

その四人が海斗を囲み、同時に頭を下げる。

「よろしくお願いします」

「いやいや、こちらこそよろしく」

誰からも好感を持たれるよう磨き上げた笑顔を作り、海斗は爽やかに応じた。だが胸の奥では別のことを考えている。

新人五人のうち、四人は戦略企画室に回され自分の部下となった。だが残る一人は、最初から営業企画部だ。すでに自分の上に立っている。相当強力なコネがあったのだろう。有力政治家の子弟が入社したときはこうした特例措置が取られることがある。

だが、今に——

今に自分が上に立つ。アドルーラーでは、上に立つ者だけが人なのだ。下にいる者は人であって人ではない。支配されるだけの生き物だ。それもまた、カタラの教えと合致する。

「辻井君はねえ、入社七年目にして戦略企画室のホープなんだよ。僕の教えを素直に聞いて忠実に実践してくれる。君達も辻井君を見習うといいよ」

「はいっ」

砂塚が得意げに四人の新人に言い聞かせている。つまりは自分の功績を吹聴したいだけなのだ。

「よして下さいよ、僕なんかがホープだなんて」

「いやいや、なに言ってんの辻井君。君がどれだけできる男か、僕はいつもみんなに自慢してるんだから。ウソだと思うならみんなに訊いてみてよ」

「恐縮です」

謙虚なポーズを取りつつも、心の中で唾を吐く。砂塚はこちらをダシにして自分の功績を触れ回っているのだ。この男の力量は知れている。彼から学ぶべきことは一つとしてない。何もかもがカタラで習得済みの事柄だ。

「すみません、僕も今のうちに吉本さん達にご挨拶を……」

「おお、早く行ってこい。あいつらにはもう二度と会うこともないんだからな」

身も蓋もない言葉を口にして、砂塚は海斗の背中を押し出した。

そういう不用心なところがあんたの駄目さだ——

砂塚と新人達に目礼し、海斗は空になったグラスを置いて吉本の方へ歩み寄る。たとえ形だけではあっても、礼儀を尽くすことは大切だ。そうした行動がいつどこで自分に返ってくるか分からないからである。あくまでも形だ。心は要らない。

人混みをかき分けていたとき、横から軽く肩を叩かれた。

日焼けした精悍な面差しに鋭い眼光。斎胡の懐刀と言われる部長補佐の海女野《あまの》であった。

「ちょっと来てくれ」

耳許でそう囁くと、海女野はすっと離れていった。

海斗は躊躇なく、そしてさりげなく海女野の後を追う。海女野と落伍者二人組では重要度が桁違いだ。吉本と戸島など、もはやどうでもいい。

会場となっている広間を出た海女野は、振り返ることなく廊下を進む。こちらが付いてきていると確信している足取りだ。

やがて海女野は特別室と呼ばれる個室に入った。海斗も自然な動作を装いつつ中に入る。

そこで待っていた面々を見て息を呑んだ。

いつの間に移動したのか、営業企画部長の斎胡。総合イベント局長の幡多《はた》。局次長の嵐山《あらしやま》。

さらに——専務取締役の土肥《どい》。

いずれもソファに陣取っている。もう一人、壁際に立っている男がいたが、初めて見る顔だった。

これだけの幹部が——

呑まれまいとしても自ずと体が強張ってしまう。それほどの威圧感だった。

「辻井海斗君」

一同を代表するかのように土肥専務が口を開いた。押し出しのいい、いかにも重役然とした体型の人物である。若い頃はテニスプレイヤーとして鳴らしたと聞くから、おそらくは現在の地位がこの体型を作ったのだ。

「君の噂は聞いている。噂だけではない。調べさせてもらった。何もかもね」

何もかも——?

含みのある言い方が意味するもの。心当たりが一つある。カタラだ。

専務は自分の過去の罪を知っていると示唆しているのだ。それはすなわち、他の面々も周知しているということでもある。

自分は放逐されるのか。吉本や戸島のような島流しですらなく、栄光あるアドルーラーから石もて追われようとしているのか。

「入社以来、君は実に勤勉に働き、優秀な成績を収めている。君こそ真のアドルーマンだ」

「恐れ入ります」

アドルーマンとは、アドルーラーの社員を指す一種の業界用語である。

どうやらカタラのことではないらしい——

顔には出さず、ほっと胸を撫で下ろす。

アドルーラーでは不祥事を起こした社員であっても、会社に貢献さえしていれば不問に付されることが多い。利益は倫理に勝るのだ。それこそがアドルーラーの社是であった。

実際に、かつて世間を騒がせた集団暴行事件や違法薬物の使用でアドルーラー社員の関与が取り沙汰された例は枚挙に暇がないが、いずれも軽い処分か完全な隠蔽により曖昧なまま終息している。

自分の思考が数瞬のうちに辿った経路を正確にトレースしているのか、土肥専務は嗜虐的とさえ言える笑みを浮かべ、

「いいか、辻井君。これから話すことは我が社でも極秘事項に属するので、正式な発表があるまで誰にも話してはならない。まずそれを承知しておいてくれ」

「もちろんでございます」

即答する。コンマ一秒の躊躇も許されない局面であると直感した。

「君が生まれる少し前かな、一九九六年に開催予定だった世界都市博のことは知っているかね」

「は、知識としてのみですが、存じております」

大学ではなく、アドルーラー入社前に独学で社史を勉強した。都市博中止を公約として掲げた青島幸男が都知事に当選したため、中止となった幻の一大イベントである。アドルーラーはこのイベントに社運を懸けて取り組んでいたため、中止という結果に大損害を受けたばかりか、全社員が歯噛みしたということだ。

「当時、私はまだ新人に毛が生えた程度の若僧でしかなかったが、それでも先輩方と同じく挫折感に打ちのめされたものだ。あのときの悔しさは生涯忘れられるものではない。その都市博の復活が、ようやく決まった」

都市博の復活だと――

「もちろん当時のままの内容ではない。大幅にアップデートし、名称も変える。現在の仮称は『東京ワールドシティ・フェスティバル』だ。前回は臨海副都心開発という大目的があったが、今回はさらに範囲を広げての副都心再開発だ。それに加え、大衆にアピールする芸能面を強く押し出す。すなわち〈国際アート振興〉の名目だ。フェスティバルとは祭りであり、芸能は必須であると私は考えている。そのために国内外から一流のスターを呼び集める。我が国の伝統芸能である歌舞伎、能、狂言は言うに及ばず、ハリウッドスターも可能な限り招聘する。〈日米伝統文化交流〉なんて大義名分が使えるな」

一度喋り出した土肥の話はとめどもなかった。それほどまでに長年頭の中で温め続けていたのだ。

「オリンピックも万博も、すべてのイベントは興行だ」。アドルーラー社内でよく交わされるフレーズである。これもまた、社是の一つと言っていい。

アドルーラーの全社員は、それこそが真実であると信じて疑わない。祭りを行なう。人を集める。それが興行でなくてなんだというのか。芸能は所詮見世物だ。芸術映画であろうと、人間国宝であろうと、客がいなければ始まらない。だから客を集める者が偉いのだ。アドルーラーは「形だけ」芸術家を持て囃しながら、心の中では見下している。大スターもお笑い芸人も、ともに見世物の猿でしかないという点で同じである。

「開催予定は五年後の二〇二八年。前回から三十二年目の雪辱戦だ。本来ならば三十年目に当たる二〇二六年に開催したかったところだが、諸事情のためにずれ込んだ。ともあれ、アドルーマンにとってまさに本懐と言うよりない」

土肥はすでに自己陶酔の境地に浸っている。

まったく知らなかった——

これほどの大プロジェクトが極秘裏に進んでいたとは。いくらアドルーラーが巨大企業であると言っても、噂の片鱗くらいは聞こえてきてもよさそうなものである。おそらくは諸事情——新型コロナウイルスの流行やそれに伴うオリンピックの延期と一年遅れの開催など、さまざまな案件が入り乱れていたため、社員も他のプロジェクトに神経を配る余裕がなかったのだろう。

業界の巨人アドルーラーは、常に巨大な餌を欲する。オリンピックが終わってからの獲物を、こうやって周到に仕込んでいたというわけだ。

単なる会社、企業を超えた、端倪《たんげい》すべからざる組織である。自分がその一員であることに、海斗は高揚を覚えずにはいられない。まるで、カタラグループの一員となったときのように。

「計画の実現に当たっては、都や関係各所が『シティ・フェス実行委員会』を設立することがすでに決まっている。だが実際に動くのは同時に起ち上げられる『シティ・フェス推進準備室』だ。ここに国や自治体、協賛各社から職員が出向してくる。もちろん我が社からも人を出す。ただ出すのではない。室長以下、二十名の社員を出す。つまりシティ・フェスを事実上我々アドルーラーが仕切るということだ」

そこで専務は壁際に立っていた男に向かい、

「盾原《たてはら》君」

「はっ」

呼ばれた男が一歩前に出る。

「彼は総合イベント局で幡多さんの下で働いてくれていた盾原君だ。なかなか切れる男でね。彼に推進準備室の室長を務めてもらう」

盾原が無言で一礼する。確かに利《き》け者めいた鋭角的な顔立ちだが、その目からはなんの表情も読み取れない。

「そこでだ、辻井君」

「はい」

気がつくと、土肥は自分を値踏みするかのようにじっと見つめていた。他の幹部達も同じである。海女野や盾原までも。

「プロジェクトの公表と同時に、君も推進準備室に出向してもらう。肩書はナンバーツーの室長補佐だ。盾原君の片腕として、存分に実力を発揮してもらいたい」

あまりのことに思考がついていかない。

これこそ社の命運を左右する、まさに超重要任務ではないか。

「君の資質や能力を調べたのはそういうわけだ。今君に求められているのがどういうことか、理解できるね」

理解できる。この上なく明瞭に。

「承知してくれるかね、辻井君」

幡多局長が念を押すように尋ねてくる。返答は一つしかないと信じて疑っていないことをありありと窺わせる訊き方だ。

その通りだ、一つしかない——

海斗は一同に向かって深々と低頭していた。

「ありがとうございます。アドルーラー社員として、これ以上の栄誉はございません。全力で働き、このプロジェクトを成功に導けるよう、身命を賭する所存です」

2

三ヶ月後、『東京ワールドシティ・フェスティバル』の情報が解禁され、各種メディアを賑わせた。そのあたりは広告代理店最大手の面目躍如と言ったところである。ただし、やたらと長い名称はまったく定着せず、もっぱら『シティ・フェス』の略称、もしくは『新都市博』の通称で呼ばれることが多かった。

情報解禁と同時に海斗は『シティ・フェス推進準備室』への出向を命じる辞令を受け取った。課長待遇の室長補佐である。二十九歳という年齢を考えれば、一足飛びの出世と言えた。何よりアドルーラーに身を置く社員として、これほどやりがいのある仕事はない。現に社内では、誰が推進準備室に派遣されるか、しばらく前から人事に関する噂が飛び交っていたくらいである。全アドルーマンにとってまさに本懐とも言える大事業であるし、無事イベントが終了した暁には、幹部役員への道が保証されていることは間違いない。

「思い返せば短い間でしたが、今日までありがとうございました。私はこの戦略企画室で学んだノウハウを武器に、新都市博が無事開催できるよう、そしてパーフェクトな成功を収められるよう、全身全霊で励む覚悟です」

戦略企画室のフロアを去る日、海斗は同僚達に向かって最後の挨拶を行なった。拍手が湧き起こる中、横に立っていた室長の澤西《さわにし》が握手を求めてきた。

「がんばってこいよ。アドルーラーの将来はおまえの双肩に懸かっている。そうだ、この肩だ」

そう言って実際に海斗の肩を分厚い掌でバンバン叩く。海斗もまた感極まって上司に対し頭を垂れる。

「ありがとうございます。今日までのご指導、絶対に忘れません」

喝采がいよいよ高まった。盛大な拍手や声援に送られて、海斗はフロアを後にした。

だが最後に一礼したとき、陰湿な冷たい視線を強く感じた。砂塚室長代理の視線であった。

砂塚が不満を漏らしているという噂は耳にしていた。「室長代理の自分を差し置いてどうしてあんな奴が」というわけだ。また実際に、仕事面で以前とは打って変わった仕打ちも受けた。

同僚や先輩からの嫉妬は予想されたことであるし、多少の嫌がらせ程度では怯まぬつもりであったが、それにしても砂塚の子供じみたふるまいには辟易した。

それがあいつの器量なのだ——

おそらくは砂塚同様に嫉妬と憎悪を心に募らせている社員は数多いことだろう。だがそんな馬鹿どもを気にしていては仕事にならない。無数の敗者がいるからこそ勝者は在るのだ。

歩きながらなお、砂塚のこちらを射殺さんばかりの視線を背中に感じる。憎しみに囚われた無能ほど度し難いものはない。憎むべきは学生時代から向上心を持たず努力を怠った自分自身であるはずだ。なのにそんなことさえ分からない。怨念にいくら身を焦がしたところで自分の地位が上がるわけではないし、むしろ仕事が滞って評価は下がる一方であるというのに。

戦略企画室を去る今となっては、砂塚の視線がむしろ心地よいくらいであった。

せいぜい悔しがれ、この無能——

砂塚の視線の感触に、思い出さずにはいられない。カタラ時代のことを。あの頃も同僚からよくこんな視線を浴びせかけられた。

半グレの手先であっても、一流企業の社員であっても、所詮負け犬は負けるべくして負けるのだ。

いっそ清々しい気分で、海斗は芝公園の本社ビルを去った。


中央区築地。聖ルカ通りに新築されたオフィスビルの十階フロアを独占しているのが『東京ワールドシティ・フェスティバル推進準備室』である。

各自治体や関連企業等から出向してきたメンバーを中心に、新規採用された職員が忙しげに走り回っている。設立されたばかりのオフィスであり、まだ設備や調度さえ完全には整っていない。しかしパソコンをはじめとする最低限のIT機器さえあれば、とりあえず仕事だけは始められる。もっとも、情報の漏洩を防ぐため厳重なセキュリティシステムは必須であるが。

開設初日、フラッパーゲートに社員証をかざして早めにオフィスに入った海斗は、まず室長の執務室へと挨拶に赴いた。

「おう、やっと来たか」

盾原とは三ヶ月前の歓送迎会の夜が初対面であったが、さまざまな打ち合わせのためその後何度か会っている。最初に受けた印象はさして変わらなかったが、今日の盾原は心なしか朗らかで、声も軽やかに弾んでいるようだった。

自分の城とも言うべき推進準備室にいると、かくも違ってくるものなのか。海斗は少しばかり驚いた。

「まあ、ちょっと座ってくれ」

デスクの前にあるソファを勧められ、腰を下ろす。文句なしの座り心地だ。

盾原は自分より八つ上の三十七歳。年上とは言え、大プロジェクトの推進準備室長としては相当に若い。寄せ集めとも言える集団を取りまとめ、関係各所の調整に当たるのだ。よほどの実力がないと務まる役職ではない。

　それでも今日に至るまでの数度の面談で、海斗は盾原の傑出した能力を嫌というほど見せつけられている。

「俺は率直なタイプが好きなんだが、君はどうやら内面を隠すのがうまいようだな」

　いきなり強烈なパンチを食らった。

「そんな、僕は決して――」

　抗弁しようとした海斗を制し、盾原は続けた。

「それは悪いことじゃない。大事な能力だ。得意先に手の内を常時晒しているようじゃ、アドルーマン失格だからな」

　なるほど、いかにもその通りである。

「その能力に関しては俺より君の方が上だと思う。また君は学生時代にイベントサークルに関わっていたせいか、社交性が極めて高い。君のそうした特性に、俺は大いに期待しているんだ」

「ありがとうございます。でもご期待に添えますかどうか」

「添えるかどうかじゃない。やるんだ」

　謙遜したつもりが、相手の口調がにわかに変わった。口調だけではない。盾原の両眼はいつの間にか明度を抑え、底のない黒い孔となってこちらに向けられている。

「俺達に失敗は許されない。いいか、このチームに抜擢されたからって舞い上がっている場合じゃないぞ。俺達はアドルーラーの全社員を代表してここにいるんだ。開会式でスピーチをするのは来賓の政治家、それに財界のお偉方だ。俺達の仕事は、すべてを完璧にお膳立てすること。そして閉会式まで何事もなかったように見せかけることだ」

「見せかける、ですか」

「そうだ。これほどのプロジェクトだ、トラブルはどうしたって避けられない。だが俺達がそれを隠す。最後まで隠し通せば、それはなかったと同じことなんだ。分かるな?」

腹の奥から武者震いにも似た愉悦が込み上げてくる。もしかしたら口許が緩んでいたかもしれない。

「分かります」

アドルーマンなら誰でも分かる。裏方に徹して表面だけをきれいに見せる。それこそが広告代理店の真骨頂だ。

盾原は満足そうに頷いて、

「それでいい。君とはうまくやっていけそうだ」

次いで話は推進準備室の具体的な運営方針へと移った。

アドルーラー最大の武器は戦後間もない頃から培《つちか》われたその人脈である。政財界は言うに及ばず、昏《くら》い闇の部分にまで根を伸ばす人脈が、今日の巨大帝国を築く礎となったことは言を俟《ま》たない。

「まずは都知事とのパイプをしっかり構築することだな」

着任の挨拶に伴う軽い雑談程度だと思っていたが、盾原はすでに戦略的ビジネスモードに入っている。それも全体の核心とも言える重要部分の打ち合わせだ。

しかしこれこそがまぎれもないアドルーラー流である。無駄を排して実を取る。海斗も即応態勢で頭を切り替えている。

三期目を務める都知事の丹内義正《たんないよしまさ》は、アドルーラー顧問数名と竹馬の友であり、また数々の利権でアドルーラー人脈に絡め捕られている。

「え、でも都知事はすでに……」

新都市博を標榜する以上、まずこの人物が中心となって表舞台に立つ必要がある。それはプロジェクトの大前提でもあるはずだ。

疑問を口にしかけた海斗に対し、盾原は「皆まで言うな」と目で示し、

「土台の根回しはすでに上層部が固めてくれている。都知事だけでなく、許認可が必要な省庁や主だった協賛企業もな。そうでなければこんなプロジェクトが始動したりするものか。俺達の仕事は、その土台が崩れないよう絶えず補強し続けることだ」

海斗も首肯せざるを得ない。直接の上司となった盾原という人物からは、いろいろ学ぶべきことがありそうだ。

「都知事は生まれがよすぎるのでこれまで苦労したことがない。はっきり言えば、わがままで何事も気分次第の厄介な人物だ。こいつのご機嫌を取り続けるには、身近に信頼できる人間を送り込んでおく必要がある」

そこで盾原は、人事ファイルから一枚の書類を抜き出して海斗に差し出した。アドルーラーから出向してきた二十名のうちの一人である。

「俺はこの武居《たけい》が適任だと思う。こいつなら都知事に取り入ってうまくコントロールしてくれるだろう」

なるほど、中核となるアドルーラー出向組の大まかな役割分担を事前に決めておこうというわけか。海斗は大いに得心した。やはり盾原の行動には無駄がない。

「都知事は気の向いたときだけ出勤しては思いつきを口にするだけだ。本当に都政を動かしている

のは都知事ではない。都庁の職員だ。都知事の側近は言うに及ばず、都庁全体との意思疎通を常に図っておく必要がある。そうでなければ、何かトラブルが突発したときに対処できんからな。これは担当者だけでなく、広範なシステム構築が不可欠なので、とりあえずその必要があるということだけ頭に入れておいてくれ」

「はい」

頭に入れるどころか、すでにメモを取っている。

同様のプロセスで、盾原はアドルーラー組二十人の配置を決めた。

リスクマネジメント。メディアコントロール。ブランド構築。協賛各社の利害調整。会場設備の手配と点検。規制事項の確認と対応。組織的動員工作。法的問題と契約問題。運営実務。海外担当。チケット拡販等々。

前々から考えていたのだろう。完璧としか言いようのない布陣であった。

「重要なのは、アドルーラーがすべてを決めるということだ。他社に主導権を渡したら俺達の存在意義はない」

「承知しております」

「最後に、君だ」

人事ファイルを閉じ、盾原はまっすぐに海斗を見つめた。

「君にはナンバーツーとして俺の補佐をしてもらう。全体の統括だ。それだけじゃない。最初に言った通り、君の特性を活かして出演者の手配や調整を頼みたい。つまりはスターのお守りというわけだ。こればかりは誰にでもできるという仕事じゃない。芸能人とも堂々と付き合えるような人間でないと駄目なんだ。君にはそれができると考えている」

「分かりました」

盾原の人を見る目は恐ろしいまでに的確だ。海斗は一切の傲《おご》りも慢心もなく、自分が適任であると信じて疑わなかった。

「よし、そろそろ全員揃っている頃だ。出陣といこうじゃないか」

スーツの袖口から覗く高級腕時計に目を遣って、盾原はおもむろに立ち上がった。


シンプルで広々としたフロアに整列した職員達に向かい、盾原は気合いに充ちた挨拶を述べた。

「我々はこのプロジェクトを絶対に成功させる。皆一丸となって取り組んでもらいたい」

凡庸とも言える締めの言葉で短い挨拶は終わった。「皆一丸となって」と盾原は言ったが、その実、最終的にはアドルーラーがすべてを持っていくシステムである。

盾原の横に立った海斗は、この上司をいよいよ頼もしく思った。誠実な顔をして人を利用する。それこそ勝者の資質ではないか。

挨拶の終了後、海斗は自分の直属となる三名の部下を呼び、小会議室で簡単なオリエンテーションを行なった。

部内監察担当の岩谷《いわたに》。

アーティスト・マネジメント担当の奈良岡《ならおか》。

インターネット戦略担当の遠野《とおの》。

いずれもアドルーラーからの出向組である。特に遠野はチームでも数少ない女性だが、推進準備室のメンバーに抜擢されただけあってその優秀さは社内でもよく知られていた。

「大体のところは先ほど室長がおっしゃった通りです」

海斗は三人を順番に見つめながらゆっくりと告げる。今この瞬間に、三人の個性や特質を見極めねばならない。そのために呼んだということもある。

「僕は室長補佐として全体を統括しますが、それ以外にもいろいろ果たすべき任務があります」

三人とも緊張を露わにして聞き入っている。

入社二年目の遠野は二十五歳とまだ若いが、奈良岡は海斗より五つ年上の三十四歳。岩谷に至っては一回り近くも上の四十歳だ。

海斗は奈良岡に目を止め、

「奈良岡さん、あなた、酒は飲めるでしょうね」

「もちろんです」

緊張の中にも、自信ありげに彼は答える。

「あなたの主な任務は、僕と一緒に大量の酒を飲むことです」

遠野と岩谷が首を傾げる。一人、奈良岡のみが自信ありげな笑みを浮かべた。

こいつはすでに理解している——

順当な手応えを感じ、安堵する。もっとも、そうでなければアーティスト・マネジメントの担当など任せられない。

「僕の任務は、このプロジェクトにふさわしい大物スターをなんとしても出演させること。それもただ出てくれればいいというものではない。あくまでも我々の意に沿ったパフォーマンスをやってもらわねばならない。そのために、僕達は徹底的に彼らを接待する。そして彼らの生活のみならず、心まで支配するのです」

「承知しました。死ぬ気で飲みまくりますよ」

奈良岡の返答を確認し、海斗は岩谷に視線を向ける。

「岩谷さんは筋金入りのアドルーマンでいらっしゃる。そこを見込んで部内監察をお願いしたわけです。役職名の通り、推進準備室全体にアドルーラーの精神を広く浸透させて下さい。加えて部内の総合的なチェックを担当して頂きますが、それだけではありません」

「ははあ」

岩谷は意味ありげな笑みを漏らし、

「なるほど、そういうことですか」

委細承知というわけだ。盾原の眼力は大したものである。

「はい。職務の性質上、我々は極秘事項も多々扱わねばなりません。何があろうとクライアントの信頼を失ってはならない。広告代理店として当然の心得です。なので岩谷さんには機密漏洩の兆候がないか、常に目を配って頂きたいのです」

〈極秘事項〉という曖昧な言い方をしているが、明確に言うと金の流れだ。

誰に――組織ではもちろんない――いくら支払われたか、それは〈社会を円滑に動かすために必要な秘密〉である。絶対に外部へ漏らしてはならない。つまり岩谷はアドルーラーの秘密警察というわけだ。

「分かりました。せいぜい目を光らせておくことにしましょう」

彼の返答もまた頼もしい限りであった。

最後に海斗は遠野に向かい、

「遠野さんの仕事も重要です。ある意味、アドルーラーの本道と言ってもいいでしょう。すなわち、ブランドの構築です。既存のメディアは本社の営業が太いパイプを持っていますので、彼らに任せるのが最善と判断しました。本社との連携は随時こちらでやります。遠野さんの担当するＳＮＳを中心としたネット関係のメディア戦略は、ある意味今回のイベントのテーマとも密接に関わっています」

「あの、それなんですが……」

遠野がおずおずと声を上げた。

「仕事の内容は理解しています。その重要性もです。それだけに、人員の不足が心配されます。もう少し人を回して頂けないでしょうか」

海斗は心の中で舌打ちする。遠野の優秀さはかねてより聞き及んでいた。だからこそ入社二年目でこれほどの仕事を任されたのだ。にもかかわらず、この女は発奮するどころか着手の前から泣き言か。

これだから女は――

「遠野さんの言うことは充分理解できます。しかし、まだチームが立ち上がったばかりで、マンパワーが不足しているのはどこも同じなんですよ。その分、遠野さんのがんばりに期待します」

「室長補佐のおっしゃる通りだ。逆境を跳ね返してこそ一人前のアドルーマンだぞ」

岩谷が早速役目を果たしてくれる。

「しかし、現時点で物理的にパンクするのは目に見えています。ここは合理的に対処していくべきかと」

「くどいな、君は」

海斗の言いたいことを岩谷がことごとく代弁してくれる。彼をこの任に充てたのは正解だった。

「物理的とか、合理的とか、そんなことはどうでもいいんだ。諸先輩は常に不可能を可能にしてきた。だからこそアドルーラーの今日があるんだ。君もそれくらい分かっていて入社したんじゃないのか。無理と思えるときこそが自分の評価を高めるチャンスなんだぞ」

岩谷の説教に論理性など微塵もない。徹頭徹尾体育会系の精神論であり、アドルーラー精神そのものだ。

「まあまあ岩谷さん、それくらい、遠野さんだって分かってますよ」

海斗は物分かりのよさそうな笑顔を作り、

「人手が足りないのは事実ですから、僕から室長に相談して近いうちに増員してもらうことにしましょう。遠野さんのサポートには優先的に人を回してもらうということで。そんなところでどうでしょうか、遠野さん」

「ありがとうございます。助かります。ご配慮に感謝します」

遠野は何度も頭を下げている。

盾原室長に話すつもりなど海斗には毛頭ない。そんなことをすれば自分が盾原から「君はそれでもアドルーマンか」と怒鳴られるのは必定である。

ミーティングは解散となった。海斗も自席に戻って仕事を続けようとしたが、ふと気になって、何度も見たはずの遠野の人事書類をモニターに呼び出した。

そもそもアドルーラーにはコネ入社の社員がかなり多い。政財官界、芸能界、その他有名人の子弟を優先的に採る。それは「アドルーラー最大の強みは人的ネットワークである」というテーゼの正確な反映でもある。「人脈こそが最大の武器」。アドルーラーではそのことを日々痛感する。各界要人の子弟は、スパイとなってそれぞれの親が属する組織の情報をもたらし、パイプとなって働きかける。さらには何か重大なトラブルが発生した場合、彼らがそのまま人質となるため、アドルーラーに累が及ぶことはない。メリットばかりだ。
ことにアドルーラーの女性社員はその八割以上がコネ入社である。能力的には他の社員に比べて明らかに劣るから、最初から無難な部署に回される。多少のミスを犯しても他に影響が及ばないようにだ。

しかし遠野早友理《さゆり》は違っていた。東大を優秀な成績で卒業している。彼女ならキャリア官僚にもなれただろうが、本人は民間企業を志望した。それだけ確固とした意欲や理想を持っているのだろう。実際に入社後すぐに頭角を現わして、このシティ・フェス推進準備室のメンバーに抜擢された。実力に疑いの余地はない。そのうちアドルーラーの精神に目覚めて社になじむか、さもなければ消え去るのみだ。いずれにしても代わりはいくらでもいる。

海斗は遠野のファイルを閉じ、自分の仕事に没頭した。

その夜は婚約者である彩音《あやね》の家に招かれていた。港区白金台に立つ豪邸である。

彩音とは六本木での合同コンパで知り合った。男性側はもちろんアドルーマンで、女性側は大手化粧品メーカーの社員だった。アドルーラー側の先輩が段取りを付けたものである。

アドルーラーではそうした飲み会は頻繁にあり、海斗は遊び相手には不自由しなかった。それでなくても女にはもてる方であったのが、アドルーラー正社員の肩書を得た途端、寄ってくる女の数が倍増した。

海斗はしかし、結婚相手の女選びには慎重だった。容貌が優れているのはもちろん、その家系もまた、自分にとっての武器となる。ならばできるだけよい武器を求めようとするのは当然ではないか。

数えきれないほどの女と遊んだ挙句に出会ったのが彩音であった。松村《まつむら》証券役員の令嬢で、家柄も容色も申し分ない。この武器なら自分にふさわしいと海斗は判断した。彩音の方でも、積極的に海斗の誘いに乗ってきた。そもそも自身の結婚相手を探してコンパに参加しているのだから、アドルーラーの若手ホープ――と先輩は紹介した――である自分は恰好の標的に見えたことだろう。

交際は順調に発展し、双方の両親への挨拶も済んで無事婚約に漕ぎ着けたというわけである。

彩音の父、大垣泰輔《おおがきたいすけ》は広いダイニングルームの席上で海斗に言った。

「海斗君、遅ればせながら昇進おめでとう」

「そんな、単なる出向ですよ」

取りあえず謙遜し、照れを装って隣の席の彩音を見る。

自宅なのでカジュアル風でありながらも美しく着飾った彼女は、慎ましやかに微笑んだ。

「何を言うんだ。シティ・フェス推進準備室ということは、事実上のイベントリーダーだ。しかも彩音の話では室長補佐だそうじゃないか」

「ええ、まあ」

「過去にアドルーラーが手掛けた大イベントでは、推進準備室に出向を命じられた人間はその後例外なく出世している」

「よくご存じですね」

わざとらしく見えないよう注意しながら驚いてみせる。

大垣はどこまでも上機嫌で、

「金融の世界も君の会社と同じで、情報が命なんだ。特に人事は大事だよ。その点は政界も官界もおんなじだがね」

だからこそ彩音を選んだのだ、とは間違っても口にしない。

「でも海斗さん、うちの娘のことも忘れないで下さいよ」

夫の横に座った夫人も冗談めかして口を挟む。

「このところ彩音の愚痴ばっかり聞かされてるのよ。海斗さんがちっとも誘ってくれないって」

「もう、ママったら」

彩音が子供のように頬を膨らませる。完璧な〈家族の会話〉だ。

「海斗君にわがままばかり言うんじゃないよ、彩音」

父親が常套句でたしなめる。陳腐で、温かく、愛情に満ちた文言だ。

「『アドルーマンに休息はない、毎日が生きるか死ぬかの戦いだ』。それがアドルーラーの社訓なんだ。おまえも分かっていて海斗君を選んだんだろう?」

頬を染めて彩音がこくりと頷く。育ちのよさがあってこその仕草である。そうでなければすべてが茶番以外の何物でもなくなる。

「シティ・フェスの推進準備室に抜擢されたんだ。これからはもっともっと忙しくなるだろう。それこそ何日も家に帰れんくらいにな」

「えっ、そんなに大変なんですか」

夫人が驚いたように言う。

「当たり前だよ。私は何人もアドルーマンを見てきたが、みんなそういう激務を戦い抜いて出世したんだ。それに耐えられるくらいの資質を持ったエリートでなきゃ、そもそもアドルーラーに入れるものか」

夫の言葉に、夫人は改めて感嘆したように海斗を見る。

「凄いわねえ、海斗さん」

「いえ、僕なんかまだまだこれからです」

「彩音、おまえもしっかり海斗君を支えてやらんとな」

「はい……ねえ、パパ？」

彩音が意味ありげに父親を見る。

「おお、そうだ」

娘の目配せで大垣が思い出したように居住まいを正し、海斗に向かう。

「海斗君、推進準備室に配属されたからには、これから忙しくなる一方なのは間違いない。そこでだ、式の方を繰り上げて早めに挙げることにしてはどうだろうか。本来なら君のご両親も交えて相談するべきだろうが、全員のスケジュールを合わせるのがすでに難しくなっている。そこでまず君の考えだけでも訊いておこうと思ってね」

「それは僕も考えていたところです。おっしゃる通り、シティ・フェスの閉幕までは途轍もなく忙しい日が続くでしょう。それまで彩音さんとの結婚を延期だなんて、とても耐えられるものじゃありません。だったらいっそ……」

「分かった。では君のご両親と相談しながら話を進めさせてもらうよ。それでいいね？」

「ありがとうございます」

「私の知人に一流ホテルの役員が何人かいる。多少難しいかもしれんが、今からでも最高の式場を手配できると思う」

「ありがとうございます。本来なら僕も動くべきところですが……」

「心配しなくていいのよ、海斗さん。女って、こんなの大好きでしょ？　私も彩音も、お式のこと任せてもらえてかえって嬉しいくらいなの」

傍目にも分かりやすい夫人のはしゃぎようだった。

海斗は内心でほくそ笑む。

結婚を早めるのは、実は自分達にとって喫緊の課題であったのだ。この先仕事が激烈に忙しくなるのは事実であるが、それ以上に切迫した事情があった。

彩音はすでに妊娠していた。

体面を考えると、入籍と挙式は一日でも早く行なう必要があったのだ。

「ホテルってことは、お式は洋風よね、パパ」

「そうだが、おまえ、もしかして和風の方がいいのかい」

「違うわよ。あたし、絶対ウェディングドレスを着たいの」

「じゃあ、すぐにでもオーダーに行かなきゃね。どのお店がいいかしら」

「海斗さんはどんなドレスがお好み？」

「えっ、さあ、僕は……」

「海斗さんをからかうのはおよしなさいよ、彩音。そんなことに詳しい男の人なんていないわよ」

「そりゃそうだな」

大垣一家の三人は楽しげに笑いさざめいている。

話を合わせながら、頭の隅で海斗は数年先のことを考えていた。

彩音との生活ではない。シティ・フェスの仕事をやり遂げ、本社に凱旋する自分の姿だ。

3

業務を開始した推進準備室は、着々とプロジェクトの具体化を進めていった。かつて幻となった都市博が三十二年の時を経て復活する。それだけでも話題性は充分だ。第一、そのフレーズ自体がコピーとしてインパクト大であり、実際に多くのメディアのヘッドラインとなった。

それらはすべて海斗達推進準備室の主導によるものである。中でも目立った働きをしたのはインターネット戦略担当の遠野だった。

ハッシュタグを使ったツイートを、計算し尽くした標的に対して絶え間なく発信し、拡散させていく。

「＃よみがえる都市博」「＃新都市博が未来を作る」「＃シティ・フェスでハリウッドスターと握手」「＃美しい日本・新しい都市博」

そうしたツイートが、ウイルスのように社会の隅々にまで広がった。それはすなわち、ブランド構築戦略が着々と奏功しつつあるということである。

他の面々も大いに刺激され、一層奮起する。協力スポンサーは増加し、莫大な協賛金が集まった。日米の芸能プロダクションとの交渉も進んでいる。何もかもが順調だった。

これこそがアドルーラーの仕事だ——

海斗はかつてない高揚の中で絶え間なく活動し続ける。

そんなとき、推進準備室宛てに経済誌『月刊アジア経済』から取材の申し込みが入った。

辻井海斗室長補佐を指名してのインタビュー依頼であった。

「『月刊アジア経済』にはウェブ版もある。今回のインタビューはいろんな関連媒体にも転載されるという話だ。当然予想されたことで、写真も出るから広報には顔のいい奴を配置しておいたにもかかわらず、先方は君を指名してきた。それだけ君の活躍が目立っているということだが、君がイケメンでよかったよ。プロジェクトを広く認知させイメージアップさせるチャンスだからな。もしかしたら斎胡部長はこれを予期して君を抜擢したのかもしれん。だとすると部長の眼力恐るべしといったところだ」

室長専用執務室で、盾原の説明を聞きながら海斗は急いで頭を働かせた。

カタラ時代、自分は本名で〈学び〉を続けていた。幸い自分を名指しで告発する女はいなかったらしく、逮捕どころか事情聴取さえされなかったが、ネット上に名前だけでなく写真まで載ってしまうのはいくらなんでもリスクが大きいのではないか。

いや、あのとき自分が警察の目を逃れたのは、女達が賢明にも口をつぐんだからだ。その心理は今も変わっていないと考えられる。なぜならば、そんなことをすれば女の方も甚大なダメージを食らうからだ。となると今回も黙っている可能性が高い。たとえ当時の自分を知っている誰かが匿名をいいことにネットで非難したとしても、逮捕や聴取の事実は一切ないわけだから、どこまでも否定すればいい。問題は何もない。

「どうした、何か問題でもあるのか」

盾原が怪訝そうに訊いてきた。さすがに鋭い。

海斗は自信を持って返答した。

「いえ、どう答えればインタビュアーをこちらの思う方向へ誘導できるか、頭の中でシミュレートしておりました。勝手に先走ってしまい、申しわけありません」

　その答えは盾原の意に適うものであったようだ。

「それでいい。常に先手を打ち続ける。それでこそアドルーマンだ」


　約束の日時にカメラマンを連れて現われたのは、四十過ぎぐらいの男性編集者と、彼よりはだいぶ若い女性ライターだった。

　推進準備室のフロアに設けられている応接室で、海斗は二人と名刺交換を済ませる。早速インタビューが始まった。

「私どもが室長補佐の辻井さんに取材しようと思ったのは、これほどのビッグプロジェクトであるにもかかわらず、先陣を切る推進準備室のサブリーダーがとてもお若いということ。それがまず驚きでした。しかも今のところ見事に職務をこなしていらっしゃいます。多くの関係者から辻井さんの評判を耳にしまして、これはぜひお話を伺いたいと思いました次第です」

　質問は男性編集者の担当であるらしい。丁重な物腰だが、わざわざ「今のところ」と付け加えているあたりにこちらを軽侮するニュアンスが感じられた。心の底では「この若僧が」とでも思っているのだろう。

　しかし海斗は明朗な笑顔で応じる。

「ありがとうございます。現場の皆さんに気持ちよく働いてもらえるよう調整に努めるのが僕の仕事ですので、そんなふうに評価して頂けると嬉しいですね。もっとも、自分ではまだまだなって思うことばかりなので、本当かなとは思いますけど」

最後の方では視線を女性ライターに移した。録音しながらメモを取っているライターは、海斗の判断基準でも好意的と言える微笑みを返してきた。

「ご自分ではまだまだとおっしゃいましたけど、具体的にはどういう点についてそのように思われるのでしょうか」

案の定、編集者が突っ込んできた。

「はい。今回の『東京ワールドシティ・フェスティバル』、近頃では『新都市博』の通称で定着しつつあるようですが、そもそもこのイベントのテーマとして、〈副都心再開発〉を掲げておりますが、同時に〈未来の働き方〉について今一度考えてみようというサブテーマもございます」

「未来の働き方、ですか」

「ええ。このイベントに携わる一人一人が、これを契機として今後の仕事観や、ひいては人生観が変わっていくような体験になればなと。だからこそ、楽しく、気分よく、働くこと自体が生きがいにつながっていくような、そんな環境を作り出していければいいなと考えております。しかし自分がまだまだ未熟なものですから、力不足を感じる局面が多くて、ついさっきのような言い方をしてしまいましたが、逆に申しますと、僕のような若手が未来に夢を持てる社会にしていくというテーマに、僕自身も心から共感してるんじゃないかと思っております」

大半は広報のパンフレットに載っているような文言だが、そんなコピーなど誰の印象にも残らない。こうして対面し自分の言葉として相手の心に刻み込む。そのときの語り口と誠実に見える態度、そして反論などあり得ないとさえ思える空気を醸成することこそが肝要なのだ。

一見誠実に見える分だけ、誠実ではあり得ない。そんな空疎なテーマなど本当は信じてもいないのだから。

つまりはアドルーラーが儲かりさえすればいい。そのために自分はこうして一生懸命熱弁を振るっている。だから自分は嘘などついてない。嘘をついていないから罪悪感などあるはずもない。すべてカタラのロジックだ。話術も、微笑みも、必要なノウハウは何もかもカタラから学んだものだ。

カタラではこうも学んだ——誰よりも努力した者だけが上に立ち、努力の足りない者を支配する。

「そのためにいろんな企業様を回っては新都市博についてご説明し、その理念にご賛同頂けた場合のみオフィシャルパートナーとなって頂くことをお願いしております。世の中、きれい事だけじゃなく、お金がなければどうにもなりませんからね。でもそうやって経済は回っていく。お金を集める仕事も、僕に課せられた大事な使命だと思っています」

その話自体がきれい事だ。今のロジックの通りなら「ご賛同頂けない」企業とは、つまり「社会や若者の未来について考慮しない」企業ということになる。そんなブラックな看板を甘受することをよしとする企業など考えられない。また企業の方でも実態の見えない未来とやらに賛同して金を出すわけではない。利権のおこぼれに与りたいから無理をしてでも金を出すのだ。

企業以外の大衆に関する自分の話を翻訳すると、要するにこういうことだ——「おまえ達は機嫌よく働いて機嫌よく搾取されていればいい。そんな社会を目指します」。

新都市博の意義を伝えることも重要だし、アドルーラーの存在を隠すことも重要だ。問われれば正直に答えるが、わざわざこちらからアピールする必要はない。アドルーラーから出向していることは極力伏せて、単に『シティ・フェス推進準備室室長補佐』の肩書だけで通す。それが大原則だ。

もっと重要なのは、自分がいかに有能で、いかに崇高なビジョンを抱いているか、語りを通して伝えることだ。直接的な自慢ではなく、読者が無意識に感得できるように。

「……つまり僕はこれからの世代の人達にとって、足掛かりになるようなものを築ければいい、そう考えているんです」

キメの笑顔とともに締めくくる。カメラマンはここぞとばかりにシャッターを切った。

編集者は自分の質問に応じてこちらが話したように思っているだろうが、誘導尋問の初歩的なテクニックでしかない。徹頭徹尾こちらの計算通りである。

「いや、今日は本当にありがとうございました。失礼ですが、お若いにもかかわらずしっかりとしたお考えをお持ちで、本当に感服しましたよ」

「そんな、こちらこそ勉強させて頂きました。ありがとうございます」

「辻井さんは間違いなく今後の経済界を牽引するキーマンになるでしょう。これを機会にどうか末永いお付き合いをお願いしますよ」

最初は懐疑的な気配のあった編集者も、帰る頃にはすっかり打ち解けた笑顔になっている。ライターの女性に至っては言うまでもない。しかし彼女の表情や態度には、どこか見覚えがあるような気がしてならなかった。

なんだろう――

散々に考えた末、ようやく思い当たった。

カタラで落とした女の顔だ。


海斗の大きなカラー写真が巻頭を飾った『月刊アジア経済』の記事はそれなりに話題となった。アドルーラー本社でも、女性社員が海斗の写真に「アイドルタレントの誰々クンみたい」と騒いでいたという。どの写真を使うか、事前に念を入れてチェックした成果だ。

またその号の発売と前後して同様のインタビュー依頼が相次いだ。盾原の指示もあって、海斗は各媒体に露出し続けることとなった。

インタビューごとに質問の趣旨は違っているが、海斗は新都市博のイメージ戦略に沿ってそつなく対応した。それらの記事は、本社の幹部達にも好評であると幡多局長から声をかけられもした。ネットに記事が転載されると、すかさず遠野が各種ＳＮＳを駆使して拡散していく。そのあたりの手際はさすがであった。

「いやあ、今や名実ともに辻井補佐は新都市博の顔ですね」

築地のカフェでランチ中、そうした記事の一つをスマホで見た岩谷が、多少皮肉の混じった笑みを浮かべて呟いた。

だがそうした取材対応は海斗の仕事のごく一部でしかない。

昼は関連各社を回り、夜は接待に余念がない。必然的に彩音とのデートは深夜になるが、それも一時間前にキャンセルすることが常だった。結婚式の準備に夢中で母親ともども日夜駆け回っている彩音は、自身が疲れているということもあるせいか、さほど不満は漏らさなかった。

それ以外にも、盾原から芸能人接待の〈特命〉を言いつかっている海斗には、秘密裏にやるべきことがあった。

午後十時過ぎ、渋谷のクラブ『アデスタ』に向かう。キャパ二百人という中規模店で、Ｇ大イベントサークルの後輩達がパーティーの真っ最中だった。

けたたましい音楽のあふれる中、フロアで踊る人混みを避けて円周状に巡らされた手すりに沿って進む。入口で案内された位置に、サークルの上級生達が集まっているテーブルを見つけ、声をかけた。

「やあ、なかなか盛況じゃないか」

「あっ、辻井さん」

運営に携わる上級生達が一斉に立ち上がって頭を下げる。

「来て頂けて光栄です」「さっ、こちらへどうぞ」「何をお飲みになりますか」

口々に興奮したように言う。彼らの間では、自分は〈レジェンド〉であると聞いていた。

「ちょっと顔を出しただけだから、そんなに気を遣わないでくれよ」

「すみません、みんな興奮しちゃって」

こうして実際に彼らの反応を見ていると、城有を前にしたかつての自分を思い出さずにはいられない。

「凄いですね、辻井さん。この前なんかツイッターのトレンドになってましたよ。アイドル並みのイケメンだって」

現部長の佃《つくだ》が言う。

「おいおい、こっちは必死で仕事をやってるんだ。もっと他のところも見てくれよ」

「僕はちゃんと見てますって。でもツイッターってそういうもんじゃないですか」

「そうだよなあ」

「ウチのサークルの女の子にも、辻井さんのファンは大勢いますよ」

「やめてくれ。僕はこれでも真っ当な会社員なんだから」

学生達に交じって歓談し、踊っている女達を眺める。

イベントサークルにもいろいろあるが、G大のそれはさまざまな〈伝手〉を求めて集まってくる男女を対象とした、一種の〈集金システム〉として機能している。しかし長期にわたる不景気や少子化の影響から、大学のイベントサークル自体が下火になっていることもあって、半グレやそういった裏社会との接点はほとんどといっていいほどない。

　海斗自身、バブルの頃の喧噪は知る由もないし、イベントサークルが凋落するきっかけとなった二〇〇三年の事件など記憶にもない。ある大学サークルが起こしたその事件は社会に大きな衝撃を与え、翌年の集団強姦罪及び集団強姦致死傷罪の制定につながったと言われる。しかし被害者数で言えばカタラグループ以上であるその事件でも、起訴されたのはたった三件にすぎず、大半の者は逮捕を免れたという。

　そうした事柄を海斗が知ったのは、カタラグループ摘発による逮捕に怯えてあれこれ過去の事例を調べていたときであった。社会問題ともなった重大事件でありながら、主犯を除いて逮捕者がほとんどいなかったという事実に、海斗はどれほど安堵したことか。

　また少なからぬ数の現役アドルーマンも関わっていたようだが、逮捕どころか聴取さえされなかったらしい。その情報は、海斗がアドルーラーを志望する動機の一つとなった。

「こんな時代にこれだけ集めるなんて、君達、なかなかやるじゃないか」

　そう言って学生達を持ち上げてから、

「それに、ずいぶんかわいい子が揃ってるね」

「そりゃあ、顔で選んでますから。ほとんどはバカ短大生ですけどね」

　侮蔑も露わに答えた佃は、慌てて取り繕うように、

「あ、でも僕ら、後ろ暗いことはなんにもやってないですから。今はもうそんな時代じゃないですし。ちょっと古いけど、カタラグループの事件なんてのもありましたんで」

　図らずも佃はカタラの名を口にした。

「ああ、そういうのもあったねえ。心配するな。君達が真面目なのは分かってるって」

海斗ももう慣れているので、他人事のように——実際に他人事だ——受け流し、周辺にいた数人に向かって声を潜める。

「そこで君達を見込んで話があるんだけど、ここじゃなんだから、ちょっとだけ抜けられるかな」

彼らは目を見開いて一様に顔を見合わせた。

アドルーマンの先輩からの誘い。それこそが彼らの待ち焦がれていた〈伝手〉であり〈コネ〉である。それも最上級の。

「ちょっとだけなら可能です。主催者なんで立場上、全員は無理ですが、二、三人なら」

彼らを代表するように佃が答えた。

「それでいい。じゃあ近くの店で話そう。すぐに終わるから」

海斗が立ち上がったとき、十人ばかりの女子学生が連れ立って現われた。

「お話し中すみません、あの、佃さん……」

「なんだい」

「そちらの人、辻井さんじゃないですか、アドルーラーの」

「ああ、そうだけど」

渋い顔で佃が答えると、女の子達は大はしゃぎとなって、

「あの、もしよろしかったら、あたし達と一緒に写真撮らせてもらっていいですか」

佃が答える前に、海斗は快活な口調で応じる。

「ああ、いいよ。全員で今夜の記念写真だ」

女の子達が手を叩いて喜んだ。

「ただし、もしインスタとかに上げるんなら、新都市博の精神についても触れてくれよ。僕は若い

世代を応援しようと思ってここに来たんだから」

「はい、分かりました。絶対に書きます。辻井さんのお仕事、あたし尊敬してますから」

「ありがとう。そう言ってもらえると僕もますます意欲が湧いてくるよ」

そうした一言一言に全員がいよいよ盛り上がる。女子達が座席の合間に入ってきて、全員がスマホを手にした女子学生に笑顔を向ける。

「じゃあ、いいですね、いきますよー」

中央で微笑みながら、海斗はまるで自分が城有になったかのような錯覚を抱かずにはいられない。

三人の上級生を連れてクラブを出た海斗は、路地を少し歩いた先にあるバーに入った。間違っても学生達が入ってこないような店だ。

カウンターを避け、奥にあるテーブル席に座る。注文した酒を運んできたウエイターが去るのを待ち、声を潜めて切り出した。

「早速で悪いが、手短に話そう」

「はい」

薄暗い照明の下でも、緊張のあまり三人の表情が強張っているのがはっきりと分かった。

「僕は今、アドルーラーで新都市博を手掛けてる。知ってるね？」

「もちろんです」

三人が異口同音に答える。

「このイベントには国際アート振興というテーマもあって、僕は内外の有名タレントをアテンドしなきゃならない。ハリウッドスターも呼べば、歌舞伎の大御所も呼ぶ。ゲスト候補として名前の挙がった芸能人とはすでに交渉中で、そのうちの何人かは話がほぼまとまってる。例えば……」

海斗が数人の名前を挙げると、三人はいちいち感嘆の声を上げた。

「言っておくが、今の名前だけじゃなく、ここで僕が話したことはすべて極秘だよ」

心配になって念を押す。佃達は我に返ったように頷いた。

「はい、承知してます。どうかご心配なく」

「芸能人てのはわがままでね、彼らのご機嫌まで取らなきゃならない。ここで活きてくるのが長年アドルーラーの培った信頼関係に基づく情報網だ。彼らの趣味嗜好はすべて押さえてある。どんな酒が好きか、日本で何を食べたいのか、とかね。ハリウッドスターは意外に常識をわきまえてるからむしろ扱いやすいらしい。困るのは最近人気の出てきた国内の若手俳優だ。若年層を取り込むためにも彼らを外すわけにはいかない。国内で訴求力があるのはそいつらだからね。アドルーラーはクライアントに忠誠を尽くすが、芸能事務所には強い。単純な力関係だ。芸能事務所は自社のタレントを有名企業のCMで使ってもらいたくて仕方がない。にもかかわらず、せっかくこっちからオファーしてやっているのに、アーティストを気取ってなかなかうんと言わない奴も中にはいる。僕としてはどうしてもそいつらを口説かなきゃならない。そこでだ」

海斗は心持ち学生達に身を寄せて、

「彼らをできるだけいい気分にさせる必要がある。自分にはこんなにもファンがいて、その子達は自分が新都市博に出演するのを心から望んでるんだと信じさせる。それどころか、自分が出なければライバルの誰それよりも格下だと見なされると思い込ませる」

「段々分かってきましたよ」

髪をマッシュショートにした学生が言った。名前は確か鉢上《はちうえ》だったか。

「僕らはその俳優のファンの子を集めればいいわけですね」

なかなか察しがいいようだ。

「そうだ。特にかわいい子を選んで、その俳優との飲み会に連れて行く。Ｇ大サークルのシークレットイベントとかの名目でね」

「いくらでもいますよ、そういう子」

「待って下さい」

中本《なかもと》という学生が不安そうに遮った。一見おとなしそうな眼鏡の男だ。

「シークレットイベントといっても、それはあくまでサークル活動の一環と考えていいわけですよね？」

「おまえ、何が言いたいんだ」

佃がいらだたしげに中本を質す。

「つまりさ、そんな女の子達を少人数の飲み会に集めて、万一のことがあったらどうすんだって話だよ」

佃と鉢上が舌打ちするのが分かった。

鉢上は中本に向かい、

「あのさあ、中本さあ――」

彼が迂闊なことを口走らないよう、海斗は大人の態度で遮った。

「待てよ鉢上君。ここは僕から君達全員にきちんと話しておこう。中本君の言う通り、これはれっきとしたサークル活動の一環だ。そうした活動に興味を持っている芸能人は少なくない。だから飲み会に顔を出したとしてもおかしくはないし、違法でもない。君達は適当なところで切り上げればいい。『今日のサークル活動はここで終わり、以上解散』と宣言してね。二次会で彼らがどこで何をしようが、それは自己責任というものだ」

三人の学生は声を潜めて相談を始めた。内心に期するところは三人とも同じのはずだ。海斗は余裕で彼らの判断を待つ。

「つまり、僕らのやるべきことはあくまで合法で、違法なことは何もない、というわけですね？」

念を押すような中本の言い方に、海斗はどこまでも笑顔で応じる。

「そういうことだ。しかし、それだけじゃない」

「えっ？」

「学生の〈社会活動〉を体験して満足した芸能人は、新都市博の意義を理解し出演を快諾してくれるだろう。その暁には、君達の功績について人事課に必ず話しておく」

「本当ですか」

三人が一斉に身を乗り出す。彼らが最も期待していた文言が出てきたのだから当然の反応だ。有名大学の学生が希望する民間の就職先として、アドルーラーは常に上位をキープしている。コネのない一般学生にとって、ＯＢの確約は天上より垂れ下がった蜘蛛の糸どころかワイヤーロープのようにも見えることだろう。

「分かりました。やります。ぜひやらせて下さい」

鼻息を荒くして述べたのは、最初に最も警戒していた中本であった。

「よし、話は決まった。君達の成功を祈って最後に乾杯しよう」

海斗はシャンパンを注文し、学生達とともに飲み干した。

これでいい――

彼らは必死になって〈お持ち帰り用〉の女の子を用意してくれるだろう。人事には当たり障りのない話を伝えるが、それだけだ。人事の連中が最終的に彼らをどう評価するか、知ったことではない。

合法なのは彼らだけではない。安全圏から後輩を利用する。自分もまた完全に合法というわけだ。

4

推進準備室の業務は順調に進んでいた。

新都市博に限らず、アドルーラーがイベントを手掛ける際には、まず『ゼロイチ』と呼ばれるクリエイター集団がいくつもの案を創出する。ゼロイチという呼称は、「０から１を生み出す」ことから発生したという。

このゼロイチが出してきた案を検討し、具体化するのが推進準備室の仕事となる。会場の手配、機材の発注、出演者の交渉など多岐にわたり、東京都を中心とする実行委員会とアドルーラー本体との間を絶えず往き来して調整を図る。０を１どころか、１００にも２００にもする仕事だ。やりがいはある。しかし下手をすれば１ではなくマイナスともなりかねない。それだけに推進準備室の面々は常時緊張を強いられた。

そんな一同の様子を見ては、岩谷が大声で気合いを入れていく。さながら軍隊の鬼軍曹で、彼の起用は海斗から見ても大成功だった。

海斗は先頭に立つ盾原の補佐として全体を俯瞰しつつ、自らの担当業務もこなさねばならないので忙しさは人一倍だった。しかも海斗の場合、広報からの要請と盾原の指示もあり、各種媒体の取材まで受けているからなおのこと多忙を極めた。

日中はそうした各種の業務を行ない、夜は奈良岡とともに接待で飲み歩く。新都市博に関わるアーティストや業界関係者は膨大な数に上る。昼間の仕事ではどうにもならない意見の相違を、夜の接待でどうにかする。アドルーラーに有利となるよう誘導する。接待という言葉が持つ本来の意味以上に重要な仕事であった。

海斗一人ではとても手が回らないところであったが、奈良岡が肝臓の限界まで飲んでくれた。彼の頼もしさは予想以上で、幇間《ほうかん》に徹したその飲みっぷりに、昼間は頑なだった人間も気がつくとこちらの条件を呑んでくれている。ある意味、奈良岡こそ滅私奉公の体現者と言えた。

海斗が飲む相手はもちろんアーティスト関係だけではない。推進準備室の面々とも、何かと口実を設けては頻繁に飲み会を行なった。多忙を理由に欠席することは許されない。それは体育会系の気質を根深く有するアドルーラーの不文律でもあった。

正直に言うと海斗の体力と肝臓はすでに悲鳴を上げていたが、それでもアドルーラーの〈伝統儀式〉を蔑ろにすることはできない。これらをつつがなく遂行してこそ、真のアドルーマンとして認められるのだ。少なくとも、海斗の知る限りアドルーラーの幹部は全員がこの荒行をこなして出世した。例外はない。

新都市博ほどの規模となると、予算は膨れ上がる一方だ。すでに想定された額の三倍は軽く超えている。それだけの金が抜かれているということだが、まさに最初から想定されていた手順でしかない。最初に抜くのは他ならぬアドルーラーだから、予算がかさめばかさむほど、本社から海斗達が評価されるというシステムである。二次受け、三次受け、四次受け、さらにその下がいくら抜いているのか、海斗は知らない。そもそもアドルーラーが抜いた金がどこへ流れているのかも知らない。知っているのは、知らない方がいいということだ。

資金が足りなくなると、盾原が都庁に行く。金は東京都が出すと決まっていたからだ。どういう経緯でそうなったのか、それすらも海斗は知らないし、興味もなかった。

金を出す分だけ、都知事の権限は大きい。新情報の発表は必ず都知事が最初に行なう。それが絶対の条件だった。

自己愛だけが異様に肥大した都知事は、公約を平気で反故にする一方で、そうした派手なスポットライトは浴びていたいという人物だ。自分が発表する前に報道されたりすると手に負えないほど怒り狂う。海斗自身もインタビュー等では新都市博の宣伝に努めても、新情報は喋らぬよう慎重に配慮していたほどである。ゆえに実行委員会での決定事項が外部に漏洩するのを防ぐのも海斗達の大事な仕事となった。またそれに付随して、発表タイミングについての都との根回しや都知事へのレクチャーも大きな負担となった。

都庁に設置された実行委員会は東京都だけでなく、二十三区などの自治体、スポンサー企業、財務省や国交省などの省庁から出向してきた公務員や会社員で構成されている。組織としては海斗達推進準備室の上位にあるが、彼らの〈仕事〉は海斗達が決めていた。

例えば、財務官僚なら財務、国交官僚なら公道使用許可の申請、警備会社には警備、自動車メーカーには車輛の提供などを〈やって頂く〉。自分達より〈偉い人〉が相手であるから、海斗は盾原と並んで丁重に頭を下げ、彼らを自由に操り、利用し、使えるだけ使った。

「いやあ、都庁の人は凄いよ。尊敬するよ」

盾原と二人だけで飲んでいるとき、ふとした弾みで彼がしみじみと漏らしたことがある。

「なんです?」

グラスを片手に尋ねると、

「都庁はオープンだから誰でも入ってこられるだろう？」

「ええ」

「だから新都市博の反対活動をやってる連中も実行委員会のフロアに入ってくることがあるんだよ。すると都庁の職員の中でも〈最強のメンタル〉を自負する人達が相手をすることになってるんだ。何時間でも対応してさ、別に相手を説得しようってんじゃない、ただニコニコと笑顔で相手の話を聞くだけ。五時間でも六時間でも。あるいはもっとか。それで抗議に来た反対派はなんとなく満足して帰っていく」

「凄いですね」

「ああ、まさに最強のメンタルだ。俺達も見習わなきゃな」

片頬を歪めるようにして笑い、盾原はグラスに残ったカクテルを飲み干した。

順調とは「期待通りに物事が進行すること」だ。辞書にはそう書いてある。

いい言葉じゃないか――

我知らず笑みがこぼれる。推進準備室のフロアに向かっていると、すれ違った職員から声をかけられた。

「あれ、辻井さん、何かいいことでもあったんですか」

「いいことか。みんながんばってくれてることが嬉しくてさ」

「またまたー、うまいんだから辻井さんは……あっ、そうか、お式がもうすぐですもんね」

「ああ、そうなんだ」

適当に答えたが、結婚式のことはすっかり忘れていた。それほど多忙だったのだ。準備を彩音とその母親にすべて任せきりにしているということもある。以前は頻繁に電話があったのだが、生返事しかしなかったせいか、最近ではＬＩＮＥでのやり取りだけとなっている。いや、こちらがすぐには返信できないため、それすらも途絶えがちになっているというのが現状だった。

「君も忙しいだろうけど式には必ず来てくれよ。じゃあ」

「はい、もちろんです」

職員と別れ、再び歩き出す。

彩音にはもっと頻繁に連絡しなければ――

「女には絶えず連絡しフォローを怠らぬこと」

マニュアルの教えを唐突に思い出した。

この自分が、なぜかすっかり忘れていた。それに彩音は婚約者であって、ナンパで引っ掛けたカモではない。

どうかしている――

気分を切り替えて室内に入る。

その途端、雷鳴ともまごう叱咤が聞こえてきた。

「甘えるんじゃない。おまえはそれでもアドルーラーの一員かっ」

岩谷によるいつもの指導である。

「やってますね。岩谷さん」

苦笑いしながら近寄ると、叱られている相手が振り返った。遠野であった。

「辻井補佐……」

尋常な顔色ではなかった。

「どうしたんですか」

「聞いて下さいよ、辻井さん」

答えたのは岩谷であった。

「こいつの担当業務が大幅に遅れてるんです。見て下さい、これ」

岩谷が差し出した資料の束を受け取りその場で目を通す。確かに遅れが目立っていた。

「これはまずいな。遠野さん、もうちょっとがんばってもらわないと……」

「以前にお願いした増員の件、どうなったんですか」

「えっ」

出し抜けに問われ、一瞬、何のことだか分からなかった。

「ああ、あれか……なんとかやってるんだが、みんな大変な時期なんだ。悪いけどもう少し待ってくれないかな」

返答のわずかな躊躇は、彼女に不信感を抱かせるに充分であったようだ。

「私、残業時間がとっくに規定を超えてるんですよ。昨日、いえ、今日だって二時間しか寝てないし……このままじゃ、私はもう……」

「何を甘えたことを言ってるんだ。寝てないのはここにいる全員がおんなじだ」

半ば呆れたように岩谷が叱りつけるが、遠野はそれに構わず、すがりつくような目でこちらを見る。

「どうなんですか、辻井補佐」

海斗はごく当たり前のことをゆっくりと告げた。

「岩谷さんの言う通りだよ。君は何か勘違いしてるんじゃないかな」

遠野は愕然としたように、

「勘違い、ですか……」

「そうだよ。岩谷さんも奈良岡さんも、かく言う僕だって、不眠不休でやってるんだよ」

「君も知ってるだろう。辻井補佐なんてねえ、結婚前のかわいいフィアンセをほったらかしにしてまで毎晩接待に明け暮れてんだから」

岩谷が冗談めかした口調で言う。聞き耳を立てていたらしい周囲から小さな笑い声が漏れた。

「いやあ、マジで忘れてましたよ、自分の結婚なんて。アドルーマンは何があろうと仕事第一。プライベートは二の次、三の次。それが常識ですからねえ」

こちらも軽口で返すと、岩谷は我が意を得たりという顔で、

「さすが補佐だ。アドルーラー精神を完璧に身につけていらっしゃる。いや、恐れ入りました」

海斗は遠野に向き直り、

「遠野さん、念のために聞いておくけど、労使協定の月四十五時間は超えてないよね？」

「え？　大幅に超過してますけど」

「そんなことは分かってるよ。僕が訊いているのは自己申告のことだよ」

軽いいらだちを覚えつつ、いささか強い口調で質す。

労働基準法第三六条に基づき、アドルーラー労使間の協定では、一日七時間という所定労働時間を超える場合、時間外労働はひと月に四十五時間までという上限が設けられている。しかしそんなものは有名無実で、会社は社員に上限ぎりぎりの時間を申告させていた。アドルーラーにも労働組合はあるし、海斗達も加入しているが、その実態はろくに活動さえしていない名前だけの存在であ

る。

「はい、それは、言われた通りに四十四・九時間とかで申告してます……」

消え入りそうな声で遠野が答える。

「じゃあ問題はないね」

そう言いながら遠野のデスクに目を遣った海斗は、パソコンの横に置かれた文庫本に気がついた。

「なにこれ？」

手に取って書名を見る。『掃除婦のための手引き書』とあった。

「せっかくアドルーラーに入れたってのに、君はウチを辞めて清掃業にでも転職する気？」

「違います。それはルシア・ベルリンの短編集で……小説なんです……深夜は待ち時間も多いから、せめてもの息抜きにと趣味の読書を……」

「なんだ、息抜きの時間があるんじゃないか」

しどろもどろになった遠野にその本を突き返し、

「まあ、増員の手配が遅れたのは僕の責任でもあるし、これ以上は言わない。できるだけ早く人を増やしてもらえるよう、上には必ず話しておくから、もう少しがんばって下さい」

「申しわけありませんでした」

頭を下げ続ける遠野から離れて自席に戻る。

腹立たしくてたまらない。岩谷の言葉を借りずとも、彼女は甘えているとしか思えなかった。

何を考えてアドルーラーに入社したんだ——

彼女は自分のように〈学び〉をしてこなかったのだ。〈努力〉してこなかったのだ。だから〈向上心〉に欠けているのだ。

しかし、今彼女に離脱されると大きな痛手となる。現代においてＳＮＳやインターネット戦略が日々刻々と重要性を増しているのは言うまでもないからだ。残念ながら業界の巨人アドルーラーも、これまでの体育会的営業精神を愚直に受け継ぎ、老人集団をヒエラルキーの上部に戴く上意下達方式を絶対視する体質が裏目に出て、この分野にだけは恐ろしく疎い。

ゆえに遠野が身につけているスキルはアドルーラーにとって貴重さを増す。外部からの派遣や契約社員ではなく、アドルーラー本体に遠野のスキルはなんとしても欲しい。少なくとも、アドルーラー魂を正しく有する若手にそのスキルを伝承させるまでは、彼女を手放すわけにはいかない。かと言って遠野を増長させるつもりは毛頭ないが、現実問題として業務に支障が出ているのも事実だ。

やはり何人か回してもらうしかないだろう——

海斗は立ち上がって盾原の執務室へと向かった。

ドアを小さくノックすると、「お入り下さい」と盾原の声がした。

中に入って用心深くドアを閉める。パソコンに向かっていた盾原が顔を上げた。

「辻井か。どうした」

「ちょっとご相談がありまして。今よろしいでしょうか」

「そうか。まあ座れ」

応接セットのソファを指差し、自らはデスクに向かったまま言った。

「よし、聞こう」

「はい」

腰を下ろした海斗は、先ほどの出来事を端的に伝え、自らの考えを述べるとともに遠野の担当するインターネット関連部門の増員を要請した。

「分かった。本社に頼んで何人か回してもらおう」

「本社からですか」

訊き返した海斗に、

「ああ。君の考えは正しい。遠野のスキル、それにセンス。特にこのセンスがこれからのアドルーラーには絶対に必要だ。いつまでも外部の下請けや子会社に頼っているわけにはいかない」

「恐れ入ります」

パソコンを閉じて立ち上がった盾原は、大きなデスクを回り込んで海斗の向かいに座した。そしてなぜか声を潜め、

「いいか、俺達の進めている新都市博はなんとしても成功させる。アドルーラーにとってそれ以外の未来は存在しない」

「はい」

「で、その後《あと》はどうする」

「は？」

この人は何を言おうとしているのか——

「後と申しますと……」

「アドルーラーにとって巨大イベントは最大の収益源だ。しかしどんなイベントであろうといつかは終わる。新都市博が終わったら、次のイベントはなんだ」

こちらが答える暇もなく、盾原は無機的とも言える感情の窺えない顔を寄せてきた。

「改憲だよ」

「えっ」

「正確に言うと憲法改正のための国民投票だ」

　憲法を改正するためには、国会発議を行ない、衆参両院で三分の二以上の賛成を得てから国民にその是非を問う国民投票を実施しなければならない。

「この日のために上層部は政治家とのパイプを死に物狂いで維持してきたんだ。二〇〇七年に制定された国民投票法では、国民投票の運動期間における広告に関して、投票日から十四日以内のテレビＣＭだけは禁じているが、それ以外は事実上ほぼなんの制約もない。分かるか。広告費の上限すら設けられていない。つまりカネのある方が勝つんだよ。護憲派の勝機は万分の一もない」

　海斗は身じろぎもせず盾原のガラスのような眼球を凝視する。どこまで覗いても、ガラスの底はがらんどうの虚無としか言いようはない。

「憲法改正は与党の悲願だ。そのためにカネを無制限に注ぎ込める法を作ったくらいだ。投票運動期間は国民投票が国会で発議されてから最短で六十日、最長で百八十日。その間のメディア戦略を一手に引き受けるのがアドルーラーだ。そして国民投票のタイミングは改憲派である与党次第ということになる。要するに俺達は与党と組んで都合のいいようにスケジュールを練り上げることができるというわけだ。運動期間中、俺達はあらゆるメディアを駆使し、改憲こそが日本のために正しい選択だという思想を国民に植えつける。与党はそのためにありったけの税金を回してくれるだろう。俺達がどれだけ抜こうが政府は絶対に何も言わない」

「なるほど……」

　海斗は身震いをこらえながら言う。しかし自ずと込み上げてくる笑いは抑えられない。

「そのときに最も重要となってくるメディアはＳＮＳだ。若い層は新聞を読むどころかテレビも観ない。ただ馬鹿みたいにスマホだけを眺めてる。こいつらに〈正しい〉ことを教えてやる、もしくは今までの選挙と同じく投票に行かないように仕込んでやる——そういうことでしょう、盾原さん。だからこそ遠野のスキルとセンスが必要になってくるとおっしゃりたいのですね」

「ああ。ご老人方にとっては時間の過ぎるのはあっという間だ。ネットやＳＮＳの発達があまりにも速すぎて、上層部は結果的に対応できなかった。そのすぐ下の世代も同様だ。やたらと大声で威張るくせに、パソコンさえろくに使えないおっさんは残念ながらウチにも大勢いる。自分はパソコンが得意だと高言していたおっさんも、インターネット戦略では迷走を重ねた挙句、惨憺たる結果しか出せなかった。つまりは決定的にセンスがないんだな」

大量のツイートが国民の脳を侵蝕し、危機感を煽る。このままでは外国に日本を乗っ取られるぞと。憲法を改正し、武装しないと日本を守れないぞと。

マーケティングのツイートをそうと知られずにさりげなく、いかにも自然な感じで個々人のタイムラインにまぎれ込ませるには、さまざまな角度からネットの状況を把握し利用できるセンスが不可欠だ。だからこそ、いつ下手を打つか分からない外部の間抜けに任せられる仕事ではない。

「それをなんとかできるのはさらに下の世代——つまりは俺達しかいない。実を言うとな、俺がこの歳で室長に任命されたのは、この分野での遅れを今度の機会に取り返しておかないとさすがにまずいという危機感が幹部の間にあったからだ。それは辻井、そのまま君にも当て嵌まる」

そうだったのか——自分が抜擢された裏にはそんな思惑が——

「そして国民投票を制した者がアドルーラーのトップに立つ。勝つのは政府でも与党でもない。俺達なんだ」

「国民はどうなります？」

すると盾原は意外そうに、

「別にどうもならんよ。最初から土俵にはいない。観客席にもだ。徹頭徹尾場外で草を食って寝ているだけだ。君はもしかして、政治は国民のためにあるとでも言いたいのか」

「まさか」

たまらず声を上げて笑っていた。

「上を向いて努力した者だけが勝つ。僕は今ほどアドルーラーに入ってよかったと思ったことはありませんよ」

「そうか。ならいいんだ」

盾原は満足したように体を背もたれに沈める。

「ありがとうございます、室長。僕をそこまで信頼して頂けて」

「こう見えても俺には人を見る目がある……と言いたいところだが、俺でなくても分かるよ。君は生粋のアドルーマンだ。忠誠心だけじゃない。野心もある。俺は君のような男を探していた」

「ご期待を裏切らぬようがんばります」

「頼んだぞ」

「はっ」

海斗は一礼し退室した。際限のない興奮を懸命に押し隠して。

改憲に伴う利権か――

考えたこともなかった。確かにこれは、通常の選挙を大きく上回る収益をアドルーラーにもたらすだろう。数倍か、数十倍か。すぐには計算しきれない利権の大鉱脈である。

金と名誉はやはり努力する者のみに与えられるのだ――

海斗と彩音の結婚式はホテルニューオータニで華々しく行なわれた。

辻井家と大垣家が費用を分担したのだが、それぞれがいくら出したのか、海斗は知らない。親が勝手に出してくれたのだ。金額を自分が知ることに意味はない。

大事なのは「誰もが認める一流の会場で挙式すること」だ。その点、彩音は信頼できた。海斗以上に彼女はその部分にこだわっていたからである。正確には彼女と彼女の母親だ。だから安心して式場選びをはじめとする準備を任せることができた。

彩音のウェディングドレスも最高だった。普通なら間に合わないところ、特別料金で仕立ててもらったと聞いている。挙式予定日から逆算して作っているから、大きくなり始めた彩音の腹もまったくと言っていいほど目立たない。それでも女性はそういうことには目ざといようで、新婦側の招待客であろう若い女性だけのテーブルでは、薄笑いを浮かべて何やら囁き交わしていた。

だがそんな些事など気に留めるまでもない。大半の招待客は、豪華なゲストの顔ぶれに目を瞠るばかりであった。

新郎新婦の父親達の社会的地位から、与野党を問わず名の知れた政治家が顔を出し、財界の実力者が壇上で祝福のスピーチを行なう。新郎は次世代の経済界を背負って立つ有望な若手であり云々と。ありがたく拝聴し、満場の拍手の中で照れたような作り笑いを披露する。

人気タレントが新郎との親密ぶりをアピールし、適度に危ない交遊のエピソードを披露する。

アドルーラー本社からも役員が出席しているし、新入社員の多くは受付等の雑用に駆り出されている。推進準備室のメンバーも盾原以下ほとんどが招待されており、ことにアドルーラーからの出向組は出席が必須とされた。

結婚式の主役は新婦であって、新郎は付録にすぎないと心得ているので、海斗は彩音の指示には逆らわず、ただつつがなく務めを果たすことに専念した。もっとも、これは本社の役員や政財界の実力者に自分をアピールできる場でもあるので、その点は最大限に利用させてもらう。

しかしこの後に新婚旅行で六日も潰すことになるかと思うと、居ても立ってもいられない気分になるのはいかんともし難い。彩音はヨーロッパを二週間かけて周遊するプランを主張したのだが、さすがに仕事を半月も休むわけにはいかなかった。往復の交通にかかる時間も考慮して、なんとかハワイで妥協させたのである。

新婦側のゲストによるスピーチを表情だけは神妙に聞き流しているとき、推進準備室メンバーのテーブルが目に入った。誰もが家に帰って休みたいところだろうが、こういう場を欠席することはアドルーマンにとって許されるものではない。だから全員が無理をして出席している。

海斗が気になったのは、皆が笑っている中で、遠野だけが死んだような顔をしていることだった。

無理もないか――

盾原が本社に要求してくれたにもかかわらず、遠野の下に回してくれたのは二人の新入社員だけだった。素人目にも焼け石に水であるのは明らかだったが、それでもいないよりはましと思うしかなかった。

本社の意識は想像以上に現実と乖離《かいり》していた。海斗でさえ頭を抱えたくらいである。遠野がどれほどの絶望を抱いたか、察するにあまりあった。

だがそれでもやるしかない。アドルーマンにとって、上の決めたことに従う以外に道はないのだ。

5

「あのさあ、ダルシネアさんて覚えてる？」

工場での勤務から帰宅した翔太に、妻の有紀が尋ねてきた。

有紀は近所の歯科医院で歯科助手をやっている。受付業務や治療器具の準備、診療介助、診療報酬明細書の作成などを行なう仕事だ。歯科衛生士と違って資格や経験の要らない職業だが、それだけに応募も多く、採用されたのは幸運だった。面接の前に有紀は数冊の専門書に目を通したりしていたので、そうした努力が実を結んだのだろう。

「ダルシネアさん？　覚えてるけど、どうかしたの」

〈ダルシネア〉とは有紀の主宰する読書アカウントのフォロワーで、ハンドルネームはセルバンテス『ドン・キホーテ』のヒロインに由来する。身許は分からないが、若い女性であることだけは確からしい。以前は小説への愛情に満ちた投稿を頻繁に行なっていて、フォロワー内の評価も高かった。それがどういうわけか近頃では新規の投稿が途絶えていた。

「ほら、あの人、最近投稿とかしてなかったじゃない。どうしたのかなあって思ってたの」

「ああ、それは俺も気になってた。あの人の書評、いつも凄えなあって、楽しみにしてたんだ」

「でね、別のフォロワーさんがダルシネアさんの別アカウントを教えてくれたの。そっちの方が本来のアカウントなんだって。それでとにかく見てみたんだけど……」

リサイクルショップで買ったソファに座った有紀が、自分のスマホを差し出した。表示されているハンドルネームは、〈サユリ@超寝不足で使えない人〉となっている。いささか自虐的であるのが気になった。

有紀の隣に腰を下ろし、すぐに目を通してみる。

「睡眠時間が毎日二時間……生きてるのが不思議なくらい」

「なのに飲み会は強制参加、「女子は賑やかし要員」ってどういうこと?」

「残業時間は規定をメチャクチャ超過してるのに、超えてないように見せかけるため自己申告を強制させられてる。従わないのは裏切り者だって。ルールを守るのが社会人じゃないの?」

「新人をやっと入れてくれたのはありがたいけど、全然使えなくて逆に負担が増えただけ。私は学校の先生じゃないっての」

「こんな超ブラックな会社って社会的にどうなの? プライベートなんて全然ないから、好きな本が一冊も読めない」

「楽しみにしてた『掃除婦のための手引き書』を会社に持ってったら上司に見つかった。「清掃業にでも転職する気か」だって。小説ですって答えたら「息抜きの時間があるんじゃないか」って」

「今日は朝から上司の結婚式。おめでたいことのはずなのに、一睡もしてないから座ってると意識が飛びそうになる。もう起きてるだけで精一杯」

「苦しい。寝たい。休みたい。それからちょっとでいいから本を読みたい」

そうしたツイートばかりが延々と続いていた。

「こいつは酷いな。印刷業界もいいかげんきつい方だと思うけど、ダルシネアさんの苦しさとは意味が違う。これはいじめとかパワハラとか、そういう問題じゃないのか」

翔太はスマホを有紀に返し、

「ダルシネアさんが投稿しなくなったはずだよ。本を読む時間自体がないんだから、感想なんて書けるわけないもんなあ」
「実はね、それだけじゃないの」
有紀が表情をさらに曇らせる。
「どういうこと」
「こっちの方も読んでみて」
有紀がツイートを遡って示す。それは、ツイート主が現在の部署に異動してしばらく経った頃のものだった。
［今はとても大きなプロジェクトに関わっています。大変だけど、やりがいはある……と言い切ればいいんだけどなあ……］
［会社にとって重要な仕事だってのは分かるんだけど、ここまでしんどいとね……］
［今日は「女を使って抜擢してもらったくせに」と本社の人に面と向かって言われました。これって、かなりアウトな発言では？］
［「女は若いウチだけだよ」ってどういうこと？　お仕事、こんなにがんばってるのにね］
最近のツイートに比べるとまだ生気はあるが、当初からネガティヴな気配が濃厚に漂っている。
「明らかにセクハラじゃないか。俺みたいな人間が言うのもなんだけど、だいぶまずいんじゃないかなあ」
するとと有紀はどこかじれったそうに、
「セクハラもそうなんだけど……ダルシネアさん、相当参ってるみたいでさ……それで、あたし……」

いつになく歯切れが悪い。

「どうした？　ダルシネアさんが困っているのは確かなんだから、相談に乗ってあげることはできると思うけど……あ、俺が出るとヤバいな、有紀ちゃんから……いや待てよ、それもどうかな。プライベートのアカウントを知ってたっていうのも気まずいだろうし、第一、彼女の職場の話だから、俺達にはどうしようも……有紀ちゃんのアカウントからＤＭでそれとなく呼びかけてみるくらいかな。最近ご無沙汰だけど、何か困ってるんなら相談してね、とか」

「うん……」

　生返事をしていた有紀が、あるツイートを指で示した。

「これを見て」

　そこにはこう書かれていた。

「上司はいかにもできる人っぽいんだけど、その「自分はデキる人」オーラがそもそも苦手。なんか嘘っぽいっていうか？　心にもないきれい事。発売されたばっかりの雑誌のインタビューを読んで改めて確信」

　翔太は有紀の方に向き直り、

「上司と性格的に合わないって話？」

「ダルシネアさんの読解力っていうか、読み方の鋭さは翔太も知ってるでしょう？」

「うん。プロの書評家でもないのに、あれだけの人は滅多にいないね」

「だからここに書かれてるダルシネアさんの直感も、たぶんそうなんだろうなと。それで気になって、このツイートの当日かその前日くらいに発売された雑誌を当たってみたわけ」

「えっ、誰かのインタビューが載ってる雑誌なんていくらでもあるだろ？　それが特定できたってこと？」

「雑誌や新聞のインタビューって、発売されてからウェブに転載されることも多いでしょ。だから紙版の発売日だけ調べて、ウェブ版が読めるようならっていうくらいのつもりだったの。ダルシネアさん、じゃなくて、サユリさんのツイートをじっくり読んでみると、具体的なことは一切書いてないんだけど、何かのイベントを手掛けてるみたいなの。でもイベント企画会社じゃないみたいだし、じゃあ間に入る代理店かもしれないと思って。だったら、ありそうなのは経済誌かなあって。そのイベントジャンルの専門誌とか、普通の一般誌ならお手上げだけど、もろに該当する雑誌があったの。『月刊アジア経済』って雑誌」

有紀はスマホを操作し、あるページを開いている。

「これなんだけど……」

なぜかためらいつつ画面を見せてくれた。月刊アジア経済のウェブ版だ。

それを一目見た瞬間、翔太は有紀が躊躇した理由を悟った。

そこに大きく掲載されていた写真。

海斗であった。

見出しは「新都市博をコーディネートするアドルーラー期待の若手」。

驚きのあまり、肝心の記事がどうしても読めない。七年ぶりに見る海斗の写真から視線を逸らすことができなかった。

有紀は「やっぱりね」と小声で呟き、

「顔は知らなかったけど、『辻井海斗』っていう名前を見て、もしかしたらって思ったの」

妻となった有紀と、カタラ時代の話をすることはほとんどない。カタラの件は取りも直さず夫婦の傷でもあるからだ。しかし友であり相棒であった海斗については話したことが何度かある。自分が友の罪について口を割らなかったことも。

「ねえ、大丈夫？」

黙り込んだ翔太を案ずるように、有紀が声をかけてくる。

「ああ……」

否定とも肯定ともつかぬ呻きしか出てこない。

「見せない方がよかったかな……」

「いや、そんなことはない」

翔太は慌てて否定する。

「あいつが今どうしているか、ずっと気にかかってた……アドルーラーみたいな、俺でも知ってるような会社に就職してて……でも、まさかあいつがダルシネアさんをここまで追いつめてるなんて……」

「どうしよう、このままじゃダルシネアさん、メンタルやられちゃうよ……かと言って、翔太君に相談したら、昔のこと思い出すんじゃないかって……それで今日はずっと悩んでて……」

有紀は近くにあったティッシュを取って目頭を押さえている。彼女自身が、最近は情緒不安定になっているのだ。

翔太は手を回して有紀の体を抱き抱えた。

「ありがとう、心配してくれて。でも、教えてくれて本当によかった。海斗のことも分かったし、ダルシネアさんのことも……」

「あたし達にできること、あるかな？」

「海斗は俺の友達だ。直接話してみようか」

「ダメよっ」

有紀が悲鳴のような声を上げた。

「翔太が出ていったら、アドルーラーに訴えられるだけよ。元ヤクザが恐喝に来たって」

彼女の危惧は当然と言えた。アドルーラーは今も光来印刷での仕事を続けているが、平穏な日々では決してなかった。暴力団離脱者支援の協力企業だけあって、上司に当たる近藤や主だった同僚達は何かと気を遣ってくれている。しかし中にはそうした会社の方針を快く思っていない者も少なくない。取引先の印象を気にする役員や、元暴力団員への偏見に満ちた社員達だ。またこうして所帯を持ってみると、社会生活を送っていく上で不当な扱いを受けることは多かった。

妻は以前ケーキ屋で働いていたが、ある日突然解雇された。誰かが夫である自分のことを告げ口したのだ。

そうした困難はあらかじめ覚悟していたにもかかわらず、予想をはるかに上回る不条理な苦難の連続だった。自分達夫婦は、今日までそうした差別に耐えて生きてきた。

「心配ないって。海斗は俺の相棒だったんだ。これ以上やったら、自分の過去をばらすようなもんじゃないか」

「アドルーラーって、そんな甘いところじゃないと思う。会社を守るのが第一だって聞いたことあるわ。辻井って人、結局捕まらなかったんでしょう？」

「ああ、俺と違って運がよかったんだな」

「運だけじゃないわ。きっとうまく立ち回ったのよ。あたし達はそれで和解するしかなかったから。あいつら、他人の痛みなんて理解できるような人間じゃないから」

有紀もまた自らの過去を思い出し、傷口から生々しい血を流しているのだ。

「でも、海斗は……」

「カタラにいながら、それを隠して平然と就職した男よ。しかもアドルーラーに。大勢の女の子をどん底に突き落としといて、インタビューで『未来に夢を持てる社会を作る』とか、そんなことを平気で口にできる人よ」

「それは俺もおんなじだよ」

「分かってる。分かってるから悔しいのよ！」

　小さな拳で有紀は翔太の胸を叩いた。

「アドルーラーに行っちゃ絶対ダメ。あたし達とは世界が違う。人間が違う。辻井に会ったら、翔太君、絶対に潰される」

「分かった。アドルーラーには行かない」

「約束して」

「ああ、約束する」

　震える有紀を、翔太は一層強く抱き締める。

「だけど、そうなるとダルシネアさんはどうすればいい？　有紀ちゃんが心配する通り、このまま放っといたらダルシネアさんは――」

「分からない……だから翔太君に相談したんだけど……」

「考えていても仕方ない。今夜はもう休もう」

　今は有紀を落ち着かせることが最優先だった。

「俺も疲れた。一晩寝れば、何かいい考えが浮かぶかもしれないし」

「そうね……」

力なく有紀が同意する。それから思い出したように、

「翔太、晩ご飯は」

「工場近くの店で済ませてきた。おでんの定食」

翔太の勤務時間が不規則なため、週の半分は夕食を別々に取らざるを得なかった。

2Kの狭いアパートだが風呂はついている。工場でもシャワーを使ってきたが、翔太は仕事の汗を改めて流し、湯船に浸かって黙然と考える。

このアパートも、有紀の名義で借りたものだ。自分が元暴力団員であると大家に知られたら、いつ退去を求められてもおかしくはない。

もっと心配なことがある。

有紀は妊娠しているのだ。

そろそろ腹が目立ち始めており、歯科助手の仕事もいずれ産休を取らねばと話していた矢先であった。歯科助手は比較的勤務時間の自由が利く仕事である。幸い勤め先のオーナー医師も理解を示してくれており、出産後に復帰すればいいと言ってくれている。

今の仕事にやりがいを見出していた有紀は、将来的に歯科衛生士を目指そうと、国家資格を取得するための勉強を始めたところでもあった。

それだけに、有紀は今の生活をなんとしても守りたいのだ。その思いは自分とて同じである。生まれてくる子供のためにも、何があろうと耐え忍ぶ。それしかなかった。

海斗――おまえはどうして――

思わぬ形で今の姿を知ることとなったかつての友について、翔太は思いを巡らせる。空回りする

ばかりでなんの意味もない無駄な思考だ。

風呂から出て安物のスウェットに着替える。手足がいちいち壁にぶつかり、そのつどぽこんと虚ろな音を立てた。自分達の境遇で、脱衣場の狭さは不平をこぼすにも当たらない。

洗濯機の上にカバーのない文庫本が置かれていた。有紀の読みかけの本だ。表紙が下になっているので書名までは分からない。

人を救えないなら、なんのための文学なんだ——

本に対し、そんな腹立たしさを抱いてしまう自分自身が情けない。

有紀はすでに布団の中で小さな寝息を立てていた。妊娠してから疲れやすくなったと言っていた。

有紀を起こさぬよう、翔太は静かに布団に入る。そして不安に怯えながら目を閉じた。

何もかも俺のせいなんだ——

海斗の現在も、弟の死も。

6

新婚旅行より帰った翌日から海斗は仕事に復帰した。妻となった彩音は新居であるタワーマンションを自分好みに飾りたいらしく、海斗の不在を歓迎しているようだった。また友人や親類に土産物を渡すのに忙しいとも言っていた。どちらにしても束縛されないのは好都合だ。

上司や部下達に挨拶し、溜まっていた書類に目を通す。今は海外の旅行先からでも仕事ができるため、思ったほどの影響はなかった。

その晩は若手タレントの春日部《かすかべ》祐輔《ゆうすけ》の接待だった。帰国の翌日から飲み歩くのはきつかったが、大作映画や連続ドラマに立て続けに主演し大ヒットを飛ばしている春日部は、若年層を惹きつけるためには欠かせない人物である。本人もそれを自覚していて、事あるごとに銀座や六本木のクラブから海斗を呼び出し、酒に付き合わせては支払いをアドルーラーに押し付ける。春日部一人ならまだいいが、取り巻きの下っ端俳優達の分まで払わせられるのはさすがに釈然としない。本来ならアドルーラーより弱い立場の芸能事務所が払うところだが、春日部の所属するバーストプロモーションは、他にも女優の増村《ますむら》清花《さやか》をはじめとする有力な若手を多く抱えていて、ここぞとばかりにたかりにかかってくる。表面的にはこれまで通りアドルーラーを持ち上げているが、その目の奥に鬱積した憤懣を晴らそうとでもしているかのような嘲りの色があった。

「ねえ海斗クン、昨日新婚旅行から帰ったばっかりなのにもう出社してるんだって？」

六本木の会員制クラブ『ストロベリーナ』で、いつものように泥酔した春日部が海斗の肩に手を回してきた。よく言えば親しげに。悪く言えば馴れ馴れしく。

「そうなんだよ。こう見えても僕、会社員なんで」

ともに友人同士のような口調で話す。そのような関係を築くのが海斗の仕事だからだ。だが友人では決してない。あるのは互いに相手を利用しようとする野心だけだ。

「どうかしてるな、アドルーマンは。新婚の奥さんほっといて仕事かよ」

「まあね。でも天下の春日部祐輔から呼ばれたら何があっても行くでしょフツー」

「またまたー、アドルーマンは口がうまいからなあ。ホントはメンドクセーとか思ってんじゃね？」

「そんなことねーって。こうして祐輔と飲めるなんて、それこそオレらの特権よ」

「ホン[illegible]ホントにそう思ってる？」

「ああ、もちろん」

「だったら友情の証しとしてこれ飲んでくれよ」

春日部はアルコール度数の高いウォッカの瓶をつかみ上げ、海斗の前に荒々しく置いた。

「あ、待って、今グラス用意しますから」

席にいたホステスが腰を浮かしかけたが、

「そんなもん要らねえよ」

吠えるように春日部が制止する。その目は完全に据わっていた。この店に入る前、彼はすでに三軒ハシゴしたと聞いている。一般には爽やかな好青年のイメージで知られているが、酒癖と女癖は極めつけに悪い。

「アドルーラーって体育会系なんだろ？　だったら一気飲みくらいフツーじゃん」

「それは……」

海斗は返答に窮した。さすがにウォッカの一気飲みは危険すぎる。

「もう、祐輔クンたら、今日はみんなにムチャぶりばっかなんだから」

ホステスがわざとらしく笑いながらボトルを取り上げようとする。

「おめえは引っ込んでろっ」

彼女を突き飛ばした春日部が海斗に迫る。

「どうなんだよ、海斗。おまえさあ、日頃はチョーシいいことばっか言ってっけど、実際は俺のこと、見下してんじゃねえの？　違うってんなら、これ飲んでみろよ」

店内の誰もが黙り込んでこちらを見つめている。多くは無責任な視線だが、春日部の取り巻き達のそれには殺気さえ感じられた。芸能界ではエキストラ同然の彼らに人権はない。それだけに、局や代理店といった〈雲上人〉に対する怨嗟が蓄積しているのだろう。

　やむを得ない――

　海斗がボトルに手を伸ばそうとしたとき、誰かが横からそれをつかみ上げた。

「アドルーラーが体育会系なら、上司のためには部下が命を捨てる。当然ですよね。いいでしょう、アドルーラー魂、私が見せて差し上げましょう」

　奈良岡であった。

　春日部に反論の隙を与えず、彼は周囲を陽気なパフォーマンスで盛り上げる。

「さあ、皆さん、よーくご覧下さいね。アドルーマンのウォッカ一気飲み、さあ、いきますよ、そおーれっ」

　ボトルに口を付けた奈良岡を、他の面々が「イッキ、イッキ」と手を打ってはやし立てる。およそ高級クラブではあり得ない、学生街の居酒屋のような光景であった。それも一昔前の。

　周囲の空気に呑まれ、当の春日部までが「イッキ、イッキ」と手を打っている。

　奈良岡がボトルを飲み干したとき、店内の全員が歓声を上げた。

「スゲーなオイ」「アドルーマンはマジモンだよ」「並のリーマンにできるこっちゃねえよ」「根性が違うね」

　そんな声があちこちから漏れ聞こえた。

　空のボトルを手にしたまま周囲にVサインを示した奈良岡は、しかしその場に崩れ落ちた。海斗と春日部が同時に彼を抱き留める。

「いやあ、アドルーマン、マジでスゲーわ」

自分が原因であることを忘れ果てたかのように、興奮しながら春日部がはしゃいでいる。

その無責任さに怒りが湧いたが、ともかくも奈良岡のおかげでその場は切り抜けられた。

春日部が強要したウォッカをはじめとするストロベリーナの請求書は、当然の如くシティ・フェス推進準備室へと回された。


オフィスで日々刻々と溜まっていく書類に目を通していたとき、スマホに着信があった。

G大イベントサークルの佃からだった。

彼らは海斗の指示通り〈スペシャルイベント〉を運営し、若手タレントや有名文化人に女をあてがっていた。成果は順調に上がっている。春日部もリピーターの一人で、恥知らずにも「前の子はもう飽きたから新しい子がいいな」と要求してくるほどである。

「はい辻井です。やあ、いつもよくやってくれてるね」

気軽な調子で応答すると、予期に反して佃は暗い声で切り出した。

〈あの、辻井さん、申しわけありませんが、どっかでお時間頂けませんか。お目にかかってご相談したいことがあるんです〉

「え、なに？　どうしたの」

〈電話ではちょっと……〉

「急ぎ？」

〈はい、できれば〉

手早く予定を確認する。トラブルの萌芽なら早めに摘み取っておくに越したことはない。

「今日の夕方なら時間を取れる。ただし一時間だけだ。それでいいね」

〈もちろんです。ありがとうございます〉

時間と場所を告げて通話を切る。

学生などに任せたのはまずかったか——それにしても何が——

処理済みの書類を片づけていると、岩谷の怒鳴り声が聞こえてきた。

「なんだ、おまえ、すっぴんで会社来てるのか。会社は学校じゃないんだぞ」

「あの、これ、ナチュラルメイクで……」

見ると叱られているのは遠野であった。この推進準備室では、もはや日常と言ってもいい光景だ。

「言いわけはやめろ。おまえはそれでも女か。いくらパソコンが相手でも、アドルーラーの社員ならいつ誰に見られてもいいように精魂込めてメイクしろっ。女のくせに、クライアントに見苦しい顔を見られたらどうするつもりだっ」

岩谷は本当によくやってくれている。一から十まで正論だ。少し救われた気分で海斗は新しい書類を手許へ引き寄せた。


午後四時、京橋にあるカフェレストランで佃、中本の二人と会う。

「申しわけありません、鉢上がやらかしました」

灰のような顔色で告げる佃に、

「やらかしたって、何を?」

「スペシャルイベントに参加していた女の子に手を出してしまったんです」

鉢上の風貌を思い出す。確かに軽薄そうな男だった。

「しょうがないなあ。でも、それだと自由恋愛ってことで、僕らは関知しないとも言える。ま、鉢上君には今後イベントの運営から外れてもらうしかないけどね」

「違うんです。あいつ、春日部祐輔にプライベートで会わせてやるってファンの女の子を誘い出し、無理やりヤっちゃったんです」

「なんだって」

佃はおしぼりで顔中の汗を拭い、

「それだけじゃないんです。その女の子……円山《まるやま》芽依《めい》って名前なんですけど、友達に打ち明けてて、その子が僕らのところに抗議に来て初めて知ったというわけなんです」

「まさか、すでにＳＮＳで拡散してるってことはないよな」

「それはありません。僕らもまずそれを確かめました。本人が訴えようかどうしようか、迷ってるところだそうですので」

今の日本で性被害を訴えた場合、二次被害は避けられない。カタラの時代と少しも変わっていないのだ。あの頃と多少違うのは、ＳＮＳのメリットとデメリットを若い世代ほど理解しているということだ。ことに訴訟を考えている場合、安易にＳＮＳに書き込むと裁判で不利に働くケースが知られている。

「鉢上本人はどうしてる」

「大学には顔を出していません。実家に引きこもっているようですが、新宿や池袋で遊んでたって話もあります。あ、サークルからはすでに除名しました」

「除名程度で済む話じゃないだろう。なんてことをしてくれたんだ」

声を荒らげると、佃と中本が俯いて黙り込んだ。

困ったことになった——

被害者の女の子が訴えたら、Ｇ大のサークル関係者からその背後にいる自分の存在が明るみに出る可能性がある。そうなればマスコミによって芸能人接待システムの全貌があっという間に書き立てられるだろう。

「とにかく鉢上には全面的に謝罪させて和解させるんだ」

「それが、和解どころか謝罪する気もないと言っていて……僕らも必死に説得したんですが、鉢上はもともと円山さんに惚れていて、彼女が春日部祐輔に夢中なものだから、段々嫉妬心がエスカレートしていったようなんです。それで自棄《やけ》になってて、悪いのはアドルーラーだから慰謝料もアドルーラーが払えと」

「鉢上の気持ちも分からないでもないんです」

それまで黙っていた中本が、声を絞り出すようにして言った。

「かわいい女の子が次々と芸能人にヤリ捨てられて……それを目の前でずっと見ている僕らには、精神的に相当つらいものがあって……鉢上もそれで追いつめられたんじゃないかと……」

「おいおい、甘えるんじゃないよ」

こんな場所で怒鳴りつけるわけにはいかない。懸命に自制して声を押し殺す。

「それくらい、最初から分かっていたことじゃないか。君達は何もかも理解した上で主体的判断によりイベントを運営した。手を下したのは君達自身だ。アドルーラーへの就職と引き換えにだ。コネも何もない君達がアドルーラーへ確実に入社する最善策だと判断したからだ。芸能人に群がる女など、なんの価値もないただの餌だ。違うか」

中本は再び黙り込み、佃が今にも消え入りそうな声で言う。

「その通りです……だけど、もう僕達の手には負えません」

「それで僕になんとかしてもらおうってわけかい」

呆れ返ってものも言えないとはこのことだった。

自分達でなんとかしろ、と言ってやりたいところだったが、彼らに処理を任せたら事態を悪化させるだけだろう。そんな局面はとっくに過ぎている。

「分かった。こっちでなんとかしよう。君達は何か理由をつけてサークルを解散し、すべての証拠を隠滅するんだ。特にＳＮＳは徹底的に消せ。個人ではネット上の痕跡を完全に消すことはできないが、それは仕方がない。とにかく秘密裏にすばやくやるんだ。誰にも不審を抱かれないように注意しろ。その上で被害者とその友達のフォローを忘れるな。毎日連絡して誠意のあるようなふりをしろ」

「ふり、ですか」

「そうだ。誠意自体に意味なんてない。大事なのは〈誠意を見せていた〉という事実の形成だ。万が一にも訴えられたらおしまいだからな。将来を考えて、親にも言わないよう口止めするんだ。それが絶対に賢明だと」

誰にも言わないのが絶対に賢明。それだけは海斗自身も心から信じる事実であった。

「分かりました」

「じゃあ、僕はもう行かなきゃならないから」

伝票をつかんで立ち上がったとき、佃が引き留めるように、

「あの、辻井さん」

「まだ何かあるのか」

「就職の……人事に話してくれるって件ですけど……」

卑しい笑みを浮かべてこちらを見上げる佃の顔に、唾を吐きかけてやりたくなった。

海斗は何も答えずレジへと向かった。


二日後の夜には協賛企業の接待が入っていた。

場所は赤坂のクラブ。よりにもよって女好きの役員が揃った企業で、役員達は全員大はしゃぎだった。

本来なら海斗が先頭に立って場を盛り上げねばならないところであったが、一昨日に佃達から聞いたばかりの話が気になって、とてもそれどころではなかった。あの日以来、ずっと対処方法を模索しているのだが、未だ有効な手段を見出せずにいる。一つ間違えば自分の破滅に直結しかねない。禍根を残さぬよう完璧に処理する必要があった。

幸い、こちらの様子を察した奈良岡が気を利かせて接待を主導してくれている。岩谷と言い奈良岡と言い、彼らには本当に助けられてばかりだ。心の中で感謝する。

それにしても――

グラスを手に考え込む。あいつらがこれほど脆《もろ》いとは思わなかった。

やはり〈向上心〉のない奴は駄目だ。〈努力〉せず虫のいいことだけを考えたがる。

思えばカタラには優れた人材が揃っていた。佃達にそれを求めた自分に人を見る目がなかったということだ。

ともかく、一刻も早く手を打たねばならない。

だが、どうやって――

「おい、海斗じゃないか」

ごく普通に呼びかけられ、なにげなく視線を向ける。海斗は声を失った。

「どうした？　オレを忘れちゃったの？」

忘れるはずなどない。

白いスーツに身を包んで立っていたのは——

「城有さん！」

思わず声を上げていた。

あれから何年になるだろうか。目の前に立つ城有は、当時とまったく変わらなかった。ごく短く刈った髪も、アジア人とは思えぬほど白い肌も、濡れ光る朱い唇も、海斗の記憶のままだった。

「いやあ、奇遇だねえ。よかったらあっちで話さない？　積もる話もあるからさ」

海斗は接待相手の方を横目で見る。奈良岡がホステス達と一緒になって座を盛り上げている真っ最中だった。相手方の役員達は誰もこちらを見ていない。

「もしかしてキミ、仕事中？　悪かったね、だったら——」

「いえ、大丈夫です」

近くに座っていた部下の一人に「すぐに戻るから」と言い残し、立ち上がって城有の席に移った。

店で最も大きなボックス席は海斗達が独占している。城有の席は、奥まった目立たぬテーブルだった。しかし店でもトップクラスの女達が三人ついていた。

「こいつはね、オレの特別なツレ。大事な話があっから、みんなちょっと外してくんない？　酒は自分達で注ぐからさ」

城有はなぜか女達を最初から遠ざけた。

「ネットで見たよ。キミ、アドルーラーで大活躍してるそうじゃない」

海斗の前に新しいグラスを置き、城有はウイスキーを注いだ。

「いえ、そんな……城有さんこそ全然お変わりなくお元気そうで」

「まあ、いろいろあった分だけ、人生が広がったってとこかな」

言動まで以前と変わらない。その点は見習うべきだと素直に思った。

「じゃあ、俺達の再会を祝して」

城有が自分のグラスを取り上げる。軽くグラスを触れ合わせ、一口呷ってからそれとなく問う。

「城有さんはどうしてここに」

「オレだって赤坂で飲むこともあるさ」

「いえ、そんな意味じゃなく……」

城有はにたりと笑って唇を舐める。

「分かってるって。ちょっとからかっただけだよ。この店はね、オレのツレがやってんの。だからオレもときどき顔を出すようにしてるんだ」

「本当ですか」

「ああ。それだけじゃないぜ。六本木のストロベリーナも、銀座の沙羅《さら》双樹《そうじゅ》もそう。オレの息が掛かってんの」

「えっ」

まじまじと相手を見る。どちらも比較的新しい店だが、海斗だけでなくアドルーラー関係者がよく使っている。

こちらが驚いているところを見すましたように、城有はそのぬめるような白い顔を寄せてきた。

「実はね、ここで会ったのは偶然じゃないんだ。オレさ、おまえが来るのを待ってたの。今夜予約が入ってるって、店からの情報で知ってたから」

蛇に呑まれたが如く、海斗はもう声もなく城有の話を聞くばかりとなっていた。

「ストロベリーナじゃ、春日部祐輔に絡まれて大変だったらしいね。アイツ、酔うと手に負えないからさ。そのうち痛い目見るんじゃない？」

そんなことまで把握されているのか。

「本題はこれからだ。キミさあ、今すっごく困ってること、あるんじゃない？」

まさか——

酔いが醒めるどころか、体中のアルコールが瞬時に蒸発したようだった。

「G大のサークルだよ。タレントを手なずけるのに学生を利用するところまではよかったが、詰めが甘かったね。大体、できる人間てのは自分を基準に考えちゃうもんだから、母校の後輩ってことで学生を信頼しすぎたんじゃないかなあ」

城有は目を細めて嗤っているようにさえ見えた。

そこまで聞けば、相手の言わんとしていることくらい察しがつく。海斗は瞬時に覚悟を決めた。

「なんのことかよく分かりませんが、要するに城有さんは、僕の困り事を解決してくれるとおっしゃっているわけですね」

城有は「へえ」と目を見開いて、

「さすがアドルーラーの室長補佐さんだ。昔よりキレるようになったじゃないの。肚も据わってるみたいだし」

「僕、〈努力〉と〈学び〉は忘れてませんから」

「上出来だよ」

満足そうに呟き、城有は自分のグラスにウイスキーを注ぐ。

「具体的にお願いします。具体的な方法と、その見返りです」

「いいねえ、話が早くて。それってアドルーラー流？」

「ご想像にお任せします」

「ますますイイよ、海斗クン」

「恐縮です」

「まず具体的な方法だけど、キミは知らない方がいいと思う」

「分かりました。僕は知りません」

「次に見返りね。はっきり言って、新都市博は近来にないビジネスチャンスだと思うんだ」

なるほど、そういうことか――

労基法違反で逮捕されながら執行猶予となった城有は、いつの間にか夜の世界で実業家として復活を遂げていた。それだけでは飽き足らず、新都市博の利権に食い込もうという野心を抱き、虎視眈々と情報網を張り巡らせていたのだ。そこに鉢上の暴行事件が引っ掛かってきたというわけだ。

城有は黒い金属製の名刺ホルダーを取り出して、中の一枚をテーブルの上に滑らせる。

「これ、オレの連絡先。今さ、『ロヴィーナ企画』って会社やってんの」

手に取ってみると、社名の横に［代表取締役］の肩書が記されている。

「バーやクラブのチェーンもそうだし、不動産開発もやってる」

「昔おっしゃってたスマトラ島のリゾート開発ですか」

「ヤなこと覚えてるな。皮肉かよ、それ」

城有は大仰に顔をしかめ、

「アドルーラーに入ってキミも偉くなったもんだねえ」

それこそあからさまな皮肉であった。

「いえ、そんなつもりは……あの話がとても魅力的だったもので、それで印象に残ってるんですよ」

慌てて言い繕うが、城有の変わらぬ鋭さには舌を巻く。

「あれは先方の規制が入ってパアになったよ。政権が変わればそれまで注ぎ込んだ投資が一挙に吹っ飛ぶ。いいかげんな途上国にはよくある話さ」

「そうですね。ウチの海外支社もときどきそういうのに引っ掛かってますよ」

適当に相槌を打つ。この話題は深く掘り下げない方がいいと判断した。

「とにかくさ、ロヴィーナ企画はまだまだこれからの新しい会社だけど、いろんな業種に対応できる懐の広さっつーか、キャパはバッチリなの。だからキミの役にも立てるんじゃないかと思うわけ」

つまりはどんな仕事でもいいから回してほしいという意味だ。

「しかしキミも大変だねえ。チンピラ芸能人の面倒だけじゃなく、後輩の尻拭いまでしなくちゃならないんだから。心底同情するよ。だけどねえ、これはアレだよ、ほっとくと取り返しのつかない事態に発展するよ。そんなことになったら、キミの積み上げてきた〈努力〉も台無しじゃないか。そんなの、オレだって耐えられないよ」

すぐに察する。これは脅しだ。自分を新都市博のプロジェクトに嚙ませなければ、G大サークルの不祥事を明るみに出すと脅迫しているのだ。

薄ら笑いがへばり着いたような城有の顔をじっと見つめ、海斗はにこやかに頷いた。

「分かりました。なんとかできると思います」

「それでこそ海斗クンだ。今後は頻繁に連絡を取り合って、お互いのために助け合おうよ」

「ええ、お互いのために」

そこへ奈良岡が演技の入った千鳥足で呼びに来た。

「辻井補佐、何してんすか、こんなとこで。田崎《たざき》常務が辻井君はどこ行ったってお待ちですよ」

「ああ、申しわけない、すぐに行きます」

そう答えてから城有を振り返り、

「すみません、今日はこれで」

「ああ、いいよ。あっちはちゃんとやっとくから安心しろ」

「ありがとうございます」

「じゃ待ってるから、連絡」

奈良岡と一緒に自分達の席へ戻る。奈良岡は不審そうな目で城有を見ていたが、誰であるかは訊かなかった。そういうところにも奈良岡の有能さが現われている。もしかしたら城有の放つ独特の空気から、その正体を悟ったのかもしれなかった。

「どこ行ってたの、辻井君。今ね、弊社のとっておきの秘密をみんなに打ち明けてたところなのに」

赤い顔をした田崎常務が、隣に座ったホステスの太腿を撫で回しながら言う。

「いやあ、これはどうも失礼しました。知り合いに遇《あ》ったものですから、ちょっと挨拶してまして」

如才なく言いわけをして席に着く。ホステスがすかさず新しいグラスを置いた。

笑顔を浮かべて話に加わり、さりげなく背後を窺うと、城有はすでに姿を消していた。

　数日後の日曜、城有からスマホに連絡があった。自分の番号を教えた記憶はなかったが、海斗は特に驚かなかった。城有ならそれくらい簡単に手に入れられるだろう。最も重要な通信専用の番号さえ漏洩していなければ問題はない。

〈鉢上クンの件さあ、あれもう片づいたから〉

　自宅マンションのリビングにいた海斗は、スマホを耳に当てたまま慌ててサンルーム兼用のテラスに出た。

「片づいたって、どういうことですか」

〈どうって、言葉の通りだよ〉

「具体的にお願いします」

〈あれ、キミ、具体的には聞かないって言ってなかったっけ〉

「結果を明確に把握したいだけです」

〈そっか。結果だけを言うとね、鉢上は芽依って女の子に慰謝料を払う。芽依ちゃんが納得するだけの金額だ。それで芽依ちゃんはすべて忘れる。二度と蒸し返したりしない。もちろん被害届を出したりもしない。何もかも昔と同じさ〉

　城有の言う〈昔〉とは、カタラグループ当時のことに他ならない。

「円山芽依には事情を知る友達がいたはずです。彼女の方はどうなんです？」

〈さすが辻井補佐、抜かりがないねえ〉

　城有は愉快そうに笑ってから、

〈その子はねえ、今新宿のホストにハマってて、友達の心配なんてしてる場合じゃないってさ。なんでもえらい借金抱えて大変みたい。近々風俗デビューするって聞いたよ〉

「なるほど、分かりました」

すべて分かった。いや、最初から分かっていたことだった。

城有は半グレだ。白でもなければ黒でもない。グレーゾーンに身を置く人間だ。手下を使って芽依とその友達を嵌めたのだ。

もともと芸能人の追っかけだった愚かな女達だ。百戦錬磨のプロのホストにかかれば手もなく騙されるだろう。おそらくは芽依達に同情するふりをして接近したに違いない。カタラ時代のあれこれを思い出す。単なる傲りや自信過剰などではなく、あの頃の自分でもそれくらいは簡単にやれたと思う。

鉢上の方も同様だ。繁華街で遊び回っていると聞いていたから、ぼったくりバーにでも連れ込まれたか、美人局にでも引っ掛かったか。相手が未成年であったとしたら、鉢上はどんな大金を吹っ掛けられたとしても払うしかない。金で済むのならと、鉢上の親も喜んで支払ったはずだ。

「間違いないとは思いますが、城有さん、その手法は——」

〈だから心配すんなって。オレもそこら辺は心得てる。昔みたいにパクられないよう、システムの構築に磨きを掛けた。顧問弁護士も太鼓判を押してくれてるよ〉

「だったら安心ですが」

〈でさあ、そっちの方はどうなってんの〉

城有が抜け目なく訊いてくる。

「そちらこそご心配なく」

自ずとこぼれる笑みを抑えながら応じる。

「新都市博ではさまざまなパンフレットが作成されます。その仕事をロヴィーナ企画さんにお願いします」

〈待てよ。新都市博のパンフは大手が独占してるんじゃないの〉

「公式パンフはもちろんそうですが、それ以外に協賛企業の作成するパンフが山のようにあるんです。アンケート用紙やハガキ類だってある。公式パンフも最終的に印刷するのは当然印刷会社ですが、間にいくつもの企業が入ってます。三次受け、四次受けというやつですね」

〈ははあ、ウチをそこに押し込んでくれるってワケか〉

「はい。御社がいくら抜こうと、私どもの知ったことではありませんので」

〈いい、そいつはいいね海斗クン。気に入ったよ〉

「ご満足頂けたようで何よりです」

〈立派に成長したねえ、いやマジで〉

「自分の成長はすべて城有さんのおかげです」

〈いやいやー、マニュアルに本気で取り組んだ君自身の努力だよ。じゃ、また連絡するから〉

城有は早口でそう言い残し、唐突に通話を切った。

気持ちよく晴れた日であった。大きく伸びをしてリビングに戻ると、彩音が恨みがましい顔を作って口を尖らせる。

「テラスでこっそり電話なんて、新婚早々浮気でもするつもり?」

「当たり前だろ。浮気相手は汎日本印刷のステキな部長さんだ。痺れるようなテノールでね、公式パンフの見積もりを送ったから来週中に検討しろ、一日でも遅れたら開会式に間に合わんから覚悟

しろと脅された

「もう、あなたったら、せっかく日曜に休みが取れたってのにお仕事ばっかり」

芝居がかった仕草で抱きついてくる。

「ごめんごめん。これも新都市博が終わるまでの辛抱だ。そしたら今度こそヨーロッパに行こう」

「本当ね？　約束よ」

「ああ、もちろんさ」

もちろんヨーロッパに行くつもりなどない。新都市博が終われば次は改憲だ。それが終わればまた次のイベントの仕込みが始まる。

アドルーマンの仕事に終わりなどないのだ。

7

早く運転手付きの車で送迎される身分になりたいものだ――

早朝の通勤電車に揺られながら、海斗は心にそう呟く。

連日の激務に深夜を過ぎたタクシーでの帰宅。熟睡する妻を横目にわずかな仮眠をとってすぐにまた推進準備室へ向かう。タクシー代は経費で落ちるが、それでも社用車で毎日悠々と出社する重役達がうらやましかった。

吊革にぶら下がり、片手でスマホを操作する。わずかな時間も無駄にはできない。通勤中に最新のニュースをチェックするのが海斗の習慣となっていた。

いつものようにニュースサイトを高速でスクロールしていると、どこかで見たような顔が一瞬目に入り、冒頭に戻って読んだ。

［人気ユーチューバー　覚醒剤で逮捕］

ヘッドラインにはそう記されていた。写真のキャプションによると、逮捕された男の名は堤大地。本文を読む。

［警視庁渋谷署は渋谷区道玄坂の路上で不審な行動を繰り返していた男性に任意で職務質問したところ覚醒剤十グラムを所持しており、尿検査も陽性であったため覚醒剤取締法違反の容疑で現行犯逮捕した。男性は渋谷区神泉町のマンションに住む堤大地容疑者（27）で、堤容疑者は若い女性を騙して風俗店勤務を強要する事件を起こしたカタラグループの一員として二〇一六年に逮捕されたが不起訴となり、その後ユーチューバーに転身。自身の経験を題材にして『ナンパ指南師』を自称し若者に人気を博していた。渋谷署では堤容疑者が覚醒剤を常用していたものと見て捜査を進める方針］

そうか、あいつか——

思い出した。確か翔太の後輩だった男だ。翔太は嫌っていたようだが、それも頷ける卑しい顔つき。所詮底辺は底辺でしかない。〈努力〉もせず〈学び〉もせず、いつまでも己の愚かさに気づかず社会の最下層をさまよい続ける。

駅に着いた。海斗はスマホをしまい改札に向かう。たった今読んだばかりのどうでもいいニュースは、すでに頭の中から削除されていた。

推進準備室のフロアに入り自席に着く。女性職員が運んできたコーヒーを飲みながらなにげなくフロアを見回すと、遠野がだらしなく机に突っ伏しているのが目に入った。

またか――

視線を岩谷の席に向けると、いち早くこちらの気配に気づいた岩谷が顔を上げる。次に彼は遠野の席に目を遣って舌打ちし、心得たと言わんばかりに立ち上がった。

「起きろ、このバカ」

岩谷の一喝に遠野が弾かれたように飛び起きる。

「出社早々居眠りとは、いい度胸してるじゃないか」

「すみません、昨夜もずっと残業で……なんとか出勤したんですけど、机に向かった途端、気分が悪くなって……」

ぼさぼさの髪をした遠野がしどろもどろになって弁解する。

「残業なんてみんなやってると何回言えば分かるんだ。それになんだ、その恰好は。君は本当に若い女か。それとも掃除のおばちゃんか」

俯いた遠野は、涙ぐんでいるようだった。

「泣けば許されるとでも思っているのか。これだから女は得だよな。俺達が会社で居眠りなんてしようものなら、先輩に蹴り飛ばされるだけじゃ済まなかったぞ」

「すみません……すみません……」

今や遠野は本当に涙を流している。

「その辺でいいでしょう、岩谷さん」

「もう、補佐は女の涙に弱いんですから」

苦笑しながら振り返った岩谷に、

「当たり前でしょう、僕はいつだってフェミニストですから」

軽く返してから遠野の方を見て、

「遠野さん、岩谷さんが叱ってくれるのも後輩を思えばこそなんですよ」

「はい、よく分かってます」

遠野が弱々しく肯定する。

「実際、君の作業効率は落ちる一方じゃないですか。先日も協賛企業から嫌みを言われましたよ。新都市博とのタイアップキャンペーン、現時点でターゲット層への浸透率が当初の目標の六十パーセントにも達していない。安くない金を出してる企業様の立場からすると、これじゃ協賛してる意味がないと文句の一つも言いたくなる。分かりますよね」

「申しわけありません」

「あなたは他のがんばってる仲間の足を引っ張ってるんですよ。みんな優しいから口には出しませんけど、いつまでも周囲の厚意に甘えてばかりってのも、社会人としてどうかと思いますねえ」

他の職員達を見回すと、一様に笑みを浮かべていた。心の中で快哉を叫んででもいるのだろう。

「本当にすみませんでした」

「何を言ってるんです。今の話、聞いてましたか。謝るのは僕に対してじゃないでしょう」

遠野は周囲に対して何度も頭を下げる。

「皆さん、申しわけありませんでした。これからは気を引き締めてがんばります。本当に申しわけありません」

出社早々これだと今日一日の先が思いやられる。急速に冷めつつあったコーヒーを啜っていたときだった。

盾原が専用オフィスから顔を出した。

「辻井補佐、ちょっと来て下さい」

「は、ただ今」

すぐに立ち上がって盾原のオフィスに入り、ドアを閉める。

「君から回ってきたロヴィーナ企画の件だが、どうも素性が怪しいようだな」

そのことか――

「はい。なにしろグレーゾーンの会社ですからね」

書類の束を繰っていた盾原が顔を上げる。

「半グレか」

「はい」

「どういうことだ」

「芸能人接待に絡むトラブルがありまして。うまく始末してくれました」

「その見返りにしては優遇しすぎとも思えるが」

「この種のトラブルは今後も予想できますので」

「使えるのか」

「かなり」

考え込んだ盾原が、ややあってから口を開いた。

「分かった。ただし君の管轄する案件ということで。何があってもそっちで押さえるように」

「もちろんです」

「それとな……」

盾原がデスクから手招きする。

近寄って顔を近づけると、盾原は声を潜め、

「いい機会だ、こういう際のルールを教えておこう。社内ルールだ。何次であろうと下請けの中に押し込むのは可能だが、それより下位の企業からは恨まれることになる。つまり我々はそれだけの借りを作ることになるんだ。分かるな」

「分かります」

「ならば、その借りを相殺できる社内メリットが必要になる。ロヴィーナ企画に入った金の三十パーセントはウチに還流させるんだ」

「当然そのつもりでしたが、三十という数字までは知りませんでした。ご教示、ありがとうございます」

「明文化はされてないからな。さらにここからが肝心だが、土肥専務、幡多局長、嵐山局次長、少なくともこの三人の隠し口座に何パーセントか入るように手配しろ。すべて君の裁量でやるんだ。分配率も君が決めていい。逆に言うと、その塩梅で君の忠誠心が測られることになる」

海斗は深く頷いた。誰を優遇し、どれくらい差をつけるか。それによって自分が誰にどの程度忠誠を誓っているのか、具体的な数値として把握されるというわけだ。

「考えようによっては、これは君にとって飛躍のチャンスでもある。上の方々と実利的な接点を作れるからだ。ここで存在をアピールしておけば、後々必ず引き上げてもらえる。歴代の役員は多かれ少なかれそうやって出世してきたと言ってもいい」

「一点だけ質問、よろしいでしょうか」

「なんだ」

「そういうことならば、盾原室長からのパイプということにしておいた方がよろしいのでは」

「君は本当に抜かりがないな」

盾原は感心したように、

「気遣いには感謝するが、俺は部下の功績をかすめようなんて気はない……と言うときれい事すぎるか。もちろんそれもあるが、理由は他にもある」

「なんでしょうか」

「俺のカンだ。この案件は少しばかりリスクが高い。ロヴィーナ企画代表の城有って男がそれだけヤバそうだってことだ。こう見えても俺は慎重派でな。メリットとデメリットを勘案すると、この件には、まあ関わらない方がいいかなと思ったわけだ。しかし君のトライは邪魔しない。うまくやって出世の足掛かりにしてくれることを願っている」

「ありがとうございます」

「それだけだ。行っていい」

「は、失礼します」

室長のオフィスを退室し、自席に戻って考える。

盾原のはからいはありがたい。思わぬ情報も教えてもらえた。アドルーラーでの出世には必要不可欠とも言うべき知識だ。

しかし盾原が純粋な厚意だけで言ってくれたと思い込むのは早計だ。自分で「ヤバそうだ」と言っていたが、それ以外にもどんな計算が秘められていることか。

まずはこれまで以上に社内での立ち回り方に留意することだ。海斗はそう心に銘記した。

いつものように勤務時間を大幅に過ぎてから、退勤の支度をしていた海斗のスマホに着信があった。発信者の表示を見ると、バーストプロモーションのマネージャーである吉松《よしまつ》からだった。

「はい、辻井です」

〈あっ、辻井さん、今青山なんですけど、祐輔が大変なんです〉

吉松は春日部祐輔を担当している。

「落ち着いてよ吉松さん。何がどうしたっていうの」

〈ケンカしちゃったんですよ。もう凄い暴れようで〉

「そんなの、いつものことじゃない」

〈それが普通のケンカじゃなくて。止めようとした店の女の子まで殴って怪我させちゃったんですよ〉

「なんだって。怪我の程度は」

〈えらく血が出てて……マスターが、あっ、場所は『シャルード』で、マスターの馬場《ばば》さんがさっき病院に連れて行きました〉

「マスコミには知られてないな」

〈はい、それはマスターも心得て……ると思います〉

「すぐに行く」

通話を切り、タクシーで青山の会員制クラブ『シャルード』に向かう。

商業ビルの七階にあるシャルードのドアは固く閉ざされていて、ボタンを押すとカメラでこちらの顔を確認した店員がドアを開けた。

「辻井さん……」

中に踏み込んだ途端、吉松や数人の店員達が振り返った。馬場の顔もある。病院から戻ったのだろう。

いくつかのテーブルが乱雑にひっくり返っている中で、春日部祐輔がふて腐れたようにソファに座り込んでいた。その顔は大きく腫れている。当分は撮影どころか人前にも出られまい。周辺には生々しい血の跡も残っていた。

吉松に向かい、厳しく質す。

「何があった」

彼の話によると――

いつものように傍若無人に飲んでいた春日部は、来店した顔見知りらしい若い男に話しかけた。最初は二人で仲よく飲んでいたのだが、どういうわけか急に激昂し、相手の男に絡み出した。相手は適当にあしらっていたが春日部の罵倒はやまず、ついにはつかみ合いのケンカになった。その過程で止めに入った店の女の子をウイスキーの瓶で殴ったのだという。

「ウイスキーの瓶でだと」

「はい」

うなだれた吉松が答える。

この無能は、どうして止められなかったんだ――

「相手の男は」

その質問には、マスターの馬場が答える。

「最近店に来るようになった平井《ひらい》って人で、一旦帰りました」

「この店は会員制でしょう。どなたの紹介なんですか」

「星山《ほしやま》さんの紹介です」

「星山？　誰です？」

馬場はなぜか言いにくそうにしていたが、ややあってから小声で答えた。

「武麗狗《ブレイク》の人です」

武麗狗だと――

すべてが一度に理解できた。

なぜ救急車を呼ばず馬場が病院に運んだのか。なぜこの場に警察が来ていないのか。なぜ吉松が真っ先に自分に連絡してきたのか。

半グレ集団『武麗狗』。馬場や吉松達は、以前から彼らと関わりがあったに違いない。

夜の世界の勢力地図は一夜にして反転する。アドルーラーがいくら闇社会との接点を持っているとしても、末端の自分にはそこまで把握できていなかった。

事ここに至ってはもはや決断するしかない。

海斗はスマホを取り出し、登録してある番号の一つに発信した。

〈よう、どうしたの〉

心なしか、弾むような声が流れ出た。舌舐めずりとしか思えない音とともに。

「突然お電話してすみません。ちょっとご相談したいことがありまして……城有さん」

城有は十五分ほどでやってきた。近くで飲んでいたという。

店内の様子を一目見て、興味深そうな笑みを浮かべ、中央の春日部祐輔に歩み寄った。

「へえ、春日部クン、テレビで見るよりいい男になったじゃない」

ソファに座り込んだままの春日部は、ふて腐れた態度で城有を見上げ、

「なんだよ、あんた」

「海斗のダチ。ちょっといい？　キミさあ、武麗狗の平井ってヤツとどういう関係？」

「どうって、ただの顔見知りだよ。前に渋谷の店で紹介された」

「誰に」

「昔バーストにいた金田《かねだ》ってヤツだった。間違いねえ」

すると吉松が腑に落ちるという顔で口を挟んだ。

「金田なら知ってます。素行不良でクビになった元社員です。今じゃ腐るほどいる業界ゴロの一人ですよ」

「それで平井とここで出くわし、声をかけたんだな」

「ああ」

「ケンカになった原因は」

「覚えてねえな。でもあっちが悪いに決まってる」

「そうか。ならしゃあねえな」

城有は吉松に自分の名刺を渡し、

「表に車を待たせてある。俺の知ってる医者に連れてくように言ってあっから。心配すんなって。口は固いから。後は俺と海斗に任せて早く行け。傷が残ったら大変だ。芸能人は顔が命なんだろ」

「ありがとうございます。恩に着ます」

吉松は春日部を連れて出ていった。足許のおぼつかない春日部を馬場と店員達が手助けする。

店内には海斗と城有だけが残された。

「さて、と」

城有は手近にあった椅子を引き寄せ、腰を下ろして足を組む。

「ま、座れよ」

海斗もやむなくそばにあった椅子に座った。

「俺に電話したのは正解だったね。よりにもよって武麗狗とはちょっとばかり相手が悪い。ヤツら、近頃えれぇチョーシこいてっから。うまく話つけないと面倒なことになるよ」

「分かってます」

だからこそ城有に連絡したのだ。

「店の女の子は金で黙らせるしかない。スピードが大事だ。金はアドルーラーが用意して、店長に渡させるんだ。後でバーストに請求してもいいし、しなくてもいい。好きなようにしろ。問題は武麗狗だ。平井ってヤツが黙ってるわけがない。話がこじれてマスコミにバラされでもしたら春日部祐輔はもう新都市博じゃ使えなくなる」

それだけはなんとしても避けねばならない。春日部は権力者にすり寄るのがうまく、準備委員会に名を連ねる大物政治家の中には、春日部のタニマチを自称する爺さん婆さんが少なくなかった。

しかしカタギの会社員である海斗には、凶悪さで知られた半グレ集団との交渉など不可能である。間に〈善意の第三者〉を噛ませることが必要だった。

「武麗狗の幹部は何人か知ってる。そいつらと話してみるよ。もちろん経費はそっち持ちな」

「はい。なんとか都合します」

金を包むということだが、それで済むなら御の字だ。必要経費として裏金に計上するだけである。

「ただあっちの顔が立つようにもしてやんなくちゃ話はまとまらない。祐輔本人にも詫びを入れさせなきゃな」

「春日部祐輔をこれ以上前に出すのはまずいです。バーストの役員を行かせます」

バーストプロモーションにとって新都市博は大きい稼ぎ場所だ。すべてのキャスティングボートを握っているアドルーラーには逆らえないし、そもそもが自社タレントの不祥事なのだ。

「とりあえずはそれでいいとしても、後で手打ちの場を用意するから、そっちには祐輔にも顔を出させろ。でないと向こうも納得してくんねえぞ」

「分かりました」

「よし、じゃあオレはすぐに動く」

城有は組んでいた足を解いて立ち上がった。

「後で連絡する。それまでに――」

「大丈夫です。金は用意しておきます」

「ホント、デキるようになったねえ、海斗クン」

城有は一際楽しげに店を出て行った。

入れ違いに馬場をはじめとする店の関係者が戻ってきた。

「辻井さん、今の人、大丈夫なんですかね」

「そうじゃなきゃわざわざ呼んだりしないよ」

こちらの返答に馬場はむっとしたようだった。怪我をした女の子のケアは彼に任せなければならない。海斗は慌てて馬場に顔を寄せ、小声で尋ねた。

「女の子の具合は」

「出血があったんで心配しましたが、幸い傷は残らずに済みそうです。それでご相談なんですけど……」

「分かってます。いくらですか」

「女の子の治療費に五十万。口止め料に五十万てとこでしょう」

「分かりました。明日届けさせます。ご迷惑をおかけしました。それでは」

　一礼して出口に向かおうとした海斗の袖を馬場がつかんだ。

「待って下さい。まだ残ってますよ。店の弁償費に五十万、今夜は商売にならなかったんでその補償もお願いします。店の迷惑料も込みで」

　海斗は相手の顔をまじまじと見て、

「それはバーストさんに言って下さい。ウチの責任ではありませんので」

「でも、春日部さんは新都市博の……」

「だったらどうだって言うんです?」

　もはや馬場は怒り——と言うより下心か——を隠せなくなっていた。

「あたしらもねえ、厚意で黙ってるだけなんですよ。大事な女の子まで怪我させられたんだ」

「怪我させたのは春日部祐輔であってウチの人間じゃありませんよ。それにウチはタレントの管理なんてやってませんので」

「そんな態度に出るってんなら、警察呼んだっていいんですよ」

「じゃあどうして最初から呼ばなかったんです、警察を」

「だからそれはあたしらの厚意で……」

「ふうん、厚意ですか。僕には脅迫に聞こえましたけど」

　馬場が黙った。

「言っときますけど店長、こっちはアドルーラーなんで。ウチを脅したってなると、芸能人なんてあっという間に寄りつかなくなるでしょうね。政治家や役人もです。ちょっとは考えて下さいよ、力関係」

それだけ言うと、海斗は足早に店を出た。背中で馬場達の憎悪を受け止めながら。


翌日、城有から電話がかかってきた。

〈武麗狗と話がついたよ。二百だって〉

「すぐに用意します」

〈なるべく早くな。現金で〉

「心得ております。本当にありがとうございました」

〈いいっていいって、困ったときはお互い様って言うじゃない。まあ、これを機に一つ今後ともよろしくやろうよ〉

「はい、では失礼します」

電話を切って考え込む。

春日部祐輔については所属事務所であるバーストプロモーションが「急病により緊急入院」という公式発表を行なった。

一連の経緯はすでに盾原にも報告してある。盾原は苦い顔をしつつも海斗の処置が適切であったと認め、クラブへの賠償もバーストプロモーションが責任を持って行なうよう自ら通告してくれた。〈経過観察〉の必要はあるが、これで隠蔽はひとまず完了だ。アドルーラーはバーストプロモーションに大きな貸しを与えたことになる。彼らの増長も今後は多少治まるだろう。

だが安心はできない。海斗は立ち上がって遠野の席へと向かった。

「遠野さん」

呼びかけると、遠野は小ウサギのようにびくりとして振り向いた。

「なんでしょう」

「そんなに驚かなくてもいいじゃないか」

空気を和ませようとして言ったつもりが、遠野はますます小さくなった。

「はい、すみません」

「まあいい。実はね、春日部祐輔が例によってあちこちで問題を起こしてるらしいんだ。ウチとしても把握しておく必要があるから、もしＳＮＳでそれらしいのがあったら、すぐに対処して下さいね」

「対処って……あの、どういうことでしょう」

「例えば、それはデマだって方向に誘導するとか、いろんなワザがあったじゃないですか。そうそう、マニュアル化してくれたの、遠野さんでしょ。あれはいい仕事だった」

「揉み消せってことですか」

「まあ、そうだね」

「でも、春日部祐輔の素行がよくないのは事実なので……」

「あのねえ、事実なんて関係ないでしょう」

呆れてそう断言すると、遠野は絶句しているようだった。

「春日部祐輔は新都市博の広告塔の一本なの。人じゃないの。塔なの、塔。塔に人権があると思う？」

周囲から笑いが沸き起こった。海斗自身も笑いながら、

「ウチの仕事はね、塔をきれいに飾り付けること。塔の中身なんて知ったこっちゃない。それくら

いあなたにも分かるでしょう。春日部の案件に限らず、今までもずっとやってきたことなんだから」

「はい……」

か細い声で遠野が頷く。

「分かってもらえて僕も嬉しい。じゃあ、よろしくお願いしますね」

これでよしとするしかないか——

遠野はどうにも頼りなかったが、そこまでにして海斗は自席へと引き揚げた。

8

時間通りに指定された店へ入る。西麻布のプライベートラウンジ『観音樹《かんのんじゅ》』。ここもやはり会員制で、一般人には立ち入るどころか、そんな場所が存在していることすら把握できないようになっている。

「アドルーマンは約束の十五分前には必ず来ると聞いたけどな」

奥の席に陣取った城有が海斗を見て陽気な声を上げる。その周辺には、海斗も知っているグラビアアイドルが何人か媚笑を浮かべて侍っていた。

「それはクライアントが相手の場合ですよ」

「オレは優先度が落ちるってワケ？」

「そうじゃありません。そうした原則は厳密に守られるからこそ有効なんです」

「アドルーマンはマジで口がうまいな。まあ座れよ。まずは乾杯といこう。何飲む？」

「水割りでお願いします」

城有の対面に座ると、新人アイドルの女の子が慣れた手つきで酒を作ってくれた。

半グレが芸能人を集めるのではない。芸能人の方から寄ってくるのだ。

このラウンジでは女性は無料ということになっていて、モデル、グラビアアイドル、地下アイドル、ＡＶ女優などが集まっている。入会するには信頼できる会員の推薦が必要という規則があるから、女目当てのベンチャー起業家、政治家、官僚らも安心して来店する。そこでコネとパトロンを求める芸能人達がいよいよ集まってくるというシステムだ。

半グレは当然この全員とのパイプを持つことになる。女達も権力者達も、半グレを利用しているつもりで、その実彼らに弱みを握られているだけなのだ。

「春日部クンのやらかしは完璧に押さえたよ。どう？　オレって役に立つだろ？」

「その件では本当にお世話になりました」

海斗はまず丁重に礼を述べ、次に低い声で切り出した。

「ついてはそのお礼についてご相談しようと思いまして……」

そこで言葉を切り、周囲を見回す。すぐに察した城有は、女達を追い払った。

「キミ達、ちょっとあっちの席に行ってて。ほら、テクノローランの犀川《さいかわ》さんが来てるよ」

歓声を上げた女達は我先にベンチャー企業社長の席へと移っていった。

「これでいい？」

「結構です」

「じゃあ聞こうか。楽しみだな、御社のご提案」

「考えたんですけどね、城有さん、武麗狗の人を何人か知ってると言ってましたよね」

「ああ。だから話をつけられたんだ。ラッキーだったよ」

こちらの言わんとしていることを察知したのか、城有の目が〈警戒モード〉に変わる。

「春日部祐輔と揉めた平井って人、最初からそれが目的でシャルードに行ったんじゃないですか。つまり最初は春日部と仲よく飲むふりをして、それとなく挑発する。思慮の浅い春日部なんて、すぐに引っ掛かりそうじゃないですか」

「面白いな、いやマジで」

「それだけじゃありません。アドルーラーには独自の調査システムがありましてね、シャルードのオーナーはまったくの別名義になってますが、六本木のストロベリーナのオーナーと関連のあることが判明しました。つまりシャルードもストロベリーナも、このラウンジと同じく、城有さんのものなんです。となると、店長の馬場が城有さんを知らなかったはずはない。つまり全員がグルだったってわけです。僕と春日部を嵌めるためのね」

「いやあ、もうサイコー。いずれバレるとは思ってたけど、こんなに早く気づくとはね」

「恐縮です。だけどまだありますよ。今回の件で、城有さんは武麗狗を通してバーストプロモーションにも影響力を持つことになる。城有さん、実は武麗狗と相当仲いいんじゃないですか？　もしかしたら、武麗狗は城有グループの傘下かもしれない。警察だってそこまで把握してませんけどね」

「そこらへんはなんとも言えないなあ。武麗狗ってマジおっかないヤカラが集まってるし」

城有は曖昧に笑って何も明言せず、

「で、どうするの」

「別にどうも」

海斗は自分のグラスを取って口をつけ、

「城有さんのやる気、見せてもらいました。さて、本題に入りましょうか」

城有の目が〈警戒モード〉から〈防衛モード〉に移る。

「城有さん、天下のアドルーラーを相手によくやりますね」

「それがどうしたって言うの。今どうもしないって言ったばっかじゃん」

「褒めてるんですよ。さすがはカタラグループの創始者だって。もっとも役員会の耳に入ったら大変ですけど、僕レベルなら大丈夫です」

「それこそ脅迫に聞こえるけど、何が言いたいわけ？」

「城有さんが言いたかったことですよ。つまり、今後も仲よくやろうってことです」

「変なレトリックはいいからさ、具体的に言ってよ」

城有がいらだちを見せ始めた。何事も交渉は冷静さを失った方が負ける。

「城有さん、新都市博どころか、アドルーラーそのものに食い込もうと考えてたでしょう」

「否定はしないよ」

「半グレの立場で、あんまり舐めたことしてるとそのうち痛い目を見ますよ」

「やっぱり脅迫じゃない。オレを脅そうなんて、キミ、どんだけ偉くなったつもり？」

「だから評価してるんですってば。今後も僕のために力を貸してくれれば、御社にもっといい仕事を回せますよ」

「ふうん……」

城有の〈防衛モード〉が〈攻撃モード〉に変わった。危険な兆候だ。

「オレが狙ってたのは確かにそういうことだけど、なんだか引っ掛かるなあ、キミの言い方」

「気に障ったらすみません。だって僕、アドルーラーなんで」

「会社の看板を自分の力だと勘違いしてるパターンかな」

「ある意味その通りです。だから一流大学の成績優秀者はみんなアドルーラーに入りたがるんですよ。社会とは組織ですからね。ヤクザだってそうでしょう？　看板の大小がすべての世界だ」

「確かにね」

「ウチにもバカで使えないおっさんはいっぱいいますけど、仮に社員の九割がバカでもアドルーラーは小揺るぎもしない仕組みになってるんです」

「政治の話？」

「まあ、そんなとこです。なにしろアドルーラーの歴史はＧＨＱの占領時代に遡るそうですから。Ａ級戦犯や大陸浪人をバンバン入社させてね。その頃から培われた政界とのパイプは恐いですよ」

「あのさあ、オレ、歴史の勉強ってあんま好きじゃないんだ。もっと手っ取り早く行こうよ。キミはオレを手先に使いたい、一方オレはキミを足掛かりにアドルーラーに食い込みたい。だからキミはまずオレの仕掛けを暴き、次にアドルーラーの看板で脅しにかかった。それで事を有利に運ぼうとしたわけだ。違うか」

「……その通りです」

　昔と少しも変わらない。切れる男だ。しかも恐怖や動揺を押し隠して余裕さえ感じさせる。海斗は今や自分が劣勢に回りつつあることを自覚した。

「キミに教えなかったかな、ケンカするときは相手のことをとことん調べてからにしろって。だからオレも少しは調べたわけ。確かにアドルーラーは恐いよ。大新聞も週刊誌も、広告を仕切ってるのはアドルーラーだ。なのに独占禁止法は適用されない。警察も検察もアドルーラーには明らかに腰が引けてる。官邸からどんな圧力が掛かるか分からないってね。なにしろ与党の広告戦略を全部請け負ってるのがアドルーラーだし」

　城有は本当に調べてきたようだ。アドルーラーは仕事であれば選挙にさえ介入する。敗戦確実と見なされていた陣営に人員を密かに送り込み、メディア戦略だけで逆転勝利を実現したことなど何度もある。また現在では国民の誰もが知る新興宗教団体の驚異的発展をもたらしたのは、アドルーラーのOBであると言われている。

「『日本暗黒のタブー集』って本も買ってみたよ。大手のちゃんとした出版社から出てる本。統一教団や創世学界については詳しく書かれてるのに、一番載ってそうなアドルーラーは項目すらない。逆に痛感したよ。アドルーラーは本当にタブーなんだってな」

　城有の目が悪意に満ちた生命力で輝き出した。

　反撃が来る——

「で、オレも考えたワケ。アドルーラーには勝てるどころか、手を出しただけでこっちがヤバい。だからアドルーラーじゃなく、キミを狙うことにした」

「僕を？」

「そう、辻井海斗クン、オレはキミとだけ関わる。心配すんなって。結論としては同じことだ。つまり、オレ達だけでいつまでも仲よくやろうねってこと」

「そうはいきませんよ。僕は会社員ですから上司に報告しなきゃならない」

「そこはうまくやっといて。キミの責任で」

「無理ですね。お断りします」

「ところがキミは断れない。オレ、カタラの創設者だよ？　あの事件の首謀者だよ？　それはみんなが知ってるからオレも別に隠してない。有罪判決受けてるしね。執行猶予付きだけど。そのオレが、『アドルーラーの辻井海斗クンはカタラの有力メンバーでした』って言ったらどうなるかな？『近頃マスコミで顔出ししてるイケメンのアドルーマンは、学生時代に女を何人も風俗に送ってました』って」

　これが城有の〈切り札〉だったのだ。

　SNSによる匿名の告発どころではない。主犯の証言だ。抜け目のない城有のことだ、かつてのメンバーに関するどんな証拠を隠し持っているか知れたものではなかった。

　もっと早くその可能性に気づくべきだった。カタラグループの摘発をあまりにうまく切り抜けられたため、油断していたとしか言いようはない。

「どうしたの、海斗クン。急に黙っちゃって。ハラでも痛いの？」

　城有が嘲笑する。一旦有利となるや、相手をとことんまでなぶり尽くす。半グレがその本性を露わにする。

「そんなことマスコミに書き立てられたら、キミはもうアドルーラーにはいられないよね。それだけじゃ済まない。新都市博のイメージリーダーで売ってた分、キミのおかげで新都市博は大ダメージだ。アドルーラーはキミに巨額の賠償請求をするだろうね。雇用時に調査しなかったのかって言われそうだけど、君は逮捕どころか聴取もされなかった。だから公的な記録には一切残ってない。つまりアドルーラーは雇用責任を問われることなく、安心してキミを切り捨てられるってわけだ」

　一言もない。何もかも城有の言う通りだ。

　ここで呑まれたらおしまいだ——それだけは分かる。

海斗は精神力を振り絞って反撃する。

「失礼ですが、城有さんは弊社の体質についてあまりご存じないようですね。ウチには過去にも数々の不祥事を引き起こした社員が多数おりました。社内で覚醒剤をキメながら仕事していたこともあったと聞き及びます。レイプ事件もあったそうです。それも一度や二度じゃない。しかし、弊社はそのつど常に社員を守ってきたのです。そんな事実はないと言い張ってね。早い話が隠蔽ですけど、会社の不利益になるよりはいいという判断です。中には処分された社員もいたようですが、そんなときは株主総会で社員ＯＢの株主から罵倒の嵐が巻き起こるそうですよ。『その程度のことで使える社員を処分するのか』ってね」

すべて本当の話である。会社に利益をもたらす社員を処分したら、自分達に入る株主配当金が減るじゃないかという理屈なのだ。利益の前には倫理など関係ない。またアドルーマンに共通の体育会的気質もある。社長も叩き上げの社員であるから根本的に同じ精神構造を有しているし、株主総会が荒れるのはやはり避けたい。世間の常識とは著しく乖離しているが、それがアドルーラーという治外法権の世界なのだ。

「いくらなんでも、もう時代が違うんじゃないの？　昔は大手マスコミしかなかったけど、今はＳＮＳがあるからさあ。不特定多数の個人に騒がれたらイメージ戦略も何もないだろうがよ」

「どうでしょうかね。逆にＳＮＳは飽きっぽいという特徴もありますから。昔のジャーナリストと違って、つまるところは暇潰しの道具なんで。会社が相手にしなければ、ひと月、いや一週間も保ちますかどうか。政治家の不祥事だって日本人はすぐ忘れる。逃げきったら勝ちなんですよ」

城有は黙ってグラスを口に運ぶ。効いているようだ。

海斗は最後の仕上げに掛かった。

「僕はこれから上司のところに行って全部報告します。僕はカタラグループの一員でしたってね。上司は僕に確認するでしょう、『裁判や逮捕の記録は残っているのか』と。『そんなものはありません』と答えます。上司はこう言うはずです。『じゃあ問題ない。仕事に戻れ』ってね。またこう言われるかもしれません、『その程度のことでいちいち報告に来るな』」

「なかなか面白い会社じゃないの」

朱く薄い唇に笑みを湛え、城有がうそぶく。それは単に虚勢を張っているだけなのか、あるいは他に何かを隠し持っているのか。

「ところで海斗クン、今日は他にもお招きしている人がいてさ、ようやくお着きになったみたいだよ」

「えっ？」

海斗が訊き返す間もなく、城有は立ち上がって頭を下げていた。

「お待ちしておりました」

反射的に振り返る。最大の衝撃が海斗を襲った。

見覚えのある男が悠然と歩いてくる。

陣能――かつて城有と怪しげなリゾート開発を行なおうとしていた正真正銘のヤクザだった。

陣能は無言で城有の隣に腰を下ろし、強烈な視線を投げかけてくる。

城有の〈切り札〉はもう一枚あったのだ――

彼がまだ陣能とつながっていたとは、想像すらしていなかった。

「どうしたの、海斗クン。忘れちゃったの、陣能さんだよ。昔あんなに世話になったじゃない」

世話になどなっていない。なっていたのは城有だけだ。

「挨拶くらいしたらどう？　社会人の常識じゃないの」

　城有に促されるまま、海斗は頭を下げた。

「ご無沙汰してます」

「こちらこそ」

　陣能は海斗を睨《ね》めつけたまま短く応じただけだった。

　削げ落ちた頬が、そのまま感情の欠落を示す顔。多少皺が増えて老けたようにも見えるが、獰悪《どうあく》さを秘めた威圧感は昔と同じだ。

「陣能さん、コイツ、昔と違ってずいぶん生意気になってましてね、さっきから自分はアドルーラー様だってチョーシこいてばっかなんですよ」

　すると陣能は城有の方を振り向きもせず、

「当たり前だろう、なに言ってんだ、城有」

　まったく予想外の反応を見せた。

「アドルーラーは特別なんだよ。一社員とは言え、ヘタにちょっかい掛けたら政治家の先生から警察を通して組のトップに話が行く。辻井さんがクビになったりしたら、俺らだってタダじゃすまねえ」

　呼び方が「辻井さん」になっている。それが本当の敬意からであるとは海斗も思っていない。しかしアドルーラーの上層部、それに与党の大物政治家が反社会的勢力と関わりがあるのは事実なので、陣能の言うことはあながち間違ってもいない。

「辻井さん、城有が失礼なことを言ったようですが、私から謝ります。この通り、勘弁してやって下さい」

陣能が率先して頭を下げた。そのさまがいよいよ以て恐怖心を煽る。陣能本人も、その効果を明らかに自覚している。

「それでねえ辻井さん、私から改めて説明させて下さい。実は私と城有とで新しい会社を作りましてね。私はご承知の通り組の人間なんで表には出られませんが、城有は少なくとも法的にはカタギです。その城有がさらに素っカタギを集めて作る真っ白な会社です。どうですか」

「え?　どうですか、と言われましても……一体なんの会社ですか」

「予算を御社に還流させるための会社ですよ」

愛想笑いに見せかけた嘲笑を浮かべて陣能が答える。「どうですか」と最後に訊いたのは、こちらに尋ねさせるための罠だったのだ。おそらくはヤクザ特有の話術だろう。

「すでに御社はそういう仕掛けをいくつも用意しておいでのことと思いますが、この新会社は〈そのため〉に設立するわけですから、最初から効率が違います。御社役員の皆様に他にはない高額のバックをお約束します」

「そんな危険な話に乗れるわけないでしょう」

「ところがリスクはないに等しい。この会社の特徴はもう一つあって、与党と都議会の方にも自動的に還流するシステムになってるんです。そうなると手出しできる者はこの国にはもういない。たとえマスコミなり市民団体なりが嗅ぎつけたとしても、警察が形だけ捜査して終わりということになります。公文書も役所が勝手に黒塗りで出してくれます。これまでもずっとそうだったじゃないですか。下っ端の役人はよっぽど塗り絵が好きなんでしょうね」

面白くもなさそうな顔で面白そうに語る。陣能の語り口には、聞く者に嫌悪感を抱かせると同時に、昏い情熱をかき立てる奇妙な魅力があった。

これまでもずっとそうだったじゃないですか――確かにそうだ。これまでもずっとそうだった。

「今すぐにご返事頂かなくても結構です。とりあえずこの案件を持ち帰ってくれませんか。もちろん秘密厳守で願いますが、上司の方と相談してみて下さい。その上でダメということならば我々も手を引きます。この話には乗れないが、城有をこれまで通り便利に使いたいということなら、私が責任持って城有にやらせますから、その点はご心配なく」

返答に窮し、陣能の横の城有を見る。

城有は声に出さず、顔にも出さず、ただ気配だけで嗤っていた。

何もかも陣能と城有が最初から描いた図の通りであったのだ。自分は彼らに反撃しているつもりで、実は彼らの思うままに操られていた。

「いいでしょう」

敗北感と敵愾心《てきがいしん》とを抱え、海斗は席を立った。

「持ち帰って上司に相談してみます。その上で必ずご返事差し上げますから、それまでしばらくお待ち下さい」

少なくとも表面上は平静を保って、そう言い残すのが精一杯だった。

何もかもが駆け引きだ。そして自分は最初から負けていた。

盾原に打ち明けることなどできはしない。実際に打ち明けても、海斗自身が言った通り、カタラグループ当時の行為については不問に付される公算が大きい。それよりも問題は、何もかもが陣能と城有の思惑通りであることだ。この事実がアドルーマンのプライドをいたく傷つける。盾原室長も、土肥専務も、幡多局長も、このプランを呑んだとして、その場合は真っ先に陣能達を排除しようとするだろう。そうなると自分も彼らの道連れとなることは言を俟たない。アドルーラーが栄え重役達が私腹を肥やしても、自分が切られたら意味はない。

　選択肢は一つしかなかった。

　すなわち、城有の最初の提案通り、「自分達だけで仲よくやること」。

　盾原も言っていたではないか。「君のトライは邪魔しない」と。「うまくやって出世の足掛かりにしてくれることを願っている」と。それも「君の管轄する案件ということで」。

　発想を変えるのだ。そうすれば何食わぬ顔で役員達に途方もない恩を売れる。自分の管轄する案件で。

　自分は負けてなどいない。陣能や城有など、勝ったと思わせておけばいい。

　これこそが〈向上心〉というものではないか。

9

　土肥専務の専用室に置かれた豪勢な椅子には、斎胡営業企画部長、幡多総合イベント局長、嵐山総合イベント局次長らが座していた。いずれも新都市博プロジェクトの中核に関わる面々である。

　久々にアドルーラー本社を訪れたということもあり、盾原と並んで下手《しもて》に立った海斗は大いなる緊張を覚えると同時に、彼らの放つ重圧をざわめく皮膚で感知していた。

「報告書は読んだよ。順調に進んでいるようで何よりだ」

　土肥がテーブルに置かれた資料を視線で示す。正確に整えられた資料の束には一ミリのずれもなく、本当に読んだのか大いに疑わしい。

盾原を長とするシティ・フェス推進準備室は、職務上、新都市博の全体を統括する立場にある。そのためプロジェクトの背後で進行しているさまざまな〈業務〉についても、自ずと知らざるを得ない。要するに裏取引である。

アドルーラーがすべてを把握し、下流に属する企業に仕事を配分する。俗に言う談合だが、それは神事にも匹敵する日本固有の伝統であり、欠かすことのできない行事なのだ。そこに異論を挟む余地は一切ない。当然ながらあらゆる法律の上位に位置する。少なくともアドルーラーではそうであるし、政府も財界もそれを認めている。

盾原と海斗が本社に足を運んだのは、こうした最重要機密とも言える事項について確認し、万が一にも綻びが出ないよう調整するためだ。

新都市博にはここに参集した面々以外にも、社長以下多くの幹部役員が関わっているが、彼らもまたそれぞれの部署で日夜持てるパイプとコネを駆使して〈業務〉に余念がないことだろう。

「ところで、この逢摩《おうま》産業って会社だけどね、なかなかいい仕事をしてくれてるようじゃないの」

嵐山局次長が何食わぬ顔で切り出した。

『逢摩産業』こそ、陣能と城有が新たに設立したペーパーカンパニーである。土肥をはじめ、斎胡、幡多、嵐山らの親族名義の口座にはすでに最初の入金がなされている。また彼らがそれを確認済みであることも分かっている。

嵐山が言っているのは、幡多局長が直轄しているイベント会社が談合の結果に不満を申し立て、危うく訴訟沙汰になるところを逢摩産業の仲介によって無事〈処理〉した案件である。

つまりはお偉方が一切関与しないところで、陣能がなんらかの非合法的手段に訴えたのだ。その意味では、逢摩産業とは単なるペーパーカンパニーなどではなく、極めて功利的な実体があるとも言える。

自分達が知らなければそれは存在しないと同義である、当然ながら存在しないものの責任など発生しない――こうして権力者達は今日も安心して満たされた生活を享受できるというわけである。

「ご満足頂き、光栄です。同社は辻井室長補佐の慧眼によってプロジェクトに加入した会社です。彼にお言葉を頂ければ一層の励みになろうかと存じます」

盾原が恭しく低頭する。一見すると謙遜して部下を立てているようだが、同時に「責任は自分ではなく辻井補佐にある」と役員達に念を押しているのだ。

「うん、それも聞いてるよ。辻井君、君は本当によくやってくれている。昨日の役員会でも君の活躍が話題になったくらいだよ」

近年めっきり髪の薄くなった幡多局長がこの上ない上機嫌で――少なくとも他人にはそう見える表情で――海斗に向かって言った。これもまた、何もかも承知の上での儀式である。社会はこうして回っている。どんな些細なことであろうと、蔑ろにできる儀式など一つもありはしないのだ。

「ところで都庁の方はどうなってる」

土肥専務が尋ねてきた。

都知事との面談と意思確認は土肥が直接行なっている。土肥はうんざりといった表情で、

「都知事の丹内さんは相変わらずでね、自分のテレビ映りのことしか頭にない。新都市博はそもそも都が主催するイベントだというのに、仕事は全部丸投げだ。もっとも、我々にとってはその方が助かるがね」

土肥が丹内を制御している間に、実務を担当する推進準備室は、都庁の職員と緊密に連携して事に当たらねばならない。土肥はその実務状況について質しているのだ。

「は、都の方には委細を承知しておられるベテラン職員が揃っていますから、現在のところは滞りなく進んでおります。これも専務が丹内都知事と円満な関係を保って下さっているおかげであると感謝しております」

土肥に対する追従を交えて、盾原が抜かりなく報告する。

「そうか。なら私も安心して丹内さんとゴルフができるというものだ。いやあ、来週もまた誘われてな。そうそう断るわけにもいかんし、そうかと言ってコースを回っている間中、愚痴を聞かされるのもたまらんし、バカの相手は本当に疲れるからな」

幹部達が心からおかしそうに笑いさざめく。もちろん海斗と盾原も彼らにならう。

それから細々とした確認や打ち合わせを終え、海斗は盾原とともに専務の専用室を出た。

緊張から解放された反動か、途方もない疲労感が押し寄せてくる。しかし盾原はそんな様子をまったく表に出さず、前を向いて廊下を歩きながら囁いた。

「逢摩産業のやり方はかなり強引だな。その分効果的とも言えるが……いざというときは、分かっているな」

「は、承知しております」

「まあ、心配は要らんと思うが。本当にヤバいなら、専務達がまず承知せんだろう。こうしたことに関する嗅覚では、あの人達は超一流のハナをしてるからな」

それはそのまま盾原にも当てはまる。盾原自身が承諾したからこそ、海斗は逢摩産業をプロジェクトに引き入れることができたのである。

「数年前、総理の自宅に拳銃が撃ち込まれた事件、知っているか」

「はい」

五年前、総理の地元本邸に数発の銃弾が撃ち込まれた。誰が見ても暴力団による犯行である。つまり総理は反社会的勢力とのっぴきならない関係があったということになる。しかしこの事件は、小さく報道されこそしたものの、どういうわけか後追いの記事が出ることもなく忘れ去られた。なぜそんな重大事件が追及されないのか。そう声を上げるメディアすらない。

「現職の総理でもああなんだ。いや、むしろ現職の総理だからこそ、と言うべきかな」

日本とはこういう国なのだ。暴力団追放を唱え組員や元組員の人権を侵害しても、権力者は堂々と反社会的勢力を利用している。陣能や城有がのさばるわけだ。

「俺達は総理のような権力者じゃないが、それでもアドルーマンに違いない。会社に忠誠を誓っている限りは大丈夫だ。俺の大先輩の餅田《もちだ》さん、総務部長の。知ってるか」

「はい、存じております。社内からヤクザに電話してシャブを届けさせたって人でしょう」

「そうだ。それでも今じゃ総務部長だ。あの人に比べると俺達なんて大したことはない」

盾原の言葉に、海斗はその日初めてとなる本心からの笑みをこぼした。

世の中は本当に都合よくできている——

築地の推進準備室に戻った海斗は、オフィスに設置されているコーヒーサーバーからコーヒーを淹れ、自席で一息ついた。

今夜も接待か——

さすがに連夜の接待は負担が大きい。疲れが相当に蓄積していた。

「辻井補佐」

声をかけられ椅子ごと振り返る。

そこにいたのは遠野であった。

「どうしたの」

「あの、ちょっとご相談したいことが……」

「いいよ。なんでも言ってみて」

「え、ここで……ですか」

「まさか」

「もしかしてプライベートなこと?」

「じゃあ、いいじゃない。僕達の仕事は透明性が求められている。誰に聞かれたって構やしないよ」

たった今誰に聞かれてもまずい話をして帰ってきたばかりだが、専務の専用室でする話とここでする話とではわけが違う。〈使い分け〉もまたアドルーマンの基本であると心得ている。

「印刷物の入札に参加してるロヴィーナ企画って会社、確か辻井補佐の推薦でしたよね」

「それがどうかしたの」

「見て下さい」

遠野が片手に握り締めていたスマホを差し出してくる。

そこにはクラブのような場所で十代にしか見えない女の子達に囲まれている城有が写っていた。

「この人、ロヴィーナ企画の城有社長に間違いないですよね」

「うん、城有さんだ。あの人、飲食店も経営してるからね」

「この人、半グレですよ」

「だからどういうこと?」

「法律的には一般人ですけど、反社会的勢力に限りなく近いグレーゾーンにいる人です」

「それくらいは知ってるよ」

「ロヴィーナ企画のやり方があんまり強引なんで、私、気になって調べてみたんです。そしたら、城有さんの名前ですぐに引っ掛かって。いろんなグループを束ねてて、かなり有名な人みたいです」

　遠野はスマホにカタラグループ摘発の記事を呼び出し、こちらに示す。

「あのカタラグループの事件、覚えてます？　主犯ですよ、あの人。逮捕歴だってあります」

「でも、執行猶予になったんだろう。僕だってそれくらい調べてるよ」

　遠野は信じられないといった顔で、

「女性を騙して風俗に売ってたんですよ？　そんな人の会社と取引きするなんて、真っ当な企業のすることじゃないと思います」

　遠野を別室に連れ出そうかと思ったが、それはかえって自ら後ろ暗いところがあると証明するような行為だと考え直した。最適解は、皆も聞いているこの場で否定することだ。

「でも法律的には一般人なんだろう？」

「それはそうですけど、いくらなんでも悪質です」

「遠野さん、君の言っていることは、前科のある人に対する偏見だと僕は思うな」

「それは……」

　狙い通り、遠野は言葉に詰まった。

「城有さんが過去にどんな罪を犯したかは僕も知ってる。本人からも直接聞いてるしね。しかしあの人はちゃんと罪を償って更生しようとしてるんだ。少なくとも今はれっきとした実業家だ。現にウチから受けた仕事だって丁寧にこなしてくれてる。そりゃ確かに強引すぎるきらいはあるかもしれない。だけどそれだって、少しでも早く社会に貢献して認められたいという思いからじゃないかなあ」

「ですが補佐」

「もしかして、君はそういう人を非難しないと気が済まない差別主義者なわけ？」

「違います、私はただ……」

「あのねえ遠野さん。数字を見てよ、数字を。少なくともロヴィーナ企画さんははっきり数字を出してるよ。これだけ御社に貢献してますってね。この際だから改めて言っとこう。アドルーラーでは数字を出してくれる人が一番偉いの。過去なんて関係ない。たとえ城有さんが人殺しであっても、ちゃんと更生してれば問題は何もない。なのに君はどうなの？　岩谷さんからも報告があったけど、君の作業効率は落ちる一方じゃないの。せっかく人を増やしてもらったのに、これじゃ下に示しがつかないとは思わないんですか」

　遠野は黙った。その点を衝くと彼女が反論できないことは計算済みである。

「仕事が進まないはずだよねえ。スマホでこんなゴシップ記事を検索してたんじゃ」

　うなだれた遠野の双眸から涙があふれた。

　泣けば済むと思っている――カタラの店に集った頭の弱い女も、アドルーラーに入れるほど頭のいい女も、女はみんなおんなじだなあ――

「ちょうどいい機会だ。これ以上ロヴィーナ企画の悪い噂が広がるとウチにとってもデメリットしかない。遠野さん、得意のワザで城有さんの記事、できるだけ目立たないように工作しといて」

「えっ」

遠野が愕然としたように、

「無理です。インスタやフェイスブックに城有さんとの関係を上げてる女の子だっていっぱいいるんですよ」

「そんな女が不用意に書いた過去ログを発掘して信用度を落とすくらい簡単だろう」

「なんてこと……」

目を大きく見開いて絶句する遠野に、海斗の忍耐力は許容値を超えた。

「いいからやれっ。会社の利益のためならなんでもやれっ。それがアドルーマン魂だ。嫌ならとっとと女らしく結婚しろっ。アドルーラーの入社試験を突破した女なら、男くらい簡単に見つけられるだろう」

その途端、周囲から拍手が巻き起こった。先頭に立って手を叩いているのは岩谷だ。「よくぞ言ってくれた」とばかりに何度も頷きながら微笑んでいる。一人、奈良岡だけはパソコンを見つめたまま振り向こうともしなかった。きっとそれほどまでに忙しいのだろう。

海斗は岩谷らに軽く手を振って、自席のパソコンに向き直った。

これ以上茶番に付き合っている暇はない。仕事をせねば。


深夜二時、重い疲労を引きずって自宅マンションに帰り着いた海斗を待っていたのは、彩音の凄まじい罵倒であった。

「新婚だっていうのに、毎日あたしをほったらかしにして、一体どういうつもりなのっ」

ドラマで何度も聞いたような定型文のオンパレードだ。海斗は無言でそれに耐える。反論はしない。しても無意味だと分かっている。自分が接待で遅くなることは結婚前から彩音も理解していた

一通り話し終えると、盾原は薄笑いとも思えるため息を吐いて、

「今の話からすると、奈良岡はもうダメだな。優秀な奴だと思っていたが、ここまで脆かったとは」

「僕も意外でなりません。推進準備室に抜擢されて、仕事も順調に進んでいるというのに……せっかくの出世コースを棒に振るなんて、信じられますか」

「もともと弱いところがあったんだろう」

「しかし、いくらなんでもいきなりですよ」

「それだけ無理してたってことさ」

室長はこともなげに切り捨てる。

「人事からも朝一で連絡があったよ。奈良岡君から退職願のメールが届いていると」

「人事にメールで？」

訊き返さずにはいられなかった。退職願は直接の上司に手渡すのが常識である。人事部に届ける場合もないではないが、それにしてもメールとは。

盾原は不快そうに頷いて、

「我々の顔も見たくないということだろう。もしくは慰留されるのを警戒しているか。円満退社とかそんなことすらも頭にはないんだ。それだけウチに嫌気が差してるんだろうな。君の話を聞いて納得したよ。いや、よく会いに行ってくれた。室長補佐として君は本当によくやってくれている」

「恐れ入ります」

「去る者は追わず、だ。負け犬に用などない。君も脱落者のことなど早く忘れて仕事に専念するのが一番だ」

「分かりました」

一礼し、退室する。

奈良岡の言動と行動は不可解且つ不愉快であったが、盾原の言う通り、もともと弱い人間だったのだろう。

アドルーラーは弱者など必要としない。奈良岡は最初からアドルーラーには向いていなかった。それだけの話だ。

盾原の助言に従って頭を切り替えた海斗は、自分のパソコンに向かい、週明け特有の業務である溜まったメールの返信に集中した。

メールの量は日を追う毎に膨大なものとなっている。新都市博の開催が近づけば近づくほど連絡事項が増えるのは最初から予想できたことではあったが、それにしても多すぎる。

昼休みを大幅に過ぎて、海斗はようやくメールをさばききった。

伸びをして立ち上がり、遅い昼食をとろうとエレベーターホールへと向かう。

一階に下りたとき、人事部の平河《ひらかわ》と出くわした。

「あ、平河さん、ご無沙汰してます」

「あっ辻井さん、どうもどうも、こちらこそご無沙汰で」

推進準備室に出向となってから、本社にいる人事部の人間と直接顔を合わせる機会はほとんどなくなっていた。

「相変わらずご活躍のようで、辻井さん、本社でも話題ですよ。未来の役員間違いなしだって」

「そんな、よして下さいよ」

「いやいや、ホントですって」

「でも、こんなとこでお会いするなんて珍しいですね」

「ええ、ちょっと盾原さんと打ち合わせで」

「もしかして、奈良岡さんの件ですか」

「ええ、まあ」

平河は曖昧に笑った。

「人事も大変ですね。今度どっかでゆっくりやりましょうよ」

「いいですね。じゃ、近いうちにまた」

そんな言葉を交わしてすれ違った直後、平河が思い出したように足を止めて振り返った。

「そうだ、辻井さん」

「はい？」

「ウチの部にコンプライアンス相談窓口あるの、ご存じでしょう」

「ええ」

さっきより近寄ってきた平河が、周囲を見回してから声を潜めて言った。

「私は担当じゃないんですけど、こちらの遠野さんが相談に来たんですって」

「遠野が？」

思わず相手をまじまじと見つめる。

「コンプライアンスに相談ということは……」

「ええ、パワハラの訴えです」

平河はいよいよ声を潜め、

「酷いパワハラとセクハラで心身が不調だって、散々こぼしてたそうですよ」

「遠野がそんなことを……」

「担当の男は聞くだけ聞いて『早急に善処する』と追い返したそうです。ウチの部じゃみんな呆れ返ってましたよ。その程度でなに言ってんだって。多少の徹夜とか残業とか、アドルーマンなら当たり前だろうって」

人事部の様子が目に浮かぶようだった。世間の風潮に配慮して創設されたコンプライアンス相談窓口だが、アドルーラーの精神は世間の柔弱な考えなど一顧だにするものではないことを、社員なら誰しもが理解している。

「気をつけた方がいいですよ、辻井さん。仕事ができる人は、誰に足を引っ張られるか分かりませんから。あ、もちろんこれはここだけの話ということで」

「心得てます。ありがとうございました」

「それじゃ」

折から到着したエレベーターを横目に見て、平河は小走りに去っていった。

奈良岡がこんなことになったばかりだというのに、まったく、遠野には手を焼かされる——

出入口のゲートに向かいながら、海斗は心の中で盛大に舌打ちした。

早めに代わりの人員を見つけねば——

だが遠野の代わりとなれるほどの人材はまだ育っていない。

平河は室長と打ち合わせに来たと言っていた。遠野の後任についても話してくれるといいのだが。

同日夕刻、急な呼び出しを受け、海斗は盾原とともに車でシティ・フェス実行委員会本部が入居している日比谷のオフィスビルに向かった。なんの用件であるのかは盾原にも分からないようだった。

「もしかして、昼間いらっしゃってた平河さんの件と関係があるんじゃないですか」

　車内でそれとなく探りを入れると、盾原はからかうような目で、

「なんだ、君は自分がトバされるとでも思ったのか」

「まさか」

「冗談だよ。平河君が来たのは奈良岡君の件だ。あまりにも突然だったんで、人事でもびっくりしたらしい。詳しい事情を調べるよう上に言われて来たそうだ。その前に君が報告してくれていたおかげでちゃんと説明することができた。平河君も、奈良岡君がアドルーマンとしては精神的に不適格だったんだろうと納得してくれてたよ。何か問題を起こす前に自己都合で退職してくれて幸いだったとも言ってたな」

「そうだったんですか」

　そんな凡庸な相槌しか打てなかった。実際、他に感想は何もない。

「それで、平河君には後任の候補をすぐ出してくれるよう頼んでおいた。さすがに奈良岡君が今抜けるとなると君だって困るだろう。平河君も早急に用意すると言ってくれた」

「助かります」

　やがて車は目的地に着いた。推進準備室の入居している築地のオフィスビルよりはるかに豪華な威容を誇る高層ビルだった。凄まじい額の賃貸料が毎月ここに消えていく。当然都民の税金である。

　命じられていた通り、ただちに特別会議室に直行する。壮麗な外見以上に、ビルの内部はモダンな意匠にあふれ、立ち入る者を感嘆させるよりむしろ萎縮させてしまう。行きすぎた見栄の結果だが、入居を決めた者達にそんな感性はない。全体がガラス張りになっており、広々として明るい光

に満ちているが、ここで話される内容はガラス張りにはほど遠い。絶対に外部へ漏らすことのできないような話ばかりである。

その奥まった場所に位置する特別会議室では、土肥専務、幡多局長らの他に、杉下《すぎした》副都知事、菊《きく》地《ち》弁護士事務所長、高見《たかみ》経済研究所長、それに矢戸《やと》建設の花田《はなだ》社長らが顔を揃えており、何事か議論している最中であった。いずれもシティ・フェス実行委員会のメンバーである。

彼らの社会的地位にふさわしく、室内の内装も贅《ぜい》を尽くしたものだった。推進準備室にある記録を見ればかかった費用はすぐに分かるが、特にそういう気にもならない。特権階級の者達が税金をいくら浪費しようと知ったことではないからだ。

また海斗は、その片隅に一人無言で座っている男が妙に気にかかった。知らない男だが、どこかで見たような気がしてならなかった。

入室した海斗達を見て、彼らは一様に剣呑な、それでいて気まずそうな面持ちで黙り込んだ。室内にはぬるりとした感触の空気が充満しており、海斗を重く押し包んだ。どう考えてもいい話ではあり得ない。

「よく来てくれた。時間がないので端的に説明する」

土肥が抑揚のない無味乾燥な口調で切り出した。

「メイン会場の設計デザインなんだが、いくらなんでも予算がかかりすぎなんじゃないかという意見が出てね、白紙に戻すことになった。そこで急遽君達の方で新たなプランを立案してもらいたいのだ」

臨海副都心に都が所有する巨大な倉庫を取り壊して新都市博のメイン会場とすることは最初期に決まっていて、公募により世界的に評価の高いオーストラリア人建築家のプランが採用された。

メイン会場については都と官邸とが半ば独断的に進めていて推進準備室は関与していなかったのだが、決定したプランは関係各方面からも好評で、来月にも着工する予定であることは把握している。

「お待ち下さい」

上層部には絶対服従のはずの盾原が、蒼白になって抗議する。

「今になって白紙撤回とは……開催日に間に合わないどころか、国際的な訴訟ともなりかねません。デメリットがあまりに大きすぎます。どうかご再考をお願いします」

それに応じたのは杉下副都知事であった。

「新都市博はね、都民の税金で賄われるんですよ。それだけじゃない。国庫からも税金が投入される。一円たりとも無駄遣いなんてできません。節税に努めるのが我々の義務じゃないですか」

「お言葉ですが、今からではどう考えてもかえって予算がかかるとしか――」

「法的な問題は大丈夫だと菊地さんがおっしゃっておられます」

杉下の言葉を受け、黒縁の眼鏡をかけた菊地が答えた。

「契約書を再検討したところ、『東京の未来的景観にふさわしいデザインとその仕様書を納品する』とあります」

彼は法曹界の大物という触れ込みで、実行委員会の法律顧問という立場にある。

「実行委員会の見解では、このデザインは『東京の未来的景観』にふさわしいとはとても言えない。加えて環境にも優しくない。時代はエコですよ、エコ」

とんでもない身勝手さだ。「東京の未来的景観」とやらにふさわしいか否かは、完全に主観でしかない。

「仮に法廷で争うことになったとしても、また賠償金を支払うことになったとしても、その金額より安い予算で作ればいいだけの話ですよ。これこそ都民のためのイベントというものではないでしょうか」

「では、着工の遅れに伴うスケジュールはどうするんですか」

盾原の問いに副都知事が再び口を開く。

「それは矢戸建設さんが一肌脱いで下さるそうだ」

矢戸建設の花田社長が仰々しく頷いた。同社はスーパーゼネコンの最大手であり、歴代の政権とも関係が深い。

「花田さんは丹内都知事とゴルフを通じてご昵懇《じっこん》の間柄でいらっしゃる。都民のために全社一丸となって必ず期日に間に合わせると約束して下さった。再公募の必要はない。花田さんによると、近江《おうみ》賛三郎《さんざぶろう》先生がすでに着手して下さっているとのことだ」

「しかし……」

脂汗を浮かべる盾原を、土肥が感情の消えた目で睨めつける。

「まだ何かあるのかね、盾原君」

その言い方で盾原は何もかも察したようだった。

すべてはもう決している。何を言おうと覆ることはない。

「いえ、私も都民と国民のために全力で取り組む所存です」

海斗も盾原と並んで深々と低頭する。

わずかに視線を上げ、こちらを見下ろしている男達の顔を見る。

あの男。実行委員会のメンバーではない。メンバーなら一人残らず知っている。名乗りさえせず、こちらを冷ややかに見つめている。地を這いつくばる虫でも眺めているかのように。

誰だろう――

「では早速かかってくれ。時間がないんだ」

土肥の命令に、海斗は盾原に従い早々に退室する。

「君のせいだぞ」

帰りの車内で、盾原は唐突に呟いた。

「えっ、どういうことです」

隣に座った海斗が問うと、盾原は嘲笑と苦笑の入り混じる笑みを浮かべ、

「君が連れてきた逢摩産業だ。あそこからのリターンがあまりに大きいんで、官邸が欲を出したんだろう。新プランとは、要するに逢摩産業を嚙ませて組み直せということだ」

返す言葉もないとはこのことだった。

「君も気づいていたはずだ、あの、一人だけ名乗りもしなかった男」

「ああ、気にはなっていたんですが、誰だか思い出せず……」

「山之辺《やまのべ》だよ、総理秘書官の。官邸の意向が正しく実行されるか、見届けに来てたんだ。恫喝を兼ねてな」

ようやく思い出した。ニュースか何かで見かけたのだ。総理の傍らにあの男が控えている画面を何度か見た。

そういうことか――

外国人建築家の声望を高めてやっても、実行委員会の権力者達には一円も入ってこない。そこで融通の利かない外国人を排除し、予算を還流させる新システムを構築する。都知事も矢戸建設も乗

らないはずがない。弁護士や御用学者も同類だ。

貪欲な蛇達に、より甘い蜜の味を覚えさせてしまった。

自分のせいだ。


盾原と推進準備室に戻った海斗は、肚の読めない上司と二人、室長室に籠もって早速スケジュールの再調整にかかった。やるべきことは無数にある。無限にあると言ってもいいくらいだ。

途轍もない二度手間だ。今回ばかりは政治家の貪欲と傲慢にどうしようもない怒りを覚えた。

杉下副都知事の話では、矢戸建設が近江賛三郎を担ぎ出したということだった。

近江賛三郎は日本建築界に君臨する大物建築家で、全国の大規模施設の設計を手掛けている。

「再公募の必要がないというのはこの際ありがたいが、近江先生は矢戸建設とツーカーだ。どれほどの金がどこに流れ込むことやら」

書類のファイルを繰りながら、盾原が他人事のように言う。

それだけではないだろう、と海斗は思った。

近江賛三郎には以前首都近郊の市民ホール建設の際に挨拶しているが、噂通り、老境に入って国際的な名声を残すという妄執に憑かれた人物だった。その結果できあがった市民ホールは、奇怪な外見ばかりが悪目立ちする、使い勝手の悪い施設として市民からの評判が極めて悪いものになったと聞く。

近江ならば、著名なオーストラリア人建築家を押しのけて自分のデザインを押し込むことに心からの歓喜を覚えるに違いない。

ともかく、近江設計事務所や矢戸建設への確認等、建築プラン変更に伴うすべての仕事を推進準備室のメンバーに割り振ることが先決だ。そこからの情報をフィードバックさせてプロジェクト全体のイメージを再構築する。現状で誰もがこなしきれないほどの仕事に追われているというのに、それに倍する仕事を命じるのはさすがに酷というものだ。

だが、やるしかない。

「室長」

「なんだ」

「設計プランを白紙に戻すと言いますが、国際的に公募までしたプランを一方的に破棄するわけですから、世論の非難は免れませんよ」

「それは法律顧問の菊地さんが問題ないと言ってただろう」

「ネットの世論に法律なんて無意味ですよ。連中は火を点けて騒ぐのが目的ですから」

「それなら遠野の仕事じゃないか。あいつに言って然るべき手を打たせろ。幸い白紙化の公表まではまだ時間がある。今からＳＮＳに噂を流させるんだ。例えば、そうだな、現状の設計プランは東京の環境を破壊するとか、公募の規約に違反してるとか」

「しかし遠野にそれだけのキャパがあるか……」

「あるかどうかじゃない。やらせるんだ」

「分かりました」

海斗はすぐに簡単な業務指示書を作成し、室長室から遠野を呼んだ。

「なんでしょうか」

不安そうな面持ちで入ってきた遠野は、盾原と海斗を交互に見ながら言った。

盾原は自分の書類仕事に没頭して顔を上げようともしない。

立ち上がった海斗は、遠野に指示書を手渡し、メイン会場の設計プランが白紙となった大まかな経緯を説明した。もちろん官邸の介入等の裏事情については省略している。

「……そういうわけで、これを最優先でやってほしい。ネット対策については君の方が詳しいので、指示書と言っても僕にはメモ程度しか書けなかったがね。君にはやるべきことが僕より具体的にイメージできるはずだ。じゃあ頼んだよ」

「待って下さい」

遠野が悲壮な面持ちで言った。

「それって、デマを同時多発的に拡散しろって話ですよね？」

「そうだけど？」

「そんなこと、できません」

「できないって、物理的にってこと？」

「それもありますが……それだけじゃありません」

「じゃあどうして」

「企業倫理に反する行為です」

その途端、盾原が机上の書類を見つめたまま失笑を漏らした。

海斗はため息をついて遠野に向かい、

「あのねえ、今さらなに言ってるの。僕も君も、そういうこと、今まで散々やってきたじゃない」

「ですが、少なくともそれらは新都市博のいいイメージを形成するためのものでした。これは不正の隠蔽です。私にはとても――」

「できないってのか」

盾原だった。書類から顔を上げ、生者なのか亡者なのかさえ判別のつかぬ目で遠野を見据えている。

「遠野君、君は今、このフロアで働いている仲間全員を侮辱したんだ。その自覚はあるのか」

「そんな、侮辱だなんて……」

「いいか、俺も辻井も、そして他のみんなも、力を合わせて新都市博の成功を目指している。そのためにはどんなことでもやる。もう一度言う。どんなことでもだ。その覚悟があるからこそ俺達はアドルーマンなんだ」

横で聞いている海斗でさえ、魂が凍りそうなほど峻烈な盾原の〈宣言〉であった。

遠野は熱病でも発したように汗を浮かべて震えている。

「で、君はどうなんだい、遠野君」

「私……私は……」

「俺はね、君の覚悟を訊いてるんだよ」

「室長、遠野君はやってくれますよ」

海斗は思わず助け船を出していた。ここで遠野に逃げられたらその方が痛い。

「そうだろう、ね、遠野君?」

「はい……」

遠野は首の筋肉を不器用に動かし、人形のように頷いた。この場合、それ以外の返答は恐ろしすぎて誰にもできないだろう。

「じゃあ、早く席に戻って」

海斗は遠野を急かすようにして室長室から追い出した。

声を出さずに息をついて振り返ると、盾原がじっと自分を見つめていた。

「辻井」

「はい」

「おまえは冷酷な奴だな」

「えっ？」

耳を疑う。今の自分の行為からすると、「優しい奴だ」と言われるのが普通ではないのか。

「あの、それはどういうことでしょうか」

だがいくら尋ねても、盾原は再び自分の仕事に戻ってもうこちらを見ようともしなかった。


南千住の雑然としたテナントビル内に設けられた逢摩産業の事務所に何度も足を運び、海斗は陣能、城有とともに打ち合わせを重ねた。

普段事務所に詰めているのは当然ながら逢摩産業の社員なのだが、裏の事情などまったく知らされていない、単なる雇われの留守番でしかない。ペーパーカンパニーの実態とはこんなものだ。

近江の新しい設計プランは一週間と経たずに上がってきた。おそらくはどこかで不採用となったプランを再利用したものだろう。お蔵入りも頷ける珍妙なデザインだったが、ともかくもこれで着工の遅れは最小限に抑えられる。つまり多少は世間に対する言いわけも立つということだ。

矢戸建設は異様なまでに細分化された工程表とその見積もりを出してきた。それぞれの工程の下に二次受け、三次受け、四次受けと業者やエセ業者が入り、果てしない中抜きが続くのである。

だが逢摩産業は今や単なる一仲介業者ではない。どこがいくらで落札するか、それを差配する権限を与えられたのである。『入札の有名無実化を図る』旨の社内文書が、アドルーラー幹部の間で共有されていた。

　談合の表の勧進元は矢戸建設、裏の勧進元はシティ・フェス実行委員会。逢摩産業はさしずめ現場監督といったところか。

「都の方から〈談合命令〉が出るなんて、世の中はオレらなんかよりもずっと腐ってるんだなあ。それも官邸の協賛と来た。おかげで予想外の残業だ」

　無数の業者名を書き出しながら、城有がぼやく。

「黙ってやれ。おまえはカタギなんだろ。アドルーラーの皆さんに比べると、こんなのは残業のうちにも入らねえ……そうでしょう、辻井さん」

　城有を叱りつける一方で、陣能は巧妙に海斗を持ち上げる。

「当たり前です。我々は基本一日三十六時間労働ですから」

　ひたすら業者のリストを突き合わせつつ、海斗はまったくの事実を述べる。本当にその通りなのだから、他に答えようはない。

「それにな城有、この仕事は政府公認だ。しかもいろいろと抜け穴を使ってるから、会計検査院の検査対象にも該当しねえ。つまり絶対にパクられないって保証付きなんだ。こんなうまいハナシは他にはねえ。辻井さんに感謝するんだな」

　こちらを立てているようで、陣能の言葉にはすべてを嗤う黒がある。

　ヤクザ、半グレ、広告代理店社員。黒と灰と白。この三者が密閉された狭い部屋で顔を突き合わせ、国民の税金を簒奪するための手配を黙々と進めている。

　なんという光景か。

　くすんだ天井の辺りから自分達を俯瞰してみると、世にも滑稽な図が拝めるだろう——そんなことを時折思った。しかしそれも疲労から来る妄想で、海斗はすぐに頭を振って作業に戻る。

自分はアドルーマンであり、会社の利益はこの世のあらゆる規則の上位に在る。それこそが揺るぎない真実というものではないか。

新都市博という壮麗なお菓子の家をアドルーラーがプロデュースしたおかげで、多くの企業とその社員が甘い汁のおこぼれを啜って生活できる。それはまぎれもない事実である。

そうだ、黒と灰と白。これこそが社会を表わす三原色だ。自分達は間違いなくこの社会を構成する最も基本的な単位なのだ。


海斗の労働時間には、義父との会食も含まれる。

他の仕事の合間を縫って、海斗は義父の大垣泰輔とホテルニューオータニの日本料理店『千羽鶴』の個室で会った。大垣が自宅を避けたのは、妻や娘に聞かせたくない話だからであろう。それは海斗にとっても同じである。

「出産予定日はもうすぐだ。娘は君が少しも会いに来ないと四六時中こぼしている。妻も君があんまりにも不実だと愚痴ばっかり言ってるよ」

「申しわけありません、お義父さん」

頭を下げる海斗を、大垣が遮る。

「謝らんでもいい。私はアドルーラーの役員を何人も知っているが、家族にかまけて出世した者はいない。私は君が生粋のアドルーマンであると見込んだからこそ、娘を嫁がせたんだ」

松村証券の執行役員である大垣は、すべて心得ているという顔で、

「こうなることは分かっていた。あれほど言い聞かせてあったのに、妻も娘も、女というやつはど

うにも頭が悪くていかん。自分達が贅沢《ぜいたく》に暮らしていられるのは誰のおかげか、てんで理解しようとはせん。私も長年苦労したもんだ」

「お察し致します」

海斗は義父の猪口に酒を注ぐ。

「お、すまんな」

それを受けた大垣は、一口飲んでから視線を上げ、

「それより例の、外人のデザインを反故にした件、あれは相当叩かれてるようだな。ニュースでも毎日やっとるぞ」

「ええ、ウチの連中もみんな参ってます」

「心配するな。来週にはもう覚えてる者さえいなくなる。これまでもそうだった。総理や都知事がどんなスキャンダルを引き起こそうと、大衆はすぐに忘れてしまう。いや、むしろ意図して忘れようとしてるんだな、あれは。そうでなきゃ、日本人はみんな記憶障害かなんかだよ」

「だといいのですが」

「何を弱気になってるんだ。君らしくもない」

表面上はしおらしくしている海斗を、大垣は一喝した。

「私の耳にも入っているぞ。あれは官邸の指示なんだってな」

「よくご存じですね」

「当然だよ。これだけ金が動いてるんだ、どういう仕掛けなのか、調べてみるのが我々の仕事だからな」

「恐れ入ります」

「日本経済にとってはいいことずくめだ。経団連でも歓迎ムードで、これまで以上に新都市博をバックアップしていこうという話が理事会で出たとウチの社長が言っていた。なんでも、総理や都知事を動かしたのは君の仕込んだ会社がきっかけだそうじゃないか。いや、大したもんだと社内でも評判だ。おかげで私も鼻が高いよ」

財界の反応がよく分かる。彩音を妻に選んで正解だった。

ほくそ笑みつつ、海斗は刺身を箸で摘まんで醤油の小皿に浸す。

「これで総理も都知事もますますアドルーラーを頼るようになる。君の将来は盤石《ばんじゃく》だぞ、海斗君」

「ありがとうございます」

「だが出る杭は打ちたくなるのが日本人の本性だ。くれぐれも用心は怠るな。誰がどこで足を引っ張ってくるか分からんぞ」

「はい、心します」

「私の把握している限りでも、すでに西塔《さいとう》組が割って入ろうとあれこれ画策しているようだ」

「本当ですか」

「ああ。脇の甘い都知事の周辺に西塔組の幹部が接近している」

西塔組は矢戸建設と同じく日本有数のスーパーゼネコンである。ライバル関係にある矢戸建設の成功を、指をくわえて見ているような会社ではない。

海斗はその場で手帳を取り出し記入する――「1、経団連にも後追いでフォロー。経費を申請」「2、西塔組の動きに注意。要調査」「3、都知事の身辺を警戒」

大垣からはこうした情報を折に触れ仕入れている。持つべきは有力な親族だ。

酔いが回ったのか、頬を赤らめた大垣は心持ち身を乗り出し、

「でもなあ、海斗君」

「はい」

「親として彩音の気持ちも分からんではない。無理を承知で頼むんだが、赤ん坊が生まれるときだけは、あいつのそばにいてやってくれんか」

「もちろんです、お義父さん」

決して心にもない言葉ではない。人として、我が子の生誕が嬉しくないはずはない。それに生まれてくる赤ん坊は男の子であると判明している。

第一子の長男をこの手にかき抱く、人生で唯一の瞬間。

できればその刻を逃したくはない。

11

印刷機器の唸りと鳴動はこの世のすべてを揺るがすようだった。絶え間なく叫び続け、苦悶し続け、周囲の人間に操作を促す。

翔太は連日必死になって働いた。と言っても、印刷機の操作ではない。先輩達の補助だ。

「紙持ってこい、なにやってんだ、早くしろ」「こっちのパンフ早くどかしてよ」「枚数これであってんのかよ。もう一回確認して」

大声で命じる先輩達に従い、大きな機械の間を終日鼠のように走り回る。汗を流して刷り上がった紙の束を運び、仕様書をめくって受注した内容の詳細を確認する。ありていに言えば雑用だ。

だが少なくともそれは呪いではない。印刷機は我身を震わせながらこの世に文明を現出させる祝祭だ。そう思うとどんな仕事でも耐えられた。

学歴のない自分が「本」を作る仕事に従事している。翔太にとって、それは望外の喜びであり、大きなモチベーションとなっていた。

もちろん光来印刷が扱っているのは本ばかりではない。むしろ書籍や雑誌の割合は減る一方だ。出版業界は未曾有の不況に喘《あえ》いでいるというから、それもやむを得ないのかもしれない。代わって雑多なパンフレットやポスター、チラシ、名刺、ダイレクトメールといった小物の発注は増えていた。印刷物の種類によって、デザインや印刷の仕様も当然異なってくる。現在は刷版もコンピューターを使うＣＴＰが主流であり、技術革新も進んでいる。印刷を巡るすべてのことが、翔太には日々の希望に感じられた。

先輩達が大声で怒鳴るのも、怒っているからではない。騒音のため大声を出さねば指示が聞こえないからだ。そうした真っ当な職場に身を置いていられるだけで、何か清々しい気持ちで生活することができたのだった。

印刷オペレーターは製版から印刷、製本までを行ない、担当機械の整備や保守にも責任を持つ。まさに祭事を司る神官ではないか。

信じられない。自分が「本」を作る人達の一員になっているなんて。

気になることもないわけではない。というのも、しばらく前から上司や先輩達の顔色が目に見えて打ち沈んでいるからだ。

理由は分かっている。しかしそれは、非正規の一社員にすぎない翔太にはどうしようもないことだった。

頭では理解しながらも、それが翔太をいたずらに焦らせ、不安にもしていた。

「あの、近藤さん」

休憩時間に事務室へ足を運んだ翔太は、折りよく居合わせた工場長におそるおそる話しかけた。

以前は「おう、どうした」と明るく応じてくれていた近藤が、今は煩わしそうに顔を向けただけだった。

「俺、資格取ってからそろそろ二ヶ月なんで、例の話は……あ、いや、別に催促するわけじゃないんですけど、子供が来月にも生まれそうなんで、ちょっとは女房を安心させてやりたいな、なんて思って……」

我ながらたどたどしい、稚拙な話しぶりだった。こういうとき、いつも自分の教育のなさを痛感する。

二ヶ月前、翔太は念願の印刷技能士２級の資格を取得した。印刷技能士２級は、二年以上の実務経験があれば受験資格を得られる。近藤達の協力を得て受験資格を得た翔太は、学科と実技からなる試験に挑戦した。合格と分かったときは、妻の有紀と手を取り合い、躍り上がって喜んだものだ。また合格の暁には、正社員に推薦すると近藤は内々に約束してくれていた。そのことが受験に挑む翔太にとって、大きな励みとなっていたのは事実である。

しかし二ヶ月経っても、近藤は正社員に推薦してくれるどころか、機械の操作を任そうとさえしなかった。

「あれなんだけどさあ、おまえも分かってるだろ、今ウチの仕事がどうなってるか」

渋々ながらといった顔で近藤が口を開く。

「ええ、なんとなくですけど……」

詳しいことは何も聞かされていないが、それでも会社の話は嫌でも耳に入ってくる。

　仕事が減っているわけではない。新都市博を控えて、むしろ手が回らないくらいに増大していた。にもかかわらず、利益は大幅に減っている。なんでもコンサルだか代理店だか、間に入る会社が増えて、それだけ多額の金を抜いていくのだという。その分だけ光来印刷のような末端の町工場に入る金が減少するという仕組みである。

　近藤は読んでいた新聞を無造作に畳み、

「俺だってなあ、おまえを一人前にしてやりたいのはやまやまなんだよ。でも今は時期が悪い。それでなくても会社の中には、いつまでヤクザを雇ってるつもりだなんて言う奴も少なくないんだ」

「すんません……」

「おまえが謝ることはない。実際、よくやってくれてるよ。今どき珍しいくらい熱心だし、腕もいい。だけどなあ、新都市博のおかげで仕事が増えたのはいいが、受注金額は下がる一方だ。このままじゃもうやってけねえ。人が足りねえから、ヤクザだろうがなんだろうが、上も辞めさせろとは言ってこないけどさ。俺達だってカツカツなんだ。そうかと言って、仕事を断るわけにもいかねえし……何が新都市博だ、一体どうなってやがんだよ。このままじゃ俺達みたいな下請けは働きづめで過労死か、よくて老後はホームレスで飢え死にだぜ」

　近藤の話は、途中から世間に対する愚痴へと変わった。休憩時間の終わりまで、翔太は延々と続く近藤の愚痴に付き合う羽目になってしまった。

　アパートに帰宅した翔太を、臨月の有紀が出迎えた。

「おかえりなさい」

「ただいま」

すっかり腹の大きくなった有紀は、しばらく前から仕事を休んで負担の少ない家事に専念している。厳密には、家事と子育ての準備だ。近所のリサイクルショップを覗いては、ベビーベッドやベビーカーなどの出物がないかチェックしているらしい。「何があっても無理はするなよ」と翔太はことあるごとに念を押しているが、本人は「平気よ、だって好きなときに好きなだけ本を読んでられるから」と笑って返すのが常だった。

「どうしたの、翔太」

「何が」

「何がって、また元気ないじゃない」

有紀は相変わらず鋭かった。どんな些細な変化であっても見逃すことは決してない。

この妻にだけは隠し事など不可能だ。翔太は観念して、正社員への昇格は当分ないことを打ち明けた。

「そう、せっかく合格したってのに……」

有紀は翔太以上に落胆したようだった。

印刷技能士の資格を取得できると、印刷業界でのキャリアアップの道が開ける。一般に、印刷オペレーターの年収は日本人の平均年収より低い傾向にある。ただし全体の給与幅が広いため、勤務先の規模、本人の経験やスキル等によって大きな差があるとも言われている。翔太のように未経験でスタートしても、現場経験を積むことによって熟練レベルまで技能を磨くことも可能なのだ。

「ねえ、前から言おうと思ってたんだけど、これを機に他のもっと大きい会社に移ってみたら？　あんたならきっとやってけると思うんだけど」

技能にもよるが、大手印刷会社へ転職できれば収入の大幅増が確実に見込める。現代では印刷する媒体は紙だけにとどまらず、最先端の電子基板などの素材に印刷する業務も増えている。相対的に見て、印刷業は新たなニーズへの可能性を内包しており、明るい将来が期待できた。

だが妻の提案に、翔太は暗い面持ちで応じるしかない。

「ダメだ。前科者を雇ってくれる会社なんてそうそうあるもんか。今の会社が拾ってくれたのだって奇跡みたいなもんだし。それだけに恩義もあるし」

「恩義って、もうヤクザじゃないんだから。でも、それがあんたのいいとこだけどね」

冗談めかして言う妻に、

「この状況じゃ、たぶんどこの会社に行ってもおんなじだと思う。それこそ汎日本印刷みたいな一次受けの最大手にでも入らないことにはね」

「どこも中抜きされてるってことね。元凶はアドルーラーあたりかな」

さすがに有紀は察しがいい。

「たぶんね。実際に仕事をしている俺達に入るはずの金の大半が途中で消えてる。近藤さんじゃないけど、これじゃ下請けの町工場は潰れるしかない」

黙り込んだ妻の様子に気づき、翔太は慌てて明るく言った。

「腹が減ったよ。夕飯はできてる？」

有紀は思い出したように立ち上がり、

「ごめんなさい、すぐに支度するわ。今夜はカレーだから温めるだけ。手を洗って待っててね」

「いいね、ちょうどカレーが食べたいと思ってたんだ」

洗面台に向かい、丹念に手を洗いながら考える。やはり有紀の様子は以前とは違う。

かつての有紀は、たとえ何があろうとどこまでも前向きで活力に満ちていた。それが今は、どこか力なくうなだれているように見えてならない。体調もよくないらしく、発熱や倦怠感を訴えることも多くなった。

それでなくても、元ヤクザの配偶者として有紀は肩身の狭い思いをしながら生きている。加えて今は臨月だ。生まれてくる子供の将来を考えると、夫の収入や将来性について悲観的になるのも当然と言えた。

小さなダイニングテーブルで向かい合い、二人でジャガイモとニンジンの多いカレーを黙々と食べる。鶏肉も申しわけ程度には入っている。

「有紀の作るカレーは本当にうまいよ」

沈黙に耐えかねて、翔太は我ながら陳腐に過ぎる言葉を口にしてしまった。

「……酷いよね」

「ごめん、俺、ボキャブラリーなくてさ。このおいしさ、開高健か池波正太郎だったらなんて表現するかな」

「違うの、アドルーラーのこと。きっとあいつよ」

「あいつって？」

「翔太の相棒だった奴。辻井海斗」

「それはどうかな。アドルーラーが噛んでるのは確かだろうけど、会社って一人でやってるわけじゃないから」

しかし有紀は思いつめたような表情で首を左右に振り、

「ううん、絶対にあいつよ。ダルシネアさんにだって、相変わらず酷いことしてるみたいだし」

ダルシネアさんか――

彼女のことは翔太も気になっていた。あれからずっと有紀の読書アカウントにログインすらしていない。

なんとか力になってあげたいが、それこそ今の自分達にはどうしようもなかった。

かつてのような、彼女の生き生きとした書評をまた読んでみたい――

有紀もきっとそう願っていることだろう。

「あたし、翔太には絶対に負けてほしくない」

「えっ？」

最近の有紀は、ときどき突拍子もないことを言い出したりする。

「ごめん、いきなり変なこと言って。あたしね、翔太は絶対に今の仕事に向いてると思うの。印刷って、小説だけじゃなく、いろんな絵や写真やデザインに触れるわけでしょう？　だから本質的にアートが好きな人に向いてるって聞いたことある。あんたが初めて印刷技能士になりたいって打ち明けてくれたとき、あたしはやっぱりって思ったわ。翔太、絶対に印刷の仕事をやってくべき。そしてもっともっとアートに触れてほしい。好きなことを好きなだけやる。それがあたし達の勝利なのよ」

今夜のカレーはどういうわけか塩辛い。だが――

「やっぱり有紀の作るカレーは最高だよ」

ティッシュを取って目許を拭った有紀が微笑んだ。

「おかわり、どうする？」

翔太は恥ずかしいほどの大声で答えていた。

「大盛りで頼むよ」

いつものように大山のラーメン屋に入り、カウンターに座ってラーメンを注文する。隣に座った仙貝に封筒を渡すと、彼は黙って受け取り、懐に入れた。

運ばれてきたラーメンを食べていると、仙貝がぽつりと言った。

「オヤジがさ、来月からはもう勘弁してやるってよ」

「え、何をですか」

反射的に尋ねると、仙貝は呆れたように内ポケットを叩いた。

「月々のコレに決まってんだろ」

「でも、約束の金額にはまだ全然――」

「もうすぐなんだろ、ガキが生まれるの」

「はい、来月の予定です。女の子なんです」

「だったら出産祝いってことでいいじゃねえか」

わざとらしく音を立てて仙貝が麵を啜る。

わけが分からない。ヤクザとはそれほど甘いものでも人情に厚いものでもない。むしろ逆だ。だからこそ反社会的勢力などと呼ばれているのではなかったのか。

「東坊会の枝の巻幡《まきはた》組、知ってるか」

「いえ」

「その巻幡組が最近になってオヤジに訊いてきたそうだ。『昔、半グレやっててムショに入った山科って奴はそっちの身内じゃねえのかい』ってな」

愕然として仙貝を見る。

「隠す義理もねえし、オヤジは正直に答えたよ。『あいつは使えねえ半端者なんで追い出した。ウチとはもう関係ねえ』って。巻幡組の奴は疑わしそうにしてやがったが、『もし奴を見かけたら言っといてくれ、ヘタなこと思い出したら事故に遭うぜってな』とか言い残して帰ってった」

どういうことだ――「ヘタなこと」とは、もしかしてカタラ時代のことなのか。

「東坊会の若頭は陣能って経済ヤクザだ。こいつが巻幡を動かしてるらしい。陣能は知ってるか」

無言で頷くのが精一杯だった。

「やっぱりなあ……オヤジの心配してた通りだぜ」

暗鬱な息を吐いて、仙貝はラーメンのスープを飲み干した。

「おまえ、よっぽどタチの悪いのと関わりを持ってたようだな。陣能はおまえが何か昔のことをほじくり返しゃしねえかと警戒してるんだ。こうなった以上、できるだけ目立たねえようにしておとなしく口をつぐんでろ。残りの金はオヤジの気持ちだ。ありがたくもらっとけ。俺ともう会うことはねえ。この店のまずいラーメンとも今日でお別れだ……ごっそさん」

空になった丼を置き、仙貝は一人店を出ていった。

翔太は食べかけのラーメンを前に、いつまでも席を立てなかった。

陣能――

忘れもしない。闇より昏い、奈落の縁に佇むヤクザ。

あの男がどうして俺を。

工場からの帰りの道々、翔太はラーメン屋で仙貝の言っていた話について考えた。

陣能が傘下のヤクザを動かして自分の口をふさごうとしている。

なぜ今になって――

考えられる可能性はやはり一つしかない。海斗だ。

今自分がカタラグループについて口を割ったら、最も困るのは新都市博推進準備室の顔として盛んに露出しているアドルーラーの辻井海斗だろう。

陣能とつながっていたのはカタラのリーダーだった城有だ。海斗は今でも城有と接点があるのか。

いや、と翔太は首を振る。考えられない。海斗は今ではれっきとしたカタギの社会人であり、それもアドルーラーという超一流企業の正社員だ。おそらくは将来の幹部候補であろう海斗が、陣能や城有といったダークサイドの住人とつながっているなど……

そこまで考えたとき、別の発想が思い浮かんだ。陣能や城有の方から海斗に接触したとしたら？目的はもちろん新都市博の、ひいてはアドルーラーの利権である。

カタラでの過去をネタに脅されたら海斗も彼らに従うよりない。だとしたら彼もまた被害者だ。強請《ゆすり》のネタである海斗の過去が他人の口から漏れないよう、陣能が配下の組に命じて手を打とうとするのも筋が通る。

翔太はかつての友を思い浮かべる。これまでの人生で、ただ一人の友人だった。その友人が、闇社会の悪意によって現在の成功を脅かされようとしているとしたら。

一方で、自分の勤める光来印刷をはじめ、中小から零細の印刷業者を限界まで圧迫しているのは他ならぬアドルーラーなのだ。

どうすればいいんだ――

いくら考えても分からない。そもそもが、自分のように社会の片隅で息を潜めて生きている人間に、できることなどありはしない。

夜の空気がやけに重い。暗い重力に抗うように、翔太は無理やり足を速めて家路を急いだ。

「ただいま」

「おかえりなさい」

いつものように帰宅して、いつものように食事する。夕食はあり合わせの食材を使った和洋折衷のポトフだった。有紀はそうした調理の工夫にも長けていて、翔太は感嘆するばかりである。身重の妻を気遣い、料理くらいはできるだけ自分がやろうと思ってはいるのだが、勤務時間の都合でそうもいかない。そのことを詫びると、有紀は「気にしないでって言ったでしょ」と明るくむくれてみせるのが常だった。

「ごちそうさま。ああ、おいしかった」

翔太が食べ終わるのを待ち構えていたように、有紀は自分のスマホを取り出した。

「ねえ、ちょっと見てみて、これ」

「え、なに」

「ダルシネアさんの本アカのツイートなんだけど……」

「またなんかあったの?」

「いいから読んでみて」

スマホを受け取り、スワイプしながらツイッターを読んでみる。

「上司の推薦した会社の社長、半グレだった!　しかもタチ悪いので有名な人!　上司はそれを知っててプロジェクトに引き込んだんだ」

「ちょっと調べればすぐに分かるくらい有名な半グレ。過去にヒドいことやってるのに執行猶予だからセーフって。そんなのと組むなんて信じられない！　問題を指摘したら、「君は差別主義者か」って言われた」

「それだけじゃないよ！　その半グレにだまされた女子の過去ツイを掘ってネット上の信用を落とせって命令された。人間じゃないよ、もう！」

愕然として顔を上げる。

有紀がじっとこちらを見つめていた。その頬は二ヶ月ほど前から全体的に赤く染まっている。本人は微熱のせいだろうと言って胎児に影響のない解熱剤を服用していたが、あまり効いているようには見受けられない。

「その上司って、例の辻井海斗よね」

「ああ、たぶん」

「辻井は今もカタラのときの半グレと組んでるのよ。中抜きで印刷業界に酷いことをしてるのもやっぱり辻井だったんだわ。かわいそうにダルシネアさん、そんな奴にこき使われて……」

否定のしようもなかった。

海斗、おまえはどうして——

「それだけじゃないの、早く先を読んで」

促されて視線をスマホに戻す。

「超時代錯誤のセクハラとパワハラ。今は昭和何年？　もう限界。我慢できなくて本社のコンプライアンス相談窓口に駆け込んだ。これでなんとかなるといいんだけど、期待していいのかな？」

「コンプライアンス担当の人は『それは酷いですね』とか『早急に善処する』とか、おんなじこと繰り返すばっかりだった。本当に期待できるのかな……」

心身の不調を抱え、焦燥に駆られるサユリの姿が目に浮かぶようだった。

そして数日の間隔があって、驚くべきツイートが目に飛び込んできた。

［同僚の男から、コンプライアンスに相談した内容を言われた！　あの上司も知ってるって！　担当が当人に漏らしたんだ！］

［なんで？　なんでそんなことするの？　コンプライアンスってなに？］

［職場が恐い。「裏切り者」とか「勘違い女」とか聞こえよがしに言われた。コンプライアンス相談窓口なんて行くんじゃなかった］

［もういやだ、会社なんて行きたくない。でも休んだらもっと酷い目に遭う。これ以上耐えられない］

［髪の毛がごっそり抜けた。もうスタイリングでごまかせない。どうしよう］

　サユリは日に日に追いつめられていく。凄惨すぎて読んでいられなかった。

「酷すぎる……」

　スマホを有紀に返し、

「やっぱり、本人に連絡を取った方がいいんじゃないか。誰かが話を聞いてあげるだけでもだいぶ違うと思う。もし何かあったら、それこそ取り返しがつかないから」

「ええ、あたしもそう思って、ＤＭ送ってみたんだけど返事がなくて……それに、最近はあたしの方が体調悪くて、ちゃんと相談に乗れるかどうか……」

　そう言って有紀はつらそうに頭を押さえた。しばらく前から彼女は原因不明の頭痛や関節痛を訴えるようになっていた。実はだいぶ以前からそうした症状を自覚していたらしいが、自分に心配をかけまいと黙って耐えていたという。

「大丈夫か、有紀。顔色が悪いぞ。なんなら医者に――」

突然有紀が椅子から崩れ落ちた。

「どうしたっ」

慌てて抱き起こす。体温を測るまでもなかった。高熱だ。

「痛い……痛い……」

意識はあるが、しきりと頭痛、さらには手足や肩の関節痛を訴えている。

翔太は躊躇なく救急車を呼んだ。


「ＳＬＥ……全身性エリテマトーデスの可能性が高いと思われます」

深夜の救急病院で、救急医は発熱、手指などの関節痛、口腔潰瘍その他の特徴的な症状に基づく所見を翔太に告げた。聞いたこともない病名だった。

「診断は専門医による検査の結果を待たねばなりませんが、全身性の炎症性臓器障害を起こす自己免疫疾患で、膠原《こうげん》病と呼ばれる病気の一つです。原因は特定されていません。いわゆる難病に指定される特定疾患です」

難病だって？　特定疾患だって？

医師の話を一言も聞き漏らさぬよう注意して耳を傾けるが、頭のどこかが理解を拒否するような感覚がある。

「奥さんの場合、妊娠がＳＬＥ発症の誘因になったと考えられます」

妊娠が、発症の、誘因――

「妊婦健診をきちんと受けておられたようですが、母子手帳を拝見すると、高血圧と蛋白尿から妊娠高血圧症候群と診断されていたようですね」

それは有紀から聞いていたし、本人も気をつけていたと思う。

「子供は……子供に影響はないんですか」

身を乗り出すようにして問うと、気のせいか、医師は目を伏せるようにして、

「ないとは言えません」

「あるってことですか。じゃあ、どんな影響があるんですか」

「現時点ではなんとも言えません」

「どういうことですか。まさか、死産の可能性が……」

「その可能性もまったくないというわけではありません」

待ってくれ――そんな――そんな――

「ともかく、奥さんには緊急入院して頂きますので、窓口の方でお手続きをお願いします」

「さあ、こちらへどうぞ」

医師の横に立っていた女性看護師がすかさず翔太を連れ出そうとする。

「待って下さい、妻はどうなるんですか。まさか、有紀まで――」

「専門医から説明があると思います。いずれにしても、この場で断言できることはありません。ではお大事になさって下さい」

それだけ告げると、医師はパソコンのキーを叩き始め、もう翔太とは目を合わそうとしなかった。

何事も曖昧で、明言を避ける医師らしい態度であった。

中年の女性職員に促されるまま、翔太は窓口でさまざまな書類に記入した。

夜の救急病院は、静かなようで騒がしく、冥闇《めいあん》とも言うべき薄暗さに包まれている。そこに立つ

者にとっては、雑音は音として感知されない。無音にして無明。あるのは心をかきむしられるかん高いノイズだ。

　手続きを終え、翔太は病院を後にした。もう一度有紀の顔を見てからにしたかったが、病院の規則ということで断られた。

　明け方にタクシーで帰宅し、すぐに有紀の着替え等の用意を始めた。入院には多くのものが必要となる。窓口で渡された一覧表を見ながらバッグに詰めていく。

　最後に有紀が読みかけだった本を加える。サッカレーの『虚栄の市』だ。それ以外に、未読の棚からハイスミスの『アメリカの友人』、カルヴィーノの『まっぷたつの子爵』。それらの本を読む元気が有紀にあろうとは思えなかったが、半ばは翔太自身の希望としてあえて入れた。

　一日中ベッドの上で、読む本が何もなければ、それこそ絶望ってもんじゃないか、なあ有紀ちゃん――

　そしてスマホで『ＳＬＥ　全身性エリテマトーデス』について検索する。原因不明ということは治療法も確立していないということで、つまり完治はない。だから難病に指定されている。ステロイドが使用されていなかった一九五〇年代に比べ生存率は大幅に上がっているが、生涯付き合っていかねばならない病気であることに変わりはない。

　読めば読むほど暗澹たる気分になる。果てしない奈落へと落ち込んでいく。

　疲れ果て、台所にしゃがみ込んで昇りゆく朝日を眺めた。強い光が目に痛い。

　どうして有紀なんだ――

　繰り返し同じことを考える。

　自分達は普通に子供を望んだだけだった。普通の暮らしを夢見ただけだった。その報いがこれか。

俺達には人並みの幸せを望む資格さえないというのか。

やがて午前八時になった。勤務先の光来印刷に電話し、妻の入院のため欠勤すると伝える。それから用意したバッグ三個をつかみ、アパートを出た。

バスに乗って病院に向かう。一睡もしていないが、眠気は微塵も感じなかった。見えないヤスリが、夜通し心を削り続けていたからだ。

考えるべきことは山ほどある。また考えるべきでないことも。

有紀は六人部屋で眠っていた。両の頬にはＳＬＥに特有の赤い斑紋が昨夜よりはっきりと見受けられた。

すべてに疲れ果てたかのように、寝息さえ立てずに眠っている妻を起こすに忍びなく、翔太は持参したバッグをサイドテーブルとパイプ椅子の上に置いて病室を出た。

指定された時間を待ち、担当の専門医と面談する。

分厚い眼鏡をかけた壮年の医師は、無表情且つ事務的な口調で、翔太に向かい所見を述べた。抗核抗体・抗ＤＮＡ抗体異常高値、抗ＳＳＡ抗体陽性、尿中細胞性円柱が認められるため、診断の結果はやはりＳＬＥということだった。

どこか惚《ほう》けたような心地で翔太はそれを聞く。大体はネットで得られた知識と同じ内容であった。

有紀の場合、治療開始の遅れは痛いが、今のところ臓器の炎症は見られないので予後の回復が期待できる。また胎児への影響を考慮してステロイド・低用量アスピリン療法を開始する——そういったことが告げられた。

母子ともに無事な出産が期待できる。少なくとも完全に絶望というわけではない。

段々と理解できてくるに従い、翔太の思考もはっきりとしてきた。

「よろしくお願いします。妻と子供を助けて下さい」

生まれて初めて、神仏にすがる思いで担当医に頭を下げた。


夕刻になって一旦アパートに引き上げた。コンビニで買ってきた唐揚げ弁当を食べ、シャワーを浴びると、昨日からの疲れが一気に押し寄せ、そのまま布団に潜り込んだ。

底なしの沼に沈み込むような眠りの中で、何かがしきりと翔太の腕を引っ張った。

おまえか、瑛二——おまえはまだ俺を恨んでいるのか——

いつものように、弟が自分の腕をつかんでいるのだと思った。

だが違った。

弟は自分に触れてもいない。

弟がつかんでいるのは、有紀の腕だった。そして粘り着く泥沼の中へと引きずり込もうとしている。

夢の中で、翔太は喉から血が迸《ほとばし》るほどの絶叫を上げた。

なぜだ、なぜなんだ——

自分は罪を犯した。罰せられるべきは自分なのだ。有紀ではない。ましてや生まれる前の赤子にどんな罪があるというのだ。

頼む、瑛二——連れて行くなら俺にしてくれ——

だが有紀の姿は無情にも泥へと消える。

痛い、痛いと微かな怨嗟の呻きだけを地上に残して。

有紀のことは心配だったが、今後の治療費などを考えるといつまでも仕事を休んでいるわけにもいかない。

通常通り出勤した翔太は、まず事務室へ顔を出した。折よく居合わせた近藤に、欠勤について詫び、妻の病状について説明する。

「そんな厄介な病気とは……おまえさんもよくよくついてねえ男だなあ……」

近藤は我が事のように嘆息し、

「実は俺の従妹も特定疾患に罹《かか》ったことがある。完全に治ったわけじゃないが、今は寛解してて無事に暮らしてるよ。特定疾患なら国から補助金が出るはずだ。全部じゃないが、少しは足しになるだろう。必要な書類をもらってすぐに申請するといい。ウチもできるだけのことはするから」

「ありがとうございます」

「だが、こうなると気になるのはお腹の子供だな……」

そう呟いてから近藤は気まずそうに言葉を濁した。不吉は口にすべきでない――そんな思いが苦労人らしい彼の面上に滲んでいた。

「子供のことは病院の先生も一番気をつけてくれてます。母体の状態を見た上で最善の方法を採るって……」

「そうだよな、うん、ここは病院を信頼して専門家に任せるのが一番だよな」

「はい」

「大変だろうが、ここでおまえが参っちまうと何もかもいけなくなる。奥さんと生まれてくる子供のために、気合いを入れてがんばらなくちゃな」

「はい、ありがとうございます。もしかしたらこの先ご迷惑をおかけすることがあるかもしれませんが、どうかよろしくお願いします」

　近藤に励まされ、翔太は礼を述べてから工場に入った。いつものように汗だくになって走り回る。仕事に追われている方が、よけいなことを考えずに済んでありがたかった。

　その日の仕事は常にも増して多かった。新都市博が近づいてきたおかげで細かい注文が増えている。だが受注額は目減りする一方で、いくら働いても会社の収入が増えることはない。発注元に抗議でもしようものなら仕事を他の業者に回されるだけで、中小零細の立場ではどうすることもできない状況が続いていた。

　そうした日々がのしかかっているせいか、残業疲れを色濃く引きずった先輩や同僚達は、もはや不機嫌さを隠そうともしなかった。

　ぎすぎすした空気の中で一日の労働を終えた翔太は、「お疲れ様でした」と皆に挨拶し、一足先に会社を出た。少しでも有紀のそばにいてやりたかったからだ。

「よお、翔太」

　十歩と歩かぬうちに、いきなり左右から肩をつかまれた。

「しばらくじゃねえか。チョーシどう？　相変わらずうまいことやってる？」

　知らない男が二人、両側から翔太の肩に手を回してきた。素人が見ても一目でカタギではないと分かる。親しげな口調だが、肩に置かれた腕からは威嚇と恫喝の意志が伝わってくる。

「おまえ、こんなとこで働いてんの？　ずいぶんボロい工場だなあ。もうじき潰れんじゃね？」

　右側の男が背後の光来印刷を振り返り、聞こえよがしに言う。

　会社の前では作業服の同僚達が四人ばかり固まってこちらを見ていた。決して友好的な視線ではない。彼らには自分が反社と交流があるように見えていることだろう。それを狙っての嫌がらせなのだ。

ただでさえ拭い難い偏見に晒されて、正社員にもなれずにいるというのに、これでいよいよ会社での立場が厳しいものとなったことは間違いない。

「なんですか、あなた方は」

怒りを隠し、小声で尋ねる。相手も耳許に口を寄せ小声で応じた。

「ちょっとツラ貸してくんねえかな、トップテンの山科さんよお」

それで分かった。この二人は仰木組に脅しをかけに来たという巻幡組の組員だ。

同僚達が背後で見ている。ここで騒ぎを起こすわけにはいかない。翔太は二人に従うしかなかった。

巻幡組の二人は親しげに肩を組んだ恰好を装って歩き出した。逃がさないように左右から挟み込んでいるつもりなのだ。夜の繁華街を闊歩している半グレに近い見た目で、凶悪そうな雰囲気を放っているが、文字通り〈雰囲気〉だけだ。翔太には二人の力量は一目瞭然だった。隙だらけで、ケンカ慣れしていない。常に大勢で一人をいたぶることをケンカだと勘違いしている手合いである。少なくとも踏んできた場数では翔太の方がはるかに上だ。それに今の翔太は、毎日の肉体労働で以前より鍛えられている。その気になれば二人とも数秒で叩き伏せることも可能だろう。

だがここでヤクザ相手に暴力沙汰を起こしては、今日までの我慢がすべて無駄になる。ましてや今は、有紀が入院中という大変なときだ。

五分ほど歩いてから、二人は翔太をひとけのない児童公園へと連れ込んだ。

「見つけるのに苦労したぜ、おい」

「好き勝手やってやがった半グレ野郎が、今はカタギのつもりかよコラ」

「そのツラで何人の女をフロに沈めたんだ、え？　おい、正直に言ってみろよ」

翔太の脇腹を拳で小突きながら、二人はくだらない軽口をやめようとしない。こちらをよほど舐めているのだ。

「早いとこ用件をお願いします」

左右の男を交互に見てから、落ち着いて言う。こちらの様子に、二人は驚いたようだった。左側の男が押し殺したような声で、

「てめえ、いいのか、元ヤクザがそんな口きいてよう」

「元ヤクザだからいいんですよ」

「なんだと」

「つまりこっちはカタギなんで」

右側の男がせせら笑う。

「そんな理屈が通るほど世の中は甘くないぜ」

「そうでしょうかね」

翔太はポケットからすばやくスマホを取り出し、

「更生した元ヤクザが現役ヤクザにちょっかいかけられた場合の相談窓口。登録してあるんで押してみましょうか。こう見えても担当の職員さんといい関係、築いてますんで」

すべてハッタリである。

元ヤクザだからこそ分かる。末端であればあるほど、暴対法、暴排条例を恐れるものだ。

「てめえ、そんなマネして後でどうなるか――」

「どうかなるのはそっちでしょう」

「なに？」

「陣能さんに伝えて下さい。自分、昔のことはきれいさっぱり忘れましたって。パクられても何一つウタわなかった自分です。生涯思い出すこともないんで、どうかご心配なくってね」

相手の機先を制するため、先回りして告げる。仙貝からの情報が役に立った。

「おめえ、陣能のカシラとどういう関係なんだ」

左の男が虚勢を張りつつ探りを入れてくる。

「さあね。なにしろ全部忘れましたから」

互いに顔を見合わせていた二人は、それ以上何も言わずに立ち去った。

残された翔太は、大きな息を吐いてしゃがみ込む。今頃になって震えが来た。

あの二人を腕力で蹴散らすのは簡単だった。だがその後が恐ろしい。彼らの言った通り、たとえ正当防衛であったとしても元ヤクザの暴力が通るほど「世の中は甘くない」のだ。

ヤクザから足を洗って以来、そのことを痛感しない日は一日たりともなかったし、先ほどの嫌がらせにより光来印刷ではますます肩身の狭い思いを強いられるだろう。

陣能、城有、それに海斗。

おまえ達はどこまで俺を苦しめれば気が済むんだ――だけど俺はもう一人じゃない――一人じゃないんだ――

陣能の追及はここでなんとしても食い止める必要があった。だからこそ咄嗟に頭を使って巻幡組のヤクザを退けたのだ。

病床でＳＬＥに苦しんでいる有紀のためにも。

そして生まれてくる娘のためにも。


「名前、なんにしようか」

ベッドの中から、有紀が不意に尋ねてきた。

「えっ、なに？」

突然のことだったので、すぐには返答できずにいる翔太に対し、有紀は大仰にむくれてみせる。

「もう、生まれてくる子の名前に決まってるじゃない」

かつては誰よりも強い女であっただけに、その演技の弱々しさが翔太の胸を詰まらせた。

すると有紀は見る見るうちに悄然となって、

「もしかして……お腹の子、もうダメなの？」

「そんなことあるかっ」

病室で思わず大声を上げてしまった。同室の患者が眉をひそめて睨んでくるが、構ってはいられない。

「先生も言ってただろう。ちゃんと生まれるように全力を尽くすから心配するなって」

「そうね……そうよね……」

力強く言い聞かせると、有紀は安心したようだった。

嘘はついていない。医師は確かに「全力を尽くす」と言ってくれた。だがその結果まで保証してくれたわけではない。それどころか、仮に生まれたとしても長くは生存できなかったり、発育不全や重度の疾患を発症するリスクがあるとまで告げられていた。

だがそれらを有紀に教えることはできなかった。今の有紀は、我が子との対面だけを心の支えにして病の苦痛に耐えているからだ。

「あたしね……実はもう考えてあるの」

熱に浮かされた瞳で翔太を見上げ、有紀は一転していたずらっぽく提案してきた。

「安奈《あんな》……安奈は、どうかな……安心の安に奈良の奈で安奈」

「安奈？」

すぐに分かった。有紀の偏愛する作家の名前だ。

「そうか、アンナ・カヴァンのアンナだな……安奈、安奈か……うん、いいと思うよ。『アンナ・カレーニナ』のアンナでもあるし、俺達の娘にぴったりだ」

そう言ってやると、有紀は嬉しそうに微笑んだ。


ステロイド・低用量アスピリン療法が功を奏したか、関節痛、口腔潰瘍、浮腫、発熱といった有紀の症状は快方に向かいつつあった。

胎児に関しては、超音波検査や胎児心拍モニタリングが頻繁に行なわれた。現在のところ発育に大きな問題はないという。

翔太にとっては一安心といったところであった。

だが——一つだけ気がかりなことがある。

夢だ。

あの黒い部屋の夢だ。有紀の腕をつかみ、執拗に泥の底へと引きずり込もうとする。

おまえは瑛二なのか——

夢に問う。夢が答える。否と。俺はおまえの罪なのだと。

そうか。俺の罪なのか。罪ならば仕方がない。

仕方がないが納得はできない。俺の罪ならば俺だけを裁け。有紀と安奈には関係ない。

それでも夢は応じない。自分の勝手な願いを嘲笑う。漆黒がその濃度を増した。


胎児発育は順調。不整脈の一種である完全房室ブロック等も認められない。母体の全身状態も安定してきた——医者にそう告げられた。計画分娩を予定しているとも。

計画分娩とは分娩する日をあらかじめ決め、当日に陣痛促進剤を使って陣痛を起こし人工的に出産させる分娩方法である。日本では多くの病院で用いられている方法らしい。

医学用語がよく分からない部分もあったが、ともかくも経過が良好であることは理解できた。

翔太は三日に一回は病院から会社に直行した。本当はずっと付き添っていてやりたかったが、現実問題としてそうもいかない。汚れ物の洗濯や着替えの用意、入院に必要な生活必需品の買出しといった雑用は無限にある。それでなくても印刷業は規則的とは言い難い仕事なのだ。しかも入院費やその後の諸費用を稼ぐためにも、普段に倍して働く必要があった。

有紀も子供も順調だ——心配することはない——

自らに言い聞かせ、翔太は工場での仕事に励んだ。


スマホが鳴ったのは、自宅アパートで寝ているときだった。

午前一時十四分。病院からだ。

飛び起きて応答する。よく分からない。だがすぐに来いと言っていることだけは分かった。

急いで最低限の身支度を整える。部屋の隅に置かれたベビーベッドが、月の光に泳いでいた。入院前に有紀がリサイクルショップで見つけた中古品だ。まるで新品みたいでしょうと、有紀は得意げにはしゃいでいた。

アパートの階段を駆け下り、アプリで呼んだタクシーに飛び乗る。

なんだ、何があった——まさか有紀が——もしかしたら安奈か——

夜の闇は黒い夢だ。その先に安寧はない。在るのはただ罪の深さだ。

病院に着いた。息を切らせて駆け込んできた翔太に、看護師の一人が自然分娩の始まったことを告げた。他に抗リン脂質抗体がどうとか、胎盤の血栓がどうとかいう話も聞こえたが、ほとんど意味が分からなかった。

要するに突然陣痛が始まって、今もまだ出産の途中であるらしい。そして有紀も子供も、かなり危険な状態にあるらしい。

そうしたすべてを、翔太はどこか夢うつつに聞いた。

いいや、夢ではない。既視感だ。

古い蒸気船がコンゴ川を遡っていく。前方に広がるのは底知れぬ闇だ。世界を呑み込む果てしない闇だ。自分は自らの意志で蒸気船に乗った。流れに逆らうことなどできはしない。

闇に還る。そうだ、自分は闇に還っているのだ。

弟のいるあのアパートへ。瑛二の待つ部屋へ。闇の奥へ。

恐怖だ！　恐怖だ！

アフリカの闇も、浦和の過去も、黒の濃度に変わりはない。自分は最初から闇に囚われていただけなのだ——

「待ってくれ！　違う！　違うんだ！　有紀！　安奈！」

声に出して叫んでいた。看護師や警備員が駆け寄ってくる。皆が自分を押さえつけようとする。だが迸る絶叫をどうしてもとめられない。病院の天井に闇が広がる。すべてが闇に呑まれていく。

違う、違う、違う、違う――

勘違いしないでくれ。これは何かの間違いだ。裁かれるのは俺なのだ。

「有紀！　安奈！　瑛二！」

12

「……確かにメイン会場の建設は遅れておりますが、それも東京という国際都市の未来を真剣に考えた結果でありまして、現状、ベストの形で進行していると言えますね。あれをご覧下さい」

お台場海浜公園に立った海斗はそこでカメラに向かい、海を隔てた背後で建設中のドームを指し示す。

「品川埠頭のサブ会場は完成を目前に控え、その全容を現わしつつあります。私達シティ・フェス推進準備室は、より洗練された祭典の開催をお約束致します」

「はい、ＯＫ」

ディレクターが声を上げる。各スタッフが目覚めた蟻のように動き出した。

「お疲れ様でした」

インタビュアーを務めていた女性アナウンサーが明るく言う。

「いつもながら最高ですね、辻井さん。いっそタレントに転身したらどうですか。ブレイク間違いなしですよ。あたし、応援しちゃいますから」

「ありがとうございます。その際はよろしくお願いします」

適当に応じ、現場からの離脱にかかる。

よりにもよってこの自分にタレントになれだと——

人に使われるだけのタレントなど、春日部祐輔のようなナルシストの馬鹿にこそふさわしい賤業だ。アドルーマンとは比較にもならない。

もう何十回目になるか分からないテレビ収録だが、都知事の逆鱗に触れないよう新情報は避け、心にもない美辞麗句ばかりを述べ立てるのはさすがに疲れる。それでも屋外での収録は珍しく、陽光と潮風は新鮮で心地よかった。

コメントの内容とは裏腹に、内心では遅れがちな仕事に対する焦りばかりで、本来ならばインタビューを受けている余裕などあろうはずもないのだが、立場上断るわけにもいかない。

駐車場で推進準備室の公用車に乗り込もうとしたとき、

「あの、辻井さんですか、新都市博の」

学生らしい数人の女の子達に声をかけられた。

「そうですが」

歓声を上げた女の子達は、それぞれスマホを掲げ、

「すみません、写真一緒に撮らせてもらっていいですか」

海斗が答えるより早く、同行していた推進準備室の広報担当者が仕切っている。

「ハイどうぞどうぞ、いいですよー、順番にね」

全員追い払いたいがそうもいかない。公の場で大衆を邪険に扱うことなど以ての外だ。海斗は慣

れた笑顔を彼女達のスマホに向けた。もう何度も体験した既視感をまたも覚える。カタラの頃だ。城有がファンの子達に記念写真をせがまれていた。

あのときの城有はどんな気分であったのだろう。少なくとも、今の自分と同じでなかったことだけは断言できる。城有は常に享楽的で、心底愉しそうにふるまっていた。

所詮はそれだけの小物だったのだ。

推進準備室に戻る途中の車内で、スマホに着信があった。義母からだった。

〈あ、海斗さん？　陣痛が始まったの。今タクシーで病院に向かってるとこ。あなたもすぐに来てちょうだい〉

「分かりました。彩音の様子はどうですか」

〈苦しがってるわ。できるだけ早く来てあげて〉

「急いで行きます。それまで彩音をよろしくお願いします」

通話を切り、運転手に病院名を告げる。あらかじめ家族の間で決めてあった。大垣家御用達の病院であるという。

次いで盾原に電話し、推進準備室に戻れなくなった旨を伝える。

スマホをしまい、シートの背もたれに身を預ける。

いよいよ生まれるのか――

自分が人の親になる。その感慨は、つい先ほどまで感じていた疲労を吹き飛ばすほどの高揚をもたらしてくれた。

生まれてくる子には最高の環境を用意してやろう――自分にはそれができるのだ――

そのとき、息子の名前をまだ考えていないことに気がついた。次から次へと持ち込まれる新都市博関連の小プロジェクトや新イベントに名称を与えるのに頭が一杯で、自分の子供には考えが及ばなかったのだ。

まあいい、これからゆっくり考えよう――それだけ人生が充実しているということだ――

間もなく病院に着いた。看護師に案内され陣痛分娩室に入ると、ベッドに横たわっていた彩音がうっすらと目を開けた。思ったより顔色はいいようだ。

「遅くなってごめん。大丈夫か、彩音」

「ええ、赤ちゃんが出てくるのにまだ時間がかかるみたいだけど、順調だって先生が言ってた」

「そうか、なら安心だな」

差し出された妻の手を握る。しっとりと汗ばんでいた。こうして妻に触れるのは何週間ぶりだろうか。もしかしたら数ヶ月ぶりかもしれない。

「今までそばにいてやれなくてすまなかった。生まれるまではずっといるから、どうか安心してくれよ」

「ええ……」

潤んだ目で彩音が頷く。海斗は妻の手を握ったまま、義母が持ってきてくれた椅子に腰を下ろした。

「すみません、お義母さん」

「大垣も仕事を切り上げてこっちに来るって言ってたわ。初孫なんで気が気じゃないみたい」

義母の言葉が終わるのを見計らっていたかのように、義父の大垣が顔を出した。

「おお、海斗君。来てくれたのか」

「もちろんですよ、お義父さん」

すると義母が呆れたように、

「当たり前でしょう。こんな大事なときに仕事なんて」

大垣は海斗に向かい苦笑して見せる。「女とはまったく以て度し難い」。無言でそう告げていた。

三十分ばかり経った頃から、彩音がしきりと苦痛を訴えるようになった。

「しっかりしろ、彩音」

そう励まし続けていたとき、看護師がやってきて陣痛分娩室の外に呼び出された。

そこに推進準備室の若い職員が立っていた。

「盾原室長から緊急の伝言です。すぐに戻ってこいということでした」

病院なのでスマホの電源は切っているが、居場所だけは報告してあった。

「何があったんですか」

「自分は聞かされていません。でも、なんだか重大なトラブルのようでした」

「分かりました。ちょっと待ってて下さい」

陣痛分娩室に戻り、家族に伝える。

「申しわけありません。緊急事態が発生したようです。これから推進準備室に戻るよう上司から命令されました」

苦しんでいた彩音が、より悲痛な表情を見せる。同時に義母が声を荒らげた。

「なに言ってるの、子供が生まれるってときに非常識な」

「やむを得んだろう。海斗君、彩音には私達が付いているから早く行きなさい」

「ちょっと、あなた、彩音がこんなに苦しんでいるってのに」

大垣は自分の妻を制し、

「ここは私達に任せて、さあ、早く」

「ありがとうございます……彩音、仕事が片づいたらすぐに戻ってくるからな」

妻にそう言い残し、海斗は陣痛分娩室を出た。返事はなかった。


推進準備室のフロアにはいつもと異なる空気が渦巻いていた。思わず足を止めて周囲を見回す。あの岩谷さえも、不安そうな面持ちで隣席の者達と囁き交わしていた。

「辻井！」

盾原の声で振り返った。室長室のドアから盾原がこちらを睨んでいる。

「何をしている。早く入れ」

我に返って室長室に駆け込んだ。

「遅くなりまして申しわけありません。妻が間もなく――」

「そんなことはどうでもいい。これを見ろ」

盾原が一枚の大きな紙を差し出した。

「明後日発売の『週刊タイム』のゲラだ」

急いで目を走らせる。

［新都市博に談合疑惑　アドルーラーがゴリ押しするO社に反社の影］

見出しだけで心臓が凍りつく思いだった。O社とは明らかに逢摩産業であり、文中に登場する「元半グレのS氏」が城有であるのは見る者が見ればすぐに分かる。S氏が「かつて世間を騒がせたカタラグループ事件の主犯」であるとも記されている。記事はS氏の背後に広域暴力団の存在があることを匂わせて締めくくられていた。

「これは……」

「関係者が知らせてくれた。マスコミ各社だけでなく、印刷会社や取次にもウチのスパイは大勢いる」

「どこから漏れたんでしょう」

「さあな。建築デザイナー変更の件でそれでなくても目をつけられてるしな。中抜きの取り分に不満を持つ下請けのどこかが漏らしたとも考えられる」

「すぐに手を打たないと……」

「もう打ってある」

盾原は海斗の手からゲラを用心深く回収し、

「週刊タイムの広告は全部ウチが仕切っている。発行元の日本タイム社の社長には土肥専務がじきじきに電話した。その記事はすでに差し替えが決まったということだ」

海斗は胸を撫で下ろす。

「じゃあ、一安心ですね」

「馬鹿を言うなっ」

盾原に一喝された。

「専務の手を煩わせた時点で俺達の失点だ。官邸も都庁も神経を尖らせている。立件されることなどあり得ないが、逢摩産業のからくりが表に出るだけでもイメージダウンは免れない。今回は難を逃れたが、現場の記者はしつこく探ってくるに違いない。少しでもボロを出したら終わりだと思え」

「はい」

「差し当たっては、記事の中で名指しされているに等しい城有をなんとかすることだ。俺の見るところ、この男が最も脆い。ここを衝かれたらヤバいぞ」

海斗は瞠目する。名前こそ把握しているものの、盾原は城有と面識はない。それでも城有が全体のウイークポイントであると喝破している。恐ろしいまでの洞察力だ。

「いいか辻井、君が責任を持って対処しろ。俺はいい報告しか聞きたくない。上の方々はなおさらだ」

「は、少々お待ち下さい」

すばやくスマホを取り出し、城有の番号を呼び出した。しかし、少し考えてから陣能に電話する。この場合、城有本人よりも陣能と話すべきであると判断したのだ。

〈陣能です〉

「辻井です。緊急の用件でお電話しました」

盾原がじっと見つめている前で、陣能に大まかな経緯を説明する。

〈……なるほど、分かりました〉

陣能はまるでクレームを受けたコンビニ店長のように応じた。

〈城有はこれから旅に出るということで。そうですね、フィリピンあたりがいいでしょう。少なくとも新都市博が終わるまでは帰ってこない予定になっていると。そんな感じでいかがでしょうか〉

「南千住の事務所の方は大丈夫でしょうか」

〈あそこには留守番しか置いてませんから。まあ、マスコミはだからこそ怪しいって言いそうですけど〉

「押収されるとまずいようなものはないでしょうね」

〈押収たって、マスコミは警察じゃありませんからガサ入れなんてできませんよ。警察だって令状がなければ不可能だ。第一、その令状が下りっこないんだし。でもまあ、用心に越したことはありませんから、ヤバそうな書類は早めに処分しときましょう〉

「ありがとうございます。ではその線でお願いします」

　電話を切り、盾原に報告する。

「城有の件は大丈夫です。これでもう彼がマスコミに何か喋るなんてことはないはずです」

「〈はず〉とはなんだ、〈はず〉とは」

　叱責され、慌てて言い直す。

「相手が誰であろうと、城有が何かを漏らすことはありません。この件に関しては自分がすべて責任を持ちます」

「よし」

　盾原は頷いて自分のデスクに戻った。

「だが油断はするな。総理や都知事にご迷惑をおかけするようなことにでもなったら、君の将来はないものと思え」

「は、心します」

　一礼して室長室を出た海斗は、深呼吸をしながらフロア全体を見回した。全員が自分を注目している。彼らに不安を与えぬよう、大きく微笑んでみせる。一同もほっとしたようだ。

　落ち着いて見える足取りで自席に戻ろうとしたとき、遠野が不在であることに気がついた。

「遠野さんは？」

さりげない態度を装って岩谷に尋ねる。

「昨日から無断欠勤なんですよ。補佐からも言ってやって下さい」

いつものように岩谷は、いかにも腹立たしげな口調で答えた。

「ふうん。分かった」

この大事なときに。今こそ遠野のスキルが必要だというときに。

岩谷に言われるまでもない——今度という今度は厳しく言ってやることにしよう——

築地から急ぎ病院に取って返す。

「あっ、海斗さん、何やってたの、もう生まれたわよっ」

義母が喜びと怒りの混じり合った言葉を投げつけてくる。

「早く見てやってくれ」

背後で義父の声もした。

間に合わなかったか——

それでもベッドに駆け寄ると、妻の横で生まれたばかりの赤ん坊が眠っていた。

言いようのない感興が湧き上がってきて胸をふさぐ。

「元気な子よ。抱っこしてあげて」

かつて見たこともない優しい笑みを浮かべ、妻が促す。

「うん……」

震える手で息子を抱き上げる。

その顔を間近で覗き込んだ瞬間、この上なく充足した喜びに包まれた。

そうだ——これこそが人間の幸福なのだ。

13

その日は深夜まで病院にいた後、自宅マンションへ引き揚げた。産後の雑用は義理の両親がやってくれているとは言え、諸々の手続きが残っていた。生まれたばかりの我が子から離れ難かったということもある。

短い睡眠を取り、早くに起きて身支度を整え、新鮮な気分で出勤する。

推進準備室のフロアに入ると、部下達から拍手と歓声で迎えられた。

「おめでとうございます、辻井補佐」「初めてのお子さんでしょう」「どんな気分ですか」「男の子なんですってね」「名前はもう決めたんですか」

口々に尋ねられた。病院から電話で仕事の指示を行なうとともに、無事生まれたことを伝えてあったからだ。

「ありがとう、なんだか生まれ変わったような気分だよ。いや、名前はまだなんだ。これからゆっくり考えるつもりでね」

皆に笑顔で応じながら自席へと向かう。途中で若い女子職員になにげなく訊かれた。

「辻井さん、育休とかは取らないんですか」

関連企業から出向してきている女性だ。

「それは予定してないな」

「えーっ、奥さん大変なんじゃないですか」

すると岩谷が海斗の内心を代弁するかのように叱りつけた。

「育休だと。そんなものは単なる一時的な流行だ。筋金入りのアドルーマンが世間に踊らされるものか。外部から来ている君には分からんだろうが、辻井補佐に対して失礼だろう。大体、今の我々に育休なんて取っている余裕があるとでも思っているのか」

岩谷の忠誠心には感動すら覚えるが、女子職員達の間にしらけた空気が流れるのを感じた。

まあいい——岩谷の言う通り、生ぬるい環境に慣れた外部の連中にアドルーラーの精神など理解できまい——

今後も推進準備室の一員としてやっていくからには、価値観の根本から自己改革してもらう必要があるが、この女には無理だろう。

表面的にはどこまでも快活にふるまいつつ、海斗は発言した女子職員の名前を心の中に銘記する。将来的な放出候補として。

そのとき、またも無人である遠野のデスクが目に入った。

海斗の視線の先に気づいた岩谷がため息交じりにこぼす。

「今日も無断欠勤なんですよ、遠野は」

「仕方ないですね」

自席に着いた海斗は、パソコンを起動させ、ディスプレイを見つめながら検討する。

奈良岡のときのように遠野の様子を見に行ってもいいが、今は息子が生まれたばかりでそんな余裕はない。それに自分が行くとかえって逆効果となる可能性もある。ここは誰か遠野と親しかった女子職員に連絡してもらう方がいいだろう。

あの女には本当に手を焼かされる——

遠野はもう駄目だ。しかし推進準備室内ではまだ彼女に代わる人材は育っていない。

あれこれ考えを巡らせていると、机上の電話が鳴った。外線だ。すぐに受話器を取り上げる。

「はい、シティ・フェス推進準備室、辻井です」

〈人事部の平河です。ご無沙汰してます〉

「あっ、どうもこちらこそ」

〈お忙しいとこすみません、今よろしいでしょうか〉

心なしか平河の声は明るかった。

「ええ、どうぞ。お願いします」

〈前に言われてた奈良岡さんの後任はまだ選考中なんですけど、代わりと言ってはなんですが、遠野さんの後任にぴったりのいい人が見つかりましたよ〉

「ほんとですか」

我知らず喜色を露わにしてしまった。

〈名古屋支社にいる新人なんですけどね、名前は美作《みまさか》、小学生の頃からパソコンが大の得意で、大学の卒論もＳＮＳによる世論操作とかなんとかで、実際に相当使えるようです〉

「そんな人材がウチにいたんですか」

〈ええ、ウチの部長もなんでもっと早く教えてくれなかったんだと名古屋に文句言ったそうなんですけど、あっちはあっちで人材を手放したくないものだから……とにかくファイルを送りますんで、検討してみて下さい〉

「ありがとうございます。ぜひお願いします」

電話を切って五分と経たぬうちにファイルが送信されてきた。早速開封して目を通す。申し分ない実績だった。この男なら遠野の後任が充分に務まる。

すぐにファイルを上司の盾原に転送する。ややあって盾原から承認の意を伝えるメールが返ってきた。人事部には自分から連絡しておくとも記されている。

これで遠野の問題も片づいた――

頭の上にのしかかっていたストレスが一つ消え去った思いである。海斗は意気揚々と最優先で傾注している仕事に取りかかった。

それは陣能らと練り上げた新プランの詰めである。

新都市博は都の面子が懸かった公共事業であるから、一部の賛助団体には公的支援金が拠出される。その支出に関連する条例を、実行委員会から都議会に働きかけ、目立たぬよう少しだけ改正してもらう。それにより、逢摩産業も助成金を受領できるようになる。その大半は実行委員会に名を連ねている長老政治家やアドルーラー元専務、経団連名誉会長、それに彼らの息子や従兄弟といった既得権益層に流れるが、残りはすべて逢摩産業の取り分になるという不正受給のスキームだ。

厳密には不正受給ではない。あくまでも条例に基づく、誰憚《はばか》ることのない正当な受給なのだ。

海斗は都庁の主だった役人数名に電話し、予備的な根回しの確認を行なった。次いで陣能にも電話し、工作に遺漏がないか念を押す。昨日の『週刊タイム』の件があるからなおさら用心するに越したことはない。

その日の大半を費やして全体の計画書をチェックし、室長室のドアをノックした。

盾原の返事を待って入室し、プリントアウトした計画書を提示する。当然ながら、盾原には適宜報告しておりチェックも受けている。

計画書を一読した盾原は、珍しく上機嫌で破顔した。

「素晴らしい出来だ。これなら準備委員会のお歴々も大喜びだろう。ひいてはアドルーラーへの信頼につながり、俺達の評価も上がる。言うことなしだな」

「ありがとうございます。室長にそう言って頂けるとほっとします」

「それにしても、よくこんな汚い手を思いついたな」

「えっ？」

侮蔑とも聞こえる上司の言葉に、どう反応すべきか分からなかった。

「そんな顔をするな。褒めてるんだよ。これも君がいつも言っている努力と向上心の賜物だろう。この調子でしっかり進めてくれ」

「は、承知しました」

一礼して退室する。どういう意味かと一瞬身構えたが、心配するまでもなかったようだ。

だが席に戻ってしばらくはどうにも気にかかり、仕事が手につかなくなった。

〈努力〉。〈向上心〉。それがあるからこそ自分はここまで来られたのだ。自分は間違ってはいなかった。その歴然たる証拠であり、成果ではないのか。

もしかしたら室長は自分をやっかんでいるのかもしれない。いや、それどころか警戒し排除しようとしているのではないか。

——気をつけた方がいいですよ、辻井さん。仕事ができる人は、誰に足を引っ張られるか分かりませんから。

以前に平河から受けた忠告が脳裏に甦った。義父からも同じことを言われている。

今まで想像したこともなかったが、もしかしたら盾原室長こそが足を引っ張ろうとする張本人かもしれない。

一度生じた疑念はとどまることなく体内で膨張する。

思えば初対面のときから盾原には肚の読めないところがあった。他人に本心を悟らせないのはアドルーマン、特に幹部社員に共通した特徴だが、それにしても盾原は少し様子が違っていた。社に忠誠を誓いながら、どこか批判的な言辞を弄したり、迂闊に相槌も打てない局面がままあった。それらが自分を陥れようとする罠であったとすると合点もいく。

下手な言質を取られぬよう、これまで以上に気をつけることだ――

心の中で決意を新たにしつつ、帰り支度を始める。自宅ではなく病院に直行するつもりである。昨日初めて抱いた我が子の温かい感触は、まだ両の手にはっきりと残っていた。

フロアではほとんどの職員が残業中だが、なにしろ第一子が生まれたばかりなのだ。さすがに皆も大目に見てくれるだろう。

鞄を手に立ち上がったとき、近くの席で電話を受けていた職員がこちらを見て小声で告げた。

「辻井補佐、遠野さんが亡くなったそうです」

遠野早友理は自殺であった。六階にある自宅マンションのベランダから衝動的に飛び降りたらしい。遺書はなかった。

直接の上司である海斗は対応に追われ、もはや妻子を見舞うどころではなくなってしまった。

この忙しいときに、最後の最後まで迷惑をかけてくれる――

それが偽らざる本音であった。

死ぬなら死ぬで、せめて引き継ぎを済ませてからにしてくれれば――せっかく後任が見つかったというのに、これでは無駄に時間をロスしてしまう――

「つまるところ、遠野君は交際相手との個人的事情から自殺した。会社としては労務管理を適切に行なっていた。我々にはなんの責任もない」

アドルーラー本社、土肥専務の専用室。そこで盾原と海斗は専務の話を粛々と拝聴した。

「残業時間の超過など一切なかった。そうだね、盾原君」

「はっ、本人の自己申告書にはそのように記されております」

盾原がすかさず答える。

「フラッパーゲートの記録は」

フラッパーゲートとは会社の出入口に設けられた入退館ゲートのことである。出勤時と退勤時にここを通過すると、出退勤時刻が記録されるようになっている。数年前、アドルーラー社員が立て続けに過労死した際に世論対策として設置されたものだ。推進準備室はアドルーラー本社とは違う場所にあるが、ビル自体が新築のため、フラッパーゲートが最初から組み込まれている。

「会社として遺族に公表する予定はございません」

「よろしい」

土肥が満足そうに頷く。

「対応は基本的に法務が行なう。君達は何もする必要はない。特に会社の責任を認めるような発言は絶対にするな。謝罪など以ての外だ」

「心得ております」

盾原と同時に海斗も低頭する。

「まったく、新都市博に要らん泥を塗ってくれて……験《げん》が悪いことこの上ない。こっちが遺族に慰謝料を請求したいくらいだ」

苦々しげに幡多局長が吐き捨てた。

「本当ですよ。いくら成績がよくても、女はやっぱりダメですな。アドルーラー精神をハナから理解しようともしない」

嵐山局次長がすぐさま上司に追随する。斎胡部長や海女野部長補佐らも一様に頷いていた。

土肥は盾原に向かい、

「本来なら君達の管理責任を問わねばならんところだが、逢摩産業の実績に加え、君達が構築中の新スキーム、助成金の、あれが実行委員の間でかなり期待されているんだ。特に会長の小沼《こぬま》先生がいたくお気に召したらしい。あっちの方はどうなっているのかね」

「は、大方はできあがっております。遠野の件でご報告が遅れましたが、すぐにでもお見せできる状態です」

「そうか。ここだけの話、社長も一社員の自殺なんかよりそっちの方を気にしておられる。よけいなことはいいからすぐにかかってくれ」

「はっ」

最大限に頭を下げ、盾原に続いて退室する。

あの助成金受給スキームがこんな形で自分達の役に立とうとは。

首筋の汗をハンカチで拭いながら海斗は改めて思った。やはり常に新たな手を模索しておく〈努力〉は怠るべきではないと。

〈一社員の自殺〉の後始末で、海斗は病院どころか家にも帰れぬ日々が続いた。

死んだ遠野は楽になったかもしれないが、自分は一体遠野の何倍働いているのだ――

考え出すと腹が立ってくる。また新スキームの件もある。実行委員会の雲上人にはこちらの苦労など視野にも入らないだろう。ただ無為に寝そべって貢ぎ物を待っているだけだ。こちらはひたすら働いて彼らへの供物を用意し続けねばならない。

遠野の自殺から一週間が過ぎた。

彼女の後任であるインターネット戦略担当の新人美作も無事着任した。前評判通りに呑み込みの早い男で、たちまち仕事のコツを身につけ、その高い能力を証明してみせた。

何一つ変わることなく、すべては順調に進んでいると思っていた。

いつものように推進準備室の自席でメールをさばいていた海斗は、フロア内が異様にざわめいているのに気づいて顔を上げた。

あちこちに数人ずつ固まって、驚愕とも叫喚ともつかぬ声を上げている。

「どうした？　みんな、何をやっているんだ」

「あっ、補佐！」

職員の一人が駆け寄ってきた。

「遠野さんのツイッターアカウントが発見されたようなんです」

「それがどうしたっていうんです」

「いいからこれ、見て下さい」

彼の差し出したスマホを受け取り、ツイートを飛ばし読みする。

「残業時間は規定をメチャクチャ超過してるのに、超えてないように見せかけるため自己申告を強制させられてる。従わないのは裏切り者だって。ルールを守るのが社会人じゃないの？」

「超時代錯誤のセクハラとパワハラ。今は昭和何年？　もう限界。我慢できなくなって本社のコンプライアンス相談窓口に駆け込んだ。これでなんとかなるといいんだけど、期待していいのかな?」

「同僚の男から、コンプライアンスに相談した内容を言われた! あの上司も知ってるって! 担当が当人に漏らしたんだ!」

「職場が恐い。「裏切り者」とか「勘違い女」とか聞こえよがしに言われた。コンプライアンス相談窓口なんて行くんじゃなかった」

「もういやだ、会社なんて行きたくない。でも休んだらもっと酷い目に遭う。これ以上耐えられない」

驚愕の文言が並んでいた。際限なく、どこまでも続く恨み言の列だ。

声が出ない。肺からすべての酸素が消失したようだった。

投稿者のハンドルネームは「サユリ」。遠野のフルネームは「遠野早友理」だ。だがツイッター上で「サユリ」というハンドルネームを使用している者は無数に存在する。

しかもこれがアドルーラーとシティ・フェス推進準備室のことであるとはどこにも明記されていない。実名はすべて省かれている。

「これは本当に遠野さんのアカウントなのか。こんなのはどこの会社でもあり得ることだ。ウチであると断定できる要素は一つもないじゃないか」

動揺を押し隠してそう言うと、別の女性職員が焦れったそうに自分のスマホを差し出した。

「このページを見て下さい。遠野さんの友人を名乗る人が、『アドルーラーに支配されたシティ・フェスを告発する』として、それが亡くなった遠野さんのアカウントだって暴露してるんです」

海斗はその画面を一瞥し、

「こいつも匿名じゃないか。信憑性に欠けるとしか言いようはない」

「もっとよく見て下さい、ここです、ここ」

その職員が指先でスワイプすると、遠野と一緒に写っている女性数名の写真がいくつも出てきた。遠野以外の人物にはすべてぼかしが入っているが、友人グループの旅行写真であることは一目瞭然だった。

「この人、遠野さんとのプライベートの思い出をいっぱい語ってます。調べれば身許なんかすぐ分かるでしょうから、ばれてもいいと覚悟してるんですよ」

確かに彼女の言う通りであった。マスコミはたちまち告発者を突き止め、インタビューしようと殺到するだろう。

「ほら、すでにまとめサイトにも上がってますよ」

そこには、「サユリ」のツイートに対するリアクションも掲載されていた。アドルーラーと海斗に対する罵倒の嵐だ。

「なんなのコレ？　とても現代とは思えない」

「アドルーラー最悪。ブラック・オブ・ザ・ブラック企業」

「労基法ブッチギリって、アドルーラーすげえ」

「異常すぎるって、あの会社」

「アドルーラーには人権もへったくれもねえのな」

「コンプライアンス担当者がパワハラ上司に密告ってどういうこと？　常識を疑うわ」

「アドルーラーって何年か前にも自殺した人いるよね」

「何人もいたよ。当時からなんにも変わってないっつーか、まったく反省してないね」

「この上司って、もしかしてテレビによく出てる人？」

「辻井海斗だよ。確か推進準備室の室長補佐」

「そうそう、あいつ。キレイ事ばっか言ってるタレントもどき」

画面には海斗の写真も表示されている。何かのインタビューの際に撮影された写真だ。そこにぶら下がっているコメントは、「勘違い男、さっさと消えろ」「パワハラ殺人者」「早く社会的に裁かれてほしい」。

「美作！　美作はどこだっ」

「ここにいます！」

大声を上げて周囲を見回す。

片手を上げながら長身の美作が走ってきた。

「君もこのツイートを見たね」

「はい、見ました」

「ではこれをどう思う」

彼は遠慮がちに海斗と、次いであたりの同僚達を見て、

「どう思うと言われましても、僕は前任の遠野さんを知りませんし……」

「そんなことはいい。このツイートや告発文をどう分析するのかと訊いているんだ」

「おそらく本物でしょうね。仮にフェイクだとしても、ここまで炎上していては……」

「ではすぐに対処して下さい」

一瞬呆気に取られたような顔をした美作が、

「無理です。今ヘタに関わったら逆効果となりかねません」

「何を言っているんだ。ネット対策が君の仕事だろう。こういうことをやってもらうためにわざわざ君を抜擢したんだ。侮辱されているのは我々なんだぞ。さっさとやれっ」

「あの、僕、赴任したばっかりで事情も把握してませんし……」

口ごもりつつ懸命に弁解する。室長補佐である海斗を非難しているように聞こえない言い方を探しているのだ。

「ともかく、迂闊に手を出せるレベルじゃないですよ。これだけの大炎上ですから、しばらくは様子を見て――」

「何を悠長なことを言ってるんだ。これ以上アドルーラーへの批判が高まらないうちに手を打つべきなんじゃないのか」

「だから無理ですって」

突然、離れた位置から声がした。

「みんな、落ち着いて聞いてくれ」

盾原室長だった。室長室のドアを開け放ち、ゆっくりと歩み寄ってくる。

「この炎上騒ぎはアドルーラー本社でもすでに把握している。シティ・フェス実行委員会でもだ。我々が責任を持って対処するから諸君は落ち着いて普段通り職務に励んでほしい」

朗々とした声でまず一同を静めてから、盾原は続けた。

「現在問題となっているツイートの真偽は不明だが、諸君が今日まで新都市博開催のため全身全霊で取り組んできた事実に変わりはない。私はそのことを誰よりも知っている」

実に巧妙な切り出し方だった。アドルーラーの体質を、推進準備室全体の問題にすり替えている。

ここにいる者はアドルーラーの社員だけではない。むしろ他の組織から出向してきている人間の方がはるかに多いくらいだが、その思想は徹底したアドルーラー至上主義に染まっている。たとえ誰かが盾原の言辞に引っ掛かりを覚えたとしても、上司に異を唱えられるような空気はこのフロアには存在しない。

「我々が最も避けるべきは、いたずらに動揺し事態を悪化させることだ。いずれ必ず真偽は明らかとなる。その暁には、我々が命を削る思いで新都市博にどれだけ貢献したか、都民、いや全国民がはっきりと知ることになるだろう。少なくとも私はそう信じて疑わない」

　そして盾原は岩谷に視線を向け、

「私はこれから辻井補佐とともに本社に赴き、対応策を協議する。岩谷君、その間は君が先頭に立って皆を指揮してほしい。頼んだぞ」

「はっ、承知致しましたっ」

　昔の軍人を思わせる態度で岩谷が返答する。

　盾原は視線を海斗に移し、

「では、辻井補佐」

「はい」

　上司に従い、海斗は急遽推進準備室を後にした。

　本社のフラッパーゲートを通過した途端、すれ違う社員達の視線が全身に食い込んだ。全員が炎上を把握しているのだ。

　斎胡部長には真っ先にアポを取ってある。営業企画部のある階でエレベーターを降りると、そこで待っていたのは海女野部長補佐だった。

「どうぞこちらへ」

表情を完璧に殺した海女野は、盾原と海斗を応接室に案内した。

「おかけになって下さい」

ソファを勧めてからドアを閉め、自らも二人の対面に座る。

「部長は所用のためお会いできません」

いきなりそう切り出した海女野を、盾原が冷静に質す。

「おかしいですね。アポは取ってあるはずですが」

「どうか誤解なさらないで下さい。所用というのは口実ではありません。部長は急ぎ都庁へ向かっておられるところです」

海女野は盾原に劣らぬ冷静さで返す。どちらも似たタイプの切れ者だと海斗は思った。

アドルーラーの管理職は確かに多忙だ。重要な用件が入れば優先度の劣る来客との面談がキャンセルされることも決して珍しくはない。

「ご用件は承知しております。その件につきましては、部長はもちろん、新都市博の主だった担当役員の間ですでに方針が決定しておりますのでお伝えします」

「伺いましょう」

盾原が余裕で応じる。さながら静謐の決闘であった。

「『問題なし。一切の対応は不要』。それが我が社の方針です」

海斗はたまらず発していた。

「本当ですか。本当にそれだけなんですか」

表情を微塵も変えることなく、海女野が訊き返す。

「辻井補佐、君はアドルーラーの一員ではなかったのか」

「えっ？」

「アドルーマンなら理解しているはずだ。我々に落ち度などあり得ない。いいか、『あり得ない』のだ。こちらが変に騒いだり、ましてや言いわけなどしようものなら、自ら非を認めたことになる。だから何もする必要はない。当然だろう」

「おっしゃる通りです」

答えたのは盾原だった。

「我々もそれを確認するためだけに本社へ参ったのです。辻井補佐は自分がネットで批判されていることでいささか狼狽したのでしょう。ご存じの通り、彼は未熟ながら優秀なアドルーマンであることに疑念の余地はありません。先ほどの失言はどうか聞き流してやって下さい」

海女野はいかにも心のない笑みを浮かべ、

「さすがは盾原さんだ。恐れ入ります」

「いえいえ、こういう事例は過去に何度もありましたからね」

「ええ。だからと言ってアドルーラーは小揺るぎもしない。それが常識というものです。どうかこれまで通り、新都市博の開催に向けて職務をまっとうして下さい」

「微力を尽くします。ありがとうございました」

盾原が立ち上がった。海斗も上司にならう。

「ご苦労様でした」

視線を下げることなく挨拶する海女野に礼を返し、海斗は盾原とともに退室した。

地下駐車場で待っていた車に乗り込んで帰途に就く。車が走り出すや否や、盾原に訊かずにはいられなかった。

「本当なんですか」

「何が」

　億劫そうに盾原が応じる。

「問題ないと確認するためだけに足を運んだって」

「本当だ」

　即答だった。

「本社の対応は分かっていた。だがこちらから足を運んで部長にそれを伺う必要がある。言うなればば儀式のようなものだな。海女野から聞くことになるとは思わなかったが、部長が急用だというのも嘘ではないだろう」

「それにしても、何もする必要がないというのは……」

「君は海女野の話を聞いていなかったのか」

「いえ、そういうわけでは」

「ならいいじゃないか、そういうことで」

　薄く笑うように盾原は言う。

「しかし、今は時代が違うからな。遠野の後任の新人、美作か、推進準備室で聞こえたが、あいつの言っていた通りだ。しばらく様子を見るしかない。その結果、事態がどう動くか。本社の誰にも想像はつかんだろうよ。もちろん俺にもだ」

　海斗は隣に座った上司の横顔をまじまじと見つめる。

　この人は自分をかばってくれているようで、実はそうではないんじゃないか——

推進準備室のフロアに戻ると、職員達は全員いつもと同じように勤務していた。

一見平常通りだが、皆がパソコンを凝視し、あえてこちらと視線を合わさない姿勢を取っているようにも見える。

話しかけると普通に返答するが、どこか距離を置いているような感がある。さらには怯えの色さえ窺える。

盾原は「問題はなく、従って対応の必要もない」という本社の方針を手短に伝え、さっさと室長室に引っ込んだ。

それで全員が納得しているとは思えなかったが、何か発言しようとする者もいなかった。皆すばやく顔を背けるようにしてパソコンに向かい、一斉に仕事を再開する。

泥土の上を歩いているような不安を抱えたまま、海斗もまた自席に着くしかなかった。

スマホを取り出していつものニュースサイトを開く。

トップに上がっていたヘッドラインを見て、危うく声を上げそうになった。

そこにはこう書かれていた。

［シティ・フェス推進準備室へ出向中のアドルーラー女性社員自殺　背後に悪質なパワハラか］

本文を急いで読む。

［……以上の通り、遠野早友理さんが自ら命を絶った原因は長時間労働による過労・ストレス、及び絶え間ないハラスメントにあるのではないか。にもかかわらずシティ・フェス実行委員会とアドルーラーは事実を隠蔽し、早友理さんの両親にも虚偽の報告を行なっていた疑いが持たれている］

断定は避けているが、事の経緯が詳細に記されており、自殺の原因は推進準備室が発表したような男女関係の悩みなどではなく、アドルーラーのパワハラ・セクハラ体質にあることを明白に匂わせている。

いかなる媒体であろうと、これまでアドルーラーを非難するような報道は極力小さく扱われるのが常だった。

なのに、どうして——

ネット媒体はアドルーラーの影響から比較的自由である。だがここまで大きく扱われている最大の理由は、本人のツイートという証拠があり、それが広く拡散して世間の話題となっているという状況だ。

ツイッターを開くと、トレンドのトップに『アドルーラー』『新都市博職員の自殺』『パワハラ上司』『アドルーラー辻井』といったワードが並んでいる。

顔を上げ周囲を見回す。室内の職員達が自分を注視していた。何か言おうと反射的に立ち上がった途端、全員が一斉に視線をパソコンに向けた。

海斗は力なく再び椅子に腰を落とす。仕事に戻る気力などなかったが、たとえ半日分の遅れであっても取り返しておく必要がある。新都市博開催の日は刻々と迫りつつあるのだ。

のろのろとパソコンを起ち上げ、ディスプレイに表示された時刻を見る。

病院の面会時間はとっくに過ぎていた。

今日こそは赤ん坊に会いに行こうと思っていたのだが、あきらめるしかない。

スマホのディスプレイを下に向けてデスクの一番端に置き、海斗はわずかに残った気力を振り絞るようにして仕事にかかる。

今夜もまた徹夜で残業だ。

14

ここはどこだ——暗い、暗くてたまらない——誰か——誰か早く助けに来てくれ——

助けは来ない。こんなことは初めてだ。ここは絶対に自分の居るべき場所ではない。

汗だくになって目が覚めた。

カーテンの隙間から朝の陽光が差し込んでいる。視界に入ったのは見慣れた自宅マンションの寝室だった。暗黒のかけらも残っていない。

海斗は身を起こしてサイドテーブルに置かれたスマホを取り上げる。時刻は午前九時前だった。疲労の臭いとしか言いようのない異臭の混じる息を吐き、汗に濡れたシャツを脱ぐ。深夜に帰宅し、着替えもせずに寝入ってしまった。

失敗したとは思わない。眠れただけでも幸いだった。脱いだ衣類はそのまま放置し、浴室へと直行する。

熱いシャワーをいくら浴びても、汗を洗い流せた気はしなかった。どこまでも全身にまとわりついて、不快な臭気を放っているようだった。ボディソープとシャンプーを使い果たし、海斗はようやく浴室を出た。

不快なのは自分の体臭ではない。自分以外のすべてだ。

〈学び〉もしない連中が己の無知を自覚せず、無責任な悪口雑言を垂れ流す。それがSNSだと分かっていても不愉快だ。自分が馬鹿だと思ってもいない馬鹿ほど穢らわしいものはない。

ドライヤーで髪を乾かし、新しい下着とシャツを身につける。空腹は感じなかった。

昨日はさすがに働き過ぎた。今日は午後からの出勤にしよう。何件か面談の予定が入っていたが、いずれも重要な相手ではなかった。当日のキャンセルでも、こちらに対して文句が出ることはない。

ダイニングチェアに座り、スマホで推進準備室に電話する。応対に出た部下は、規則通りに「承りました」と告げた。なんの問題もない応対であったが、どういうわけか引っ掛かった。

まあいい——気にするほどのこともない——

しいて自分に言い聞かせ、海斗は次いで義母に電話する。

長いコール音の後、義母がようやく応答した。

〈……はい〉

「おはようございます、お義母さん。海斗です。彩音と子供の様子はどうですか。僕、今日は病院に回っていこうと——」

〈ちょっと待ってて〉

いきなり待ち受けの音楽に切り替わった。これまでになかったことだ。しかも音楽は一向にやまない。

次第に不安が高まっていく。

〈海斗君か〉

その頂点で義父が出た。

「あ、お義父さんですか。すみません、あれから病院に顔を出せなくて。今日は必ず行きますので」

〈彩音なら昨日退院して今はうちにいる〉

「えっ、聞いてませんよ」

〈彩音も妻も、君に何度も電話したと言っておったぞ〉

「すみません、この数日はいろいろと大変で……」

〈分かっている。赤ん坊は元気だから安心してくれ〉

「ありがとうございます。では、これからそちらの方に伺います」

〈待っているよ。妻は休んでいるから顔は出せんと思う。連日の病院通いで疲れたんだろう〉

「そうでしたか」

〈では、後で〉

慌ただしく電話は切られた。

やはりいつもと感じが違う。得体の知れない違和感にとまどいながらスマホを置いたとき、壁面のインターフォンが呼び出し音を発した。この部屋のドアではなく、マンション一階の入口に設けられたものである。

立ち上がって応答ボタンを押す。

小さいモニター画面一杯に、ICレコーダーやカメラを手にしたマスコミらしい大勢の顔が映し出された。

なんだこいつら――

〈『週刊タイム』です、辻井さんご在宅でいらっしゃいますよね?〉

反射的にスイッチを切る。すると呼び出し音が鳴りやまなくなった。インターフォンの画面をタップ操作して「消音」にセットする。

嫌な汗が止まらない。最新型の機器を導入した新築マンションでよかったと心から思った。以前に住んでいたマンションでは、インターフォンの呼び出し音だけを消すことができなかったからだ。

それにしても『週刊タイム』か。あの三流雑誌だけは絶対に許せない。上層部に進言して今度こそ広告を引き上げさせよう。力の差を思い知らせてやらねば。他の媒体もいたようだが、いつもはインタビューに応じてもらおうと揉み手ですり寄ってくるくせに、こういうときは一斉に叩きにかかる。性根が卑しいとは連中のことだ。

リモコンをつかんでテレビのスイッチを入れる。その瞬間、遠野の笑顔が目に飛び込んできた。プライベートの写真のようだ。

スタジオのパネルには遠野が自殺するまでの時系列表が大きく表示されている。新都市博推進準備室のスケジュールと、「何月何日もう会社に行きたくない、何月何日徹夜三日目、何月何日女の武器は色気だけと言われた、何月何日早く死にたい」といったツイートの引用が併記されていた。

『精神科医』の肩書とともに現われた男がもっともらしい顔で解説する。

〈長時間労働、それに継続的なハラスメントが原因で遠野早友理さんは睡眠障害、希死念慮等、明らかな抑鬱状態にあったと考えられます。にもかかわらず会社は対策を施すどころか、早友理さんを追いつめる一方だった。そのため自殺に至ったものと推測されます〉

呆然と眺めていると、画面は顔を隠した女性のインタビュー映像に切り替わった。その横に「遠野早友理さんの友人」とテロップが出る。

〈……そうです、早友理が泣きながら電話してきたんで、夜中に会って話を聞いたんです……上司の人が連れてきた会社は半グレで、酷い中抜きをやってて、現場の業者さんを苦しめてる、しかもそのお金は新都市博の偉い人にも流れるようになっているから会社に訴えてもどうにもならない、それどころか不正を隠蔽するようなネット工作を命じられた、自分はもう耐えられないって……正直言って、私も最初は信じられませんでした。でも、早友理がコピーしてきた書類と、ネットに上がってる写真をいくつも見せられて……確かにその会社の社長さんは、カタラグループの主犯として捕まったのと同じ人でした〉

そこで城有の写真とともにテロップが出る――〔ロヴィーナ企画代表　城有氏〕〔２０１６年カタラグループ事件で逮捕〕。

遠野の友人とやらは、ハンカチで涙を拭いながら話を続けた。

〈早友理が言うには、上司の人に訴えたところ、「逮捕されてても執行猶予だから問題ない」とか、「君は前科のある人を非難したがる差別主義者だ」とか言われたって。私もあんまりだと思いました。会社が見て見ぬふりをしてるどころか一緒になって不正を推進してるんです……その話を聞いたとき、私はすぐに会社を辞めるよう言ったんです。でも早友理は、すごく責任感の強い子で……今思うと、無理にでも辞めさせるべきでした……〉

騙されるな――この女はカメラの前で自分に酔っているだけだ――

〈……早友理のご両親に伺うと、お葬式に来た上司の人は、「会社に問題はなかった」の一点張りで、「出勤と退勤の時間を証明するゲートの記録を見せて下さい」って頼んだら、「そんな義務はない」って突っぱねられたって……〉

その後で遠野の父親がインタビューに応じ、自称友人の話を裏付けていた。

〈アドルーラーと新都市博の推進準備室から何人かいらっしゃって、口では『ご愁傷様です』なんて言うんですが、悲しんでるようにはまったく見えませんでした。それから、こっちはなんにも言ってないのに、『会社にも新都市博にも責任はない』とか言い出したんで、『これは絶対になんかある』と。そもそも早友理は自殺なんてするような子じゃなかった。いつも明るくて、前向きで……

だから私の会社にもあるフラッパーゲートのことを思い出して、『ゲートの記録を見せて下さい』って言ったんです。そしたらあからさまに目を背けて……絶対に許せません〉

耐えられなくなって海斗はテレビを消した。

道理でマスコミが詰めかけているはずだ。これでは正面エントランスから出勤するどころか、外に出ることすらできない。

スマホを見ると、短時間のうちに知らない番号からの着信が大量にあった。人の足を引っ張ることしか考えていない底辺の連中だ。それらに構わず、盾原の番号を選んで発信する。

盾原はすぐに出た。

〈俺だ。状況は分かっている〉

「すみません、午後から推進準備室に入るつもりだったんですが、マスコミが押し寄せてて……」

〈気にするな。たまには一日ゆっくりと休むのもいいだろう〉

「あの、そちらの様子は」

スマホの向こうで盾原が微かに嗤ったようだった。

〈俺は今本社に来てる。これからその件の対策会議でな〉

「本当に申しわけありません」

〈まあ、こっちのことは俺達に任せて、君は家にいろ。君の発言内容は会社が決める。くれぐれも先走ってよけいなことを口にしたりするな〉

「は、承知しております」

通話を終え、ニュースサイトを開く。半ば習慣のような行為であったが、それがいけなかった。

表示されたのは、誰でもない、自分自身の写真であった。

そして、［新都市博のイメージリーダーは元カタラグループのメンバーだった！］のヘッドライン。

後悔したがもう遅い。気がつくと我を忘れて読み耽っていた。スワイプし続ける己の手をどうしても止めることができなかった。

［全告白　私はアドルーラー社員に風俗に売られた］

記事は「美羽《みわ》さん（仮名）」の証言に基づいて書かれている。誰であるのか、いくら読んでも見当すらつかなかった。

［……辻井さんはカタラ新宿店のメンバーで、トップテンの一人でした。トップテンというのは、カタラの全店舗の中でも成績優秀な十人を指す称号で、要するにえり抜きのクズだってことです。そんなクズに引っ掛かったのが私です。当時は何も知らない学生でした。辻井さんはＧ大の学生だと自己紹介して、学生証も見せてくれました。それですっかり信用したんです。気がついたときには、奨学金の何倍もの借金を背負わされていました。〈自分磨き〉とか〈社会経験〉とか〈ステップアップ〉とか、そんな中身のないバカみたいな言葉に惑わされ、紹介されるまま風俗に行くことになったんです］

大画面テレビのディスプレイに、当時の海斗の写真が次々と表示される。カタラ新宿店内での写真もあった。狂騒的な笑みを浮かべ片手にグラスを掲げている。またＬＩＮＥでのやり取りのスクリーンショットまで映し出された。

［カタラが摘発されたとき、どんなニュースを見ても逮捕者の中に辻井さんの名前はありませんでした。私だって自分から警察に電話しようなんて思いませんでした。だって、一番恐いのは二次被害でしたから。このまま黙って借金を返せば、何もなかったような顔をして社会に戻れる。だけど

訴えたりしたら、裁判で証言することにでもなったりしたら、誰に何を言われるか分からない。ネットには永遠に残るわけですからね。第一、両親には絶対知られたくなかった。だから悔しいけど黙ってたんです。他の女の子も同じだったと思います。被害者の数に比べて、逮捕者が圧倒的に少なかったのはそういうことです。示談に応じて、それで借金を返してもらう代わりに他言しないと約束させられた女の子も多かったって聞いてます。とにかく辻井さんは、それで逮捕を免れた一人だったんです」

嘘だ――自分は誰にも金なんか払ってない――

喉が渇く。炎を上げて燃えているようだ。しかし立ち上がって水を飲みに行く気にもなれなかった。ひたすらに文字を追い続ける。

「それからずっと後悔してました。自分はなんであのとき、もっと勇気を出して辻井さんを告発しなかったのかなって。そしたら大勢の女の子を救うことができたかもしれないのに……新都市博の記事で偶然辻井さんの写真を目にしたときは息が止まりそうになりました。あんなことしてた人が、裁かれもせずに、一流企業に入って新都市博の仕事をしてるなんて……そんなとき、遠野早友理さんのことを知って……ああ、やっぱりって思いました。辻井さんという人はそういう人なんです。私がもっと早く打ち明けていれば、早友理さんは死なずに済んだんです。悔やんでも悔やみきれません」

記事は後から後から湧いて出る。土中から這い出る醜悪なミミズのように。

城有についての記事も無数にあった。

「有名半グレがアドルーラーの新都市博利権に食い込んでいた！」

「仕組んだのはアドルーラー辻井氏か」

［城有氏がプロデュースしたカタラグループとは　その悪辣非道な手口の全貌］
［城有氏の行方つかめず　海外逃亡か］
海斗と城有のツーショット写真も多数紹介されている。もちろんカタラでのものだ。
あんな物をマスコミに売ってまで小遣い稼ぎをしたいのか――これだから底辺は――
半グレとしての城有の実態が、次々と晒されていく。カタラグループの悪質な経営手法。スマトラ島のリゾート開発を謳った詐欺未遂。
［この城有氏を知る人達は、『最も悪質な半グレ』と口を揃える。『カタラグループ事件の際に執行猶予になったのがあいつを調子づかせた。あのとき、有名政治家の口利きがあったとも耳にしている。半グレの店には、とにかく政治家や有名人が集まるからね』］
［現在も闇社会で隠然たる勢力を誇る城有氏は、『武麗狗』『東京ＳＳ』といった大規模な半グレ集団の実質的リーダーであると指摘されている。もしそれが事実なら、上納金だけでも巨額な収入となるため、国税庁が調査に乗り出したという情報もある］
城有は自業自得だ。いくらでも辱めるがいい。
だがその先は――その先にあるものは――
［実態不明　逢摩産業が巨額中抜き］
［逢摩産業事務所は老朽マンションの一室］
［半グレとアドルーラーの不可解な関係］
［問われる新都市博実行委員会の責任］
東坊会若頭の陣能を名指ししている記事はなかった。官邸の介入についても同様だ。
海斗は声を上げて笑っていた。

切り捨てられる者は徹底的に叩くが、真の強者には尻尾を振って腹を見せる。

実に日本人らしい〈マスコミしぐさ〉だ。


その日海斗は自宅マンションから一歩も出られず、薄暗い室内でスマホの明かりを見つめ続けた。

15

「#MeToo辻井被害者」

ハッシュタグ・ミートゥー辻井被害者。

ツイッターでそんなタグを付けられたツイートが瞬く間に増殖し拡散した。

「あの頃の自分を殴ってやりたい。こんなヤツのために人生メチャクチャ」

「辻井に貢いだ五百万円、法的に取り返すことは可能でしょうか」

「まあムリでしょう。あきらめるしかないね」

「コイツだけは絶対に許せない」

「マジ死んでほしい」

自分も被害を受けたと告発する人物が次々と現われたのだ。中には実際にカタラの客だった女もいるのだろうが、大半は面白半分で便乗した愉快犯に違いない。

「こいつの父親は経産省の次期次官候補で、義理の父親は松村証券の役員です。上級国民バンザイ」

「上級国民だからどうせ逮捕されないと思ってんだろ」

個人情報まで晒されている。〈学び〉を怠った底辺のやっかみと悪意にはそら恐ろしいものがあると痛感した。

Ｇ大の同期生を名乗る者のツイートもあった。

「カタラで女の子だましてるってのは学生時代から知ってる奴は知ってたみたい。本人は一生懸命否定してたけど、やっぱり本当だったんだ」

「知ってて放置してた奴も罪が深いぞ」

「女はみんな自分をちやほやして当然だって思い込んでる勘違い男。ほんとキモかった。関わらなくて正解だったわ」

「同期生ってだけで、おまえもやってたんじゃないかって勤め先で疑われた。冗談じゃないっての」

テレビでは南千住にある逢摩産業の事務所に押しかけたマスコミが、留守番の老人にＩＣレコーダーを我先に突きつけていた。

〈私はなんも知りません。お帰り下さい。ほんまになんも知らんのです。なんも聞いとらへんのです〉

みすぼらしいドアを背にして困惑しきった老人の顔がディスプレイに大写しになる。それはこの上なく哀れで滑稽な見世物だった。

あれから推進準備室には出勤していない。盾原に当分顔を出すなと命じられたからだ。

マンションに籠もってスマホを眺めるだけの毎日に、頭がおかしくなりそうになった頃、盾原から呼び出しがあった。場所は推進準備室ではなく、アドルーラー本社であった。

身支度を整えてタクシーをマンションの地下駐車場に呼び、マスコミに見つからないようすばやく乗り込んだ。

「いろいろご迷惑をおかけして申しわけありません」

本社で数日ぶりに会った盾原に詫びると、上司はこちらを観察するように一瞥し、

「さすがにだいぶやつれたようだな」

「ええ、すっかり参りました」

「だがまだ生気は残っている。これが並の奴だったら、今頃もっと死にそうな顔をしてるところだ」

エレベーターに乗り、専務専用室のあるフロアに向かう。

「分かっているだろうが、状況は相当まずい」

閉じられたドアを見つめたまま、盾原が切り出す。

「これが単なる社員の自殺なら、前に海女野が言った通り、問題にもならんところだ。しかし今回は少々事情が違っていたようだ」

海斗は無言で頷いた。

SNSの矛先は、今や新都市博そのものに向かっていた。

［新都市博ってホント腐ってるな］

［半グレが熱心に推進したがるわけだよ。知らんけど］

［結局、利権と中抜きのためのイベントだったたってこと］

［ねえねえ、都知事はいつタイホされるの？　アドルーラーのガサ入れはまだ？］

［永田町の闇にどこまで斬り込めるかが焦点だな］

［アドルーラーは即時解体すべし。奴らは日本を私物化している］

［結局さ、老害どものメンツとノスタルジーでしかなかったわけよ、新都市博って。あ、それと金か］

そうした投稿を眺めているだけで、海斗はすでに自分が窮地に立たされていることを理解していた。

エレベーターのドアが開く。二人は豪壮な絨毯の敷かれた廊下をまっすぐに進んだ。

待ち構えていた専務秘書の一人が専務専用室の扉を開く。

錚々たる面々が顔を揃えているだろうと思っていたが、予期に反して、待っていたのは土肥専務一人きりだった。細長いテーブルの上座に着いてこちらを眺めている。

海斗は盾原と並んでテーブルの前に立つ。背後で扉が閉ざされた。

「状況は分かっているな」

一切の前置きを抜きにして専務が発言する。

「辻井、おまえはクビだ」

ある程度覚悟はしていたが、あまりにも突然だった。

「懲戒解雇だが今日中に退職願を出せば諭旨解雇にする。そうなれば退職金を出してやれる。せめてもの気持ちだ。ロヴィーナ企画も逢摩産業もよくやってくれた。カタラグループにいた過去など、君が会社にもたらした利益に比べればどうということはない。自殺した女の件もこれまでならお咎めなしで済んでいた。だが、今度ばかりはそうもいかん。女の親が騒ぎ立て、会社はフラッパーゲートの記録を出さざるを得なくなった。マスコミも本当にまずいことは書かないくせに安全圏から叩いて日頃の鬱憤を晴らしにかかっている。明後日の夜、社長が記者会見を開き、謝罪することになるだろう。これがどういうことか分かるか」

　分かる。アドルーマンとして最悪の事態だ。社長を謝罪に追い込むなど、決して許されることではない。

　明後日は金曜である。明日ではなく明後日、しかも夜まで記者会見を先延ばしにするのは、週末に行なってテレビの報道番組やワイドショーを可能な限り避け、影響を最小限にとどめるアドルーラー伝統の危機管理スキームだ。もっとも、ＳＮＳの時代にはかえって逆効果となりかねないリスクを孕んでいるのだが、役員達はそうした変化をやはり理解できずにいるらしい。

「会社の株価は急落の一途だ。その損失は計り知れない。いつもならばうるさい社員ＯＢの株主も、君を擁護するどころか、火炙りにしろと言い出しかねん」

　横に立つ盾原からはなんの気配も感じられない。心を空にして受け入れているのだ。

「都知事も総理もお怒りだ。君のせいで新都市博にとんでもないケチがついた。イメージダウンは避けようもない。それどころか、検察を抑えるのによけいな手間がかかったと会長が嫌みを言われたそうだ。これ以上はもう言う必要もないだろう。退職後の守秘義務については分かっているな？」

「はい」

　アドルーラーの社内機密について少しでも口にすれば、現実の死よりも恐ろしい制裁が待っている。どんな制裁かは、その者の弱点に応じてさまざまだ。

「よろしい……盾原君」

「はっ」

「君は新都市博推進準備室室長を今日付で解任される。曲がりなりにも君は辻井の上司だ。形だけでもけじめは付けねばならんからな」

「委細承知しております。異論はございません」

盾原が如才なく低頭する。

「異動先は北海道支社だ。心配するな、ほとぼりが冷めた頃を見計らって必ず本社に呼び戻す。君ほどの人材をいつまでものんびり遊ばせてはおかんよ」

「感謝致します」

「後任の室長には海女野君を充てる。部長補佐と兼任だ。辻井の後任は岩谷君に決めた」

岩谷だと――

海斗は横目で盾原の様子を窺うが、一瞬見えた横顔からはなんの感情も読み取れなかった。

「世論がうるさい。常に先手を取るのがウチの流儀だ。海女野君はすでに推進準備室に入っている。二人ともすぐに戻って今日中に引き継ぎを済ませてくれ。明日から新体制でスタートだ」

「承知致しました。では早速取りかかります」

間を置かず一礼した盾原が迅速に踵を返す。海斗もやむなく盾原に従わざるを得なかった。場合によっては無礼を承知で専務に抗弁しようと思っていたのだが、盾原は自らの行動によってそれを防いだのだ。

「室長……」

降下するエレベーターの中で話しかけると、盾原はその日初めて感情らしきものを覗かせた。

「もう室長じゃない」

「すみません」

「言うな。君の考えていたことくらい分かっている。これ以上の巻き添えはごめんだからな」

「やっぱり……」

「ツイッターにかじり付いている連中じゃないが、君はうぬぼれが過ぎたんだ。言わば自滅だ。何もせず、あえて敵が自滅するのを待つ。これもアドルーマンの処世術の一つだ」

「僕は室長の敵じゃありませんよ」

「まだそこまで至っていなかったというだけの話だ」

「いずれは敵になったと？」

盾原はもう何も答えなかった。

推進準備室に入ると、真っ先に出迎えたのは海女野であった。人事の件は、職員達にもすでに通達されているようだった。

「盾原さん、今日までご苦労様でした」

「いえ、こちらこそ逆境の中、ご迷惑をおかけします。どうか新都市博を成功に導いて下さい」

一同が見守る前で、海女野と盾原が固い握手を交わす。それは力量の拮抗する者同士、以心伝心のパフォーマンスなのか、あるいは本来の友情なのか。海斗の目には判然としなかった。

ただ、自分への皆の冷ややかな視線だけは痛いほどよく分かった。

「辻井さん、あっちでさっさと済ませちゃいましょうか、引き継ぎ」

横柄な態度で声をかけてきたのは岩谷であった。こちらに対する昨日までの忠誠心は微塵も残っていない。

企業としてパワハラやセクハラを反省するというのなら、彼もまた処分の対象となるはずだが、そうはなっていない。要するに自分一人を切り捨ててそれで終わらせようというのだろう。

なぜならば、アドルーラーの精神は不変だからだ。時代の変化に合わせる必要などない。時代がアドルーラーに合わせるのだ。

「何突っ立ってんの。早く来てよ。こっちは忙しいんだから」

書類の束を手にした岩谷が立ち止まり、居丈高に急かしてくる。

「すまない。今行くよ」

おとなしく従う。岩谷の口許が侮蔑に歪んだ。

どうでもいい――こんな小者、いずれは〈自滅〉するだけだ――

「そうだ、電話したいからちょっと待ってくれ」

フロアを出たところでスマホを取り出すと、岩谷が聞こえよがしに舌打ちした。

構わずＬＩＮＥをチェックする。妻へのメッセージに既読の表示はなかった。メールの返信も届いていない。

「電話じゃなかったの。ＳＮＳなら――」

「今かけるから待ってくれ」

妻の番号を呼び出して発信する。応答はなかった。やむなく義母のスマホにかけてみると、着信拒否になっていた。最後に義父のスマホにかける。すぐに音声ガイドに切り替わった。

〈御用の方は三分以内でメッセージをどうぞ〉

「まだですか」

いらだたしげな岩谷に、

「ちょっと待ってくれ」

今度は松村証券本社に電話する。

〈はい、松村証券総合受付です〉

「大垣常務の息子でアドルーラーの辻井と申します。大垣をお願いします」

〈しばらくお待ち下さい〉

たっぷり二分は待たされた。

〈お待たせしました。申しわけございません。大垣は会議中で電話に出られないとのことです〉

「そうですか」

〈では失礼致します。総合受付木島《きじま》が承りました〉

スマホをしまい、岩谷を振り返る。

「待たせたね。さあ行こう」

大体の事情を察したのか、岩谷は嘲笑を浮かべて先に進む。

空いていた小会議室に入り、テーブルを挟んで向かい合う。

「さて、始めましょうか。まずは懸案の逢摩産業に関してなんですけど、専務から取引は中止して清算させろって指示されてます」

自分の頭越しにもうそんな指示が――

初耳だったが、顔には出さず事務的に応じる。

「すでにその方向で調整してるから大丈夫だよ」

「それと、くれぐれも証拠は残さないようにと。永田町の先生方が特に気にしてるからって」

「分かっている。万事遺漏はないから心配するな」

「辻井さんが信用できればいいんですけどねえ」

嫌な皮肉を口にするが、無視して先を続ける。引き継ぎ事項は大量にあるのだ。

一時間あまりも経った頃、

「それにしても……」

逢摩産業に関する極秘書類を点検しながら、岩谷が感に堪えぬといった面持ちで呟いた。

「あんな半グレ連中を使いこなして、ここまでのシステムを構築するなんて……いや、これは凄い」

そこで岩谷は、自らの漏らした独白をごまかすように、わざとらしく咳払いをした。

海斗はあえて何も言わなかった。

岩谷の本音とも言うべき感想をただ誇りに思うだけだった。


引き継ぎは結局深夜までかかった。自宅マンションへ帰り着いたときには、午前二時を過ぎていた。

玄関内のスイッチを押すと、各部屋の照明が一斉に点灯した。専門家の手による間接照明の淡い光だ。シックな趣きという触れ込みで、妻は大喜びだったが、単に薄暗いだけだ。ことに今は、その曖昧な光が室内の寂寥と空漠の感を強めていた。

リビングにビジネスバッグを投げ出し、キッチンに向かう。今日はまだ何も食べていなかった。

冷蔵庫を開けようとしたとき、ダイニングテーブルの上に覚えのない紙片が置かれていることに気がついた。

留守中に誰か来たのか——自分以外に鍵を持っているのは彩音だけだが——

手を伸ばして紙を取り上げる。

離婚届だった。

妻の欄にはすでに彩音の姓名が記入され、押印までされている。それ以外の欄はすべて空白のままだった。

カーテンの隙間から差し込む月光に、何かが光った。テーブルには彩音の結婚指輪も置かれていた。

全身から力が抜ける。海斗はダイニングチェアに座り込み、ぼんやりと想う。

結局、自分が我が子をこの目で見て、我が子をこの手に抱いたのは、ただの一度きりであったのだ。

そしてようやく気がついた。

自分は、自分の子供の名前を今も知らない。

16

――本来なら受注側であるはずのアドルーラー社がシティ・フェス、通称新都市博の推進準備室に人員を送り込んで、発注者側としてプロジェクトを指揮、調整している。これは明らかに利益相反に当たるのではないですか。

国会における野党議員の質問に対し、シティ・フェス実行委員会事務局長が答弁する。

――このような大規模なイベントの実行、運営に関して、ノウハウを持つ企業は極めて限られており、それがアドルーラーであったということです。

そっけなく答えた事務局長は、財務省出身の元総理補佐官でもある。

――新都市博推進準備室の室長と室長補佐はともにアドルーラー社の人間であり、アドルーラーの利益を最大化することが目的であったという証言も出ておりますが、本当でしょうか。

――そのような事実はないと聞いております。

質問者の野党議員が数字の記されたパネルを持ち出し、テレビカメラの方に向ける。

――こちらをご覧下さい。特命随意契約、一社のみからの見積額を基準に金額を決める特命随意契約の件数が競争契約の一・八倍になっている。一・八倍。ほとんど倍ですよ、倍。これねえ、普通は逆になるはずなんです。なのにそうはなっていないから、相場より大幅に高い金額になる。おかしいとは思いませんか。いかがでしょう。

――運営は適切に行なわれたと聞いております。

――では、契約内容を国民の前で明らかにして下さい。

――シティ・フェス実行委員会は公益財団法人であり、契約の内容を公表する義務はございません。

――おかしいじゃないですか。適切な内容であるならば、堂々と公開できるはずでしょう。

――シティ・フェス実行委員会は公益財団法人であり、契約の内容を公表する義務はございません。

大半は同じ文言の繰り返しに終始したやり取りを、海斗は自宅マンションのテレビで見た。彩音と一緒に入居したタワーマンションではない。そこはすでに引き払い、今は中野の中古マンションを借りている。中古と言っても、設備は整っており、独り暮らしには充分な広さがあった。少なくとも、無機的で空漠としたタワーマンションよりは人間味と生活臭がある。もっとも、こんな所にいつまでもいる気はなかったが。

新都市博の中抜きと不正受給の構造は、国会での質疑に採り上げられながら、夜のニュース番組ではごく短く報じられただけであった。まるで各テレビ局が「報道機関としての使命を果たしている」ことのアリバイであるかのように。

野党はすでに消滅した逢摩産業の実態についても質問していたはずだが、ニュースでは完全にオミットされた。政治家や官僚の関与については解説者も触れようとさえしなかった。新聞各紙も同様である。

すべて茶番だ。中野のマンションで、海斗は漫才かコントでも眺めるように、時折空虚な薄笑いを浮かべてぼんやりと見入った。

ゴールデンタイムのCM枠はアドルーラーがほぼすべて買い切っているからテレビ局もアドルーラーには逆らえない。それでなくてもアドルーラーの顧問には、歴代の総理経験者が名前を連ねている。次官級公務員の天下りも数多い。

政界、官界、そして財界が三位一体となった安直極まりない不正は、日が経つにつれ忘れ去られた。これまでのすべての不正がそうであったように。事の重大性は関係ない。若手俳優の自殺は根拠のない陰謀論となって定着し、社会の根幹を揺るがす重大事は短時間で消費される。見たくないものは決して見ない、それが政治家の称揚する日本人の〈美点〉なのだ。

しかし遠野の自殺とそれを巡る世論の糾弾は別だった。

労働基準監督署は関係者への事情聴取等の結果から、遠野早友理の死を労災と認定した。

また東京労働局は、約三ヶ月にわたりアドルーラーへの立ち入り調査を行ない、法人格を有する同社を労働基準法違反の容疑で書類送検した。同日、アドルーラー社長は引責辞任した。

遺族との合意書では、アドルーラーは二十項目に及ぶ再発防止策を講じると約束した。慰謝料等解決金の金額を含め、会社側が遺族側の要求をほぼ受け入れた形である。

その一方で、同じく書類送検されていた上司個人、すなわち辻井海斗は不起訴処分となった。

「カタラの半グレがまた不起訴かよ」

「上級国民様はやっぱりオレらとは扱いが違うんだな」

「信じられない。こんな犯罪者がどうして平然とのさばってられるんだ」

「遠野早友理さんは私です。遠野さんの絶望は私の絶望です。女性差別がなくならない限り、きっとまた同じ悲劇が繰り返されます」

「辻井海斗の悪事を風化させることを絶対に許してはならない。#MeToo辻井被害者」

社長は辞任したが、アドルーラーの体質が変わることはない。ただ下々が騒ぎ疲れるのをじっと待っているだけだ。今までもずっとそうだった。

自らの権力と栄華を誇示するかのように、かつては夜通し皓々と点っていた本社ビルの照明も、今は午後十時を過ぎると全館一斉に消灯となる。遠望されるその異様な佇まいは、さながら深夜の東京に聳える巨大な暗黒の墓標であった。だがそれも、世間の追及を一時的にかわすためのパフォーマンスにすぎない。遠野の死を人々が忘れ果てた頃、本社の照明は再び絢爛たる不夜城の輝きを取り戻すだろう。

捜査の手が政界に及ぶことはないし、実際に官製談合をはじめとする不正の数々は、メディアにおける露出の少なさもあって早々に話題にもならなくなった。

ただ一人、海斗だけがネットの中で永遠に非難され続ける。

割に合わない。不公平だと思う。だが海斗は沈黙する。ここで喚き立てるのは得策ではないと分析しているからだ。

不起訴になったのは、検察に対して神妙なふりをしながら、政界につながる一切について口をつぐんでいたことが大きいと海斗は見ている。そしてそれは、きっと自分の評価につながるはずだ。そうした社会の本質すら分からぬ馬鹿が、小さなスマホに向かって愚にもつかぬ戯言《たわごと》を延々と垂れ流し、悦に入っているだけなのだ。

今回の件でも〈学び〉はあったし、〈気づき〉もあった。今後はそれらを生かし、もっとうまく立ち回る――

指定されたお台場海浜公園の一角に立った海斗は、得体の知れない忌避感に襲われた。

ここには確か前にも来ている。だがいつ、どういうときであったか思い出せない。

時刻は午後四時を四分過ぎている。相手はまだ来ていなかった。

よく晴れていた秋の日差しは、いつの間にか光を失って、今は空と海とをほのかな朱色に染めつつあった。

海斗は一人、静かにたゆたう海面を眺める。それは平穏な光景であるはずが、少しも海斗の心を慰めなかった。

「よう、しばらくだな」

ぼんやりと海に見入っていた海斗は、背後の声に振り返った。

「悪いな、待ったか」

「ええ、少し」

「そうかい」

陣能は真新しいコートのポケットに両手を突っ込み、海斗の全身を眺め渡した。

「世間から叩かれてるわりには元気そうじゃねえか、辻井さん」

まだかろうじて「さん」付けだったが、口調は以前のぞんざいなものに戻っている。

「底辺の連中がネットでいくら騒ごうと関係ありませんから」

「そうかい、じゃあヤクザなんてあんたの言う底辺のさらに下かい」

「末端の人は知りませんが、少なくともあなたは違うでしょう」

「褒められてるのか貶《けな》されてるのか、分からねえなあ」

「どっちでもありませんよ」

少々のいらだちを覚えつつ、

「それより、ご用件を伺いましょう」

「なあに、用件てほどじゃねえが、久々にあんたに会いたくなってな」

「僕のことを気にかけてくれてたとでも？」

「まあ、そんなところだ」

徹頭徹尾信用できない。それが陣能というヤクザであったことを、今さらながらに思い出す。

「あなたらしくもないと言ったら失礼かもしれませんが、どうしてこんな所に……密談ならもっといい場所が」

「あれだよ」

陣能はコートのポケットから片手を出して、海の向こうを指差した。

そこには品川埠頭に建設されたシティ・フェスのサブ会場があった。残照の中に聳える異形の建造物は、現実味の乏しい蜃気楼のようにも見えた。

「前にテレビでここにいるあんたを見てさ、なんとなく選んだまでだ。俺らしくねえと言えば確かにそうだな」

思い出した。新都市博の進捗状況をアピールするため、テレビのインタビューをここで収録したのだ。まったく気づかなかった。ずっと視界の中にありながら、その存在をつかませない。自分にとってサブ会場は、いや新都市博そのものは、まさに蜃気楼であったのかもしれない。

「どうした、夢でも見てたっていうような顔してるぜ」

常に相手の内心を読み取って先手を打つ。陣能の切れは少しも変わっていなかった。

悔しまぎれというわけでもないのだが、海斗は陣能の背後にある木立を見回して、

「今日はお一人でいらっしゃったんですか」

「そうさ。いくら俺でも、たまにはボディガード抜きで散歩くらいしたくなる」

「いえ、もしかしたら城有さんも一緒じゃないかと思ったものですから」

「城有?」

陣能は心底驚いたような顔を見せた。

「あんた、城有がまだ生きているとでも思ってたのかい」

「えっ」

海斗も本当に驚いた。

「城有さんは一時的に国外へ行っただけなんじゃ……」

陣能の口許にうっすらと笑みが浮かぶ。

「逢摩産業があれだけ話題になったんだ。一番ウラを知ってる城有を生かしておくわけにはいかねえじゃねえか。あいつはフィリピンだかシンガポールだかに出かけたきり、もう誰の前にも現われねえ。おかげで実行委員会の先生方からも感謝されたよ。証人を始末して政界に恩を売る。結果的

には一石二鳥の焼け太りだ。逢摩産業もうまいこと潰せたし、旨味のあるコネも作れたしで、いい仕事させてもらった。それに関しちゃ一言あんたに礼を言っときたくてな」

　全身に震えが来たのは夕暮刻の潮風のせいではあるまい。

「もしかして、ここで僕も……」

「バカ言うな。こんな見晴らしのいいところで殺《や》れるか。第一、殺るんならもうとっくに殺ってる」

「じゃあどうして殺さなかったんですか」

「こんなときにあんたが殺されたら、世間はもっと騒いだだろうよ。渦中の人には生きててもらわねえとな」

　そういうことか――

「つまり、叩かれ役のスケープゴートってわけですね」

「おいおい、最初から分かっててやってたんじゃねえのかい、推進準備室の元室長補佐さんよ」

　そうかもしれない。いや、そうに違いない。それがアドルーラーの論理であり、創業時から蓄積された〈ノウハウ〉だ。

「もっとも、あんたがよけいなことを口にしようとしたらどうなるか分からねえがな。それによ……」

　陣能の笑みが酷薄さを増す。

「俺の希望として、あんたには生きててもらった方が愉しいからさ」

「どういうことです?」

「あんたの胸くそ悪さ、もうちょっと見てたいからさ」

海辺の光が薄れるに従い、風が底知れぬ冷気を運んでくる。

「だからどういうことですか」

「最悪のクズはな、城有なんかじゃねえ、おまえだってことさ、辻井」

〈あんた〉が〈おまえ〉になり、〈辻井さん〉が〈辻井〉になった。

「意味が分かりません」

「そう、それだよ」

陣能はいよいよおかしそうに、

「城有は最初から分かりやすいクズだった。誰が見てもクズでゲスの半端モンだ。そんな奴はいくらでもいる。いいかげんもう見飽きた。だがおまえは違う。生まれもいい、育ちもいい、ついでに頭も顔もいい。それでいて平然と人様を踏みつけにする。しかも自分じゃ分かってねえ。ナチュラルに薄汚ねえクソをまき散らす。反吐《へど》が出るぜ」

かつて同じようなことを誰かに言われた。

誰だったか――そうだ、奈良岡だ――あのみじめったらしい落伍者だ――

「僕がクズだって言うんならそれでもいいでしょう。だけど、僕みたいな人間はそこら中に普通にいますよ」

「そうなんだ」

急に陣能がコートの前を合わせ始めた。まるで黄昏刻《たそがれどき》の冷気を初めて悟ったかのように。

「いつの頃からか、気がついてみると世の中にゃおまえみてえな人間がやたらと増えてやがった。ヤクザになる奴の方がよっぽどまともだ。少なくともそんな奴らは、自分がワルだって自覚してる。だがおまえらは、ヤクザをいたぶりながらヤクザ以上にタチが悪い。だから俺は、おまえがもっともっと酷い目に遭うところを見ていたい。おまえみてえな若い連中の代表としてな。実はそれが言いたくて、わざわざおまえを呼んだのさ」

　この男はヤクザではない――不意にそう思った。ヤクザもまた人間のはずだ。目の前にいるこの男は、とても人間とは思えない。

「それじゃまるで……悪魔じゃないですか」

「分かってねえなあ」

　陣能は朱く染まった空を仰いで嘆息する。

「悪魔ってのは人間が酷い目に遭うのを見て笑うんだろ？　俺が言ってるのはな――」

　何を思ったのか、急に面倒くさくなったように陣能は言いかけた言葉を呑み込んだ。

「いや、それでいいのか。人間らしいのはおまえの方なんだからな」

　それも奈良岡が言っていたような気がする。だが今となってはどうでもいい。

「まあ、そういうことだ。礼も言ったし、これでおまえにもう用はねえ。二度と会うこともないだろう。後は少しでも長生きして世の中から叩かれてくれ」

「言われなくてもそのつもりです」

「その調子だ」

　愉しげに呟いて身を翻した陣能は、急に何かを思い出したように振り返った。

「そうだ、実は今日、もう一人ここに呼んであったんだ。辻井に会うつもりだって声をかけたら来るって言うから、場所を教えて時間をずらして来るように言っておいた。そろそろ着く頃だと思うから、もう少しだけ待っててやんな」

　それだけ言うと、陣能は今度こそ振り返らずに歩み去った。

もう一人ここに呼んだ？　一体誰を？

海斗はすっかり光の乏しくなった黄昏の朱い空間を見回した。

木立の奥に、その男はいた。

あいつは――そうだ、あいつは――

おずおずと、そしてまっすぐに、暗がりから歩み出てこちらへと歩いてくる。

山科翔太であった。

「君は……翔太か」

声をかけると、翔太は朱い光の中で、どこかはにかむような表情を見せた。

「ああ、しばらくだな、海斗」

光は乏しくなっていたが、彼の面差しははっきりと分かった。野性味のある精悍さはほんの少し残っているが、それよりも成熟と憂愁の色が前に出ていた。

かつての彼を知る海斗には、奇異に思えるほどの変化であった。

「なんだか変わったね」

感慨を漏らさずにはいられなかった。

「そうかな、自分じゃあんまり分からないけど、言われてみるとそうかもしれない。いや、きっとそうだと思う」

そして翔太はこちらを見て、

「おまえは変わらないな。新聞や雑誌で写真をよく見てたせいかもしれないけど」

海斗は急に不快感を覚えた。皮肉を言われたように感じたからだ。

「それより、どうして君が……」

どうして君がここにいる、一体何をしに来たんだ――そんなことを言おうと思ったが、突然のことに動揺したせいか、すぐには言葉にできなかった。

「陣能から電話がかかってきてさ、今日海斗に会うから、もし会いたかったら来いって言われて」

こちらが言おうとしたことを察して、翔太が勝手に答えてくれた。

「正直、どうしようか迷ったよ。実は俺、陣能の手下から嫌がらせを受けてたから。職場にまでやってきて、俺がカタラ時代のことを喋らないように脅したりさ」

そこで翔太は少し言いにくそうに、

「でも、アドルーラーの事件がいろいろ表に出てからはぱったりと止まってた。もうおまえを護る必要もなくなったんだろうな」

陣能はそんなことをしていたのか――

「なのに、いきなり本人が電話かけてきてさ、辻井と会うかって。何考えてんだって思うよな、普通」

「そりゃそうだろう。じゃあなんで君はそんな話に乗ってここへ来たんだ」

「なんでって……」

翔太は考え込みながら、慎重に言葉を選ぶようにして言った。

「なんでだろうな。陣能は極めつけにヤバいヤクザだ。俺達は昔からあいつをなんとか避けようとしてたよな」

「うん」

「だけどおまえは陣能と組んだ」

「おい、それは――」

「隠さなくていい。電話で陣能が言っていた。言われなくてもだいぶ前からもう分かってたし。でもそのときの陣能は、なんだか様子が違ってた。それに何より、俺はおまえに会おうと思った。会いたいと思ったんだよ。言いたいこともいっぱいあるし。だから来たんだ。それだけさ」

「そうか。でも嬉しいよ。久々に君に会えてさ」

我ながら白々しい言葉が口をついて出た。こんなときに、嬉しいはずなどありはしない。しかし当たり障りのない言葉をにこやかな笑みとともに吐き出すのは、第二の天性となっていた。

その心のなさは翔太にも伝わったようだった。気を悪くしたのか、何も言わずに黙っている。

思えば彼は、昔から鋭敏な男だった。鋭敏で、頑固で、屈強だ。そうした特質に目をつけたからこそ、自分はこの男に声をかけ、カタラでコンビを組んだのだ。

あらゆる意味でその選択は成功だった。カタラでは多くの成果を上げることができたし、逮捕されても翔太は律儀に口を割らなかった。

あたりを染める朱がその濃さを増した。海も空も、街路も木立も、ゆっくりと残照に沈んでいく。

その間にも何人かの散歩者が周囲を横切り、サングラスを装着したランナーが走り抜けた。犬を連れた老人もいる。

気まずい沈黙を破ろうとするかのように、翔太が唐突に言った。

「あのさ……俺、子供が生まれたんだ」

「そうか、おめでとう」

あまりに意表を衝かれたので、海斗は凡庸極まりない返事をしてしまった。

「ありがとう。女の子でね、名前は安奈って言うんだ。俺じゃない、女房がつけたんだ。だけど俺もすごく気に入ってる」

意外にも翔太は額面通りに受け取ったようだ。

「実は、僕にも子供が生まれたんだ」

「本当か」

「うん、男の子だ」

「よかったなあ。それで、元気なのか」

「えっ、誰が」

うっかり訊き返してしまった。

翔太は怪訝そうに、

「息子さんと奥さんだよ」

「ああ……元気だよ」

妻とは離婚した、息子は一度抱いただけで、それきり会ってもいないとは言えなかった。言えば説明するのが面倒になる。早々に話題を変える必要があった。この話を続ければ、息子の名前を訊かれるだろう。名前すら知らないとは言いたくない。

「俺達が人の親になるなんて、今でも不思議な気分だよな」

しかし翔太は一方的に家族の話を続けた。

「おまえも知っている通り、俺は施設で育って、学歴もない。不良あがりで、半グレで、ムショを出てからヤクザになった。そんな俺にも家族ができたんだ。もっとも、ヤクザはやめて今はカタギでやってるけどな」

こいつは一体何を言おうとしているのだ。単なる家族の自慢なのか。それともこちらの家庭が崩壊したことを知っていて嗤いに来たのか。

「でもね……」

身構える海斗の前で、翔太が急に肩を落とした。

「女房は妊娠の影響でＳＬＥを発症したんだ。知ってるか、ＳＬＥ」

「いいや」

「俺も全然知らなかったんだが、全身性エリテマトーデスっていう難病指定の特定疾患なんだ」

「特定疾患だって？　そりゃ大変じゃないか」

「ああ。すごく厄介な病気なんだ。出産時は女房も娘も危ないところだったが、なんとか二人とも助かった。でも、娘には障害が残った。難聴でね、かわいそうに、医者の話じゃ一生補聴器がいるそうだ」

「それは……」

海斗は言葉を失う。なんと言えばいいのか分からなかった。

「心配しないでくれ。左耳に比べれば右はだいぶいいようだし、もしかしたら将来的に回復する可能性もあるそうだ。女房だって、いろいろ気をつけてれば日常生活に支障はない。もうそれだけで充分じゃないか」

活力を取り戻したように翔太は続ける。

「俺はね、印刷技能士の資格を取ったんだ。２級だけど、実務経験が七年以上になれば１級にも挑戦できる。それに先週、勤め先の正社員になったんだ。信じられるか、この俺が正社員だ。しかもこんな時代にさ。俺、がんばって働くよ。女房と娘のために。家族なんだ。俺の大事な家族なんだよ。俺はあいつらを絶対に幸せにしてやるんだ」

薄れゆく光の中で、翔太は懸命に翳りを払いのけようとしているかのようだった。

その姿はどこまでも力強く、また、ともすれば黄昏に呑み込まれそうなほど儚くもあった。

いずれにせよ付き合ってはいられない――

「よかったな。ところで、君は僕に何か言いたいことがあるんだって？　だったら早くそれを聞かせてくれよ」

「ああ、そうする」

翔太はじっとこちらを見つめ、意を決したように切り出した。

「おまえのやったことはみんなが知ってる。どういうわけかテレビのニュースじゃあんまりやってないけど、ネットじゃ報道されてるし、とにかくみんなが知ってる」

何を言い出すのかと思えば――

「君は僕を非難しに来たのか。ネットの書き込みを信じて、有象無象の底辺みたいに、僕を嘲笑しに来たのか」

「ネットの書き込みか……それもあるが、それだけじゃない」

翔太はなぜか複雑そうな面持ちで、

「俺達は罪を犯した。カタラ時代に女の子を騙し、売り飛ばした。城有の口車に乗ってな。あれは〈学び〉でも〈自己研鑽〉でもなんでもない。人間の屑にしかできない最低の悪事だ」

「今頃なに言ってるの。何年前の話なんだよって。あれはとっくに終わった事件だよ？　それに君は逮捕されたかもしれないけど、僕は事情聴取すらされなかった。つまり世間的にも法律的にも、犯罪者は君で、僕は単なる一般人だってこと。まあ、無関係とまで言えないのは事実だけどね。それにアドルーラーの事件だってもう済んでる。僕は不起訴だった。つまり検察が僕を罪になんて問えないと判断したってことさ」

「聞けよ、海斗」

翔太の視線が自分から離れない。熱を持ってこちらの皮膚を焼き焦がす。

「おまえはそうかもしれない。だが俺は違う。俺はそのずっと前にも罪を犯していた。当時は忘れてたけど、女房と出会ってから思い出した。ガキの頃の話だ。俺は弟を見殺しにした。虐待されてる弟を見捨てて逃げたんだ。それで弟は死んだ。なのに、俺はどういうわけかそのことをずっと忘れていた」

「なかなか興味深い話だけど、正直、それが僕となんの関係があるっての」

「関係は……ないな」

「はあ？　君、アタマ大丈夫？」

「俺はな、海斗、俺はおまえのことを友達だと思ってたんだ。カタラでおまえと組んだときから」

「それは僕だってそうさ」

「海斗、おまえはガキの時分から友達は大勢いたんだろう？」

気をつけろ——話がいつの間にか変わっているぞ——

「まあね。でも、ほとんどは大した奴じゃなかったな。僕の回りに寄ってきておこぼれに与ろうとする連中。その点、君は違ってた。頭もいいし、努力もする。学歴なんか関係ないって昔からよく言われるけど、僕は本当だと思うな。君がその例だった」

「今のは褒め言葉かな」

「そうだけど？」

「それは光栄だな。俺は友達なんていなかった。でもおまえの言うような連中が寄ってくることは俺にもあった」

「へえ、そうなんだ。で、それがどうかしたのかい」

「正確には〈おまえの言うような連中〉じゃない。〈おまえみたいな連中〉だ」

「え、なに、どういうこと？」

「小学生の頃を思い出せよ。俺は施設の子供だからクラスでも避けられてる。何するか分からない、危ない奴だとね。実際、俺はケンカばっかしてたしな。そんな奴に寄ってくるのは、俺を利用しようとする奴だ。自分に欠けている物、つまり暴力をそばに置けば完璧だって自覚していた奴だ」

「失礼だな。じゃあなんだ、君は僕を友達じゃなかったと言いたいのか」

「悪い、どうもうまく話せないんだ……自分でも分かってる……言いたいことをちゃんと表現できればいいのにな……カタラで会ったときから、おまえのことは特別だと思った……初めての友達だって……それは本当だし、今でもそう思ってるよ……だからこそ、ここまで会いに来たんだし……すまない、よけい分かりにくくなったかな……」

　心からすまなそうな顔をして、翔太は片手をこめかみに当てている。どうやら嘘でも芝居でもないらしい。

「俺が言いたいのは、おまえはこれまでずっと恵まれてて、周囲にはいつもおまえを守《も》り立てる人がいたってことだ。ネットにはおまえの悪口があふれてる。でも中には、日本経済再生に必要な人材だって評価したりする向きもある。遠野早友理さんのことを、残業さえまともにできない、だから女はダメなんだって、散々こき下ろしてる奴だっている。そういう連中はおまえのことを〈バカ女を罰した英雄〉だって崇拝してる」

「そういう奴らも確かにいるね。でも、裏を返せばおんなじだ。ネットだけ見て脊髄反射的に反応してるだけだよ」

「そうだ。おんなじだ。両方ともおまえなんだ」

わけが分からない――

「おんなじって、何と何がだよ」

「クラスの人気者で、腕力のある生徒だけを特別に親友扱いする奴を、いい子だ、優等生だと持て囃す親や学校。ネットで自分の見たい情報だけ見て、自分に都合のいいように解釈する奴ら。どっちも最悪だ。最悪すぎて吐き気がする」

「やっぱり僕を非難してるんじゃないか」

「でも、そいつらは最悪だってだけだ。人間の真の邪悪は別なんだ」

さらにわけが分からなくなった。

「アドルーラーはあくどいことをやっていた。今もやってるし、これからもやる。中抜きとか談合の話だ。テレビや新聞じゃ報道されない。載っても最低限の小さい扱いだ。それはいい。それがこの国なんだから。大勢の学生が、アドルーラーに就職しようと日夜勉強に励んでる。ある意味、おまえのためにあるような会社だろう。おまえは最適の選択をしたんだ。俺のいる印刷業界も中抜きで酷い目に遭った。税金と物価の値上げで家族の薬代にも苦労している」

「今度は愚痴か」

「そうじゃない、違うんだ、聞いてくれ」

自分自身が苦しそうに、翔太が悲痛に顔を歪める。

「おまえ、遠野さんのことをどう思ってる?」

「なに?」

「遠野早友理さんだよ。おまえがなんの自覚もなく踏みにじり、無造作に殺した早友理さんだ」

焦れったさを通り越し、いいかげん退屈を覚え始めた。

「だからそれがどうしたって言うんだよ」

「おまえは人殺しなんだよ、海斗」

陳腐にもほどがあるフレーズだった。

中卒の限界か――やはり学歴はバカにできないな――

当時は学生だったとは言え、この男を見込んだ自分の目はまだまだであったと認めるしかない。

「あのさあ、翔太君。さっきも言ったろ、僕は不起訴になったって。君は僕が直接彼女の首を絞めたとでも言うの？　ナイフで刺し殺したとでも言うの？　バカバカしい」

「本気で言っているのか、おまえは、それを」

「本気だけど、それが何か？」

こちらをまじまじと見つめていた翔太は、ゆっくりと首を左右に振った。

「それが〈学び〉の結果か。勉強して、有名大学を卒業した成果か」

「昔の友達と思って聞いてやってりゃ、さっきから失礼だな、君は。一体何が言いたいんだ」

「堤大地、覚えてるか」

また話を変えてきた――

「だから何を言いたいんだって訊いてんだけど」

「堤大地って男を覚えているか」

どこまでも穏やかな口調で、翔太は重ねて言った。

なんなんだよ――

「さあ、覚えてないな」

「カタラに俺達の後から入店した奴だよ。俺が施設にいたときの後輩だ」

それなら微かに覚えがある。だがはっきりとは思い出せない。

「カタラの事件で逮捕されて、その後ユーチューバーになった」

「ああ……」

ようやく思い出した。

「あいつか、ヤクかなんかで逮捕された……ニュースで見た気がするよ」

「そうだ、そいつだ」

「道理で僕が覚えてないはずだよ。そんなどうでもいい奴」

「城有や道後、それに他の奴らと同じく不起訴になった。うまく立ち回ったつもりだったんだろうが、結局は自滅した。施設にいる頃から正真正銘のクズだった」

「そいつがクズだってことには同意するが、僕に何の関係が――」

「おまえは大地以下のクズだ。俺が言いたいのは、つまりそういうことだ」

自分に対する定型文の中傷か。スマホで読むか、直接聞くかの違いでしかない。

どうやら時間の無駄だったようだ。

「悪いけど、帰らせてもらうよ。会えて嬉しかった。奥さんと娘さんによろしくな」

「待てよ、海斗」

「まだ何かあるのか」

「大地はクズだった。でもあいつは、クズに徹して生きるしかなかったんだと思う。親もなく、金もない。頭も決していい方じゃない。他に頼れる伝手もスキルもなかったんだ。でもおまえは違う。誰よりも恵まれてた。裕福な親がいて、大きな家に住み、最初から頭がいい。なのにどうして……

どうしてなんだ。俺はそれを知りたくてたまらない」

「どうしてって、そんなこと言われてもね。僕は不起訴だって何度も言ってるじゃないか」

日は傾く一方で、埋立て地を吹き抜ける風が冷たさを増す。

「遠野早友理さんは一生懸命に生きようとしている人だった。いいか、人間だったんだ。おまえは一人の人間を追いつめ、苦しめた挙句、死に追いやった。なのにどうしておまえは平気でいられるんだ」

「しつこいな。責任は感じているよ。警察や検事の前で言った通りだ」

「そんなうわべだけの戯言《たわごと》はいい。カタラグループの裁判で他の奴から一生分聞いた。真実味なんてまるでない、ただの子供の言いわけだった。その場をしのげさえすればいいと思ってるのが透けて見えた」

「じゃあ聞かせてやろう。あ、録音なんてしてないよな」

「当たり前だ」

「まあいい。たとえ録音してたとしても、僕の不起訴はとっくに確定してるからなんの影響もないしね。じゃあ言うよ。遠野早友理はね、アドルーラーの精神を身につけられなかっただけさ。学びもしない、気づきもしない、二言目には弱音と文句だ。死んでからも人の足をこれ以上ないくらい見事に引っ張ってくれた。おかげで新都市博も僕の人生もメチャクチャだ。自殺なんて弱者の証明以外の何物でもない。はっきり言って、弱者は社会の迷惑だ。アドルーラーでは、こういう向上心のない人材は――」

「やめろっ」

突然翔太が吠えた。

海斗は驚いて彼を見つめる。猛獣のように狂暴な形相になっていた。

これがこいつの本性か――

「〈学び〉とか〈気づき〉とか〈向上心〉とか、それはカタラの話か。それともアドルーラーの話か。どっちも同じだ。クズの理屈だ。最低の詭弁だ」

「だからさ、それは君も結局その程度の理解力しか持ってなかったってことだよ。語るに落ちたってやつだね」

翔太が黙った。そして沈黙の唸りを発している。

こいつ、もしかして本気でヤバい奴なのか――

「……やっと分かったよ」

それまで必死に取り組んでいたパズルがようやく解けたかのように、翔太が元の温厚そうな表情を取り戻す。

「いや、前から分かってた……きっと俺自身が信じたくなかっただけなんだろうな……だって、おまえは友達だったから」

「はあ？　わけ分かんないんですけど？　ここまで僕を侮辱しておきながら友達だって？　どうかしてるんじゃないの」

「いいか、よく聞いてくれ。おまえにとっては、他人なんてどうでもいい存在なんだ」

「そんなことはないね。勝手に決めつけないでくれ」

「分かった。訂正しよう。権力者や金持ち、つまりアドルーラーの偉い人や政治家は別だ。おまえの同類だからだ。積極的に取り入り、引き上げてもらうべき相手なんだ。それ以外の人間はどうでもいいと思ってる。自分とは世界が違うと思ってる」

「そりゃそうだろう。だって本当に世界が違ってるもん」

「そこなんだ、海斗。俺達は確かに住む世界が違ってる。でもな、どっちの世界に住んでても人間なんだよ。なのにどうしてそこまで他人を蔑ろにできるんだ？　自分より劣っているからって、平気で辱めることができるんだ？」

「おい、待て」

待て、それは――

「おまえは人間らしい人間だよ。俺がさっき言いかけた〈人間の真の邪悪〉。それがおまえの中にあるんだ」

――平然と人様を踏みつけにする。しかも自分じゃ分かってねえ。ナチュラルに薄汚ねえクソをまき散らす。

――いや、それでいいのか。人間らしいのはおまえの方なんだからな。

――ある意味最も人間らしい、そう、人間だけの特質、邪悪性みたいなものを素直に持っている人です。

夕暮の風が誰かの声を運んでくる。

誰の声だ。陣能か。奈良岡か。それとも死んだ遠野なのか。

「そうか、分かったぞ翔太。おまえ、陣能と示し合わせてたんだな。それで同じことを言ってるんだな」

「俺が陣能と何を示し合わせるって言うんだ？」

「それだけじゃないぞ。奈良岡ともグルだったんだな」

「奈良岡？　誰だ、それは」

とぼけるな――そう言いかけて、危ういところで自制する。

翔太が奈良岡を知っているはずがない。するとこいつらは、期せずして同じことを言っているのか。

視界が揺れる。揺れているのは、空か、足許か。最高潮に達した夕暮の朱が煮つまって、急速にどす黒く染まっていく。

「どうした、具合でも悪いのか」

気がつくと、翔太が心配そうにこちらを見ていた。

「なんでもない」

大丈夫だ、身体が冷えたせいで、風邪でもひきかけているだけだ――

「言いたい放題に言ってくれたけど、弟を見殺しにした君に言われたくはないね」

これはさすがに効いたようだった。

勢い込んでいた翔太が黙り込む。

「じゃあな。君にはもう二度と会いたくない」

沈鬱の間に耐えかねて足を踏み出す。どこかで酒でも飲んで帰るとしよう。銀座か、六本木か。いや、あの辺では顔を知られすぎた。どこか別の街の、知らない店がいい。

「なあ、海斗」

その声に足を止める。黄昏が凝り固まったような声だった。昼間の希望と、夜の絶望とが半々に入り混じる。

「俺達は罪を犯した。大勢の女性を苦しめ、不幸にした。俺は昔、弟を見殺しにした。おまえはアドルーラーで遠野早友理さんを殺した。絶対に許されることじゃない。おまえも俺も、救われることなんてないんだよ」

「なんだよ、今度は宗教の話かよ」

翔太は声もなく笑った。

「俺は神なんて信じない。おまえもだろ？」

「まあね」

「あの頃、俺達は半グレだった。おまえは〈自己研鑽〉とか〈社会勉強〉とか言うんだろうが、なんでもいい、とにかくあれは半グレの仕事だ。城有という半グレの下で、せっせと悪事に精を出してた。陣能はヤクザで黒だ。城有は半グレで灰だ。黒と白とを混ぜ合わせたら、どうしたって灰なんだ。決して白ではあり得ない。つまるところ黒なんだ。でも俺は考え違いをしていた」

ふと思った。こいつはこんなに饒舌な男だったのかと。

記憶の中にある翔太は、女の子を堕とす〈営業〉トークは別にして、どちらかというと寡黙な方ではなかったか。

よく見ると、翔太は苦悶に喘ぎながら必死に喋っている。今言わなければ、死んでも死にきれないとでも思い込んでいるかのように。

「灰は黒よりマシだと思っていた。白が入っている分だけ、白に近いと思っていた。だが違った。灰こそが、半グレの灰こそが、より人間的な分だけ邪悪なんだ。これは悪とは少し違う。悪じゃない。邪悪なんだよ」

「確かに宗教じゃなかった。哲学だったな」

「違うよ、海斗。哲学じゃない。これはおまえの話だ。俺はおまえからそれを学んだ。これが俺の〈学び〉だったんだ」

残照の朱が宵闇の蒼へと変わる。夜が近づきつつあった。

「気が済んだか、翔太」

「え……ああ、うん」

翔太はどこか放心したような顔で立ち尽くしている。言いたいことを言い尽くして虚脱状態にでもあるのだろう。

翔太の様子に、海斗は余裕を取り戻した。

「僕が半グレだって？　じゃあアドルーラーはどうなんだ。都庁は。官邸は。日本を動かしている人達みんなが半グレだとでも言うのかい」

予期に反し、翔太は清々しい顔で肯定した。

「ああ、そうなるな」

もう間違いない。翔太は頭がどうかしている。日本の指導者全員が半グレだって？　生活苦によるストレスのせいか、メンタルになんらかの変調をきたしたのだ。

「引き留めてすまなかったな、海斗」

自らの狂熱を恥じるかのように、翔太が俯く。

「俺達の罪は消えない。この先もずっとだ。だから俺は、罪を背負って生きていく。女房と娘を、家族を護って生きていく。いや、家族がいてくれるからこそ俺は生きていけるんだ」

「それが君の〈学び〉の先にある結論か」

そう言ってやると、翔太は一瞬、虚を衝かれたような表情をしていたが、すぐに明るい声を上げた。

「そうだ。その通りだ。俺はやっと〈答え〉に到達したんだよ」

「よかったな」

皮肉ではない。もうそんな気にもなれなかった。

「僕は僕で生きていくよ。今回のトラブルではだいぶ痛い目を見たが、僕なりの〈学び〉や〈気づき〉も大いにあった。その経験を生かして、独自に起業するつもりだ。後援者も見つけてあるし。はっきり言うとアドルーラーや永田町の関係者だ。僕は会社や政界の組織的関与を最後まで認めなかったからね。それが信用につながった」

「そうか」

翔太はいかにも気のなさそうな相槌を打った。

自分の独自見解を散々語りまくっておいて、勝手な奴だ――

「二度とあんな失敗はしない。つまり、弱い人間を身近に置かないってことだ」

「それがおまえの道か……あっ」

着信の振動でもあったのだろう、翔太がポケットからスマホを取り出した。

「……悪い、女房からメッセージだ」

そう言って文字を入力している。どうやらＬＩＮＥのようだった。

返信を終え、翔太が照れたように顔を上げる。

「今夜はカレーだから早く帰れってさ」

「じゃあ、そうするんだね」

「うん……最後に一つ、訊いていいか」

「なんだよ」

「海斗、おまえ、本は読むか」

「本だって？」

「ああ」

呆気に取られて翔太を見つめる。

冗談のつもりではないらしい。濃い陰翳に縁取られ、細部までは明瞭に見えないが、本気としか言いようのない表情だった。

「あのね、僕はＧ大卒なんだ。少なくとも君の百倍は読んでるよ」

「そうか……そうだよな」

納得したのか、翔太はわずかに淀んだ朱色の中を歩み去った。

最後までわけの分からないことを言いやがって――

翔太の後ろ姿が黄昏の光とともに消えた。

カレーか――うまいだろうな――

あいつは家族の待つ家に帰る。台所で鍋が湯気を立てている。赤ん坊はベビーベッドか。

とりとめもない想像を巡らせた自分を、海斗は舌打ちして否定する。

くだらない――だからあいつは中卒の底辺なのだ――

海斗は視線を、朱の消えかかった海へと向ける。

夕暮が闇に呑まれる半暮刻に、波が嗤うようにざわめき始めた。

初出　「週刊大衆」二〇二二年四月一八日号～二〇二三年五月二二日号
本書はフィクションであり、作中に登場する人物、団体名はすべて架空のものです。

月村了衛　つきむら・りょうえ

一九六三年生まれ。早稲田大学第一文学部卒業。二〇一〇年に『機龍警察』で小説家デビュー。一二年『機龍警察　自爆条項』で第三十三回日本ＳＦ大賞、一三年に『機龍警察暗黒市場』で第三十四回吉川英治文学新人賞、一五年に『コルトＭ１８５１残月』で第一七回大藪春彦賞、『土漠の花』で第六十八回日本推理作家協会賞（長編および連作短編集部門）、一九年に『欺す衆生』で第一〇回山田風太郎賞を受賞。近著に『ビタートラップ』『脱北航路』『十三夜の焔』『香港警察東京分室』などがある。

半暮刻《はんぐれどき》

二〇二三年十月二十一日　第一刷発行
二〇二四年一月九日　第四刷発行

著者　月村了衛
発行者　箕浦克史
発行所　株式会社双葉社
〒１６２－８５４０
東京都新宿区東五軒町３－２８
電話　０３－５２６１－４８１８（営業部）
　　　０３－５２６１－４８３１（編集部）
http://www.futabasha.co.jp/
（双葉社の書籍・コミック・ムックが買えます）

印刷所　大日本印刷株式会社
製本所　株式会社若林製本工場
カバー印刷　株式会社大熊整美堂
ＤＴＰ　株式会社ビーワークス

ISBN978-4-575-24681-0 C0093